LE DÉMON DE L'AVENTURE

DU MÊME AUTEUR

Les Fils de la Toussaint (préface de Joseph Kessel, de l'Académie française), 1968. Fayard, Marabout.

Le Temps des léopards (couronné par l'Académie française), 1969. Fayard, Marabout.

L'Heure des colonels, 1970. Fayard, Marabout.

Les Feux du désespoir, 1971. Fayard, Marabout.

La Guerre d'Algérie en images, 1972. Fayard.

Le Roman des hauts de Saint-Jean, 1974. Fayard, le Livre de Poche.

Les Excès de la passion, 1975 et 1987. Plon.

L'Homme qui court, 1977. Fayard, le Livre de Poche.

Les Aubarède, 1978. Plon.

Normandie-Niemen : Un temps pour la guerre, 1979. Presses de la Cité, Presses Pocket.

La Toque dans les étoiles, 1981. Plon.

Massada : Autour des lithographies de Raymond Moretti, 1982. Georges et Armand Israël, éditeurs.

Joseph Kessel ou Sur la piste du lion, 1985. Plon (Prix Chateaubriand 1985, Prix Lu-André-Maurois, Prix des bibliothécaires Paris et Marseille, Gutenberg de la biographie 1986. Prix de la Paulée de Meursault 1986), Presses Pocket.

Des toques et des étoiles, 1986. Plon (réédition adaptée à la télévision A2).

YVES COURRIÈRE

LE DÉMON DE L'AVENTURE

Plon
8, rue Garancière
Paris

ISBN 2-259-01706-1

A Alexandre Courrière
En souhaitant qu'un jour il trouve le chemin de l'Aventure.

A Auguste le Breton
Qui aura su, encore mieux que moi, le lui indiquer.

PREMIÈRE PARTIE

UNE CHASSE EN AFRIQUE

I

L'HOMME DU FARO

Je l'avais rencontré à Paris au fond d'une impasse encore pavée comme au XIXe siècle, où régnait une atmosphère provinciale et désuète malgré la proximité de la place Blanche et de ses néons racoleurs. « C'est un vieil ours, m'avait prévenu une amie commune. Il n'a qu'une passion dans la vie : l'Afrique et ses animaux. Et, paradoxe, il passe son temps entre sa propriété des hauts plateaux où prospèrent d'immenses troupeaux de zébus auxquels il apporte tous ses soins, et une réserve de chasse, non moins immense, où il exerce le métier anachronique de chasseur blanc, tel le Percival, cher à Hemingway. Son tableau de chasse est impressionnant : lions, éléphants, buffles... tout cela dans un bled perdu entre le Tchad et le Nigeria, au nord-Cameroun, où il est arrivé il y a plus de trente-cinq ans sans un sou vaillant. Toi qui pars à la recherche des derniers aventuriers d'Afrique, ce dinosaure en est sans doute l'un des plus beaux fleurons. »

En Afrique de l'Ouest, c'était la saison des pluies qui transformait la savane en bourbier aux pistes impraticables et Henri Eyt-Dessus — déjà ce nom m'intriguait — profitait de ce repos forcé pour trouver à Paris les riches amateurs capables de dépenser une fortune pour traquer durant quinze jours les grands fauves, ce qui ne l'empêchait nullement de s'intéresser aux touristes plus modestes, avides de dépaysement et susceptibles de peupler les quelques chambres qu'il offrait dans son ranch isolé au cœur de la brousse.

Amoureux depuis des années de la faune africaine découverte lors d'un voyage au Kenya où la loi la protège contre la folie meurtrière des hommes et n'ayant jamais tué un faisan de ma vie j'étais médiocrement intéressé par ce métier de guide de chasse. Sinon hostile. En revanche l'itinéraire mouvementé du personnage, sa lutte quotidienne pour parvenir dans un pays au climat difficile à une situation enviable... et la conserver après les aléas de l'indépendance, méritait qu'on s'y attachât. C'est ainsi qu'un matin pluvieux d'automne j'avais pris rendez-vous avec Henri Eyt-Dessus.

Au bout de l'impasse, un petit immeuble blanc dont le premier étage était précédé d'une terrasse protégée d'arbustes se donnait des allures coloniales malgré le crachin froid. C'était là que gîtait, je l'aurais juré, mon dinosaure. Une carte de visite punaisée sur la petite porte prouva que mon intuition ne m'avait pas trompé.

Le premier contact fut chaleureux. La poignée de main franche et solide traduisait une force peu commune. La soixantaine, un mètre quatre-vingt-dix, au bas mot cent kilos de muscles et d'os massifs vêtus de fin velours côtelé, un visage aux traits lourds, bronzés, surmonté d'une tignasse blanche soigneusement domestiquée, un torse puissant moulé dans une chemise de lainage de grand faiseur, telle se présentait cette force de la nature. Avec un pareil gaillard on se sentait prêt d'emblée à affronter les périls de la brousse. Un regard d'azur presque enfantin et une voix calme, posée, adoucissaient la rugosité du bonhomme qui, dès le premier abord, me fascina par ce contraste soigneusement entretenu entre le raffinement du vêtement — ses chaussures jaunes miraculeusement lustrées avaient l'inimitable chic anglais et plusieurs paires de même marque, tendues sur des embauchoirs, s'alignaient le long du canapé de son bureau où régnait un aimable désordre — et la vie mouvementée dont il me livrait quelques pans en vrac.

— Eh, oui ! Nous sommes encore une poignée, arrivés comme moi en Afrique avec mille balles en poche — mille francs anciens, bien sûr ! — guidés par une seule idée : quitter une France qui se relevait avec peine des décombres de la guerre et où l'on se sentait à l'étroit, pour créer quelque chose dans un pays neuf. Mais attention, rien à voir avec le petit-bourgeois qui part, sa guitare en bandoulière, faire le hippie dans un continent différent de celui où il est né. Moi, j'ai rompu les amarres exprès, pour me prouver que j'étais capable de réaliser autre chose que ce que j'avais fait jusque-là, c'est-à-dire le maquis et, après, un peu de marché noir pour survivre. Nous n'avons pas tous atteint la fortune mais, tous, nous avons vécu des aventures qui remplissent la vie d'un homme. Un vrai. Pour cela il a fallu payer comptant. Pas en argent, je n'en avais pas, mais en travail, en risques librement courus, en initiatives.

En plus de trente ans il avait tout fait : courtier en cacao et en café pour une grosse entreprise d'import-export, puis, à son compte, poissonnier, boucher et maquignon, tout cela en pleine forêt équatoriale et non dans le confort relatif de Douala ou Yaoundé !

— Bon Dieu ce que j'ai pu trimer pour arriver à ce que je suis depuis un quart de siècle : à la fois éleveur et guide de grande chasse, ajouta-t-il non sans fierté. Des années extraordinaires que je vous conterai puisque cela vous intéresse. Mais pas ici, dans ce pays de fous où personne ne trouve le temps de vivre. On fera cela dans mon ranch de Ngaoundaba ou, mieux encore, au calme de la réserve du Faro. Là-bas, au moins, on n'est pas confiné, on respire. J'ai un million d'hectares en affermage et pas un village à cinquante kilomètres à la ronde. On vit dehors, au bord de la rivière, on sillonne la savane, on voit des animaux, c'est d'une beauté ! La véritable osmose avec la nature. Dès que je quitte le camp je n'ai plus qu'une idée :

y retourner. Fin décembre, avant que mes premiers chasseurs n'arrivent, j'organise une expédition pour des amis qui veulent réaliser un film documentaire. Venez, je vous invite...

Malgré des proportions imposantes, Henri Eyt-Dessus, égrenant des noms qui me faisaient rêver, se déplaçait dans le petit bureau aux murs ornés d'agrandissements photographiques d'élands de Derby, d'hippopotames boueux et de femmes peuls à l'allure hiératique, avec la souplesse des lions ou des antilopes qu'il amenait dans la ligne de mire de ses clients amateurs de sensations fortes. Avant d'accepter son invitation au Faro, je me devais pourtant de lui dire mon peu de goût, sinon ma totale réprobation, pour le métier qu'il y exerçait. A ma grande surprise ces réticences ne provoquèrent qu'une réaction amusée.

— C'est que, comme la plupart des gens, vous ne connaissez rien à la grande chasse. Chez moi l'approche des animaux se fait à pied. Jamais on ne tire d'une voiture ou la nuit dans la lumière des phares comme cela se pratique encore dans certains pays de l'Afrique anglophone. On n'abat jamais une femelle — encore moins ses petits. Seuls les beaux trophées nous intéressent. Ils appartiennent toujours à de vieux mâles dont la vie se termine et qui de toute façon seront éliminés à brève échéance par la loi de la savane. Les « ferrailleurs » n'ont pas droit de cité au Faro. Et même, si le trophée n'en vaut pas la peine, j'interdis de tirer. Croyez-le, j'aime autant que vous les animaux du *bush.* Sinon plus, permettez-moi de vous le dire, car, moi, je les connais.

Le sourire malicieux qui éclairait la face burinée avait disparu.

— Je n'ai rien d'un tueur, poursuivit Henri avec vigueur, et je peux même me vanter d'être un protecteur de la nature. Mais pour le comprendre, il faut venir et me suivre pendant des jours et des jours en 4 × 4 et à pied. Surtout à pied. Et, je vous préviens, vous allez en baver.

Après vous pourrez juger. Me juger. Moi et mes clients que j'appelle aujourd'hui des amis car ils partagent tous ma passion et acceptent de bon cœur mon code. Alors, vous venez ?

J'étais déjà parti ! L'homme me plaisait, charmeur et bourru à la fois. C'était décidé, Henri Eyt-Dessus serait le premier de mes « Derniers aventuriers d'Afrique ». Au fait quelle était l'origine de ce curieux patronyme ?

— Basque. Je suis basque d'origine, grenoblois d'adoption et parisien par nécessité — le moins possible. Par bonheur je pars dans trois semaines. Encore un mot, Yves — je vous appelle par votre prénom car dans un mois nous nous tutoierons comme se tutoient tous les « grands chasseurs », qu'ils soient industriels, avocats ou... président de la République — jamais, avant de quitter la France, je n'avais tiré sur quoi que ce soit. Pas même un lapin. Seulement sur des nazis pendant la Résistance !

***

Depuis que nous avions aperçu sur la gauche de l'unique Boeing 737 de la *Cameroon Airlines* — qui fait à longueur d'année le même trajet Douala-Paris-Douala — les 4 100 mètres du mont Cameroun, deuxième sommet africain, les passagers s'ébrouaient. Les hôtesses avaient troqué leur tailleur de coupe européenne pour un boubou traditionnel à fleurs. Pour la dixième fois mon voisin lissait entre le pouce et l'index le pli de son pantalon. Il portait un costume d'un blanc éclatant et une cravate fluorescente qui avait provoqué les exclamations admiratives d'une connaissance rencontrée à bord. Son visage, ses mains baguées n'en paraissaient que plus noirs. Nous étions à la veille du jour de l'an et nul doute que sa tenue voyante — preuve de sa réussite — allait susciter dans la famille la même admiration. Dans les travées on réunissait sacs en plastique, couffins, cartons contenant les cadeaux sans lesquels tout Africain ne saurait revenir au pays sous peine de déchoir aux yeux de ses proches. Pour eux il était prêt à affronter d'interminables discussions avec la douane.

Orly — 3°. Douala 32°. Humidité 96 %. Encore sur l'échelle de coupée la chaleur me transforma instantanément en fontaine. Je ruisselais. Mon sac de voyage semblait peser une tonne. C'est qu'on n'attaque pas la brousse avec un jean et des tennis ! Avant son départ Henri m'avait mis en garde tout en dressant la liste des vêtements et objets divers indispensables à la vie dans la réserve, sans oublier les médicaments essentiels. « Les cases du Faro ne sont qu'un abri, ce n'est pas le Ritz, m'avait-il prévenu. Le premier médecin n'est pas à moins de cent kilomètres à vol d'oiseau. Et nous ne sommes pas des oiseaux ! »

Le jour avait décliné avec une rapidité surprenante comme partout près de l'équateur. Je gorgeais mes poumons de cet air à la fois soyeux et moite, à l'odeur de poivre et d'épices, dans lequel, les yeux fermés, on reconnaît la nuit africaine. Des souvenirs me revenaient en masse du Tchad, du Congo, de Côte-d'Ivoire, de Guinée, du Sénégal, à la veille de l'indépendance. Vingt-cinq ans déjà... Et ceux, plus récents, moins chargés de violence potentielle, que j'avais ramenés, ébloui, de ma visite au pays des grands lacs et des vertes collines de l'Afrique de l'Est, où s'ébattaient ces grands animaux dont les frères m'attendaient quelque part là-haut, dans le Nord.

— Fais plus vite !

Du canon de sa mitraillette, une sorte d'orang-outan déguisé en parachutiste m'indiquait sans ménagement le vaste bâtiment de l'aéroport international de Douala d'où sortait une lumière glauque. Dans l'instant je revins sur terre et obtempérais sans discuter. Le régime du successeur d'Ahmadou Ahidjo ne passait pas pour un modèle de démocratie laxiste. Parti unique, culte de la personnalité, armée omniprésente... En avant, marche ! Dans le grand hall surchauffé une cohue colorée se pressait aux guichets de la police, de la douane, de la santé. Peu d'Européens. En transit, mon avion pour Ngaoundéré partant une heure plus tard, j'allais m'enquérir des formalités à accomplir lorsque je fus abordé par un jeune Africain à la chemise fleurie :

— Je suis Jean-Claude, le neveu de Thobie Eugène Ekéké qui s'occupe du ranch Ngaoundaba avec Monsieur Henri. Donnez-moi votre passeport, votre carnet sanitaire et indiquez-moi vos bagages, je me charge de tout. Sinon avec ceux-là (il eut un regard apitoyé pour la foule indigène chargée de colis) vous allez manquer la correspondance. De toute façon, la douane, vous la repasserez à Ngaoundéré. Et là-bas, avec les Européens, ils sont pires qu'ici !

Une demi-heure plus tard l'habile Jean-Claude qui connaissait tous les policiers et douaniers de l'aéroport, et distribuait de larges poignées de main à quiconque portait des galons, avait réenregistré mes bagages : « C'est plus prudent, patron, parce qu'ici transit y' connaissent à peine » — et m'avait conduit dans une salle d'attente que la climatisation détraquée transformait en banquise. Là il me présenta trois touristes français — un couple à la retraite et un employé de bureau tout frémissant à l'idée de découvrir l'Afrique — qui allaient séjourner au ranch avant de visiter en minibus les réserves du Nord. Voyage organisé, aventure aseptisée, confort garanti, risques exclus.

— Croyez-vous que nous verrons des girafes et des éléphants ? demanda le jeune homme.

— C'est prévu dans le catalogue, affirma le retraité du ton péremptoire de celui qui « a fait » le Maroc, le Sud tunisien et a même vogué sur le Nil...

Gare si les promesses sur papier glacé n'étaient pas tenues ! J'en frémis d'avance pour l'organisateur de voyages ! Dans le vieux Boeing 707 qui relie Douala à Garoua en passant par Ngaoundéré, je me réfugiais à l'arrière, dans la zone réservée aux fumeurs que — je l'avais remarqué à un frémissement de narines désapprobateur dans la salle polaire — mes compagnons provisoires fuyaient comme la peste. Ils manquèrent ainsi un spectacle qui valait toutes les girafes, tous les éléphants du parc de Waza. Trois notables camerounais, les uns en boubou blanc, l'autre en bleu tendre, tous empesés, immaculés, chaussés de souples babouches, le chef surmonté du calot à haute coiffe mis à la mode par Mobutu Sésé Séko, reçurent dans la travée centrale l'hommage appuyé de vassaux aux costumes européens froissés — certains leur baisaient la main — avant de s'asseoir, l'attaché-case à coins dorés bien calé entre les jambes, et d'ouvrir qui le *Wall Street Journal*, qui le *Time*, qui *le Monde*. Choc de l'Histoire, évolution des civilisations... J'avais devant moi les négrillons grandis de l'époque coloniale que les aventuriers au-devant desquels j'allais avaient connus jadis, piaillant dans la cour du harem de quelque *lamido**, au centre de « palais » faits de latérite et d'herbes à éléphant, avant de passer au polissoir des universités françaises, anglaises ou... soviétiques.

Pour la première fois dans cet avion défraîchi, j'eus l'impression de pénétrer réellement l'Afrique d'aujourd'hui. Avec ses avantages et ses inconvénients. Les avantages seraient pour plus tard. Les inconvénients étaient là, bien tangibles, dans le minuscule aéroport de Ngaoundéré où, sur des murs de ciment qui avaient oublié la chaux depuis belle lurette, étaient placardés par dizaines des portraits de S.E. Paul Biya, président du Cameroun et du parti unique. Parti auquel, vu l'importance qu'il affichait, appartenait sans doute possible le volumineux officier en tenue camouflée devant qui chaque passager devait comparaître dans un bureau enfumé empestant la sueur et la bière.

Il éplucha mon passeport, vérifia le visa camerounais,

* Chef traditionnel.

les multiples traces de mes séjours dans le monde. Affalé, il me dévisageait sans aménité. La barbe, les cheveux courts et le métier d'écrivain inscrit sur la première page du document ne lui disaient rien qui vaille.

— Touriste ? rugit-il.

— Touriste.

— Touriste où ?

— Ranch Ngaoundaba.

— Pas d'armes, pas de vêtements militaires ?

— Non.

— On verra ça.

Dans la plupart des régimes présidentiels africains, les Noirs en uniforme nantis d'un quelconque pouvoir sont d'une prétention et d'une arrogance insupportables dont ne sont pas épargnés leurs compatriotes. Si elle avait pu être filmée, la scène aurait réduit à néant les efforts d'un malheureux conseiller d'ambassade qui, à Paris, s'efforçait de drainer les touristes vers son pays. Tampon libérateur. Pas pour longtemps. Dans la salle de douane, un Amin Dada soupçonneux aidé par un Bokassa plein de morgue vida mes bagages à même le sol poussiéreux. Il n'y avait pas de comptoir pour poser les valises. Contrôle de tout écrit : livres, journaux, revues. Et pour la deuxième fois :

— Pas d'effets militaires, pas d'armes ?

— Non, dis-je.

— Et ça, et ça ?

Amin Dada brandissait triomphalement une paire de rangers et une combinaison de pilote achetés aux Puces dans un surplus de l'armée. « Rien de clair qui vous signale aux animaux, m'avait recommandé Henri Eyt-Dessus, mais surtout pas de tenue léopard qui serait pourtant parfaite. Certains pays d'Afrique ont toujours la phobie des mercenaires. » Mon *battle dress* italien était d'un vert olive rassurant et, hormis le nombre de poches dépassant la moyenne, n'avait rien de militaire.

— Chaussures de marche et survêtement pour le tourisme en brousse, expliquais-je, conciliant.

— Chasseur, grogna Bokassa. Alors montrez les armes.

— Vous voyez bien qu'il n'y en a pas !

Je désignais l'amas de vêtements et d'accessoires méticuleusement rangés à Paris, qui gisaient dans la poussière. Ces deux mastodontes bornés commençaient à m'agacer.

— Comme arme, je n'ai que ça !

Je sortis de ma poche un *Laguiole*, canif traditionnel que m'a offert un ami corrézien très cher, et qui est l'un de mes fétiches. Il ne me quitte jamais. Sa lame ne dépasse pas sept centimètres. Ma réflexion fit sourire un petit homme à la peau très noire et très mate, sanglé dans un costume de toile grise impeccable, et qui observait sans mot dire le déroulement des opérations. Il fit un bref signe de la main. Amin et Jean-Bedel s'inclinèrent et rebouclèrent ma valise avec une vélocité que n'aurait pas reniée ma femme, pourtant experte en la matière. Le petit homme, sans doute un policier d'importance, me salua de la tête et tourna les talons. Ce fut le seul fonctionnaire qui, à mon arrivée au Cameroun, se montra presque aimable. Je n'avais pas entendu le son de sa voix.

Nous sortîmes de l'aéroport — ou plutôt de ce qu'il était convenu d'appeler un aéroport ! Un minibus sable frappé de l'écusson aux trois têtes de cobs de Fassa sur fond vert de *Safaris Ngaoundéré*, l'entreprise d'Eyt-Dessus, nous attendait. A mes côtés le retraité râlait ferme, sa femme et l'employé de bureau étaient terrorisés. Ils n'avaient pas bénéficié de l'aide de l'homme en gris !

— Partout la police est comme ça, dit le chauffeur en s'emparant de nos bagages. Mais vous verrez, les Camerounais sont gentils-gentils. Madame Anne vous a préparé un bon petit dîner au ranch. Mon nom est Terry Koda et je serai votre guide pour la visite dans le Nord. C'est très beau, c'est mon pays. Je suis natif de Rumsiki.

Rumsiki, d'après mes lectures, offrait l'un des paysages les plus extraordinaires du Nord-Cameroun, vision lunaire de collines dénudées piquées de *dykes,* monolithes de formation volcanique, qui dépassent les cent mètres, peuplées de kapsikis totalement préservés de la civilisation. Les femmes y portent pour tout vêtement le cache-sexe en fer ou en feuilles tressées et les forgerons croque-morts y lisent encore l'avenir dans les traces qu'un crabe de mayo laisse dans le sable. Comment un homme jeune, — Terry paraissait avoir la trentaine — originaire de cette région « extra-terrestre » où l'on vivait comme au temps des premiers découvreurs portugais, pouvait-il pratiquer ce français parfait à peine marqué d'un accent qui n'avait rien d'africain ? Ma curiosité le fit rire aux éclats.

— C'est que j'ai passé une partie de ma jeunesse en Italie dans une famille qui parlait très bien votre langue. Mais c'est une longue histoire. Si le patron ne vous attendait pas au Faro et que vous soyez venu avec ces messieurs-dames dans les réserves, je vous l'aurais racontée. Peut-être à votre retour...

Un Kapsiki italien revenu au pays ! Je me promis d'interroger Henri sur cette étrange destinée et tentai de déchiffrer du paysage ce que m'en laissaient entrevoir les phares du véhicule. L'air frais, agréable contraste après la moiteur tropicale de Douala, me rappela que nous étions sur le plateau volcanique de l'Adamaoua qui sépare le bassin du Tchad de celui du Congo, à plus de mille mètres d'altitude. Sur le ciel pur, étoilé, se détachaient, par un clair de lune magnifique, des amas rocheux cyclopéens, dont le plus élevé — près de 200 mètres — creusé à mi-hauteur avait, selon la légende, donné son nom à la ville. *Ngaoun :* montagne ; *déré :* nombril. Je roulais aux pieds de « la montagne du nombril » ! Passée la « ville neuve » aux banales maisons de parpaings chaulés, la route goudronnée fit place à une piste de latérite rouge, bordée de buissons et d'arbres dont le feuillage étrange frémissait sous la brise. La civilisation s'exténuait. Çà et là on distinguait quelques cases au toit conique couvert de chaume. Parfois un lumignon indiquait la vie. Agrippé au volant, Terry Koda menait un train d'enfer, poussant des pointes jusqu'à... trente kilomètres heure ! La piste parsemée d'ornières n'avait pas été réparée depuis les dernières pluies et lorsque, par miracle, elle n'était pas défoncée, elle présentait l'aspect de la tôle ondulée, terreur de tous les conducteurs en Afrique. Soudain apparut dans le faisceau lumineux du minibus un arbre élagué qui barrait la route. Terry freina brusquement. Jaillissant du bas-côté un jeune para — c'était un gendarme en tenue léopard, décidément très prisée au Cameroun — insulta notre chauffeur avec une violence incroyable et conclut sa diatribe par ces mots étonnants :

— Tu ne sais pas que la nuit, au barrage, il faut éteindre ses phares. Tes papiers !

Terry, obéissant, coupa le contact et... la lumière. Nous fûmes plongés dans la nuit. Alors d'un air important, le jeune gendarme sortit une lampe torche de son *battle-dress*, examina les documents du véhicule, s'empara de nos passeports et conclut, hargneux, que nos visas étaient périmés.

— Vous pas en règle, jappa-t-il. Vous pas repartir.

Nous eûmes beau lui expliquer que nos visas délivrés à Paris la semaine précédente, contrôlés par les polices de Douala puis de Ngaoundéré, étaient valables trois mois, rien n'y fit. De téléphone, point. De radio, moins encore. L'homme noir tenait ses Blancs, il entendait leur dicter sa loi. Terry le laissa ergoter pendant quelques minutes et finit par lui tendre un billet de mille francs C.F.A. * aussitôt enfoui entre chemise et peau. Nous récupérâmes nos passeports, le tronc d'arbre s'effaça en même temps que le gendarme-racketteur, et nous pûmes poursuivre notre route. Chez mes compagnons, déjà échaudés par l'accueil à l'aéroport, le moral était au plus bas.

— Je te l'avais bien dit, geignait la femme, nous aurions mieux fait d'aller en Côte-d'Ivoire. Au moins, avec Houphouët-Boigny, ils sont civilisés.

* 1 000 F C.F.A. = 20 F français.

— Oui, dit l'employé de bureau d'une voix tremblante, mais là-bas il n'y a pas d'animaux sauvages.

Cette remarque judicieuse lui valut le regard reconnaissant du retraité. Durant le voyage, qui s'annonçait tumultueux, il aurait un allié. Par bonheur demain je serai dans la savane, à des années-lumière de leurs préoccupations.

Quelques kilomètres plus loin, nouveau poste de garde avec, cette fois, une guérite et une barrière réglementaire peinte en rouge et blanc. Mais la barrière était levée, mais la guérite était vide. Terry Koda désigna quelques baraques endormies, construites en retrait de la piste. Sur l'une d'entre elles s'étalait, en lettres énormes et maladroitement peintes, le mot magique pour trop de Camerounais de la brousse : Bar.

— C'est l'ancien poste de contrôle, dit Terry. Les autorités l'ont déplacé car les gendarmes ne dessoulaient pas. Dorénavant ils doivent parcourir six kilomètres à pied pour aller chercher de la bière. Ce qu'ils font sans doute maintenant grâce à mon billet.

— En pleine nuit ?

— Bien sûr. Ils vont réveiller le taulier. Si vous croyez qu'ils prennent des gants !

De colline en colline nous arrivâmes enfin au ranch desservi par une piste transversale, encore plus défoncée que la principale. Nous avions mis une heure et demie pour parcourir trente-cinq kilomètres. Sortie du goudron, l'Afrique vous impose d'autres conceptions du rapport distance-temps ! Soudain le minibus parut rouler sur du velours. A la monotone savane arbustive succédait dans les phares un jardin de rêve dont les fleurs de toutes couleurs se mêlaient, comme ordonnancées par un peintre de génie. Ngaoundaba, le ranch des Montagnes Jumelles, qui servait de point de départ aussi bien pour les safaris de grande chasse que pour la visite organisée des réserves du Nord, soignait son apparence. Tandis que des boys silencieux s'emparaient de nos bagages, nous fûmes accueillis par une frêle jeune femme en jean et gros pullover. A mille trois cent soixante mètres la nuit était fraîche et le feu de bois près duquel était dressé le couvert fut le bienvenu.

— Vous dînerez seuls, dit la jeune femme prénommée Anne, car les autres résidents ont regagné leur logement. En brousse on se lève tôt et se couche de même. D'ailleurs nous arrêtons le groupe électrogène à 22 heures. Ce soir nous l'avons laissé tourner pour votre arrivée.

La salle où nous fut servi le dîner présentait l'aspect étrange d'un ranch de western africanisé par de fort beaux meubles et panneaux sculptés. Les murs étaient de blocs de latérité rosée ; les poutres, le bar, les coffres, le plateau d'une grande table flanquée de bancs, de bois rouge ciré qui apportait une touche chaleureuse à l'ensemble. Des peaux de bêtes jetées çà et là rappelaient qu'à quelques centaines de mètres, au-delà des barbelés qui fermaient la propriété, la chasse animale avait commencé.

— Il n'y a plus de panthères ni de lions, comme à l'époque où M. Eyt-Dessus a entrepris de construire le ranch, dit Anne, mais il suffit de franchir les falaises de l'Adamaoua pour les trouver. Et dans le lac qui est là tout près, en contrebas, les indigènes disent qu'il y a des crocodiles. C'est pourquoi, de tout temps, ils répugnaient à fréquenter les lieux.

Malgré leur jeune âge, Anne et son mari, Frank, que nous verrions le lendemain, faisaient office de gérants lorsque Henri Eyt-Dessus chassait, c'est-à-dire deux semaines sur trois, et lorsqu'il résidait à Paris pendant la saison des pluies. Derrière l'apparente fragilité physique se cachait une femme de fer qui avait l'œil à tout. Hôtellerie, repas, direction des boys lui étaient dévolus tandis que son mari, aspirant guide de chasse, apprenait le métier sur le tas au Faro, tout en surveillant la bonne marche de l'élevage, plusieurs centaines de zébus qui paissaient dans les étendues sauvages avoisinant le ranch. Le dîner excellent, familial et très européen — potage de légumes, spaghettis bolonaise et crème renversée — expédié, nous gagnâmes nos chambres sous la conduite d'un boy armé d'une lampe électrique.

— Les boukarous sont occupés par des hôtes qui viennent en famille de Douala et Yaoundé se refaire une santé au bon air de Ngaoundaba, m'expliqua Anne avec un charmant sourire. Je vous ai logé dans une des chambres des dépendances. La vôtre s'appelle « Python ». C'est moins original que les cases traditionnelles mais c'est tout de même confortable pour deux nuits. Avant son départ Henri m'a priée de l'excuser. Il a dû partir au Faro avec ses amis cinéastes. Vous le rejoindrez après-demain avec Frank qui pourra ainsi vous faire visiter le ranch. Je crois que vous n'avez pas besoin que je vous souhaite une bonne nuit. Je sais d'expérience que le voyage depuis Paris est fatigant.

J'étais épuisé. Le temps de refermer une solide porte de fer sur une cellule quasi monacale meublée seulement d'un lit et d'une table basse, de sortir un survêtement, tenue idéale pour les nuits plus que fraîches des hauts plateaux, et la lumière s'éteignit en même temps que cessait le ronronnement lancinant du groupe électrogène. Rapide visite du lit à la lueur de la torche. Malgré son aspect policé le ranch était néanmoins isolé au cœur d'une savane inconnue. Insectes ? Bestioles ? Serpents ? Léger pincement au cœur en me glissant dans les draps glacés. Je sombrai sans plus y penser dans un profond sommeil tandis que dehors s'épaississait la grande nuit de la brousse africaine ponctuée du chant lancinant des grillons.

⁂

Au réveil, ce fut un enchantement. J'avais été tiré du lit à la fois par un soleil déjà puissant qui perçait sans mal les minces rideaux de cotonnade indigène et par le pépiement de centaines d'oiseaux qui avaient élu domicile dans un acacia planté à quelques mètres de ma chambre. C'étaient des tisserands dont les nids en nacelle suspendus aux branches étaient autant de boules d'or qui transformaient le modeste végétal en somptueux arbre de Noël. Au-delà d'une pente plantée d'eucalyptus et de pins, égayée de haies de poincétias aux fleurs écarlates, s'étendait à perte de vue le *bush* ocre et gris où les grandes pailles, dont certaines avaient été brûlées au début de la saison sèche, étaient piquées de larges espaces vert cru — herbes nouvelles, buissons et épineux de toutes sortes. Une allée de terre rouge, bordée elle aussi d'eucalyptus odorants, conduisait à un bâtiment central élevé au sommet de la colline et enfoui dans un savant désordre d'arbres et d'arbustes en fleur. Des bougainvilliers rouges et saumon partaient à l'assaut des façades de latérite devant lesquelles, par dizaines, des hibiscus pourpres montaient une garde vigilante. Des tapis de jacarandas bleu-violet parsemaient un gazon digne du plus beau parc anglais où dégringolait par grappes du pin majestueux qui ombrait la terrasse. Ici et là on apercevait des mimosas en bouquets sauvages, la silhouette décharnée d'un frangipanier dont chaque branche dépourvue de feuilles se terminait en une blanche corolle ; les fruits oblongs du kapokier voisinaient avec les fleurs rose pâle de manguiers touffus ; grands aloès et flamboyants enflammés succédaient à des euphorbes et des caoutchoucs atteints de gigantisme. De cet enchevêtrement verdoyant et coloré émergeaient les toits coniques recouverts de chaume des boukarous — traditionnelles cases cylindriques des Peuls — qui, confortablement améliorés, servaient de logement aux résidents du ranch avides de pittoresque. Pour compléter ce paysage féerique un lac de cratère s'étalait mollement à deux cents mètres en contrebas, au pied de la colline. Sous le soleil montant, sa surface lisse semblait d'étain en fusion et attirait, tel un miroir, des myriades de hérons garde-bœufs au plumage immaculé.

— Pas mal, hein ? Qui s'attendrait à un pareil jardin au milieu de cette brousse hostile ?

Un grand gaillard longiligne, tout en muscles, vêtu d'un T-shirt délavé, d'un pantalon de toile et chaussé de pataugas fatigués, me tendait la main.

— Frank, se présenta-t-il. Je suis le mari d'Anne qui vous a reçu hier au soir. Pardonnez mon absence mais j'étais crevé. Ce parc idyllique fait oublier que Ngaoundaba est un ranch, un vrai, avec des bœufs par centaines et qu'il faut s'en occuper. C'est mon travail entre deux séjours au Faro. Nous y partirons demain matin. En attendant allons déjeuner et après, si vous le voulez, je vous ferai faire le tour du propriétaire.

Sous les cheveux blonds, coupés court, Frank portait encore, sur un visage aux traits réguliers, rasé sous la peau, la séduction fragile de l'adolescence. Il en avait aussi la boulimie devant le petit déjeuner servi en plein air à la table d'hôte. Entre ses mains carrées les tranches de pain grillé avaient à peine le temps d'être beurrées qu'elles étaient englouties, ce qui ne l'empêchait nullement de répondre aux questions que sa présence — et celle de sa si jeune femme — dans ce coin reculé de l'Afrique posait.

— Nous avons tous les deux vingt-trois ans et nous nous sommes mariés il y a six mois, me dit-il la bouche pleine. Mais nous nous connaissons depuis six ans. Comme dans les romans roses, nous nous étions « promis ».

— En Europe, remarquais-je, beaucoup de jeunes rabâchent que l'aventure telle que l'ont vécue leurs aînés n'est plus possible. Et pourtant vous êtes à la fois éleveur, hôtelier et aspirant guide de grande chasse. Ce n'est pas commun à votre âge ! La France d'aujourd'hui vous pesait-elle si fort ?

— Il y a de cela. Mais mon cas est un peu particulier. Mon père représentait une grande compagnie aérienne en Afrique où j'ai passé une partie de mon adolescence. J'ai contracté le virus. Malgré les études menées en France, je ne m'en suis pas débarrassé, alors, l'an dernier, quand j'ai rencontré Henri à Paris et qu'il m'a proposé de venir l'aider, j'ai sauté sur l'occasion. Bien sûr, si j'avais vu le jour à La Courneuve... je n'aurais peut-être pas pris la même décision.

Né à Brazzaville, Frank avait ensuite vécu à Douala mais c'est au Kenya, où la chasse était encore autorisée, qu'il avait ressenti pour la première fois la fascination des grandes savanes et l'excitation des longues traques sur la piste de gibier de plus en plus important.

— Mon père chassait « le gros » depuis son service militaire qu'il avait fait en Afrique, m'expliqua-t-il. Tous les week-ends depuis que j'ai atteint, comme on dit, l'âge de raison, il m'emmenait avec lui. Tu te rends compte — (le tutoiement était venu naturellement) — pour un gamin, parcourir le *bush* avec des vrais chasseurs, c'était extraordinaire. Mon père était devenu semi-professionnel, c'est-à-dire qu'il avait le droit d'accompagner des gens mais sans se faire payer. Alors il aidait ses copains guides de grande chasse. Il m'a fait marcher, pister les fauves. Vivant la chasse en permanence, je ne me posais pas de questions. Je ne me rendais même pas compte du plaisir que j'en éprouvais. Je ne connaissais pas autre chose. Toute mon enfance j'ai tiré à la carabine à plomb. Et pour mon quinzième anniversaire mon père m'a offert ma première winchester !

Visiblement heureux de trouver un interlocuteur intéressé par son cheminement, Frank livrait tout à trac les étapes de sa jeune existence. Le retour en France n'avait pas été facile. S'acclimater aux études classiques dans un pensionnat provincial alors que l'on a vécu « la Ferme africaine » sans seulement soupçonner l'existence de Karen Blixen était au-dessus de l'entendement du jeune garçon qui avait dépensé son trop-plein de vigueur dans les sports les plus rudes : karaté, *full-contact*, boxe française, tout en suivant tant bien que mal le cycle secondaire conduisant au baccalauréat. Un brevet de technicien en tannerie, obtenu à l'arrachée, devait, pensait-il, lui ouvrir les portes de l'aventure. Il s'imaginait déjà acheteur de bétail en Argentine... et s'était retrouvé vissé derrière des éprouvettes à Angoulême. L'horreur. Une solution s'était imposée pour éviter le train-train d'une vie sans épices : l'engagement dans les commandos parachutistes.

— Ce n'était pas que je sois attiré par la violence, poursuivit-il, mais — je ne tiens pas à le cacher — je suis un « physique » qui aime aller tout seul à l'extrême de ses forces. J'allais m'engager lorsque j'ai eu un grave accident au genou. Cinq opérations, une ligamentoplastie... et la réforme définitive. Le trou noir, pas d'espoir. Enfin la chance : des amis m'ont proposé une place d'assistant-guide de chasse au Sénégal. Six mois à ravitailler quatre campements, à m'occuper de quinze bonshommes. Pas de vrais chasseurs comme au Faro où l'on a au maximum deux clients par guide blanc, non, des petits amateurs de tir aux oiseaux ou au phacochère ! J'avais à les placer, à les situer pour qu'ils ne se massacrent pas entre eux. Je leur servais à boire, à manger, et, certains soirs, je les présentais même aux filles peu farouches des villages voisins ! Bien vite je me suis lassé de ce métier de nounou où je n'avais rien à apprendre. Je suis rentré en France et j'ai exercé de petits boulots pour ne pas être chômeur. Puis, comme dans la chanson, Henri est arri-vé-é-é !

L'enfance était encore toute proche mais c'est avec beaucoup de sérieux que Frank, tout en me faisant parcourir les allées bien tracées du Ngaoundaba touristique, décrivait ses nouvelles activités et les ouvertures qu'elles lui offraient. Au départ, Henri Eyt-Dessus l'avait engagé avec sa jeune femme — l'un n'allait pas sans l'autre — pour s'occuper essentiellement du ranch : l'élevage et le tourisme.

— Le hasard a voulu que j'aille dans sa réserve pour lui donner un coup de main, et il a constaté sur le terrain que j'avais la chasse dans le sang. Comme en outre je tirais bien il a résolu de m'apprendre le métier de guide. Ce qui ne m'empêche pas de surveiller le ranch puisque je ne participe qu'à une chasse sur deux. Je voudrais être de toutes car c'est au Faro, au contact de la nature et des animaux, que je me sens le plus heureux. Mais les touristes et les zébus me font vivre, alors je les soigne avec l'attention qu'ils méritent.

J'avais hâte de découvrir ce Faro, aussi cher à son cœur qu'à celui de Henri. Le départ n'étant fixé qu'au lendemain, je poursuivis la découverte d'un domaine qu'à Paris, à un jet de pierre de la place Blanche, j'avais eu peine à imaginer lorsque le pionnier — Henri Eyt-Dessus se défiait du terme d'aventurier — m'avait décrit brièvement la zone déserte sur laquelle, trente ans auparavant, il avait jeté son dévolu. Quarante hectares dont il était légalement propriétaire, entourés de vingt mille hectares sur lesquels il était autorisé à exercer un droit de pâturage. Au bâtiment central, aujourd'hui noyé sous les bougainvilliers et qu'il avait jadis construit de ses mains, s'étaient ajoutés au fil des années les annexes et les boukarous traditionnels édifiés selon les règles coutumières par les Peuls du village le plus proche. Il pouvait y accueillir jusqu'à soixante personnes, voyageurs venus d'Europe mais aussi familles résidant au Cameroun et désireuses d'échapper, le temps d'un week-end ou des vacances, tant à la chaleur tropicale de Douala et Yaoundé qu'à l'enfer sahélien de Garoua et Maroua.

— Cela aussi c'était une sacrée aventure, dit Frank. Nourrir tant de touristes, sans compter le personnel, posait mille problèmes. On a tendance à oublier, au milieu de ces jardins fleuris, qu'on se trouve ici dans un désert avec, comme seules ressources, les commerçants libanais de Ngaoundéré, à une heure et demie de piste ! Alors Henri a décidé de vivre en autarcie. Il a tout créé lui-même. La basse-cour devant laquelle nous sommes passés et surtout ces vergers et potagers, là, au bord du lac. Il a formé — car il sait tout faire — des jardiniers qui, nourris de mil, de manioc et d'ignames depuis leur enfance, n'avaient jamais vu une courgette, un chou ou des fraises de leur vie ! Il a même appris à un boy à faire le pain. Chaque matin, à Ngaoundaba, il est frais. A part les produits de base, nous n'achetons rien à l'extérieur et, crois-moi, au ranch, la bouffe est de première ! Henri et son vieux copain Raymond que nous retrouverons au Faro — deux fines fourchettes — ont transmis leur savoir à des cuisiniers indigènes. Mais le meilleur maître queux reste pourtant Samuel, maçon et homme à tout faire lors de la saison des pluies, qu'Henri a connu à ses débuts au Cameroun. Avec trois casseroles bosselées il vous prépare des repas extraordinaires. Et en pleine brousse car, bien sûr, Henri l'emmène dans tous ses safaris ! Quant à la viande elle ne manque pas. On n'a qu'à piquer dans les troupeaux. Et rien ne vaut un bon steak de zébu.

Celui que je dévorais un peu plus tard, lors du déjeuner en plein air, valait le précieux charolais vendu au prix de l'or par les meilleurs bouchers parisiens. Cette viande exceptionnelle pour laquelle mon guide manifestait autant d'intérêt que, le matin, pour le pain fraîchement grillé, me rappela la vocation première d'Henri Eyt-Dessus et la source de sa réussite : l'élevage.

— Il m'a annoncé plus de huit cents têtes de zébus mais depuis ce matin je n'ai pas vu la queue du premier, remarquais-je. Ngaoundaba ressemble à un ranch d'opérette d'où meuglements et odeurs de fumier sont étrangement absents.

Quand Frank souriait — rarement, car il se forgeait des traits d'homme responsable — c'était de tout le visage.

— Je voulais que tu reprennes des forces, dit-il en torchant la dernière goutte de sang dans son assiette. Les bêtes paissent dans la nature — parfois très loin — et on ne peut les approcher qu'à pied, faute de pistes. Mets un pantalon solide et des rangers car la savane, si belle à voir d'ici, se défend comme une pucelle. Elle pique, égratigne et déchire ! J'espère que tu aimes la marche... Ce sera un bon entraînement avant la chasse au Faro. Et cela te fera oublier « le ranch d'opérette ».

Cinq heures plus tard, le souffle court, les pieds en feu

d'avoir suivi ce sloughi dans la brousse arbustive, passant de zones incendiées où l'herbe tendre repoussait sur les brûlis à de vastes étendues grisâtres, comme bitumées par la latérite fondue d'origine volcanique, franchissant des mayos à gué quand ce n'était pas en jouant les équilibristes sur le tronc lisse et glissant d'un pont de branchages, je savais tout des zébus qui avaient fait la richesse du ranch... et n'en avais aperçu que quelques-uns, taches fauves aux cornes recourbées en forme de lyre, confondues avec l'ocre verdâtre du *bush.*

— Nous en avons pourtant plus de huit cent cinquante, précisa Frank. Huit cent soixante-seize exactement mais tu n'en verras jamais plus de dix à la fois. Ils errent à leur gré, éloignés les uns des autres.

— Sans surveillance ?

— Si. Je contrôle onze bergers. Des vrais *bushmen,* des sauvages de la préhistoire. Chacun d'entre eux est responsable d'environ soixante-quinze bêtes qui trouvent leur nourriture dans un périmètre de dix kilomètres que l'on appelle un *valdès.* Ils vivent ainsi isolés dans leur zone où ils construisent un boukarou rudimentaire pour leur femme et leurs enfants. Ils connaissent si bien les habitudes de leurs zébus qu'ils sont capables de les réunir dans la journée si cela est nécessaire, par exemple pour les faire passer régulièrement dans le bain détiqueur ou bien pour les vacciner pendant l'hiver. Les tiques, ici, c'est la plaie. Des bestioles qui s'enfoncent sous la peau et empoisonnent le sang des animaux. Elles provoquent encore des ravages considérables chez les *bororos,* les vrais zébus des éleveurs peuls du Nord. Les nôtres grâce aux bains et aux vaccins échappent à ce péril. Mais le coup de génie d'Henri a été de croiser les *bororos* des indigènes avec des bœufs du Texas. Il a ainsi obtenu des bêtes solides et plus avantageuses en viande qui sont renommées non seulement dans la région mais à Douala. Les éleveurs et les bouchers nous les achètent en confiance car ils savent que nos bêtes sont toutes nées sur notre territoire. A deux ans les vaches sont présentées au taureau et donnent naissance à des génisses ou des bovillons. Les premières servent à la reproduction et les seconds, sevrés puis castrés, s'élèvent eux-mêmes dans le *bush.* Chaque année Henri a ainsi une centaine de bœufs de grande qualité à vendre. Ça assure son indépendance et lui permet d'aller chasser avec ses clients le plus clair de son temps. Aujourd'hui le roulement est simple mais il a dû en baver avant de parvenir à cette réussite. Car il a commencé avec seulement une demi-douzaine de *bororos.*

Dans la conversation du jeune homme le nom de son patron revenait sans cesse : « Henri a fait... Henri a créé... Le coup de génie d'Henri... » Simple employé, il témoignait devant sa réussite d'un enthousiasme sans bornes et, brûlant d'y parvenir un jour, ne ménageait pas sa peine.

— Il m'a dit avoir été poissonnier puis boucher avant d'arriver dans le Nord ? dis-je encore.

— Je ne sais pas grand-chose de sa vie. Il te la racontera peut-être au Faro s'il est de bonne humeur... et s'il a le temps, car il a l'œil à tout. Moi, je l'entends surtout gueuler quand ça ne marche pas selon ses désirs. De mon côté j'en fais autant avec mes bergers. On appelle ça « faire palabre ». Ce qui ne signifie pas discuter interminablement, comme on le croit en Europe, mais au contraire s'accrocher ferme. Parfois jusqu'à la bagarre. Par bonheur cela ne m'arrive pas souvent car je connais bien la mentalité des Africains avec lesquels j'ai été élevé. Il ne faut pas trop leur en demander et ne pas les brusquer — sauf à bon escient. Et Henri sait le faire admirablement.

Nous étions revenus au ranch où Frank aidait les boys à terminer la décoration des tables de réveillon.

— Il doit être heureux de franchir le seuil de la nouvelle année au calme de sa rivière, dit-il en poursuivant sa pensée. Les Blancs en goguette ce n'est pas tellement son genre. Au fond, c'est un sauvage civilisé !

Puis, après un silence :

— Si je pouvais un jour avoir une vie aussi bien remplie que la sienne, je m'estimerais satisfait.

Dans ses yeux clairs brillait une telle lueur d'admiration que je fus heureux à l'idée de l'avoir pour compagnon durant ma première expérience sur la piste des grands fauves. En espérant que lions, éléphants et autres élands de Derby se montreraient plus accessibles que les zébus dont, le matin même, je me réjouissais de découvrir le moutonnement innombrable. J'en avais vu sept. En cinq heures de marche ! J'ignorais encore à quel point la réflexion d'Henri Eyt-Dessus, dans son petit bureau parisien, était justifiée : « Mon Afrique n'est pas un zoo, m'avait-il dit. Chez moi il faut *mériter* l'animal que l'on traque. Que ce soit pour l'admirer ou bien le tuer. »

***

Le Faro aussi se méritait. Nous n'en étions séparés que par cent vingt kilomètres mais nous mîmes près de sept heures pour les parcourir à bord du moyen de transport le plus inconfortable que j'aie jamais emprunté en trente années de bourlingue sous toutes les latitudes. Il s'agissait d'une vieille ambulance militaire Ford aux sièges défoncés qui avait fait le débarquement de Normandie et servait au ravitaillement du camp de brousse. Ce jour-là, elle était chargée jusqu'à la gueule du carburant destiné aux véhicules tout terrain indispensables à la chasse. Six cents litres d'essence et deux cents de pétrole dont les vapeurs rendaient l'atmosphère de la cabine irrespirable. Y fumer relevait de la provocation, ce dont ne se souciaient ni Frank ni Tizé, le chauffeur mboum qui pilotait l'antique véhicule avec maestria. Embarqué sur la même galère et imitant leur mépris du danger j'allumais une cigarette et, à la cinquième, j'oubliais que je roulais à bord d'une bombe ambulante. La circulation sur la route nationale transcamerounaise qui conduit au Tchad mobilisait toute mon attention. Conducteurs de trente-cinq tonnes flambant neufs, surchargés de marchandises, ou de modestes taxis-brousse bourrés de voyageurs et dont la décoration psychédélique tentait de masquer le délabrement, ne semblaient connaître qu'une allure : ils conduisaient pied au plancher. Par bonheur Tizé, sans quitter le mégot fiché entre ses lèvres épaisses, faisait montre d'une sage prudence, évitant nids de poule et éboulis pierreux provoqués par les récentes pluies et sur lesquels les camionneurs fonçaient avec une belle inconscience.

— La route de Garoua est la plus belle mais aussi la plus dangereuse du pays, me dit-il sans tourner la tête. Quand vous lisez dans le journal : « Un taxi tombe dans un ravin, quinze morts », vous pouvez être sûr que c'est la vérité. Surtout ici, à la Falaise.

Le massif de l'Adamaoua — barre de basalte et granit qui sépare le Cameroun du Sud au climat tropical de celui du Nord où règne la chaleur sèche des régions pré-sahéliennes — s'arrêtait brusquement en un gigantesque à-pic. A ses pieds s'étendait le bassin de la Bénoué, noyé dans une brume impalpable et coloré de l'ocre brune de la savane boisée, où — ainsi qu'Anne l'avait annoncé — l'on retrouvait la faune sauvage qui, dans un passé récent, peuplait encore les abords du ranch. La Falaise ! Sept cents mètres de dénivellation en quelques kilomètres de route bordée de ravins vertigineux.

— Quand les camions montent du Tchad chargés de vingt-cinq tonnes de balles de coton, cela va encore, expliqua Frank. C'est quand ils reviennent à vide que cela se gâte. Un mauvais coup de frein, une plaque de sable et c'est le ravin. En général les routiers s'en tirent car ils sautent de leur cabine avant la chute et disparaissent dans la savane. Leurs patrons ne les retrouvent jamais. Ils le savent et incluent ce risque dans leur prix de revient. Le Far-West n'est pas loin dans ces régions. Mais pour les malheureux passagers des taxis-brousse c'est le cimetière assuré !

Les épaves disloquées, parfois incendiées, qui gisaient

sur la pente abrupte appuyaient ces propos confirmés à mi-descente par un bel embouteillage. Un énorme camion Mercedes avait dérapé. La cabine dépassait l'accotement et se trouvait en équilibre au-dessus du vide, retenue par le poids d'une interminable remorque qui obstruait presque complètement la route. L'incident nous fit perdre une bonne heure durant laquelle je pus constater l'ampleur du fatalisme africain. Les chauffeurs des poids lourds bloqués avaient sorti des nattes et, étendus sous le pont de leurs véhicules, dormaient d'un sommeil insouciant. Certaines passagères de taxis-brousse, faisant basculer l'enfant qu'elles portaient dans le dos entre robe et peau, cherchaient un abri pour le protéger du soleil meurtrier, tandis que d'autres, se transformant en commerçantes, proposaient aux acheteurs éventuels d'étranges nourritures puisées dans leurs provisions : bananes plantains grillées, gombo — sorte d'aubergine gluante — ou bien gelée de manioc enrobée dans des feuilles de bananier. L'embouteillage se transformait en pique-nique auquel participaient benoîtement deux gendarmes et le prisonnier qu'ils convoyaient, les poignets entravés par des menottes !

— En Afrique, constata Frank, on sait quand on part. Jamais quand on arrive ! Et tout le monde s'en fout...

Pas Tizé qui, se faufilant entre les véhicules immobilisés, parvint à faire dégager un étroit passage entre le camion accidenté et le bas-côté. Reprenant le volant il fit alors effectuer à la vieille ambulance chargée de matières inflammables — que nous avions prudemment abandonnée — un numéro de funambule en bordure de ravin. Centimètre par centimètre, un pneu aux trois quarts dans le vide, la carrosserie effleurant le pare-choc du semi-remorque, il réussit la délicate manœuvre saluée par les cris de joie des badauds. Malgré la sagesse qu'il affichait au volant, notre Mboum n'avait rien à envier à ses frères trompe-la-mort... Grâce à sa témérité — nous ne le félicitâmes que pour sa dextérité ! — nous pouvions espérer parvenir au Faro avant la tombée du jour.

Dans la grande plaine de la Bénoué, la verdure du haut plateau fit place à la monotone savane aux couleurs fauves dominée çà et là par la masse pachydermique de baobabs centenaires. La route, ruban rectiligne qui se perdait à l'horizon, était maintenant sans danger. De temps à autre apparaissait un village entouré de minuscules lopins de terre plantés de patates douces, d'ignames et de mil. Les *sarés*, ensemble de boukarous à toit conique qui constituent l'habitat commun au nord Cameroun, étaient protégés du regard par un mur de pisé ou, plus élégamment, par des clôtures de paille tressée qui témoignaient de l'habileté des habitants aux travaux de vannerie. A l'ombre de quelque manguier en fleur ou d'un auvent de chaume, des femmes accroupies derrière des cuvettes où s'empilaient des racines d'ignames et des avocats vert tendre attendaient avec patience un hypothétique chaland. Un peu à l'écart, les hommes drapés dans d'amples boubous aux couleurs éclatantes bavardaient paisiblement. C'est peu après l'un de ces villages que Tizé immobilisa son véhicule. Dans la savane qui venait mourir sur le bord de la route s'ouvrait une piste flanquée de quelques boukarous perdus dans les hautes herbes et fermée par une barrière de jeunes troncs élagués. Clouée sur un poteau, une pancarte : « Route interdite. Chasse réservée. Campement de Faro ouest. »

— Ici commence la zone de chasse, annonça Frank. C'est la première piste tracée par Henri quand il a découvert cette région déserte. Quarante-deux kilomètres jusqu'au Faro. Si tout va bien nous y serons dans trois heures. Accroche-toi, ça va danser.

La barrière franchie nous nous engageâmes sur les traces laissées par les véhicules qui nous avaient précédés. Les hautes pailles fouettaient la carrosserie de l'ambulance, entraient par les glaces ouvertes, nous giflaient le visage. Cramponné à son volant, Tizé manœuvrait dans ce fouillis d'herbes séchées à l'abri desquelles se dissimulaient toutes les traîtrises du chemin de brousse. Sous le soleil de plomb, les pailles froissées dégageaient une poussière suffocante qui crissait sous les dents. Soudain le décor uniforme verdit comme par miracle. Les bouquets de grands arbres dominant la savane se firent de plus en plus nombreux, daniélas aux feuilles vertes et jaunes vernissées, faux et vrais karités aux troncs annelés et aux fleurs blanches, buissons de gardénias géants aux feuilles d'or éclatant sous un ciel d'une pureté absolue. Dans la végétation revigorée par la présence de nappes d'eau invisibles, une troupe de cynocéphales nous salua d'aboiements rageurs tandis que des merles métalliques, effrayés par le bruit du moteur, s'envolaient dans un chatoiement d'un bleu intense.

— Le Wal, dit Frank en chassant les premières tsé-tsé qui s'étaient engouffrées dans l'habitacle. A cette époque le mayo est à sec mais il y a de l'eau en dessous. A la saison des pluies il est infranchissable.

Devant nous s'ouvrait une ravine semée de gros rochers polis par le torrent. Nulle trace de pont ni de gué. La blessure de la piste s'arrêtait net pour reprendre un peu en amont sur l'autre rive. Par où devions-nous passer ? Avant que j'aie pu poser la question, Tizé y répondit en lançant sans hésitation son engin antédiluvien sur la pente. Droit devant, toute ! Comment réussit-il à manœuvrer sur les énormes blocs pierreux ? Sa connaissance du lit du mayo était telle que, sous sa poigne redoutable, l'ambulance ébranlée d'effroyables secousses parvint à franchir l'obstacle, à aborder l'escarpement plus rude que le premier, et à l'avaler comme en se jouant. Lorsque nous reprîmes la piste j'eus peine à desserrer ma main agrippée au montant de la portière. Elle était devenue blanche !

— Tu as un avant-goût de ce qui t'attend chaque jour à bord des 4 × 4, prévint Frank. Et encore, là, nous empruntons le chemin du camp. Notre route nationale !

Hors piste c'est une autre affaire. La grande chasse n'est pas un sport de demoiselle. Elle exige de la résistance, des reins solides, le sens du risque calculé et une prudence de tous les instants.

Sans compter une bonne dose d'inconscience, me sembla-t-il, lorsque je vis notre chauffeur poursuivre sa route alors qu'à quelques centaines de mètres à peine la brousse brûlait. Nous allions droit sur un mur de flammes orangées surmonté de lourds panaches de fumée noire.

— Les pisteurs ont mis le feu aux pailles en revenant de la chasse, dit mon guide, insouciant de l'explosive cargaison que nous transportions. Ils ont oublié notre arrivée.

Tizé passa simplement la vitesse inférieure et suivit l'incendie qui avançait au pas d'un homme. Jouant « le Salaire de la peur » nous roulâmes ainsi sur des brûlis fumants. Lorsque au milieu de la piste des pailles flambaient encore, le Mboum descendait, étouffait les flammes à grands coups de branchages arrachés aux arbres voisins, puis réembrayait paisiblement. Comme je m'étonnais de la dangereuse pyromanie des pisteurs, Frank la justifia en homme de terrain.

— Si nous laissions les pailles en l'état, traquer les bêtes deviendrait impossible ou trop dangereux. Tu verras ce que c'est que de poursuivre à pied des buffles ou un éléphant dans des herbes sèches, coupantes et bien plus hautes qu'un homme. Cela t'arrivera sans aucun doute car on ne peut pas tout brûler sur cent kilomètres carrés ! On en bave (je retrouvais le mot d'Henri), on n'a aucune visibilité et l'on risque de se retrouver nez à nez avec un fauve.

A la chaleur naturelle du climat s'ajoutait celle de l'incendie. Notre vitesse était si réduite que nulle brise ne venait nous rafraîchir. La cabine de l'antique ambulance était devenue un four où nous cuisions à l'étouffée. Soudain, grâce aux caprices du vent, le mur de flammes s'éloigna vers la gauche. La piste était libre et devenait presque carrossable. Nous reprîmes de l'allure et savourâmes un semblant de fraîcheur qui me parut délicieuse. Dans le sous-bois une harde de cobs de Buffon, élégantes silhouettes fauves, entreprit à notre passage une brusque cavalcade puis s'arrêta. Le mâle aux hautes cornes spiralées gardait le regard braqué sur notre véhicule tandis que ses femelles entourées des petits reprenaient le repas que nous avions interrompu. Un peu plus loin le raffut de nos pistons laissa indifférentes plusieurs dizaines des mêmes antilopes occupées à lécher le fond d'une mare asséchée.

— Nous approchons du camp, dit Frank. Pour les cobs c'est la zone de sauvegarde. Henri interdit de les tirer à trois kilomètres à la ronde. Les animaux le *savent.* Ils se sentent en sécurité et *savent* aussi trouver le sel que les pisteurs déposent régulièrement à cet endroit. Ici ils ne craignent pas les hommes. Seulement les lions, auxquels ce havre de paix sert de garde-manger !

Jusqu'au camp de base je pus constater que le « garde-manger » était remarquablement approvisionné. La vision de ces gracieuses antilopes, l'air rafraîchi par la proximité de la rivière, la chevelure verdoyante des grands arbres de la savane, tout concourait pour donner, au terme de sept heures de route épuisantes, l'impression la plus agréable qui soit. Même la piste était devenue « civilisée » et Tizé, comme le cheval qui va retrouver son picotin, accéléra pour terminer sa course par un ample virage qui, sur une aire aplanie, conduisit sans manœuvre l'ambulance à l'alignement d'un camion, de deux Land-Rover et de trois command-cars aux moteurs encore chauds, rangés avec une rigueur toute militaire. Nous étions enfin arrivés au Faro.

Henri Eyt-Dessus m'accueillit avec la chaleur qu'on a pour une vieille connaissance. Il était encore en tenue de brousse car l'équipe de cinéastes qu'il cornaquait — en compagnie de deux amis, Pierre C... et Raymond L... — venait tout juste de rentrer d'une randonnée commencée à l'aube. Les visages maculés de poussière et de sueur, les traits tirés par la fatigue témoignaient mieux que tout discours de la rigueur d'une journée à travers la savane. Les présentations faites, chacun retourna avec satisfaction au verre embué servi par un boy dont la longue tunique blanche contrastait avec les vêtements froissés des chasseurs, mélange hétéroclite de chemises civiles et de treillis de l'armée. L'ambiance tenait du camp militaire de campagne et du club estival. La bière goulûment avalée, les jeunes hommes n'eurent plus qu'une pensée : plonger dans le courant limpide du Faro au bord duquel le campement était établi.

Construits sur une rive sablonneuse ombrée de grands arbres aux branches torturées, six boukarous de paille tressée — un cylindre pour les murs, un cône pour le toit — constituaient les « logements ». Deux paillotes, l'une pour protéger d'énormes réfrigérateurs à pétrole ou à gaz, l'autre servant de repaire à Samuel, le cuisinier, complétaient les installations succinctes du campement.

— Il est tout neuf, dit mon hôte. Les crues d'hiver ont emporté le précédent. Mes hommes ont reconstruit les boukarous il y a un mois à peine. Tu vas inaugurer ton palace.

Il me fit entrer dans une case un peu à l'écart, où un serviteur avait déposé mes bagages. Pour tout mobilier, un lit de camp recouvert de l'indispensable moustiquaire, un fauteuil de toile, une planche de bois brut fixée sur quatre piquets pour isoler la valise du sol, deux cordes faisant office de « penderie », et une natte de raphia jetée en descente de lit à même le sable.

— Ce confort amuse beaucoup mes pisteurs, ironisa Henri. Entre eux ils appellent cela « manières de Blancs ». Eux couchent par terre, sous un abri de paille, roulés dans une couverture car, par bonheur, les nuits sont fraîches. Ils savent néanmoins édifier parfaitement ces boukarous — dans leur village pour leur famille et ici pour moi — comme le faisaient leurs ancêtres en n'utilisant que les ressources de la savane et leur machette. Pas une planche, pas un clou. Seulement de jeunes troncs, des branches et de la paille tressée. Chaque soir, en me couchant à la lueur de la lampe tempête, je ne peux m'empêcher d'en admirer l'ingénieuse architecture.

Henri Eyt-Dessus s'était réservé le plus vaste, à l'orée du campement, comme pour protéger ses amis chasseurs des dangers de la brousse.

— J'y passe près de la moitié de ma vie, dit-il en m'entraînant à sa suite. Et je m'y sens autrement mieux que dans mon appartement parisien ou même qu'au ranch.

Ses cantines métalliques étaient soigneusement empilées et cadenassées ; sur une étagère rustique s'entassaient des livres par dizaines et, si la même corde supportait ses vêtements, tous étaient suspendus à des cintres. Près de l'étroit lit de camp étaient alignées des carabines dont les crosses polies luisaient dans la pénombre. Les plus grosses semblaient tachées de sang. Sur un fauteuil pliant fait de toile et de bambou était jeté un gilet de chasse verdâtre bardé de cartouches impressionnantes. Éblouissantes sous un rai de soleil, leurs douilles cuivrées le festonnaient d'or. Nulle trace de poussière sur la table basse qui supportait une torche, une bouteille d'eau fraîche et des verres.

— Mouka veille sur moi, sourit Eyt-Dessus qui avait surpris mon regard. Il est sourd et muet mais rien ne lui échappe. Voilà dix ans qu'il me suit comme un chien fidèle et j'ai pour lui beaucoup d'affection. Il est tout à la fois mon boy personnel, mon homme de confiance et le majordome stylé de tous mes safaris. C'est lui qui nous a servi les boissons et veille au bien-être de mes visiteurs. Avec Samuel et Oumarou — le chef des pisteurs — il fait partie de ces rencontres qui ne m'ont pas fait regretter d'avoir choisi l'Afrique il y a si longtemps pour y creuser mon trou et vivre libre.

Dans cette case — au confort à vrai dire bien modeste mais exceptionnel en ce bout du monde hostile sillonné par les grands fauves africains — émanait une atmosphère d'aventure virile dans laquelle Henri Eyt-Dessus, tel un héros de Kipling, s'intégrait naturellement. C'est là que j'allais apprendre comment un petit-bourgeois grenoblois était devenu l'un de ces célèbres *white hunters* (chasseurs blancs) dont l'existence a fait et fera toujours rêver des générations de citadins nostalgiques des grands espaces. Pour l'heure j'en rapporte ce que, trop brièvement, il m'en a conté.

II

LE *MUKALA* DE LA FORÊT

Au début des années 50 Henri Eyt-Dessus n'avait pas trente ans mais constatait avec dépit que la vie qu'il avait menée jusque-là était sans réel intérêt. Cinq ans après la guerre il trouvait vide et fade l'avenir qui lui était promis en Europe. Fils d'un officier de gendarmerie, il avait poursuivi à Grenoble des études de droit interrompues en 1943 par le Service du travail obligatoire institué par le gouvernement de Vichy. Pour cet intellectuel sportif — rugbyman averti et champion d'athlétisme — élevé dans une famille où l'on ne badinait pas avec le patriotisme, il était exclu de servir l'Allemagne nazie, même contraint et forcé. Il avait alors rejoint le maquis où il devait combattre jusqu'à la Libération. Devenu un homme d'action dans la Résistance, incapable, la paix revenue, de reprendre le chemin de l'université, il avait monté une petite société d'import-export et s'était marié. Mais bientôt la société avait battu de l'aile, le mariage aussi.

— J'étais sous l'effet psychologique du divorce, disait-il, évoquant ces années sombres, et l'après-guerre n'était pas une période très intéressante, ni instructive ni facile. Le marché noir régnait en maître et ce n'était pas mon idéal. J'ai alors décidé d'en sortir, de tout abandonner et de renaître sur un autre continent. Des souvenirs d'enfance se sont imposés. Des noms me sont revenus en mémoire : Fachoda, Faidherbe, Marchand, les grandes épopées d'Afrique... Des terres vierges, inconnues, me permettraient de réaliser quelque chose et d'échapper à l'enlisement qui m'attendait en France. Devant une mappemonde j'ai piqué du doigt sur l'Afrique : Douala. C'était le Cameroun que le hasard avait choisi pour moi. J'ai réglé les problèmes familiaux, acheté mon billet... et dépensé tout le reste, une petite fortune, en une nuit à *la Nouvelle Ève,* à Montmartre, où j'ai fait mes adieux à de vieux copains de jeunesse venus de Grenoble, de Lyon. Je rompais les amarres et vidais mes poches exprès. Un nouvel homme pour une nouvelle vie. Je suis arrivé à Douala avec mille francs pour toute fortune et un fusil de pêche sous-marine sur l'épaule. Jamais je ne m'étais senti aussi libre, jamais je n'avais été si heureux.

Le Cameroun que découvrit le jeune homme était alors un territoire sous tutelle française, contrôlé par l'O.N.U., domaine des grandes sociétés internationales qui avaient le privilège de l'importation et de l'exportation, et essaimaient leurs comptoirs sur toute l'Afrique de l'Ouest. Le régime colonial libéral permettait encore à des Européens aventureux de s'y installer, d'obtenir des terres et de coloniser plus ou moins ouvertement. Encore fallait-il avoir un capital de départ. Henri Eyt-Dessus en était dépourvu. Aussi s'adressa-t-il à l'une de ces sociétés qui possédaient des comptoirs du Sénégal à la Côte-d'Ivoire en passant par le Gabon et le Cameroun. Les établissements Poinsart et Verret, représentants camerounais des Comptoirs d'Indochine, l'embauchèrent avant qu'il ait à écorner son unique billet. Ses connaissances en droit et son expérience de l'import-export métropolitain lui valurent le titre ronflant de directeur des produits. Directeur sans bureau, il était chargé de sillonner le pays pour y procéder au ramassage des récoltes de café et de cacao destinées à l'exportation. Salaire conséquent mais fonction épuisante en raison du climat. Durant une année Eyt-Dessus parcourut les voies de pénétration du Sud qui traversaient la grande forêt primaire, domaine de gigantesques cacaoyères établies dans les zones défrichées. Il sut bientôt différencier les Ewondos des Boulous, les Fangs des Djems, ethnies bantoues constituant, avec les Pygmées, farouchement épris de liberté et résistant à toute civilisation, le fonds ethnique des provinces méridionales. Dans ces régions une seule ligne de chemin de fer — Douala-Yaoundé — et quelques kilomètres de routes bitumées aux abords des villes permettaient l'acheminement des récoltes. C'est dire que le plus clair de sa vie se passa sur les pistes défoncées qui reliaient les villages aux plantations dont les plus petites étaient tenues par des Africains. Homme de contact à la santé de fer, Henri Eyt-Dessus apprit rapidement les phrases indispensables des multiples dialectes qui lui permirent de converser avec la population et de découvrir l'idée qui lui permettrait de voler de ses propres ailes. Ayant quitté la France pour échapper au carcan d'une vie trop réglée, il n'entendait pas faire carrière en gravissant les échelons administratifs d'une grande compagnie coloniale. Finir en tenancier de factorerie ou même en chef de service aux Comptoirs d'Indochine ou à la Française de l'ouest africain — la toute-puissante S.F.A.O. — entre le Pernod du soir et les petites négresses, n'était pas le but qu'il poursuivait. Il s'en était expliqué, après qu'il eut fait ses preuves, avec l'un des directeurs de Poinsart et Verret : « Je veux rester chez vous le temps de me faire un peu d'argent et de mieux connaître le pays. Puis je vous quitterai de moi-même. » Bien sûr, on ne l'avait pas cru. Pourtant, la première année terminée et riche de son salaire intact — parcourir les plantations ne lui laissait guère le temps de le dépenser — il avait donné sa démission. Ses pérégrinations dans les forêts primaires et secondaires qui s'étendent de Yaoundé jusqu'aux frontières de la Guinée et du Gabon lui avaient permis de constater que les Africains qui la peuplaient manquaient cruellement de protéines. Et tout en réunissant des cargaisons de café et de cacao pour son employeur il avait étudié la possibilité de commercialiser le poisson dans une région si éloignée de l'océan que l'idée même n'en avait pas effleuré les industrieux boutiquiers libanais, maîtres absolus du petit commerce local.

— Alors commença vraiment ma première vie en Afrique, me confia Henri Eyt-Dessus. Depuis mon arrivée au Cameroun j'avais vécu en moine et je disposais d'assez d'argent pour me lancer. J'ai débuté dans une petite bourgade du sud de Yaoundé, Mbalmayo, où j'ai construit une chambre froide de vingt mètres cubes. Pour 400 000 F C.F.A. je me suis procuré un vieux 1 400 kg Renault en bon état. Ne manquait plus que le poisson. Je l'ai acheté à des pêcheurs de Douala — une tonne d'abord, puis deux, puis trois — et l'ai mis dans le train de Yaoundé. A cette époque il n'y avait pas de wagons frigorifiques et mon poisson voyageait sous une simple couche de glace. Avec la chaleur lourde, moite, étouffante qui règne en permanence dans le Sud, la question de délai était essentielle. Pour rallier Yaoundé, à trois cents kilomètres, ce foutu train mettait selon les jours de sept à douze heures ! Quelquefois plus. Alors, pour gagner du temps, je descendais mon chargement dans une bourgade près d'Eseka, avant que la ligne ne remonte vers le nord, je le transbordais sur le 1 400 kg et en route pour Mbalmayo où l'attendait la chambre froide et la boutique que j'avais ouverte, tenue en mon absence par un employé africain.

Le succès fut immédiat. A tel point que Eyt-Dessus agrandit son entreprise pompeusement baptisée *Sapac* — Société africaine de pêche au Cameroun — et ouvrit des « succursales » à Ebolowa et à Sangmélima, respectivement au sud-ouest et au sud-est de Mbalmayo, dotées chacune d'une chambre froide et d'une poissonnerie, bientôt gérées par des collaborateurs venus de France. S'il n'allait plus acheter le poisson à Douala — les pêcheurs trop heureux d'avoir un nouveau client important s'occupaient du chargement — Eyt-Dessus n'en menait pas moins une vie de bagnard. A bord de son camion, il réceptionnait de nuit la marée à Eseka, livrait sa première boutique à Mbalmayo... et reprenait la route pour approvisionner celles de Sangmélima et d'Ebolowa. Entre chaque bourgade, deux cent cinquante kilomètres de pistes tantôt patinoires, tantôt marécages, à travers l'une des forêts les plus denses du monde, fouillis impénétrable de lianes et de buissons dominé par les grands parasoliers, azobés et autres acajous.

— C'était un travail épuisant car le voyage était périlleux sur ces pistes forestières. Étant le distributeur-livreur de mes boutiques, j'étais hanté par l'idée de l'accident. Surtout au début. Que mon camion versât, c'était toute ma fortune qui tombait sur le bas-côté. Le temps de dépanner, mon poisson était fichu. Déjà que, lorsqu'il arrivait en bout de course après avoir fait Douala, Eseka, Mbalmayo, Sangmélima par 32°, certains jours, je n'avais pas besoin de klaxonner pour m'annoncer à Ebolowa... On me « sentait » venir de loin !

Bien que les paysans et les travailleurs africains des plantations, qui constituaient l'essentiel de sa clientèle, soient habitués à des nourritures fortes, le poisson de M. Sapac — ignorant son nom ils l'appelaient du sigle qui figurait sur les portières du vieux Renault — dégageait une odeur souvent si puissante qu'ils firent de Sapac un nouveau mot qui vint enrichir le vocabulaire local. Si d'aventure le poisson, déjà éprouvé par un long parcours sous un climat d'enfer, se vendait mal à Mbalmayo ou à Sangmélima, Henri le fumait sommairement et le vendait sur la route de Mbalmayo à un prix défiant toute concurrence.

— Évidemment, il ne sentait pas très bon. Et *Sapac*, dans cette région, est devenu l'appellation d'une fille de mauvaises mœurs qui fait payer ses passes d'amour ! Un terme péjoratif comme maquereau ou morue en métropole...

Ce qui n'empêcha nullement le *mukala* — le Blanc — de Mbalmayo de faire de bonnes affaires. En cinq ans, sans ménager sa peine, il devint un commerçant sinon riche du moins fort à l'aise. Outre les trois boutiques, il possédait autant de camions et avait adjoint un rayon boucherie à ses poissonneries partant du principe que, lorsqu'on a la chance d'avoir pu construire des chambres froides, il faut les utiliser au maximum. Dans ces régions tropicales l'élevage bovin était impossible, aussi, en l'absence de tout moyen de transport frigorifique, étaient-ce des maquignons foulbé*, venus du Nord, qui vendaient leurs zébus sur les marchés de Douala, Yaoundé et même Mbalmayo. Henri leur achetait des bêtes vivantes — d'abord par cinq puis, devant la demande, par dix— et les tuait lui-même au fur et à mesure de ses besoins avant de les vendre, débitées, dans les trois bourgades où il possédait magasins et frigos. Devant l'essor de sa nouvelle entreprise il résolut de se passer des services des petits maquignons qui, venant à pied des hauts plateaux, ne pouvaient l'approvisionner avec régularité, et d'aller lui-même acheter ses bêtes chez les éleveurs bororos.

Depuis son arrivée Eyt-Dessus, tout à son commerce, n'avait jamais pris le temps de visiter du Cameroun — grand comme la France — d'autres régions que celles du Sud, drainées par les grands fleuves du bassin de l'Atlantique et de celui du Congo. Le Nord, avec ses mystérieuses villes musulmanes — Maroua, Garoua, Ngaoundéré — lui semblait un autre monde, peuplé — lui avait-on dit — de Peuls propagateurs de l'Islam, aux structures féodales tenues d'une main de fer par des *lamibé*** aux mœurs moyenâgeuses. Il y fut magnifiquement accueilli. A sa grande surprise ce furent les maquignons connus à Mbalmayo qui furent ses meilleurs introducteurs dans la société très hiérarchisée des Foulbé. Non seulement ils lui vendirent les bêtes dont ils disposaient à un prix qui n'avait rien de comparable à ceux pratiqués

* Pluriel de peul.
** Pluriel de *lamido*, chef coutumier et religieux.

sur les marchés du Sud, mais lui indiquèrent les éleveurs disposés à lui fournir les meilleurs animaux. Comme je m'étonnais de cet accueil surprenant, Henri Eyt-Dessus l'expliqua ainsi :

— Jamais ils ne m'ont considéré comme un concurrent. Ils étaient plutôt mes fournisseurs puis, les mois passant, ils devinrent mes collaborateurs car, tout en conservant mes magasins de détail, je devenais grossiste. Alors qu'ils faisaient deux mille kilomètres aller et retour à pied pour convoyer une vingtaine de bœufs, j'avais les moyens de payer cash des troupeaux cinq fois plus importants que je faisais transporter en camions jusqu'à Yaoundé où je m'étais constitué une clientèle de détaillants. Pour les gens du Nord, j'étais devenu un gros acheteur. Bientôt je devins leur ami, surtout quand ils surent que, pour connaître les difficultés auxquelles ils se heurtaient en descendant vers le sud, j'avais décidé d'accompagner moi-même, à cheval, un troupeau de cent zébus. Ils n'avaient jamais vu un Blanc agir ainsi. Ce fut une magnifique expérience. J'étais accompagné de quatre bergers qui m'ont servi de guides à travers la brousse, l'Adamaoua puis la grande forêt. Nous avons mis quarante jours pour gagner Yaoundé et Mbalmayo, couchant à la belle étoile, protégeant nos animaux des grands prédateurs. C'est là que j'ai appris comment les bergers chassaient encore les lions qui attaquaient leurs bêtes : à coups de bâtons. Ça vaut toutes les histoires de Masaï au Kenya ! On perdait bien quelques têtes en route mais on en récupérait d'autres au passage car des bœufs égarés ou isolés se joignaient à mon troupeau et on n'était pas regardant. Peut-être bien qu'à l'arrivée j'en ai vendu cent un ou cent deux alors qu'il aurait dû n'y en avoir que quatre-vingt-dix-sept, car de temps en temps, lorsqu'un zébu était fatigué, je le sacrifiais dans un village, je vendais la viande et je repartais ! A cette époque j'ai vraiment fait de bonnes affaires. Je négociais en gros et, dans mes dépôts, je touchais un double bénéfice : celui du maquignon et celui du boucher. Il ne me restait plus qu'à devenir éleveur. Si je m'y décidais un jour ce serait dans la région de Ngaoundéré où, comparé à celui, étouffant, de la grande forêt où je vivais depuis cinq ans, le climat était magnifique, et les habitants si accueillants. J'avais trente-six ans, une santé florissante qui m'avait permis aussi bien de rouler jour et nuit en forêt pour livrer le poisson que de jouer les cow-boys à la Fenimore Cooper en accompagnant le bétail. Tout me semblait possible. Paradoxalement, c'est au moment où la situation s'est gâtée au Cameroun que les événements m'ont poussé en avant. J'ai fait le grand saut !

Au printemps 1957 des troubles éclatèrent dans la région de Douala et, à l'ouest, en pays bamikélé. Au terrorisme bref mais sanglant répondit la répression coloniale. L'effondrement des cours mondiaux du cacao ajouté à l'instabilité politique locale amenuisa notablement le pouvoir d'achat des ouvriers des cacaoyères qui se firent rares chez M. Sapac. Les convulsions d'un pays sur la voie de l'indépendance décourageant les gérants européens, Eyt-Dessus dut les remplacer dans ses magasins par du personnel africain. Toujours sur les routes il lui était impossible de le surveiller efficacement et les affaires périclitèrent. Très rapidement il constata que la S.A.P.A.C. perdait l'argent que lui rapportait le maquignonnage. Il mit la clé sous la porte, sauva ce qui pouvait encore l'être et franchit le Rubicon, en l'occurrence la Sanaga dont le bassin forme une zone de transition entre la forêt dense du Sud, où il commençait à souffrir de claustrophobie équatoriale, et les savanes soudaniennes du Nord où les nuits étaient fraîches et où, de temps immémoriaux, s'élevaient si bien les zébus bororos aux cornes en forme de lyre. Les dés étaient jetés. Henri Eyt-Dessus se lançait, avec les moyens les plus réduits, à l'assaut de sa deuxième vie africaine.

*
**

Tout en poursuivant pour subsister ses activités de maquignon, il prospecta à cheval les alentours de Ngaoundéré où il avait loué un logement, avec une seule idée en tête : trouver l'endroit où il pourrait réaliser son rêve d'éleveur. Aucun de ses nouveaux amis foulbé ne connaissait de terres libres dans une région où leurs ancêtres pasteurs nomades s'étaient fixés dès le XVIIe siècle. Pas plus que l'administrateur français de la province qui, comme ses collègues hauts fonctionnaires, préférait voir des Noirs évoluer plutôt que des Blancs s'installer en pionniers dans un protectorat voué à une inéluctable indépendance. D'ailleurs que pouvait faire un Européen isolé, dans ce massif de l'Adamaoua où les autochtones, pourtant rompus aux traquenards de la brousse, avaient bien du mal à protéger leur bétail de quelques lions solitaires et des panthères encore fort nombreuses à l'époque ? Qu'il aille donc rejoindre la cohorte de ses compatriotes, petits entrepreneurs et boutiquiers, de Ngaoundéré. Sans se décourager, Henri Eyt-Dessus poursuivit sa quête errante en évitant soigneusement toute piste qui témoignait de la présence de zébus. A la fin de la saison des pluies, il découvrit, à trois heures de cheval du chef-lieu de l'Adamaoua, un site désert et magnifique entourant un lac de cratère. Des collines verdoyantes, de l'herbe épaisse, de l'eau à satiété pour le bétail, c'était l'endroit idéal pour élever dans les meilleures conditions le cheptel qu'il se proposait de constituer. Mais pourquoi diable les éleveurs locaux ne s'en étaient-ils pas emparés ? Il se renseigna au village le plus proche, Dibi, où résidaient certains de ses fournisseurs.

— Ah ! Le lac de Ngaoundaba, le lac des Collines Jumelles, c'est un mauvais lieu, lui répondit-on. Un très mauvais lieu. On ne te l'a pas signalé parce qu'on t'aime bien. Beaucoup de nos frères qui n'ont pas voulu écouter les anciens y ont disparu. C'est plein de *guinadjis* aux maléfices puissants. Ceux qui ont aperçu le cheval blanc et ont résisté au chant de la *mamywata* sont revenus aveugles au village. Les autres, on ne les a jamais revus. C'était il y a très longtemps.

Les *guinadjis,* les démons, n'impressionnaient guère Henri Eyt-Dessus. Pas plus que la sirène *mamywata* qui devait être un lamantin, tels ceux qu'il avait rencontrés dans le Sud, à l'embouchure des fleuves tropicaux. Sans doute, jadis, le lac était-il peuplé de crocodiles. Aussi accidents, noyades, disparitions avaient nourri les fantasmes d'une population portée à la superstition. Grâce à elle, il venait de découvrir la terre vierge qu'il espérait sept ans plus tôt, lorsque, sur la mappemonde, son doigt guidé par le hasard lui avait indiqué le Cameroun. C'est à Ngaoundaba qu'il bâtirait son ranch.

De l'administration coloniale, Eyt-Dessus reçut l'autorisation de s'y installer, d'édifier hangar, bain détiqueur et logement.

— Vous avez tous nos encouragements, lui affirma-t-on. Si vous réussissez la mise en valeur de ces terres, elles vous seront acquises puisque la population locale n'en veut pas. Mais ne comptez pas sur une quelconque aide financière.

A la fin de l'automne 1957 débuta la grande aventure de sa vie. Il l'évoquait sans forfanterie :

— J'ai commencé à partir d'une paillote où je m'éclairais avec une lampe tempête, et de cinq zébus. Puis, petit à petit, de mes propres mains, j'ai construit sur la colline dominant le lac une chambre, un studio, une cuisine, une salle à manger qui sont aujourd'hui les appartements de Frank et de sa femme. Tout en poursuivant mon métier de maquignon, j'ai acheté du bétail d'embouche pour fournir ma clientèle de bouchers à Douala et Yaoundé. Mon projet avançait. Avec les bénéfices du maquignon j'ai créé l'éleveur. Dix, vingt, trente puis cinquante vaches... Mon premier troupeau. Ce n'était pas encore la réussite mais j'étais bien implanté. L'administrateur en convint et me remit, comme il en avait le pouvoir, un titre de propriété sur Ngaoundaba. Quarante hectares en bien propre et un droit de pâture sur vingt mille hectares alentour. Tout l'avenir était devant moi et j'étais en passe de réaliser mon rêve d'enfant : le ranch, le bétail et — d'abord pour le protéger — la chasse aux grands fauves qui est ensuite devenue ma passion. Je l'avais apprise sur le terrain, quelques mois après mon arrivée.

Sa première expérience avait eu lieu dans la forêt tropicale, près de Kribi, où l'un de ses amis planteurs devait défendre ses cultures contre les ravages commis par les éléphants. En sa compagnie il avait abattu son premier pachyderme et en avait gardé un souvenir inoubliable fait d'excitation et de peur. Il avait, à chaque occasion, renouvelé l'expérience et son coup de fusil avait été jugé des plus efficaces par ses compagnons de chasse. Il eut bientôt à son tableau plusieurs panthères, des gorilles, redoutables dévastateurs des plantations, quelques bongos, magnifiques antilopes striées de blanc et aux cornes torsadées, et surtout des éléphants de forêt, trop abondants dans ces régions, plus petits que leurs congénères des savanes mais porteurs d'un ivoire de grande qualité.

A Ngaoundaba, où le ranch prenait forme, il eut à abattre des panthères qui menaçaient ses premiers bororos ainsi que des cobs de Buffon et de Fassa qui pullulaient sur les collines et dont la viande lui permettait de se nourrir sans avoir à abattre l'un de ses précieux bovins. C'est au cours de ces chasses aux environs immédiats de sa propriété qu'il mit sur pied, dès 1958, le nouveau projet qui allait transformer le ranch en entreprise touristique.

— A Ngaoundéré il y avait encore de nombreux Français avec lesquels j'entretenais d'excellentes relations. Ils tenaient comme moi de petites entreprises — restaurant, garage, construction immobilière — et je jouais souvent au bridge en leur compagnie. Quand le ranch devint presque confortable, nombre d'entre eux vinrent me rejoindre pour le week-end. Le site était exceptionnel, le climat merveilleux, le gibier abondant et... la table ouverte. Je faisais bien la cuisine et j'étais un hôte qui n'avait pas oublié les bonnes manières de la bourgeoisie où j'avais été élevé. Ils avaient ainsi pris des habitudes qui, je l'avoue, me coûtaient fort cher. Alors un beau jour je me suis dit : « Ces braves gens sont charmants mais ils exagèrent un peu. Ils boivent mon whisky, s'assoient à ma table, chassent mes animaux... Je devrais arranger cela au mieux de mes intérêts. Sinon, adieu les bororos ! » Je leur ai alors annoncé que je voulais bien continuer de les recevoir, de les nourrir, de les emmener à la chasse mais comme hôtes payants ! Et tous ont accepté d'enthousiasme car leur séjour en fin de semaine à Ngaoundaba était la seule distraction qui vienne rompre la monotonie de leur vie à Ngaoundéré... où l'on ne rigole pas tous les jours ! Bien plus, certains d'entre eux qui, à mes côtés, avaient contracté le virus de la chasse, m'ont demandé de leur servir de guide pour monter d'éventuelles expéditions dans la savane au-delà de l'Adamaoua. Et j'ai commencé à prospecter la brousse. Le ranch se développait. J'avais des bergers pour s'occuper de mes bœufs, j'entretenais les meilleures relations du monde avec les Foulbé de Dibi, le village voisin, pour lesquels j'avais construit la première mosquée en dur et qui — outre la reconnaissance — me portaient la plus vive amitié depuis que j'avais sauvé deux de leurs femmes lors d'un accouchement difficile. Ils n'avaient plus peur de Ngaoundaba dont, semblait-il, j'avais exorcisé les maléfices et me fournissaient toute la main-d'œuvre dont j'avais besoin. Sous leur surveillance mes zébus n'avaient rien à craindre. Je pouvais m'absenter pour parcourir la savane de la Bénoué.

Il commença par les zones déjà connues et plus ou moins contrôlées par l'administration française des Eaux et forêts et des chasses. On lui indiqua, au nord-ouest de Ngaoundéré, à proximité du Faro, grosse rivière affluent de la Bénoué, le Campement des Hippopotames, quasiment déserté depuis que le troupeau dont il portait le nom avait été décimé par on ne savait trop qui, et, à cent cinquante kilomètres au sud, le campement Coron installé en 1945 par un chercheur d'or français qui l'avait abandonné cinq ans plus tard et en avait fait don à l'administration. Le coin semblait propice à la grande chasse mais, après quelques incursions, Henri Eyt-Dessus s'aperçut que l'inspecteur de Ngaoundéré l'avait loué pour son propre compte à de riches amateurs venus d'Europe qui, dans la discrétion, y pratiquaient la chasse libre sans guide blanc ! Dans ces régions reculées il n'était pas conseillé à un nouveau venu de piétiner les plates-bandes d'un fonctionnaire tout-puissant en lui annonçant tout à trac qu'il se proposait de devenir son concurrent. Pour découvrir la zone de chasse propice à ses projets, Henri Eyt-Dessus résolut d'employer les moyens qui lui avaient si bien réussi lorsqu'il cherchait l'emplacement du ranch. En étudiant une carte, il s'aperçut qu'elle était quasiment muette sur cette région nord-ouest seulement griffée du tracé approximatif du Faro et de la frontière avec le Nigeria. C'était là-bas qu'il lui fallait chercher.

Il s'ouvrit de son projet au chef du village de Dibi qui lui indiqua deux jeunes hommes venus de la savane dont ils connaissaient tous les pièges. Oumarou le musulman n'avait pas vingt ans, un corps longiligne, des jambes interminables aux muscles d'acier et un visage intelligent. Samuel, guère plus âgé, râblé, le torse puissant, avait une bonne bouille ronde à la peau plus claire que celle de son compagnon, et quatre poils sur la lèvre supérieure. Bien que chrétien il ne semblait savoir s'exprimer que par des grognements alors qu'Oumarou possédait, outre le foulfouldé* et le mboum — les deux principales langues du Nord —, d'appréciables notions de français. Eyt-Dessus compléta son expédition en engageant deux porteurs et demanda à l'un des habitués des week-ends au ranch de le conduire en camion jusqu'au Campement des Hippopotames. C'était le 1er février 1958, en pleine saison sèche.

* Langue des Foulbé du Nord.

« Rendez-vous le 1er mars sur la piste administrative, au campement Coron », dit-il simplement à son ami peu rassuré de le voir explorer une zone totalement inconnue sans le nombreux personnel dont, d'ordinaire, s'entouraient en Afrique les chasseurs européens les plus expérimentés. Aujourd'hui encore, parcourir cette savane isolée exige une préparation minutieuse qui assure au voyageur aventureux une totale autonomie tant sur le plan des vivres que du gîte et de la sécurité. Henri s'y enfonça pourtant avec, pour tout équipement, un sac de sel de dix-huit kilos, un de riz, une casserole, un filtre à eau, deux carabines et des cartouches, avec comme seul point de repère le cours sinueux du Faro pour parvenir, cent cinquante kilomètres au sud, au campement Coron. Durant un mois — « Un mois extraordinaire bien plus fabuleux que celui passé à accompagner mes bororos de Ngaoundéré à Mbalmayo », me dira-t-il — il vécut comme ses porteurs noirs, se nourrissant de pêche dans le Faro qui recelait des capitaines magnifiques, de chasse — les cobs de Buffon abondaient et Samuel se révélait le roi de la grillade —, de cueillette aussi car les quatre Africains connaissaient parfaitement les racines, les fruits comestibles et les multiples ressources qu'offrait la brousse arbustive. Lorsqu'il décidait de l'étape du soir, Oumarou et Samuel lui préparaient une épaisse litière de feuilles mortes, la bordaient à la tête et aux pieds de deux troncs bien secs auxquels ils mettaient le feu.

— Le bois se consumait toute la nuit et ainsi j'étais préservé des moustiques et du froid — s'il fait plus de 50° lorsque le soleil est au zénith, 5° est une température nocturne assez commune. J'ai passé ainsi des heures inoubliables avec le ciel au-dessus de moi, scintillant d'étoiles, et les bruits de la savane qui ne vit réellement qu'au coucher du soleil.

Il sut bientôt distinguer, comme le font les antilopes, le rugissement du lion en chasse de celui de l'animal repu et apprit de ses guides qu'à condition de garder son sang-froid aucun des animaux de la savane — même les plus terrifiants comme le lion, l'éléphant ou le buffle — n'était dangereux pour l'homme. Il ne le devenait que dans des circonstances bien précises. Seule la bête blessée ou malade, la femelle qui protège ses nouveau-nés, l'animal surpris par une présence alors qu'il se croit seul, est redoutable. Même la panthère, lui révéla Oumarou, le plus sournois des fauves, ne s'attaque pas aux humains, sauf par un malencontreux hasard. « Elle se blottit, à l'affût sur une branche d'arbre, disait Oumarou, attendant le passage d'un cob ou d'un phacochère. Alors elle bondit. Elle peut ainsi se tromper et attaquer l'homme qui passe en le prenant pour une antilope. Quand elle s'en aperçoit, il est trop tard. Et l'homme est mort ! » Au cours de ce mois, il ne se passa pas un jour sans que Henri Eyt-Dessus n'aperçût au moins un de ces animaux rares dont les dépouilles hantent les rêves des grands chasseurs. Samuel et Oumarou faisaient preuve d'un incroyable instinct, d'abord pour les traquer — aux empreintes laissées dans la poussière, à une touffe de poil arrachée par quelques branchages, aux déjections découvertes entre deux mottes de la terre retournée, durant la saison des pluies, par des milliards de vers — ensuite pour déceler leur présence dans l'ocre grisâtre des sous-bois. Sans eux, jamais Henri n'aurait aperçu l'un de ces mythiques élands de Derby, si rapides malgré leur taille et leur poids qu'ils apparaissaient et disparaissaient d'une façon quasi magique. Durant ce périple où il vécut comme les hommes primitifs qui l'accompagnaient, Henri n'abattit aucun autre animal que les antilopes nécessaires à leur nourriture et dont la chair devint son mets favori. Il savait, en revanche, que cette région immense où il n'avait rencontré âme qui vive constituait la zone de chasse idéale pour la réalisation de son nouveau projet. Ne restait qu'à mettre sur pied l'organisation qui lui permettrait de recevoir les amateurs prêts à souffrir pour accrocher un trophée supplémentaire à leur tableau mais toutefois incapables de mener, comme il venait de le faire, l'existence des hommes préhistoriques de l'Afrique centrale, berceau de l'humanité. C'est autour du Faro, encore peuplé d'hippopotames et de crocodiles, qu'il leur ferait découvrir, aimer et chasser à bon escient, l'éland, le lion, le buffle et l'éléphant mais aussi l'infinie variété des antilopes — de l'hippotrague au bubale, du guib harnaché à l'ourebi et autres cobs qu'ils soient de Buffon ou de Fassa — dont il avait constaté la présence parfois innombrable.

Au 1er mars 1958, gagnant à l'heure dite le campement Coron, fort d'une expérience exceptionnelle, riche aussi d'une complicité de tous les instants avec Samuel et Oumarou qui n'allaient plus le quitter, le prosaïque éleveur Henri Eyt-Dessus décida d'exercer désormais le prestigieux métier de guide de grande chasse.

Fallait-il encore se faire reconnaître, obtenir une licence et se trouver des clients autrement intéressants que les chasseurs du dimanche de Ngaoundéré. L'entreprise allait lui demander quatre années.

***

Pendant cette période et tout en surveillant la bonne marche de son élevage — il possédait maintenant une centaine de zébus dont la reproduction assurait un revenu non négligeable — il poursuivit la prospection de ce qui serait un jour, il en était persuadé, *son* domaine de chasse. En outre, pragmatique, il étudia les possibilités qu'offrait son pays d'accueil à d'éventuels touristes. Elles étaient immenses. Sur deux mille kilomètres, du lac Tchad au golfe de Guinée, le Cameroun constituait un extraordinaire résumé de l'Afrique. Désert, sahel, savane d'herbes, savane arbustive, hauts plateaux verdoyants, forêt équatoriale se succédaient en autant de paysages différents peuplés d'ethnies aux mœurs encore moyenâgeuses.

— Je voulais, dès cette époque, que mon ranch qui se développait harmonieusement serve de base à la fois aux amateurs de safaris et aux touristes aussi sensibles aux coutumes archaïques qu'au dépaysement. Je n'étais jamais revenu en France mais je savais que ma patrie était entrée en dix ans dans une ère de prospérité comme elle n'en avait jamais connu. Bientôt les grands voyages aventureux seraient à la portée de classes sociales qui, auparavant, n'y auraient jamais songé. Il me fallait baliser le terrain — et pas seulement celui du Cameroun.

Tour-operator avant que le terme ne fût entré dans le vocabulaire européen, Henri Eyt-Dessus, toujours flanqué d'Oumarou et de Samuel, sillonna la plupart des pays de l'Afrique francophone, tous en voie de décolonisation.

— Avec ces garçons auxquels m'unissait désormais une grande complicité, j'ai ainsi parcouru la Haute-Volta, la Côte-d'Ivoire, le Sénégal, le Centrafrique, le Tchad, autant pour me familiariser avec les méthodes des guides en place que pour connaître de nouveaux territoires. J'en ramenais l'idée d'établir un grand circuit africain qui conduirait les nouveaux touristes de Paris à Dakar puis à Abidjan pour arriver à Douala. De là, je me proposais de leur faire parcourir le Cameroun en voiture du sud au nord pour terminer le périple à Fort-Lamy — qui n'était pas encore N'Djamena — d'où ils reviendraient à Paris. Malheureusement, je n'ai jamais pu obtenir l'accord des compagnies aériennes. Aucune ne desservant la totalité des étapes prévues, elles refusaient de me faire des prix en raison des ruptures de lignes entre elles.

Henri Eyt-Dessus avait vu trop grand, trop tôt. Mieux valait réaliser un projet uniquement camerounais et se consacrer à la chasse. Les touristes suivraient plus tard. Sans empiéter sur les petits territoires du Campement des Hippopotames et du campement Coron (exclusivités de l'inspecteur de Ngaoundéré), Eyt-Dessus commença l'exploitation cynégétique de la zone qu'il avait explorée en février 1958.

— A cette époque toutes les chasses se faisaient à pied, disait Henri Eyt-Dessus, et les amateurs venus de Douala,

Yaoundé ou Ngaoundéré, devaient accepter les conditions de vie les plus inconfortables pour assouvir leur passion. Mes premiers clients locaux, des Européens installés au Cameroun, ou ceux de compagnons guides que j'avais connus dans les pays voisins — comme Christian avec qui j'ai longtemps fait équipe —, avaient la chasse chevillée au corps pour les tolérer. Nous n'avions pas même une glacière portative. Rien que des *gabaks,* de grosses outres où l'eau tiédissait !

En l'écoutant je pensais à cette piste épouvantable qui allait du goudron de la route nationale jusqu'aux rives du Faro et qu'Eyt-Dessus avait reconnue puis tracée lors de ses premières incursions. Trois heures d'enfer dans la cabine étouffante de la vieille ambulance mais une bière glacée et le confort d'un boukarou équipé à l'arrivée. Le luxe !

— Nous mettions alors trois jours pour parcourir ces quarante-deux kilomètres, se souvenait-il avec une certaine nostalgie. A la nuit je déployais une toile de bâche et je faisais dormir mes clients dessous. On se nourrissait d'une poignée de riz et d'une grillade d'antilope que nous avions tuée le jour même.

— Comment pouvaient-ils payer pour mener une vie digne de *la Guerre du feu*?

— Ils vivaient tous en Afrique depuis des années, et pas dans les grands centres. La plupart étaient planteurs, forestiers. Et tous étaient comme moi des hommes de terrain. Qu'avaient-ils comme distraction sur ce continent ? Rien. Ni concert, ni théâtre, ni cinéma, pas de télévision, à peine la radio locale. Tous les plaisirs esthétiques les plus communs en Europe leur étaient refusés. Leur seul exutoire était de se dépenser physiquement à la chasse au contact d'une nature qu'ils aimaient. Ils souffraient, mais que n'auraient-ils pas supporté pour abattre un buffle, un éland de Derby ou un lion ? C'est pour satisfaire leurs désirs de pionniers que j'ai pu réaliser mes grandes aventures vers l'ouest, en direction du Nigeria.

Après quelques expériences, Henri Eyt-Dessus constata que la région située entre la route du Tchad et le cours du Faro, si elle était giboyeuse, n'en était pas moins braconnée par les habitants des villages de bordure et que les grands fauves se réfugiaient au-delà de la rivière, dans des zones de plus en plus reculées. Grâce à leur extraordinaire sens de l'orientation, Oumarou et Samuel lui permirent de s'éloigner, sans se perdre, de l'épine dorsale du Faro et de s'enfoncer vers la frontière du Nigeria. De saison en saison, il établit ainsi trois campements sommaires aux bords de l'affluent de la Bénoué — qu'il utilisa avec ses clients et partagea avec Christian, son compagnon guide — puis passé le Faro, ceux du Leker et du Kilimankao, proches des montagnes nigériennes. L'eau n'y manquait pas. La faune non plus. Fallait-il maintenant avoir les moyens de conduire des chasseurs dans ces zones éloignées et de leur fournir l'infrastructure minimum, nécessaire à la grande chasse. Gagner le Faro à pied tout en chassant posait déjà mille difficultés. Dépasser cette limite sans moyen de transport était impossible. Là encore il fallait investir. Pourquoi ne pas tenter un nouveau coup de poker ? Les bénéfices de l'élevage lui en donnaient les moyens. Et, tout compte fait, le risque était moindre que lorsqu'il était devenu poissonnier, boucher puis maquignon et enfin éleveur.

1962 fut l'année de tous les bonheurs. A l'heure où de nombreux Européens, inquiets pour leur avenir, quittaient le territoire nouvellement indépendant, il reçut du gouvernement et de la présidence de la République sa licence de guide de grande chasse accompagnée d'un titre d'affermage qui lui concédait officiellement un territoire de 200 000 hectares dans la zone du Faro. On lui laissa comprendre qu'il pourrait chasser officieusement jusqu'au camp du Kilimankao établi à proximité de la frontière nigérienne, soit au total sur un million d'hectares ! Ayant fait ses preuves et fort d'une des plus belles concessions de toute l'Afrique centrale, il acheta deux *command-cars* Dodge tout terrain et recruta le personnel nécessaire à faire tourner sa nouvelle entreprise : d'abord des pisteurs, soigneusement choisis par Oumarou parmi la population des villages implantés sur le pourtour du Faro dont — braconnant depuis l'enfance — ils connaissaient tous les secrets ; ensuite des chauffeurs-mécaniciens émigrés du Centrafrique, chrétiens comme Samuel, moins connaisseurs des choses de la chasse mais beaucoup plus évolués que les musulmans de la savane. Les pisteurs étaient engagés pour la saison, les mécanos, qui auraient leur utilité au ranch, à l'année. *Safaris-Ngaoundéré* était né. Si Henri Eyt-Dessus était loin de pouvoir offrir à ses futurs clients le confort inouï proposé au Kenya par les grandes entreprises de Nairobi aux richissimes chasseurs internationaux, il était désormais capable de les amener à pied d'œuvre en voiture, d'assurer leur sécurité, de leur fournir un lit de camp et, luxe suprême, de la glace concassée tenue en réserve dans deux containers isothermes ! En ces lieux coupés de toute civilisation, ces modestes avantages coûtaient néanmoins si cher que le nouveau guide professionnel ne devait plus compter sur la clientèle locale, d'ailleurs en voie de disparition depuis l'indépendance. Il devenait indispensable de prospecter, dans les couches aisées de la société métropolitaine, le client assez passionné pour consacrer le prix d'une voiture au plaisir de tirer le porteur d'un beau trophée.

Revoir Paris ! Dix ans auparavant Henri avait quitté la France sans intention d'y revenir mais, puisque la nouvelle orientation donnée à sa vie l'exigeait, il n'était pas homme à barguigner. Il le fallait, il le ferait. Arrivé au début du mois de février il se sentit aussitôt étranger dans son propre pays et pensa aux confidences de ces vieux planteurs de la forêt équatoriale qui, désarçonnés par une ville qu'ils ne reconnaissaient plus, s'étaient terrés, solitaires, dans une chambre d'hôtel et n'en étaient sortis que pour regagner au plus vite leur jungle malsaine. Henri fut tenté de les imiter mais l'avenir de *Safaris-Ngaoundéré* tenait à son entregent. Il prit contact avec les plus importantes agences de voyages et avec l'Association des chasseurs professionnels. Aux premières il vanta si bien les charmes touristiques de son pays d'adoption, les rites ancestraux des *lamibé* — ces sultans locaux dont, de Ngaoundéré à Rey Bouba, il était l'ami — le climat agréable et le confort de son ranch niché au creux des collines de l'Adamaoua, qu'elles promirent de faire leur possible pour lui envoyer leurs clients les plus aventureux. Encore qu'en ces temps troublés — lui précisa-t-on — les Français aient leur comptant d'aventures, entre une Algérie à feu et à sang et une capitale quadrillée par la police, en proie aux attentats de l'O.A.S. L'Association professionnelle fut moins pessimiste. Sur ses conseils Eyt-Dessus fréquenta certains lieux, comme le très sélect Automobile-Club de France, où il rencontra un riche industriel, M. Félix, qui éprouva aussitôt une vive sympathie pour cet aventurier botté comme dans son ranch, à la belle gueule tannée par la vie en brousse et aux cheveux trop longs. Ils ne se souciaient pas plus l'un que l'autre des soubresauts de la politique, passionnés qu'ils étaient par les mœurs d'une faune sauvage dont ils préféraient la fréquentation à celle des hommes. Félix avait déjà l'expérience de plusieurs safaris mais aucun ne l'avait totalement satisfait.

« J'ai été trompé sur la marchandise, confia-t-il, mais cela tenait aux guides qui m'accompagnaient. Avec vous, j'en suis sûr, ce sera autre chose. Je voudrais tenter une nouvelle expérience car la grande chasse est le dernier plaisir qui me reste. J'ai soixante-quatorze ans, j'ai été opéré de la prostate, on m'a enlevé la vésicule biliaire, c'est dire que je n'ai plus beaucoup de désirs dans la vie si ce n'est celui de me dépayser pendant un mois, et surtout, surtout, d'oublier mes affaires qui marchent presque trop bien. Je n'ai pas d'enfants mais j'ai des héritiers qui me guettent sournoisement. Pouvez-vous m'emmener le plus vite possible, disons le mois prochain ? Votre prix sera le mien. »

Henri Eyt-Dessus venait de décrocher son premier client. D'autres suivirent bientôt. Lorsqu'il revint à Ngaoundéré, il était en passe de réaliser pleinement ses rêves d'enfant, sa seule fortune lorsqu'il avait débarqué à Douala sans un sou en poche.

— Dès lors tu n'avais plus qu'à faire tourner ta nouvelle machine, remarquai-je. Comme pour la poissonnerie, comme pour le ranch. La routine...

— Tu n'y es pas du tout ! Félix et les autres étaient des Européens vivant en métropole et non des familiers de la forêt ou de la brousse comme mes amis du Cameroun. L'aventure était nouvelle selon le caractère de chaque visiteur. Et, vingt-cinq ans après, rien n'a changé si ce n'est le confort que je peux lui apporter. C'est cette part d'inconnu qui me fascine. Félix, je ne l'ai jamais oublié car c'était le premier. Ses confidences m'avaient touché et je l'ai choyé... dans la mesure du possible. Malgré son âge il s'est montré très courageux. Il voulait du lion, il voulait du buffle, mais comme il tirait très mal il a manqué ses premiers fauves. Alors je me suis aperçu du danger et, systématiquement, j'ai doublé tous ses tirs. Je le faisais avec une telle rapidité que les deux détonations se confondaient. Il ne pouvait s'apercevoir de mon subterfuge. Enfin, c'est ce que je croyais puisque à chaque animal abattu il semblait très fier de « son » coup de fusil. Puis un jour, miracle, il a tué un buffle. Net ! Nous nous sommes approchés de la bête, je l'ai félicité et il m'a dit avec un sourire plein d'humour : « Jusque-là mes résultats étaient trop beaux mais aujourd'hui tu n'avais pas besoin de me doubler — il me montrait les deux impacts — car j'ai vraiment bien tiré. » Et c'était vrai ! C'était vrai aussi qu'il peinait beaucoup et je m'efforçais de ne pas lui faire parcourir plus de dix kilomètres par jour. Je le menais en voiture le plus près possible de l'animal. Mais restait l'approche proprement dite et qui peut durer des heures. J'ai ainsi appris à tempérer mon enthousiasme... et celui de mon client qui, dans l'excitation de la traque, présumait de ses forces. J'ai aussi joué du mensonge. Je me souviens qu'en ce mois de mars il faisait une chaleur effroyable. Plus de 30° à la nuit tombée ! Félix ne parvenait pas à récupérer. Alors je l'ai secoué : « Regarde, Félix, ce soir il ne fait que 21°. » Il a jeté un coup d'œil sur le thermomètre que j'avais rafraîchi quelques instants dans la glacière : « Tu as raison, Henri, il fait nettement meilleur qu'hier. D'ailleurs je me sens beaucoup mieux ! » Cette fois il ne s'était aperçu de rien. Grâce à lui j'ai appris que, dans le métier de guide, une certaine forme de psychologie était aussi essentielle qu'une balle au but. Avec d'autres qui ont suivi, et qui étaient moins bons compagnons, j'ai dû exercer, parfois violemment, mon autorité. Dans une grande chasse le seul maître est le professionnel. L'amateur doit lui obéir quelle que soit sa fortune ou son habitude du commandement. C'est une question de survie. J'ai eu la chance d'apprendre cette règle dès mes première saisons. Et parfois à mes dépens. Mais je te raconterai cela plus tard car tant que tu n'auras pas chassé avec moi, tant que tu n'auras pas souffert sur la piste, tant que tu n'auras pas eu peur en brousse tu ne pourras pas le comprendre...

III

LE TROPHÉE SE MÉRITE...

A l'aube, alors que l'ombre résistait encore à la pâleur laiteuse qui, à l'est, s'emparait d'un morceau du ciel, Henry Eyt-Dessus donna le signal du départ. Chacun prit place dans l'un des 4 × 4 exposés au vent frisquet, Henri et les cinéastes dans le premier, en ouverture de piste, Pierre C... — chasseur professionnel et coéquipier du maître des lieux — Raymond L... — l'ami de toujours — et moi dans le second. Frank passant de l'un à l'autre pour assurer la liaison. Les moteurs puissants ronflèrent couvrant les premiers roucoulements des tourterelles, et ce fut comme si nous partions en guerre. Tout concourait à l'atmosphère. Les *command-cars* couleur de poussière aux radiateurs protégés par des grilles d'acier, bardés de pelles, de pioches, de chaînes et de treuils, tout hérissés des canons bleutés des fusils soigneusement arrimés au ratelier entre le conducteur et la banquette arrière surélevée, ressemblaient aux véhicules de patrouille que j'avais utilisés dans bien des conflits. Chasseurs européens calés sur leurs sièges, pisteurs noirs acrobatiquement perchés sur les ailes, les marchepieds ou les pare-chocs, tous portaient des tenues disparates de grosse toile kaki ou verdâtre dont le seul point commun était d'avoir appartenu jadis aux stocks d'une quelconque armée. Chèches, chapeaux de brousse, casquettes à longue visière et autres couvre-chefs d'aspect militaire — comme celui de Seïdou, le pisteur-sorcier, invraisemblable casque asiatique de paille tressée orné de lunettes de motocycliste, qui lui valait le surnom d'Hô Chi Minh — complétaient ce tableau guerrier.

Nous roulâmes longtemps et lentement dans la monotone savane arbustive qui ressemblait à un champ de pommiers en friche. La piste passait de collines en mayos asséchés sans que nous apercevions autre chose que des bandes de cobs de Buffon, aussi nombreux dans cette région que les gnous dans les grandes plaines masaïs. J'avais tout le loisir d'observer leur incessant ballet, pas plus effrayés par nos imposants véhicules qu'ils ne l'auraient été par un troupeau d'éléphants familiers ! Près de moi, silencieux, emmitouflés dans des pull-overs, — il ne faisait pas 10° — Raymond et Pierre, jumelles autour du cou, étaient attentifs aux mouvements de la savane, tout comme les pisteurs juchés à l'avant et à l'arrière du *command-car.* Leurs regards scrutaient tantôt le sol, tantôt la brousse que je trouvais désespérément vide.

— C'est de la rencontre d'une trace que se décidera la chasse du jour, dit Raymond qui les imitait. Tu peux être sûr que pas une n'échappe à Oumarou ou à Hadji. Observe-les, c'est passionnant.

Depuis mon arrivée, j'éprouvais mille difficultés à mettre un nom sur ces faces noires, aux lèvres lippues, aux cheveux laineux, qui toutes, pour moi, se ressemblaient. Mes compagnons m'aidaient pourtant de leur mieux. Oumarou, c'était ce grand escogriffe, tout en bras et en jambes, qui ne quittait pas Henri.

— Ils chassent ensemble depuis si longtemps, dit Pierre, qu'ils n'ont plus besoin de se parler. Un signe, un geste leur suffisent. Si Oumarou a vieilli — il doit avoir quarante-sept ans et n'a plus la même allure qu'avant — il possède une telle connaissance du territoire que, pour Henri comme pour nous, il reste le meilleur des pisteurs. C'est d'ailleurs lui qui les dirige. Dans son genre c'est une sorte de génie. Il lit dans la poussière comme dans un livre ! Hadji, celui qui a la casquette avec des protège-oreilles, — Dieu sait où il l'a trouvée ! — est plus jeune et a aussi un œil de lynx. Il est là, juste devant moi, sur l'aile avant.

Coco Bel Œil, inséparable d'une chemise qui avait dû être rouge, Bouba, en bonnet de laine crasseux, et Seïdou qui, outre son casque extrême-oriental arborait fièrement une veste de treillis léopard sur laquelle pendouillait une profusion de gris-gris, complétaient les effectifs des pisteurs. S'y joignaient volontiers Albert, André et Jean-Pierre, les chauffeurs-mécaniciens chrétiens, tant, au fil des années, ils s'étaient pris de passion pour la chasse. Je ne m'étonnais plus qu'un safari ait été de tous temps un luxe car — en comptant Samuel le cuisinier, Mouka, le factotum sourd et muet, et autres boys à tout faire du campement — ce n'étaient pas moins de vingt hommes qui déployaient leurs efforts pour amener le *mukala** face à sa proie et assurer son confort en bivouac, tandis que deux *white hunters* le guidaient, le protégeaient, conseillaient l'arme adéquate.

— Pourquoi tant de carabines ? demandais-je en désignant le râtelier où, par sécurité, elles étaient fixées par de gros caoutchoucs. Pour les pisteurs ?

— Non. Ils n'ont pas le droit d'y toucher et n'y tiennent pas. Ce qui les intéresse c'est la traque et rien d'autre, répondit Raymond. Mais nous, comme tous les artisans, nous avons besoin d'outils différents selon l'animal que nous chassons... ou celui face auquel le hasard peut nous placer.

Je découvrais ces armes magnifiques, soigneusement entretenues. L'universelle 375 Magnum, utilisée contre tous les animaux d'Afrique, de l'éléphant à la petite antilope ; la 300, Winchester plus « pointue », destinée à tirer les animaux moyens ou à atteindre une cible à grande distance ; la Brno 22 Long Rifle tchèque, la « carabine-cui-

* Le Blanc.

sine », indispensable pour approvisionner les casseroles de Samuel en pintades et perdreaux ; enfin la « 12 », petit fusil de chasse à canon lisse, légère et maniable, ainsi nommée car on pouvait faire douze balles dans une livre ancienne de plomb, et réservée à la chasse aux oiseaux.

— Mais la reine est celle-ci, annonça Pierre — profil d'oiseau de proie sous la casquette à longue visière — en manœuvrant la culasse d'une impressionnante Weatherby 460. La plus grosse arme d'épaule qui existe au monde à part le bazooka ! Des balles de 11,5 mm et de 32,4 g, presque celles d'une mitrailleuse ! Demi-blindées elles sont explosives, blindées elles percent. Elle sert contre le lion, l'éléphant ou le buffle. Lorsque nous mettons pied à terre, Henri ou moi, elle ne nous quitte jamais car on l'utilise pour couvrir le client et, éventuellement, le tirer d'affaire s'il est en mauvaise posture.

Sur la crosse des armes de prix appartenant à Raymond — qui les bichonnait en amateur éclairé — je remarquais les mêmes taches incongrues qui m'avaient surpris sur celles d'Henri. Raymond allait répondre à ma curiosité lorsque des cris retentirent en même temps que le véhicule de tête stoppait brusquement.

— Enfin des traces, dit Pierre en sautant de la banquette suivi par les pisteurs.

Penché sur la piste Henri l'examinait avec soin tandis que, déjà, Oumarou et deux aides parcouraient les abords buissonneux.

— On a le choix, dit Eyt-Dessus. Buffle, lion et même élands de Derby.

Je ne voyais rien si ce n'est le dessin de pneus dans la poussière.

— Si, regarde. Là et là... cette trace en forme de fer à repasser c'est celle d'un éland. Elle n'est pas très fraîche et à l'allure où ils vont... Mais le lion, lui, est passé cette nuit. Tiens... on voit nettement l'empreinte de ses pattes. Il a pris notre piste, ce gros paresseux, puis s'est enfoncé dans les sous-bois. Depuis cette nuit il peut avoir parcouru vingt kilomètres. Les buffles me semblent plus accessibles...

Oumarou et Hadji confirmèrent son jugement. Les professionnels se déployèrent sur un front d'une centaine de mètres dans le sous-bois.

— Nous allons à la poursuite des buffles ? demandais-je à Henri.

— Oui, les indices sont favorables mais nous n'allons pas, comme tu dis, « à la poursuite », ce qui implique que l'on ait l'animal en vue. Nous sommes seulement « sur les traces ». Grâce à elles nous accumulons les renseignements.

Sur une motte, amollie par la rosée, on distinguait nettement l'empreinte d'un animal.

— C'est un beau mâle, remarqua Henri. Le sabot du buffle est très gros et très gras. Il lui permet de se déplacer aisément dans les marécages qui sont ses lieux de prédilection. Mais il n'y en a pas beaucoup par ici. Alors...

Il eut un geste fataliste. Oumarou marchait devant, les yeux fixés sur le sol. Il zigzaguait suivant des indices imperceptibles, un caillou retourné, une branche fraîchement brisée. Soudain, il s'immobilisa, se pencha et revint vers Henri, grommelant quelques phrases en foulfouldé. Il avait pourtant une bonne pratique du français mais c'était au maître seul qu'il souhaitait réserver ses découvertes.

— Il a trouvé une bouse. Mais elle a bien six heures, annonça Eyt-Dessus. Pas la moindre goutte de salive sur les branches. Les « bœufs » sont encore loin. On reprend les voitures.

Le soleil était maintenant haut et la température s'était adoucie. Nous abandonnâmes les vêtements chauds. Raymond apparut en short et en gilet de toile sans manches qui révélaient la musculature puissante de l'adepte de l'athlétisme qu'à soixante ans il n'avait jamais cessé de pratiquer.

— Trois mois avant de rejoindre Henri je fais tous les

matins vingt kilomètres de cross dans le bois de Boulogne. Ainsi ce vieux sanglier ne peut pas me faire son numéro de broussard super résistant !

Les deux hommes qu'unissait une amitié d'un quart de siècle ne cessaient, lorsqu'ils étaient ensemble, de se chamailler pour les motifs les plus futiles. En les observant je pensais irrésistiblement à ces vieux couples dépeints par Simenon et qui cachent leur profonde tendresse sous les apparences les plus rugueuses. Il faut dire que, fort d'un incontestable ascendant, Henri menait son monde à la baguette, qu'il s'agisse des pisteurs, de ses collaborateurs européens, ou des visiteurs. Les cheveux courts et la barbe qu'il laissait pousser au début de la saison accentuaient son allure de grand chasseur blanc. D'humeur autoritaire, volontiers bourru, toujours vêtu d'un *battle-dress* vert amande, ceinturé de cuir, la cartouchière au côté, la Weatherby sur l'épaule, les jumelles et une serviette-éponge — verte aussi — autour du cou, *Bwana* Henri — comme l'appelaient familièrement certains boys du camp — en était l'archétype. Et fier de l'être.

— On croirait un personnage biblique, le « père » de cette savane immense, dis-je à mes compagnons.

— Mais il l'est, affirma Raymond comme d'une chose évidente.

— Oui, renchérit Pierre, il est le père de la zone, c'est-à-dire de la terre sur laquelle les Africains, ceux du gouvernement comme ceux des villages alentour, lui reconnaissent unanimement le droit de chasse. En outre, pour les Noirs du Faro, il a remplacé le chef coutumier.

Les voitures avaient quitté la piste pour s'enfoncer dans la « galerie forestière ». Elles brinquebalaient leurs passagers sur le sol labouré durant la saison des pluies par des milliards de vers. Les *command-cars* protégés par d'énormes pare-chocs écrasaient les buissons, ployaient les jeunes arbres et ne se détournaient que devant des troncs déjà importants. Autour de moi la savane — tantôt arbustive tantôt recouverte d'herbe à éléphant, marée de graminées blondie par le soleil et la sécheresse d'où seules nos épaules émergeaient — s'ouvrait puis se refermait. Jusque-là, j'avais traversé ces régions hostiles le long d'une route, d'un chemin ou d'une piste. J'étais maintenant plongé sans repères, au cœur même de la végétation africaine, dans un labyrinthe si profond que, malgré la présence de mes compagnons et de leurs fusils, j'en ressentis une angoisse dont je ne fus libéré qu'au sortir des pailles. Les pisteurs avaient retrouvé la trace des buffles. Nous mîmes pied à terre et poursuivîmes la traque en file indienne. Bientôt, je n'observais plus le sous-bois, seulement attentif à ne pas me tordre les chevilles, pourtant solidement maintenues par les *rangers,* sur la terre retournée puis durcie comme du béton par la chaleur accablante de la saison sèche. La sueur troublait ma vue, m'inondait le dos. « Ma zone n'est pas un zoo », m'avait dit Henri. Pas même un petit parc animalier comme ceux qui abondent aujourd'hui dans les régions de France les plus reculées !

Deux heures plus tard, nous marchions toujours. En bon Européen amoureux de la nature, bercé de récits d'aventures exotiques, nourri de films d'animaux, comblé par la vision des fauves du Kenya que j'avais eu la chance de contempler à satiété derrière la vitre protectrice d'un minibus, cette savane désertée me parut, les heures passant, bien ennuyeuse. Même si, pour la première fois de ma vie, je pouvais la fouler librement, ce qui est strictement interdit dans les réserves de l'Afrique de l'Est où le touriste est en cage et les animaux en liberté ! Un rugissement étouffé, une cavalcade soudaine, un barrissement lointain auraient ranimé mon intérêt. Mais rien ne se faisait entendre, ni un singe ni les inévitables cobs de Buffon. Seulement le roucoulement lancinant des tourterelles et le bourdonnement des mouches qui sont le fond sonore de l'Afrique profonde.

Henri qui, comme Oumarou, ouvrait la marche, attendit que j'aie remonté la caravane. Il dut lire la déception sur mon visage et eut un rire bref tout en s'épongeant.

— Je t'avais prévenu. Il faut mériter son gibier. On peut rester sur les traces d'un animal six, huit, dix heures, parfois plusieurs jours. Pour nous, ce matin, c'est fini. Oumarou a perdu la piste. Il pense que nos buffles ont franchi le Faro.

— Alors, on abandonne ? dis-je avec une certaine déception.

— Ah ! tu te laisses prendre, c'est bon signe. Rassure-toi, on n'abandonne rien du tout. Nous essaierons de les retrouver cet après-midi. En attendant l'apéritif de Mouka, bois un coup à ma *gabak*.

Il me tendit l'une des gourdes gainées de toile humide et graisseuse dont se saisissait chaque pisteur à l'instant de quitter le véhicule. Malgré l'odeur de pétrole qui s'en dégageait, je bus à longs traits.

— Une précaution indispensable, dit Henri en s'aspergeant la nuque. Quand on entre dans la galerie forestière on ne sait jamais quand on en ressort. Et sans eau, ici, on ne récupère pas. Maintenant, on met le feu aux pailles et on rentre à la maison.

Un ordre bref aux pisteurs. Ils s'égaillèrent en courant à la lisière d'une immense étendue d'herbes sèches où s'étaient volatilisées les traces des buffles et, sur un front de cinq cents mètres, la brousse s'embrasa. Vu de si près, le spectacle était magnifique et terrifiant. Les flammes d'abord rampantes étaient d'un beau jaune vif puis, prenant de l'ampleur, tournaient à l'orange et nous enveloppaient de leur souffle brûlant. Les hautes herbes se tordaient comme un nœud de serpents avant de disparaître, transformées en une fumée grasse dont les flammèches zébraient nos visages et nos bras de filaments noirâtres. Dans cet océan de feu, les arbres torturés semblaient animés de mouvements désordonnés. La savane craquait, grondait, gémissait. J'étais à la fois fasciné par le brasier qui, attisé par la brise, s'éloignait déjà, et navré des ravages qu'il laissait derrière lui. Des dizaines d'hectares de terre brûlée s'étendaient devant nos yeux, piqués d'arbres aux troncs noircis. La désolation.

— Ainsi, dans les jours à venir, dit Henri en s'essuyant le visage dans son inséparable serviette éponge, nous ne perdrons plus les animaux que nous pourchassons.

— Mais la nature est saccagée...

— Pas du tout. Sous l'épais tapis de cendres vont sortir les regains. Une nouvelles prairie où les bêtes viendront pâturer. Avec les pluies tout reverdit, et, engraissée par la cendre, l'herbe sera plus belle et plus haute que jamais. Et le cycle recommencera. Même les arbres sont habitués à ce régime. Seule l'écorce noircie va tomber, comme celle que l'on récolte sur le chêne-liège. Les feuilles brûlées vont repousser au printemps. Vois toi-même, les plus hautes branches ne sont même pas touchées tant le feu passe rapidement. Bien sûr, leur forme est modifiée sous l'effet de l'intense chaleur et certaines donnent aux arbres l'aspect d'animaux statufiés mais ils font partie du décor de la savane et ajoutent à sa poésie.

L'odeur de fumée se faisait plus douce, les flammes étaient à l'horizon. Au grondement de l'incendie succéda le chant des tourterelles qui roucoulaient à cœur joie saluant à leur manière la fin du cataclysme. Les mouches comme par miracle avaient disparu. Et comme par miracle les 4 × 4 que nous avions abandonnés depuis longtemps nous avaient retrouvés.

— L'homme n'est pas le seul responsable des incendies de savane, ajouta Henri tandis que nous regagnions les véhicules. En saison sèche, les pailles, comme celles que nous avons traversées, sont devenues si craquantes qu'elles peuvent s'enflammer comme un rien sous l'action du soleil ou de la foudre. Et, tu l'as constaté, le feu s'active rapidement.

— Si l'on est pris au piège avec un mur de flammes devant soi ?

— Mes pisteurs maîtrisent parfaitement la technique.

Ils mettent le feu à leur tour, dans le sens du vent, et ils avancent ainsi, entre deux fronts de flammes. La figure et les fesses au chaud mais sains et saufs. Tu ne peux t'imaginer ce qu'ils parviennent à faire avec leurs seules armes : une machette, une boîte d'allumettes et la parfaite connaissance de la brousse. Sauf intervention divine un Blanc sans fusil ne peut survivre longtemps dans cet environnement. Eux, si. Je sais tuer, grâce à ma carabine, un lion, un buffle, un éléphant, mais ils m'ont appris tout le reste. Surtout Oumarou.

Après tant de chaudes émotions nous retrouvâmes avec plaisir les installations du campement qui, la veille, m'avaient paru si sommaires. Mouka, impeccable dans sa tunique blanche, nous y attendait auprès d'un assortiment de bouteilles embuées. Sous un léger auvent de paille, la table, nappée de frais, était dressée au bord du Faro et une bonne odeur de grillades provenait du domaine de Samuel. La poussière et le feu, la vie sauvage et le danger puis, soudain, les fastes d'un déjeuner en plein air le plus raffiné dans un cadre d'une beauté exceptionnelle ! Un tel confort, après ce que je venais de vivre et là où je l'avais vécu durant six heures de piste et de crapahut, relevait de l'irréel.

— Carottes râpées et poivrons hachés glacés, steaks de cob avec pommes de terre sautées, fromage et salade d'ananas et mangues, annonça Raymond après une incursion à la cuisine. Et pour demain soir, j'ai concocté avec Samuel une petite recette dont je vous réserve la surprise.

Nous déjeunâmes d'un appétit féroce. Ce vieux Samuel qui de prime abord avait tout de l'homme des bois et grognait de rudimentaires « oui, m'sieur, non, m'sieur », essentiel de sa conversation, possédait néanmoins l'art de dresser les plats. De simples crudités il avait fait une composition des plus alléchantes et les petites pommes de terre qui accompagnaient les grillades de cob, saisies à point, étaient tournées comme dans les grandes maisons. *Le Fouquet's* matiné de *Fauchon* pour l'exotisme ! Les fatigues de la première traque s'éloignèrent avec le passage des mets que Mouka me présentait en premier avec tant de déférence que je m'en étonnais auprès de mon hôte.

— Normal, dit Henri. Tu as la barbe et les cheveux blancs et je t'ai placé près de moi. Donc pour lui comme pour les boys tu es l'invité le plus important du campement. Les Africains des villages ont un grand respect pour les signes extérieurs de l'âge. D'ailleurs j'ai entendu les pisteurs. Entre eux, ils t'appellent déjà « Papa ». Quant à Mouka, je n'ai qu'à me passer la main sur le crâne et sur les joues. Il comprend immédiatement qu'il s'agit de toi. *Salud,* Papa Courrière, ajouta-t-il en levant son verre de Rioja.

Papa Courrière mi-figue mi-raisin (ma puérile fierté de ne pas avoir flanché durant la longue marche dans la brousse vermiculaire en avait pris un rude coup) n'était pas au bout de ses surprises. Après le café, comme j'interrogeais Henri sur les difficultés d'approvisionnement que représentait un tel repas servi dans un lieu si isolé, miracle à renouveler deux fois par jour, celui-ci m'entraîna près de la rivière à l'extrême limite du campement.

— J'applique ici la même méthode qu'au ranch : à l'exception des produits de base, des boissons et des fruits qui viennent du verger de Ngaoundaba, nous nous suffisons à nous-mêmes. Samuel pétrit et fait cuire le pain sous sa paillote, nous — les chasseurs — fournissons la viande rouge et le gibier, et tous les légumes sont cultivés ici.

Je découvris sur la berge de ce Faro fréquenté par les crocodiles et les hippopotames le damier d'un tout petit potager où poussaient concombres, radis, betteraves, pommes de terre, navets, carottes, aubergines, fenouils et salades. Un grand nègre placide, le chef coiffé d'une calotte de coton au crochet, grattouillait le sable entre chaque carré minutieusement ordonné. Tous les jours, à l'aube et au crépuscule, j'allais le voir, claudicant, puiser de l'eau à la rivière et arroser les cultures miniatures avec une sage lenteur. J'étais loin d'imaginer à quel drame il la devait.

— Kaoudé s'est pris de passion pour les petits sachets de graines que je lui rapporte, dit Henri. Grâce aux alluvions que le Faro en crue dépose à la saison des pluies, et au climat de la région, il suffit de quelques jours pour obtenir les plus beaux légumes qui soient. Il en est très fier et il faut voir sa fureur lorsqu'un éléphant vient s'abreuver la nuit et piétine ses cultures ou qu'un hippo arrache une demi-douzaine de salades pour se faire une bonne bouche ! Au campement, Kaoudé s'occupe exclusivement du potager car, avec ses genoux en compote il ne peut pas faire grand-chose d'autre... et il sait que je ne le bouscule jamais. Contrairement à ses anciens maîtres. Car tu as devant toi un esclave. Un vrai comme il y en a encore tant, quoi qu'on en dise, autour du palais des *lamibé* ou autres sultans locaux. Il est devenu le mien par le plus grand des hasards.

Au début de son séjour au Faro, alors qu'il arpentait son futur domaine, Henri Eyt-Dessus avait rencontré Baba, un jeune Camerounais épris de liberté qui vivait de pêche, de petit braconnage et de la poussière d'or qu'il trouvait dans le lit de la rivière. Les deux hommes avaient sympathisé et, lorsqu'il avait établi son premier campement, le chasseur blanc lui avait proposé d'en devenir le gardien.

— Je le payais et, au lieu de braconner pour lui, il braconnait pour moi tout en continuant à chercher de l'or à son propre compte. En quelque sorte, il protégeait ma zone des autres braconniers. Lorsqu'il m'a demandé la permission de se faire aider par un « bénévole » j'ai appris que mon Baba était fils d'un chef *mboum,* représentant cette race — conquise jadis par les Peuls — à la cour du *lamido.* A ce titre, il possédait dans son village plusieurs *matchoubé,* serviteurs de sa famille, et se proposait de faire venir l'un d'entre eux pour l'assister dans ses nouvelles fonctions ! C'est ainsi que j'ai vu arriver le *matchoudo*

Kaoudé avec son œil exorbité et ses jambes torses mais fort comme un Turc. En fait de serviteur c'était purement et simplement un esclave qui, par la force des choses puisque j'étais le patron de son maître, est devenu mon sous-esclave ! Lorsque Baba s'est tué bêtement dans un accident de motocyclette à Ngaoundéré, Kaoudé a voulu rester au campement dans cette brousse où il était tranquille et où personne ne viendrait le reprendre.

Le pauvre bougre n'avait aucune envie de revoir le village qui l'avait mutilé. Fils d'esclave et esclave lui-même il avait subi à la sortie de l'adolescence le même sort que ses compagnons de malheur dotés d'une trop forte constitution : les maîtres les amoindrissaient en frappant à coups redoublés sur les tendons des genoux pour leur enlever la possibilité de s'enfuir.

— Kaoudé a eu les ligaments écrasés de cette horrible façon et ne peut courir ni même se presser. J'ai eu l'idée d'en faire un jardinier payé comme les autres boys du campement. Et le voilà heureux. Et voilà aussi pourquoi « Papa » ne mangera jamais de conserves à la table du Faro ! Mais ne nous attendrissons pas et imitons ce brave Kaoudé qui suit sagement les enseignements de la nature. Comme elle, il va piquer son petit roupillon. C'est l'heure de la sieste. Repose-toi bien.

Il s'éloigna vers son boukarou et je gagnai le mien à pas comptés en observant les rives désertes du Faro dont le courant éclaboussait les rochers d'une poussière argentée. Le soleil était à son zénith. Le thermomètre indiquait 37° à l'ombre. Sous l'intensité de la lumière triomphante le paysage avait perdu jusqu'à son relief. Pas un craquement, pas un bruit. Grillons et cigales s'étaient tus. Nul ramage, pas même le roucoulement d'une tourterelle, ne venait troubler le silence énorme de midi. C'était le moment, impressionnant entre tous, où la savane écrasée de chaleur se tait. Celui où les oiseaux se blottissent dans leurs nids, où les antilopes se cachent dans les sous-bois, où les buffles s'enfouissent dans les pailles. Le seul moment de la journée où les bêtes comme les hommes, vaincus par le poids du soleil, font leur soumission temporaire avant de reprendre le jeu de la vie et de la mort.

Plutôt que de m'enfermer dans la case étouffante, je m'étendis sur le sable, au pied d'un arbre, à rêvasser au fil du courant. Le sommeil m'y surprit. J'y plongeai comme un plomb.

⁂

Au réveil, un petit pluvian du Nil au plumage d'un blanc éclatant se livrait sur les rochers à une danse gracieuse autour d'oies de Gambie confites dans leur majesté. Il m'offrit dans son envol les rayures noires de ses ailes déployées tandis que les séductrices abandonnées — dont le Concorde modelé par la technique a emprunté la voilure admirablement profilée — décollaient avec souplesse dans le bleu intense du ciel. Je reçus cette image des premiers âges comme un cadeau du paradis.

Les Dodge ronflaient sous le pied impatient des chauffeurs, les pisteurs étaient en place sur les ailes, nous partîmes pour tenter, durant ce qu'il restait de jour, de retrouver les traces de ces satanés buffles. Nous croisâmes sur la piste parallèle à la rivière, puis hors piste dans la galerie forestière où il fallait déployer une attention de tous les instants pour éviter les branches basses qui se faisaient un malin plaisir de vous cravacher le visage. Les 4 × 4 roulaient, tanguaient comme un canot dans la tempête. Jean-Pierre, notre élégant chauffeur chrétien qui arborait une croix du sud d'or dans l'échancrure de sa chemise soigneusement repassée, prenait un plaisir évident à n'éviter aucun creux, aucune bosse. Sa joie était extrême lorsqu'une pente un peu raide lui donnait l'occasion de jouer des vitesses et du crabot. Jamais les véhicules tout-terrain n'avaient si bien mérité leur nom. Rien ne les arrêtait. Rouler à leur bord c'était comme si vous faisiez du hula-hoop sur un mustang à ressorts de la Foire du

Trône, et cela pendant des heures ! Comment, dans ces conditions, retrouver une malheureuse trace ?

— Imagine ce que c'était lorsque, avec Henri, nous parcourions ces étendues à pied, dit Raymond qui se tenait négligemment au châssis. (Agrippé des deux mains au bord de la banquette, j'enviais férocement son sens de l'équilibre.) Les 4 × 4 ont donné un nouveau sens à la chasse. Grâce à eux, on peut faire une virée au plateau des Américains, revenir au campement, se rendre le lendemain à l'étang des Nénuphars ou au camp du Leker. Se déplacer de vingt ou trente kilomètres pour aller d'un point où l'on sait qu'il y a des buffles à celui où paissent des élands de Derby. Jadis, nous en avions pour deux ou trois jours et nous devions monter le bivouac à la nuit tombée. Avec tout ce que cela comporte d'inconfort. Aujourd'hui, c'est une partie de plaisir.

Mes reins douloureux m'empêchaient d'approuver ces propos d'un optimisme éhonté. Et je ne fus pas fâché de voir mon compagnon se rattraper de justesse au râtelier des armes lorsque Jean-Pierre, braquant brusquement, lança le Dodge à l'assaut d'une colline que gravissait déjà la voiture de tête. Les hurlements de la boîte de vitesse débusquèrent un couple d'ourébis, légères antilopes aux oreilles striées — le mâle avec deux cornes minuscules, presque droites, la femelle à la tête gracile, émouvante comme une biche de nos forêts européennes — que leur petite taille et leur faible poids de viande protégeaient de la rapacité des grands prédateurs, fauves ou humains. Ils disparurent dans les épais fourrés tandis que, par bonds, par soubresauts, le Dodge s'accrochait à la pente. Ses roues semblaient munies de crampons. Derrière moi, mais bien en dessous tant l'inclinaison était rude, Seïdou, accroché sur la plate-forme, riait comme un fou sous son casque indochinois. La dangereuse ascension le comblait. Je n'avais qu'une hâte : qu'elle se terminât ; qu'une peur : que le moteur calât. Enfin, nous atteignîmes le sommet qui dominait le ruban argenté du Faro. En gagner la rive nous demanda encore une demi-heure mais la pente était moins agressive et Jean-Pierre, satisfait d'avoir prouvé sa pugnacité, se contentait de suivre les traces de Tibesti, nom qu'Henri avait donné à son *command-car* en souvenir d'une chasse de six mille kilomètres aux confins du Tchad et de la Libye où il avait emmené à trois reprises les clients particulièrement aventureux qui, dans les années 60, avaient succédé au vieux Félix.

— C'était autre chose que cette balade apéritive, me dit-il lorsque nous nous retrouvâmes au bord de la rivière. Il fallait être jeune et particulièrement audacieux pour chasser l'oryx cimeterre, l'addax et le mouflon dans ces montagnes désertiques du Tibesti. Je trimbalais six cents litres d'essence, trois cents d'eau, dix-huit pneus de rechange, tout cela pour avoir le bonheur d'entrer dans des zones qui n'avaient pas été visitées depuis l'âge préhistorique. J'y ai découvert des haches, des pointes de silex, des massues de pierre en pagaille que nous avons rapportées au Musée de l'homme. J'ai même trouvé des squelettes plus nombreux que nos traces de buffles cet après-midi... car Oumarou a fait chou blanc. Les bœufs ne semblent pas avoir passé la rivière. Il faudra piquer demain dans la direction des pailles que nous avons incendiées ce matin.

Le Faro, si vivace à la hauteur du campement, se transformait en aval en une large et paresseuse rivière dont les bancs de sable affleuraient la surface. Nous en testâmes le lit à pied. L'eau arrivait au mollet.

— Le fond est assez dur pour passer à gué lorsque nous irons au Leker, assura Frank qui jouait les éclaireurs. Et les arbres de la petite île, à mi-parcours, nous permettront de tracter si un camion s'enlise.

— L'Afrique est extraordinaire de diversité, dit « le père de la savane » comme s'il n'avait pas entendu l'aspirant-guide. Face à nos boukarous le Faro a des allures de torrent pyrénéen, trente kilomètres plus bas il ressemble à un bras de Loire à l'étiage, dans trois mois ce sera un ruisseau et je passerai ici presque à sec. En juin-juillet des tornades ininterrompues se déverseront sur la brousse et nous chasseront. Et le Faro inondera des milliers d'hectares qui retrouveront leur pureté originelle. Et nous reviendrons, aux beaux jours de décembre, abattre les vieux mâles quand ils voudront bien nous laisser une toute petite trace fraîche et permettre au grand Oumarou et au non moins grand chasseur blanc de ne pas rentrer bredouille !

Plusieurs coups de feu retentirent dans les fourrés près du lieu où nous avions abandonné les voitures. Nous nous précipitâmes. Pierre et Raymond nous y attendaient auprès de pintades ensanglantées.

— Voilà de quoi nous changer des grillades de cob, dit Raymond en s'en pourléchant d'avance. Samuel réussit parfaitement la soupe de pintade et le salmis.

Ces considérations gastronomiques laissèrent de marbre l'équipe des cinéastes. Ils avaient fait le plein de scènes d'ambiance et attendaient avec une impatience justifiée l'approche à vue des fauves, point d'orgue de leur film.

— Demain, peut-être, avec un peu de chance, soupira Henri en reprenant le volant de Tibesti.

Sous le couvert des galeries le paysage s'estompait. C'est dans une demi-pénombre que nous regagnâmes le campement avec pour tout résultat — au terme d'une journée harassante — la vision de quelques cobs de Buffon, d'un couple d'ourébis craintifs et la présence, dans un sac de jute, de trois gallinacés foudroyés qui n'auraient pas satisfait le moins hâbleur des paysans solognots ! Je ne participais à la chasse que depuis peu et n'avais pas les préoccupations techniques des cinéastes mais je comprenais leur déception et la partageais. Sans toutefois qu'elle m'empêchât de goûter le meilleur moment de la journée. Celui où, encore couvert de poussière et la chemise mouillée de sueur, vous vous affalez dans un fauteuil de toile et, les chaussures de marche délacées, savourez à petites gorgées le premier whisky de la soirée en regardant sur la rive en face un cynocéphale râblé sortir prudemment du couvert puis, devant l'absence de danger, plaquer son visage au ras de l'eau avant d'inviter ses congénères à l'imiter.

— Regardez si c'est beau, disait Henri Eyt-Dessus. Cet énorme babouin à cul rouge qui demeure vigilant sur le sable tandis que les autres, moins forts, s'abreuvent. Les petits restent accrochés sur le dos de leur mère. Et le gros mâle veille à leur sécurité, prêt à signaler le moindre péril.

Je devinais Henri soucieux de remonter le moral de ses amis du cinéma.

— Aimer la chasse, poursuivait-il, ce n'est pas seulement obtenir le plus beau trophée, c'est surtout aimer passionnément la nature, entendre un lion qui rugit à deux kilomètres... ou à cinquante mètres de son lit, écouter les éléphants qui barrissent dans la nuit, voir une famille d'hippopotames dans la rivière ou bien ces cynos qui viennent boire. Et se dire : C'est beau, la vie, et ça vaut la peine d'être vécu.

Il parlait poésie et le caméraman — un jeune moustachu que j'avais vu marcher toute la journée avec un appareil de plusieurs kilos sur l'épaule sans jamais se plaindre ou confier son engin à un porteur africain — lui répondait images « dans la boîte », taxes d'abattage payées d'avance au gouvernement, et scènes d'approche angoissantes avant le coup de feu qui ferait frémir dans les chaumières métropolitaines devant un écran de télévision. Il était loin d'être insensible aux beautés de la nature mais aurait tout le temps, disait-il, de s'y consacrer lorsqu'il serait devenu l'un de ces flâneurs salariés chers à Henri Béraud. En attendant, il voulait du concret, et le plus vite possible :

— Tu m'as bien dit qu'au Faro il y avait les trois grands fauves : le lion, le buffle et l'éléphant, et le plus prestigieux des gibiers : l'éland de Derby. Il me les faut. Vivants puis morts. Sinon tout ce que nous avons tourné, les préparatifs, la traque, le feu dans les pailles, les cobs et les inévitables phacochères, ça ne me sert à rien. Zéro !

— Je ne t'ai fait aucune promesse, pas plus qu'à l'un quelconque de mes clients. Je ne fais jamais de promesse pour de l'argent. *(Henri dont la patience — hors la chasse — n'était pas la vertu cardinale, parlait avec cette douceur persuasive qui m'avait impressionné lors de notre première rencontre.)* Chez moi, comme chez tous mes confrères de l'Afrique francophone il faut *mériter* sa bête. Je le répète au point de paraître radoteur. Le chasseur, d'images ou de trophées, doit souffrir et attendre avant le face-à-face. En brousse, il faut plusieurs jours pour commencer à *voir*, et non passer en coup de vent. Je veux à tout prix conserver cet esprit de grande chasse fait de difficultés, de longues marches dans la galerie ou dans les pailles, d'approche en rampant. Je connais ton problème et je fais en sorte de découvrir la piste des animaux le plus rapidement possible à bord des véhicules. Puis on va à pied. Je ne fais rien pour compliquer ton travail, sois-en persuadé, mais il doit être le reflet d'une passion bien ordonnée. Et je ne fais pas de miracles. Si tu veux des miracles, il faut aller en Afrique anglophone. Là-bas, tu auras tout très vite. Le client anglo-saxon, surtout l'Américain doté de gros moyens — celui d'aujourd'hui, pas celui d'Hemingway qui savait chasser — peut se permettre de louer avion, hélicoptère, *land-rover* super confortables... L'Américain n'a pas l'esprit sportif. Il a l'esprit de record. De quelque façon qu'on le lui fasse obtenir, il sera content. Peu lui importe de louer un safari d'un mois. S'il tire au bout de quarante-huit heures le porteur du trophée qu'il convoite, il paye la totalité du contrat et s'en va. Heureux, puisqu'il est venu pour le record. On lui en enverra la preuve à Memphis ou à Dallas, il n'attendra même pas que le *skinner* ait dépouillé la bête ! Actuellement, en Afrique du Sud, tu as des fermiers qui distribuent la faune de leurs territoires en annonçant crûment à l'amateur : « J'ai à vous vendre un zèbre, un rhinocéros ou un grand koudou », comme s'ils les avaient en magasin. « Le rhino vous fera tant de dollars. OK ? » On y va en voiture ou en hélico, on descend et on le tue. Il n'y a plus l'esprit sportif de la grande chasse. Pas plus qu'il n'y a de sport dans la battue que l'on *fabrique* en France où l'on se met à un poste en attendant le faisan ou le perdreau que l'on va tirer comme au *ball-trap*. Moi vivant, on ne verra jamais cela au Faro.

Satisfait de sa longue tirade, Eyt-Dessus s'octroya une large rasade de Campari-soda, sa boisson favorite, tandis que je gagnais le bord de la rivière où, dès mon arrivée, j'avais choisi l'endroit propice qui me servirait de « salle de bains ». Il y avait bien, à l'écart, près des feuillées, une douche rustique, bricolée à partir d'un seau et d'une corde dans une paillote à ciel ouvert. Mais comment se contenter d'un filet d'eau tiède alors que le Faro vous offrait la fraîcheur de son courant limpide ? Un creux dans la pierre pour la savonnette, un autre pour le shampooing, deux énormes rochers pour vous protéger de la visite inopportune de quelque crocodile baladeur, un tapis de sable au fond du tub naturel où court une eau transparente, le rêve ! Je me savonnais vigoureusement pour me débarrasser de la poussière de la piste et des pailles brûlées qui s'étaient infiltrées insidieusement sous les vêtements, tout en gardant un œil attentif à la fois sur l'eau et sur l'orée du bois. En gagnant ma « salle de bains » j'avais vu sur les rochers plats plusieurs fumées d'éléphants ! Toujours la crainte d'un milieu inconnu et hostile, exacerbée par la venue de la nuit...

— Je vois que tu sais dénicher les bons coins, dit Raymond qui arrivait pieds nus, la serviette autour du cou et la trousse de toilette sous le bras, tel l'estivant qui gagne les « commodités » du camping des Flots-bleus. Depuis qu'avec Henri nous avons choisi ce lieu privilégié pour établir le campement, ce trou d'eau claire est mon lavabo personnel. Mais il y a la place pour deux, ajouta-t-il aimablement.

Nous nous étrillâmes de conserve, sans la moindre gêne, comme deux équipiers qui, le match terminé, se retrouvent sous la douche des vestiaires. Je profitais de cet instant d'intimité pour lui confier mon agacement devant l'angoisse puérile qui — malgré l'expérience de situations inconfortables aux quatre coins de la planète — me saisissait lorsque le groupe électrogène s'arrêtait et que je me retrouvais seul dans l'ombre de la case, sans une malheureuse porte à fermer, fût-elle de roseaux fragiles.

— C'est la brousse, dit-il en faisant mousser le shampooing dans sa tignasse grise. Je viens ici depuis vingt-cinq ans et, chaque fois, il me faut trois jours avant de m'endormir sans crainte sous mon boukarou !

J'avais la plus vive sympathie pour cet aîné massif, au visage carré qui, malgré quelques rides, avait su conserver la spontanéité de l'enfance. Constructeur avisé, il avait abandonné la plupart de ses affaires bien avant qu'ait sonné l'âge de la retraite pour se consacrer à ses deux passions : la chasse en brousse et la promotion de compétitions sportives de haut niveau. Sa rencontre avec Henri relevait du plus pur hasard.

— Je n'aimais guère la vie parisienne et chaque fois que j'avais achevé un programme je n'avais qu'une idée : l'oublier en visitant des pays qui vivaient encore au Moyen Age. C'est ainsi que j'ai reçu l'un des premiers visas chinois, bien avant que la France ait reconnu le régime de Mao. En 1962, j'ai pu visiter la Chine des campagnes où j'ai retrouvé, malgré la différence des civilisations, la vie quotidienne qui avait été celle de mon enfance, entre les deux guerres, dans les fermes de ma Bretagne natale où le sol était de terre battue et où l'on s'éclairait à la lampe à pétrole. A Paris, je travaillais dans la construction la plus moderne en rêvant de me retrouver au plus vite au contact de cette époque médiévale qui me fascinait. Au retour de Chine, j'ai préparé ma prochaine escapade de la façon la plus prosaïque : en m'adressant à une agence de voyages. « Si vous cherchez le Moyen Age, m'a-t-on répondu, nous pouvons vous envoyer dans quelques mois au cœur de l'Afrique, au Cameroun, où un guide de chasse commence à faire un peu de tourisme. » Par hasard, j'étais tombé sur l'un de ces agents qu'Henri avait prospectés lors de son premier voyage en France. Et voilà comment je suis devenu en 1963 son premier client non chasseur. Nous nous sommes liés d'amitié et je suis revenu souvent. Ensemble, nous avons sillonné le Nord, où demeurent encore des Africains de l'âge du feu. Nous avons vécu sous la tente, visité les tribus. Henri m'a fait connaître le sultan de Rey Bouba, l'une des plus anciennes villes fortifiées du Nord Cameroun. Le *lamido* m'a fait les honneurs de sa garde personnelle. J'ai vu ces cavaliers extraordinaires dont l'apparence n'a pas changé depuis les conquêtes arabes et qui sont encore équipés comme l'étaient les croisés en Terre sainte : heaumes, armures, cottes de mailles et caparaçons de soie vive. Puis j'ai découvert le peuple de la forêt, les animistes et les chrétiens du Sud bien différents des pasteurs foulbés, nomades du Nord. Je faisais du tourisme ethnologique. C'était passionnant.

Nous poursuivîmes la conversation autour de l'apéritif. La nuit tombait doucement et la fraîcheur nous faisait apprécier le molleton des survêtements. Sur la longue table faiblement éclairée par une ampoule pendant au bout d'une perche, des lampes à pétrole apportaient trois taches de lumière crue autour desquelles virevoltaient des bataillons d'insectes. Grillons et crapauds nous offraient leur concert vespéral. La brousse alentour bruissait de mille activités mystérieuses.

— Nous avons la lumière, remarquais-je, Samuel s'active autour de ses braises, le coucher de soleil sur le Faro est magnifique et, pourtant, on éprouve une sensation d'oppression.

— C'est que la savane ne vit vraiment que la nuit. Les fauves partent en chasse, et avec un peu de chance — comme dit Henri — on va entendre les lions rauquer. La nuit est vivante, vibrante. C'est encore plus sensible dans la grande forêt du Sud où je me suis pris d'intérêt pour la chasse alors qu'en France, accompagnant des amis, je répugnais à tirer sur une perdrix.

— Alors, pourquoi ici ?

— Parce que Henri m'a fait vivre dans le Sud, à l'approche des éléphants, quelques émotions intenses que j'ai retrouvées dans la zone du Faro. Je me suis mis à la chasse, d'abord très maladroitement, pour avoir un contact avec les animaux. Aimer les bêtes c'est les approcher, avoir une communication avec elles, et non pas leur apporter des cacahuètes dans un parc zoologique où on les déshonore en les privant de liberté. Bien sûr, c'est indispensable pour les enfants mais, pour elles, c'est une imposture.

— Et tu les aimes en les tuant ?

— J'en conviens, c'est un meurtre mais le seul moyen que l'on ait de caresser un animal sauvage c'est malheureusement de le tuer.

Comme je ne semblais pas convaincu par cette théorie, Raymond ajouta :

— Attends de vivre un peu plus avec nous. On ne tue pas n'importe lesquels. On effectue une sélection que ne font ni les lions ni les braconniers africains qui, à l'image des fauves carnivores, n'observent qu'une seule règle : obtenir le maximum de viande avec le minimum d'efforts. Tu pourras constater que nous, les vrais chasseurs, nous nous employons à gérer la nature tout en sacrifiant à notre passion.

Henri Eyt-Dessus nous avait rejoints, noblement drapé dans un peignoir en tissu éponge aussi blanc que sa barbe et ses cheveux. Un léger parfum d'eau de toilette flottait autour de cette silhouette insolite et magnifique dans l'ombre qui s'épaississait. Tant de raffinement dans ces solitudes sauvages pouvait surprendre chez un homme qui, quelques années auparavant, guidait ses clients à pied avec, pour tout équipement, son fusil, une toile de bâche et un lit picot.

— Le confort dans l'inconfort, voilà ma devise aujourd'hui, dit-il un verre à la main. La chasse telle que je l'impose est assez dure, comporte assez de risques, et la nature est assez inhospitalière pour que, le soir venu, j'offre à mes amis quelques compensations... Mais de quoi parlais-tu avec ce redoutable Nemrod ? ajouta-t-il en plissant les yeux en direction de son vieil ami. Je parie qu'il te racontait ses exploits. N'en crois pas un mot. Il n'est pas courageux mais inconscient, et malgré tant de cartouches brûlées, il tire toujours comme un manche à balai !

Entre les deux complices, le jeu reprenait. Je les laissai échanger quelques aménités puis les interrompis en me moquant à mon tour de mes fantasmes nocturnes.

— Durant la journée, en brousse, dit Henri en reprenant son sérieux, on n'est jamais assez prudent. Mais la nuit, chez moi, tu n'as rien à craindre si ce n'est les moustiques et les tsé-tsé. J'ai dû passer, dans ma carrière, plus de deux mille nuits quasiment à la belle étoile et il ne m'est jamais rien arrivé.

— Il n'empêche qu'autour du camp on trouve des traces d'éléphants, de lions. S'ils se mettaient en tête d'attaquer, la paille des boukarous serait bien incapable de les arrêter !

— Tu trouves ces traces *autour* mais pas *dans* le campement car les murs des paillotes constituent un obstacle inconnu pour les animaux. Et puis il y a les odeurs... celles du groupe électrogène et des véhicules qui puent l'essence ; les nôtres aussi. La bête est surprise, désarçonnée, et fait demi-tour. La preuve c'est que les traces des lions s'arrêtent toujours au ras du garage ou des feuillées. Évidemment il ne faudrait pas en sortir à ce moment-là car le fauve aurait peur et voudrait se défendre... Crois-moi il ne vient pas pour nous piéger mais par simple curiosité. Il suit la piste des hommes laissée par les pneus des voitures et comme il a sous les pattes des coussinets extrêmement fragiles, il marche dans cette poussière comme sur un tapis d'une agréable souplesse. C'est la facilité qui le conduit ici mais il ne représente aucun danger pour nous. Les boys et les pisteurs qui connaissent admirablement les mœurs des animaux le savent bien. Ils dorment par terre, sans la moindre crainte, de l'autre côté de la cuisine pour profiter de la chaleur des braises.

— Pourquoi ne se construisent-ils pas des boukarous semblables aux nôtres ?

— Il faut les laisser mener leur vie à leur guise. Ils ont une fonction et un domaine. S'ils assument parfaitement la première, je n'empiète jamais sur le second.

J'avais remarqué que, dès le retour au campement, les pisteurs disparaissaient dans leurs quartiers. On ne les reverrait que le lendemain.

— Les mécanos s'occupent de l'entretien des véhicules, me renseigna Raymond, et les pisteurs font boucaner la viande de la chasse... quand il y en a, ce qui n'est pas le cas aujourd'hui.

— Mangent-ils la même chose que nous ? demandai-je innocemment.

Ma réflexion suscita un rire formidable.

— Ils détestent notre nourriture. Pour eux, les bons petits plats de Samuel, c'est « manières de Blancs ». Ils s'empiffrent de patates douces, d'ignames, de manioc et de monceaux de viande mal boucanée qu'ils apprécient lorsqu'elle est à moitié pourrie. On la sent de temps à autre quand la brise souffle du mauvais côté !

— Même les chauffeurs centrafricains, malgré leur aspect policé, s'en régalent, ajouta Henri. Pourtant, entre eux, ils font table à part. Les Peuls musulmans d'un côté, les chrétiens de l'autre. Et Bouba un peu plus loin, tant il est sale. Seule sa femme peut le supporter ! Mais c'est un remarquable pisteur et il faut être un homme préhistorique pour garder le camp, comme il le fait, pendant la saison des pluies. C'est pourquoi je permets à son épouse de vivre ici tout au long de l'année.

Je l'avais aperçue, énorme, imposante, walkyrie noire chargée de bois sec destiné à la cuisine dont elle assurait les basses œuvres ou cueillant quelques légumes dans le potager.

— Mme Bouba n'est pas farouche et doit me trouver à son goût, assura Raymond, pince-sans-rire. L'autre jour, alors que je revenais avec Pierre dans la Land-Rover, elle a voulu à toute force s'asseoir sur mes genoux !

Henri, d'un air faussement affligé, me prit à témoin :

— Nemrod doublé de Don Juan ! Voilà ce que le sort m'a réservé comme compagnon de chasse. J'ai dû commettre bien des péchés dans ma chienne de vie...

La soupe de pintade et le salmis, parfaitement accommodés ainsi que Raymond l'avait prévu, provoquèrent la bonne humeur de la table, entretenue par le vin frais de Rioja. Les déceptions de la journée étaient oubliées. Demain, c'était évident, nous trouverions ce vieux beau mâle qui se cachait avec son troupeau quelque part audelà des hautes herbes.

Le dîner terminé, la fatigue se fit ressentir et nous gagnâmes nos cases, pleins d'euphorie et d'espoir. Lorsque le groupe électrogène s'arrêta et que je n'eus plus que ma lampe torche pour m'éclairer, je vérifiai avec soin qu'aucune bestiole ne s'était glissée dans mes draps, je bordai soigneusement la moustiquaire entre le matelas et le lit de camp et, sous les couvertures, l'œil rivé sur le rectangle d'inconnu qui servait d'entrée à la paillote, je me persuadai que je n'avais presque plus peur.

Je m'endormis bientôt tandis que, sous la trompe d'un éléphant débonnaire, des lions dansaient dans la poussière de la piste...

IV

BAROUGA-LE-MAGNIFIQUE

L'emploi du temps immuable, ordonné par la marche du soleil, le paysage sans grande diversité — savane arbustive ou paillée sillonnée de mayos asséchés — les conditions de la traque, motorisée ou pédestre, auraient dû engendrer une certaine monotonie. Il n'en était rien, bien au contraire. Chaque jour était le même et pourtant différent car j'apprenais la brousse et l'activité de ses habitants. Mes yeux saturés par l'agitation citadine retrouvaient leur fraîcheur et s'habituaient à déchiffrer la nature sauvage. Sous son apparente immobilité elle recelait une vie intense dont la moindre découverte était une joie plus appréciée d'être inattendue. C'était aussi bien, au petit matin, ces jonquilles sans tige, écloses dans la nuit, qui parsemaient la piste et ses abords de taches éclatantes, que la vision fugitive de guibs harnachés dont la robe presque rouge et les cornes spiralées disparaissaient en un éclair. Certains mâles, disait Frank, ont les cornes si rejetées en arrière que leurs pointes usent parfois le poil des épaules. Je sus bientôt distinguer le cob de Fassa, apparenté au grand cerf par son poil gris et son port majestueux, du cob de Buffon, plus petit mais si gracieux et qui nous fournissait une viande si savoureuse que je m'efforçais d'oublier son élégance au moment du repas ! L'œil infaillible des pisteurs signalant la moindre présence animale à la lisière des fourrés protecteurs, allié à la science de mes compagnons guides, transformaient les longues approches aux résultats incertains en une succession d'images inoubliables. Si ce bubale bai à la tête de cheval, dont les cornes en crochets sortaient d'un chignon ridicule, s'enfuyait en galopant de travers après nous avoir longuement observés, c'est que la nature l'avait doté d'une avant-main plus haute pour lui permettre de voir au-dessus des herbes. La modestie relative de son trophée lui épargnait souvent le fusil des hommes alors que celui du grand hippotrague — antilope-cheval de près de trois cents kilos et dont les cornes annelées aux lignes pures pouvaient atteindre le mètre — provoquait des chants de victoire chez les pisteurs. La rencontre de ces antilopes si variées — ourébis, céphalophes minuscules, reedbucks aux bonds prodigieux, et damalisques qui dépassaient le quintal — émaillait la monotonie de nos longues marches sans qu'à aucun moment le moins hardi d'entre nous n'éprouvât une quelconque crainte.

— Et pourtant, disait Henri Eyt-Dessus, s'ils connaissaient leur force... Que les quinze ou seize mâles de ce troupeau d'aimables cobs de Buffon aient ensemble la malencontreuse idée de nous charger, et nous devrions vivre dans des véhicules blindés ! Je me demande toujours par quel instinct les animaux, même les plus dangereux, craignent l'homme.

Le quatuor des stars de la savane — les trois grands fauves et la mythique antilope géante — se montraient plus avares de leurs apparitions. Des lions je ne connaissais que les rugissements qui nous tiraient du sommeil bien avant qu'Henri ne sonne la diane, des éléphants les fumées desséchées des rives du Faro, quant aux buffles nous courions toujours sur leurs traces ! Au deuxième jour Oumarou les retrouva enfin. Une bouse fraîche dans laquelle il plongea l'index provoqua la jubilation du *white hunter* qui l'imita, bientôt suivi par son coéquipier. Leurs diagnostics se recoupèrent.

— Ils sont à moins de trois heures, annonça Eyt-Dessus. On abandonne les voitures. Ce n'est pas le moment de faire du bruit.

Une excitation féroce avait saisi les pisteurs qui nous imposèrent aussitôt un train d'enfer. J'admirais la résistance d'Henri et de Raymond qui me rendaient pourtant un certain nombre d'années. Ils suivaient avec aisance cette allure démentielle dans le « vermicelle » du sol tandis que mes poumons en feu me reprochaient l'exercice physique toujours promis, jamais tenu. Nulle trace d'essoufflement dans la voix de mes guides, heureux de me faire partager leur expérience :

— Outre sa force colossale le buffle a deux défenses naturelles : l'odorat et l'ouïe, dit Henri. Par bonheur pour nous sa vue est très médiocre. Il faut donc l'aborder sous le vent pour qu'il ne nous sente pas...

— Ce qui va nous valoir un bon détour, remarqua Pierre, car pour l'instant nous marchons au vent.

— ... et lorsque nous serons « à la poursuite » — c'est-à-dire lorsque nous verrons l'animal ou les animaux, car aux traces il s'agit d'un troupeau — il faudra observer un silence complet et veiller à ne pas faire craquer une branche. D'ailleurs quand on les aura à vue j'avancerai seul, avec Oumarou et le cameraman.

— Et nous resterons en arrière pour admirer le maître, railla Raymond, et tresser ses louanges !

— S'ils ont trois heures d'avance, haletais-je, comment les rattraper ? Je suppose qu'ils ne nous attendent pas. Et ils marchent beaucoup plus vite que nous sur ce sacré vermicelle.

— Bien sûr mais, s'ils n'ont pas été alertés, ils vont s'arrêter, brouter, se reposer et nous allons les remonter. C'est pourquoi Oumarou impose cette cadence.

Le mouvement tournant que Pierre avait prévu nous fit perdre une heure supplémentaire dans une zone de pailles, comme pour ajouter à notre fatigue. Peu après en être sorti Hadji fit entendre un sifflement aigu tout semblable au cri du cob de Buffon. La caravane s'arrêta aussitôt. Et, selon le plan prévu, Henri s'avança avec mille précautions dans la clairière où paissaient les buffles. Je les observais à la jumelle, impressionnants, souillés de boue, les cornes redoutables se rejoignant sur le front en un bandeau puissant.

— Six femelles, deux jeunes mâles et les petits, murmura Pierre. Le vieux se tient à l'écart mais les mâles ont un œil sur lui. Il doit encore leur disputer les bufflesses.

C'était lui qu'Henri allait abattre. Dans le halo des jumelles je distinguais les tressaillements du vieux buffle pour se débarrasser des mouches, les battements de sa queue sur les flancs couleur d'ardoise. Il me parut magnifique de force contenue, avec son bandeau épais plus efficace, disait-on, que le plus offensif des béliers romains. Soudain, je le vis faire un bond en même temps que j'entendais une formidable détonation... et la troupe s'enfonça dans une galopade effrénée sous la galerie. Le « Vieux » n'était pas le dernier à courir !

Un juron bien français salua cette fuite éperdue.

— Je l'ai manqué, il a dû être piqué par une bestiole quelconque au moment où je pressais la détente, dit Henri. A moins que ce ne soit ma faute. Fatigue, émotion ? En tout cas voilà la preuve que la chasse, *notre* chasse, est une école d'humilité et de persévérance.

— Tu l'as peut-être blessé ? dis-je.

— Non. Au son de la balle je sais, et Oumarou aussi, que je ne l'ai pas touché. Sinon je serais sur place avec les pisteurs à chercher les traces de sang. C'est une règle absolue dans notre métier : on n'abandonne jamais une bête blessée surtout un grand fauve comme le buffle. On doit le chercher, le trouver et l'achever même si cela doit nous prendre des heures ou des jours. Car blessé il va s'isoler et devenir extrêmement dangereux. En brousse l'homme n'a pas à avoir peur d'un animal sauf si celui-ci chasse, défend ses petits ou sa peau.

J'en eus la preuve quelques jours plus tard — il nous fallut en effet près d'une semaine de traque avant d'abattre le premier buffle de la saison ! — lorsque Coco Bel Œil et Albert découvrirent du sang sur une branche, près de traces récentes. Dès lors les pisteurs qui, d'ordinaire, tenaient la tête de notre groupe, se placèrent en retrait des chasseurs blancs déployés en arc de cercle, Frank et Raymond sur les ailes, Henri et Pierre au centre dans l'axe des traces sanglantes, tous la 357 Magnum ou la Weatherby pourvue et prête à être armée en une fraction de seconde. La tension était palpable et personne ne soufflait mot. Nous avancions sur les mottes comme sur des œufs. Soudain nous aperçûmes le buffle solitaire, offrant son plus large profil dans les buissons. Je n'étais pas expert mais il était plus élancé que le vieux mâle manqué précédemment. Les culasses coulissèrent doucement presque en même temps. Eyt-Dessus s'approcha à une trentaine de mètres sous l'œil attentif de la caméra, puis tira. Un coup, deux... le bœuf vacilla sous l'impact, mais resta debout puis il fléchit les antérieurs et bascula sur le côté. A dix mètres, Henri le foudroya d'une balle à la nuque. Pisteurs et porteurs entourèrent avant nous la dépouille frémissante et éclatèrent en cris de joie. Oumarou saisit une corne pour relever la tête de l'animal et l'offrir de face à l'objectif. C'est alors que nous découvrîmes la source du sang qui avait jalonné la piste : le buffle avait une corne arrachée.

— Voilà un jeune beau mâle que je n'aurais jamais tué s'il n'avait été blessé, observa Henri. C'était un teigneux. Regarde ces cicatrices.

Les épaules et les flancs étaient marqués de profondes balafres, certaines récentes, d'autres beaucoup plus anciennes. Mais la plus horrible était la blessure à la tête. La corne avait été arrachée avec sa racine et dans la cavité sanguinolente s'étaient incrustés les parasites. La plaie grouillait de mouches et de vers. L'animal était promis à une mort affreuse.

— D'ordinaire nous n'abattons que les plus vieux mâles, me dit Eyt-Dessus. Non seulement parce que ce sont eux qui portent les plus belles cornes, les plus belles crinières, mais parce qu'ils sont à la fin de leur vie et vont être de toute façon éliminés par la loi de la savane. Le vieux buffle est devenu improductif, il n'est plus le patron de son troupeau et, en général, c'est un jeune mâle qui le chasse de la communauté. Combien j'en ai tué de ces ancêtres, apparemment magnifiques — leurs trophées naturalisés font l'orgueil de bien des salons ! — mais en réalité perclus de rhumatismes, les dents usées jusqu'aux gencives, incapables de se nourrir. Le but de la grande chasse que tant de gens réprouvent — comme tu me l'as dit à Paris — c'est d'abattre ces buffles qui vont crever de faim, ces lions qui ne peuvent plus courir, plus chasser. Et même s'ils sont assez forts — comme le vieux que j'ai manqué l'autre jour et qui était encore dans le troupeau — ils empêchent les plus jeunes d'établir leur suprématie, de posséder les femelles et de procréer des bufflons robustes. Peut-être est-ce ce vieux qui, jetant ses dernières forces dans la bataille, a mis ce magnifique mâle dans l'état où nous le trouvons. L'autre est au crépuscule et celui-là avait toute la vie devant lui. Et pourtant il a fallu l'abattre car il était blessé. J'aurais préféré le contraire.

La joie régnait chez les pisteurs qui se moquaient de ces considérations. En chantant ils dépouillaient la bête, maniant la machette avec une extraordinaire habileté. C'était miracle qu'ils ne se blessent point tant ils mettaient d'ardeur au dépeçage. Des myriades de mouches se collaient sur la viande que les porteurs allaient rapporter au camp.

— Rien ne doit se perdre, dit Frank. Au long de la route nationale, les petits villages que nous avons croisés attendent la venaison. Et les pisteurs ce soir se serviront en premier. Ils vont manger chacun jusqu'à un kilo de viande !

— Dans toutes nos chasses, précisa Henri, le trophée va au client, les filets sont destinés à notre table et le reste, tout le reste, va aux boys et pisteurs. Avec la viande boucanée ils arrondissent leurs fins de mois. Sur les marchés ils vont la vendre 500 F CFA le paquet de huit cents grammes. Ou bien, si l'acheteuse est à leur goût, ils passeront un moment agréable avec elle ! Ces lascars arrivent ainsi à doubler le salaire de leur saison et à se faire de douces amies... Tu es heureux, hein, Albert ?

Le leader des chauffeurs qui avait abandonné le volant de Tibesti pour participer à la poursuite était dans un tel état d'excitation qu'il mélangeait le français au foulfouldé et au mboum :

— Oui, patron. Bon *bana* (buffle), pas pour *barouga* (lion). Pour patron et chasseurs *mukalas* (blancs). Albert tout trouver pour patron et *mukalas.* Albert aime trop la chasse.

— Il entretient parfaitement mes véhicules mais aujourd'hui je crois que c'est la chasse qu'il préfère. Il est devenu un pisteur très convenable et est fier comme Artaban d'avoir trouvé, le premier avec Coco Bel Œil, les traces de sang.

Le soir même nous dégustâmes un sublime pot-au-feu de buffle aux choux, carottes et pommes de terre — sans que Samuel eût à laisser reposer la viande — accompagné d'un os à moelle, le plus gros que j'aie jamais vu et qu'Henri cassa devant nous à la masse ! Je me réjouissais de goûter le lendemain aux tripes de buffle — celles de cob préparées par Raymond (c'était la surprise annoncée le premier jour) aux oignons et vin blanc s'étaient révélées délicieuses — mais j'appris qu'Oumarou se les était réservées. N'était-il pas le chef des pisteurs ?

— Sans son flair exceptionnel et sa science de la brousse, nous n'aurions sans doute pas pu suivre, des jours durant, la trace des buffles, constata Pierre. Il a fait un travail dont le meilleur des chiens de chasse serait incapable car, en plus de son flair, il a l'intelligence et le sens de la déduction.

Comme je félicitais Henri Eyt-Dessus de la sûreté de son coup de fusil — c'était la première fois que je le voyais abattre l'un des seigneurs de la savane — il eut une moue dubitative.

— Non, ce n'était pas un joli coup et j'ai même commis une sorte d'imprudence pour être agréable à nos amis du cinéma. J'ai tiré cet animal d'abord à l'arrière pour ne pas le faire tomber et que la scène puisse raccorder avec celle du buffle manqué l'autre jour. A vingt-cinq mètres c'était de la bravade car le buffle agressé devient redoutable. Il pouvait très bien se retourner contre moi et me charger.

— Devant ce fauve, avouai-je, je n'étais pas rassuré et pourtant j'étais à l'arrière. Ne t'arrive-t-il jamais d'avoir peur, lors du face-à-face, auprès d'un client ?

— En règle générale, lorsque je guide un chasseur je ne prends aucun risque, même s'il faut pour cela lui déplaire. Mon métier est fait d'une grande prudence. Peur, oui. Confronté à un éléphant j'éprouve toujours une certaine crainte car c'est le seul animal qui ait une chance devant un bon fusil. Mais face au buffle je n'ai pas peur. Ou, plus précisément, je connais tellement ma peur que je ne la redoute plus. Si aujourd'hui j'ai pris ce risque calculé, c'est que je suis assuré de mon deuxième coup. Et là, tu as vu, la bête est tombée. Mais j'ai joué pour la caméra et non dans le vrai sens de la chasse qui est de tirer une seule balle pour qu'elle meure sans souffrir. La règle que j'impose à mes clients tient en peu de mots : une approche difficile, un beau tir, un vieux mâle qui tombe foudroyé. Point final. Et là, quoi qu'en disent les ignorants, on ne peut pas nous considérer comme des tueurs.

— Le rêve du chasseur est donc d'être un jour capable comme toi d'abattre le beau trophée d'une balle en plein cœur ?

— Jamais au cœur. Rien de plus dangereux. Il faut toujours tirer au défaut de l'épaule pour amoindrir l'animal et lui enlever la possibilité de charger. Surtout le lion.

— Ces animaux, même les vieux que nous chassons et qui en ont tant vu, renchérit Raymond, ont un cœur énorme. Les accidents qui sont arrivés à d'excellents tireurs, mais chasseurs néophytes, en sont la preuve. Les annales de la grande chasse sont pleines d'exemples de lions qui, atteints en plein cœur, ont encore parcouru les cinquante mètres qui les séparaient du tireur pour venir mourir sur lui et le broyer dans un ultime réflexe !

— C'est pourquoi, dit Henri, je te disais qu'en brousse on n'est jamais assez prudent. Lorsque j'accueille deux chasseurs au Faro, Pierre, dont le tir est d'une sûreté absolue, est toujours à mes côtés. De même s'il amène deux clients personnels je l'accompagne. En cas de pépin on est là pour les doubler. On ne sait jamais ce qui peut arriver avec des amateurs, même chevronnés. La peur est un sentiment que l'on peut dominer dans sa tête mais que le corps humain subit comme une loi de la nature. Devant un fauve — on en a fait l'expérience scientifique — les pulsations cardiaques passent de 65-70 battements minute à 120 ! Nous, les professionnels, on domine cette peur car on côtoie tellement ces animaux qu'on n'en a plus la crainte. Il faut même se répéter chaque fois : « Attention, tu as affaire à un fauve dangereux. » Chez nous c'est la trop grande habitude qui engendre l'imprudence.

J'allais en avoir la démonstration dans les jours suivants. Nous nous apprêtions à regagner nos boukarous pour la nuit lorsque Henri Eyt-Dessus nous avertit d'avoir à préparer pour le lendemain un sac avec quelques vêtements. Nous quittions le Faro pour le campement de fortune du Leker, à mi-chemin de la frontière du Nigeria, où, selon les pisteurs, les lions abondaient et les éléphants n'étaient pas rares.

— Ne prenez que le strict nécessaire, nous prévint-il, car comparé au Leker, le Faro c'est le *Ritz* ! Mais l'endroit n'est pas dénué de charmes. Mouka et Samuel nous accompagnent tout de même, ajouta-t-il en riant.

Nous étions rassurés. Le sourd-muet et le *bushman* à petite moustache étaient les garants d'un confort qu'au fil des jours nous appréciions comme un luxe qu'à Paris nous n'aurions su imaginer.

⁂

Nous laissâmes le camp à la garde de M. et Mme Bouba et de l'esclave Kaoudé et nous prîmes le chemin du Leker après le lever du jour. Le camion à ridelles qui transportait le matériel ressemblait à ces taxis-brousse surchargés de ballots et de passagers, familiers aux routards d'Afrique. Cantines, sacs, casseroles, casiers à bouteilles, provisions de toutes sortes, outils de terrassements, châssis de lits de camp s'entassaient, maintenus par des cordes, glorieusement couronnés par la lunette amovible de plastique, symbole des « manières de Blancs », et qui devait servir aux feuillées du Leker ! Agrippés à l'amoncellement les boys, les porteurs et le tandem Samuel-Mouka, qui avait contrôlé le chargement avec un soin maniaque, étaient tout excités par le voyage. Car c'était bien un voyage — et des plus périlleux — que ces trente kilomètres qui nous séparaient du Leker. Le chemin qui n'avait pas été ouvert depuis la saison des pluies était déjà difficile pour les *command-cars* mais semblait carrément impraticable pour un antique camion pareillement chargé. C'était compter sans l'ingéniosité et la force herculéenne de ces hommes de la forêt. Je les vis déployer des efforts inimaginables pour faire passer au lourd véhicule le gué du Faro. Devant la Bigoe, un mayo encaissé au lit rocheux, l'exploit parut irréalisable. Les traces de la piste, établie quinze ans auparavant par Henri et Raymond à travers des terres quasiment vierges, et que nous avions retrouvées dès le Faro franchi tant elles étaient reprises chaque année et dessinées par le passage des 4 × 4, se perdaient dans un entrelacs de hautes herbes, d'arbustes et de jeunes troncs qui avaient envahi les pentes effondrées du mayo. Pisteurs, boys et porteurs sautèrent de leur perchoir et se mirent au travail. On brûla d'abord les herbes en prenant bien garde de circonscrire l'incendie puis, à coups de machette, les obstacles s'effacèrent. Au passage les hommes détruisirent une imposante termitière dont la reine se retrouva, tout ébaubie par la lumière, sur la pelle maniée par Hadji. On la déposa sur l'aile de notre véhicule dans sa gangue de latérite durcie. C'était un énorme ver blanc au corps graisseux et annelé, gros comme le majeur. Lorsque chacun l'eut admirée, Hadji l'enveloppa dans un morceau de chiffon et le serra précieusement dans sa poche.

— Ce sera sa gâterie de ce soir, un dessert rare, dit Frank, amusé de ma répugnance de citadin. Cela me fait penser que nous n'avons plus de viande pour le dîner. Il faudra que je m'occupe de tirer un cob-cuisine.

Cet intermède culinaire passé, tout le personnel, Mouka en tête, qui faisait montre de biceps redoutables, remblaya à la pioche et à la pelle les abords éboulés par les pluies torrentielles de l'été. Et le convoi s'ébranla. Malgré la dextérité des chauffeurs chrétiens et la puissance des moteurs on dut treuiller pour avaler la pente qui se dressait devant nous. Nous ne faisions plus de la piste mais de l'alpinisme ! Avant d'aborder la manœuvre nous descendîmes du Dodge aussi bien pour le soulager de notre poids que pour éviter les risques qu'assumait le conducteur. Je vis Jean-Pierre, d'ordinaire décontracté, conduire le corps sur le volant, prêt à se coucher sur le plancher et l'œil fixé sur le câble avec plus de crainte que s'il se fût agi d'un serpent au venin mortel.

— Avec une pente pareille, assura Raymond, si le câble pète, il décapite le chauffeur et les passagers !

Il était près de midi lorsque nous atteignîmes le Leker. Cinq heures pour parcourir trente kilomètres !

— Au prochain safari, dit Henri, je conduirai mes clients en moins de trois heures. La piste est ouverte pour la saison. Ce matin nous avons fait du bon boulot. Voyons si celui de Belakha vaut le nôtre.

Le campement était des plus rustiques. Une poignée de

boukarous disséminés près d'un ruisseau de quarante centimètres de large constituaient tout le confort du Leker. Les paillotes étaient bien différentes des œuvres d'art construites au bord du Faro. Une cloison de paille tendue entre des piquets fichés en cercle sur la terre à peine aplanie, un cône de branchages encore frais et l'affaire était dite. Elles étaient toutes construites par Belakha et son petit-fils, un gamin d'une douzaine d'années nommé Kéké (petit arbre), dont on se demandait comment ils pouvaient vivre seuls, toute l'année, dans un site aussi isolé. Gardiens du camp leur unique travail était de construire chaque début de saison une demi-douzaine de fragiles abris et de veiller sur le réfrigérateur à pétrole, seule trace de civilisation dans cette savane du bout du monde.

— Ils vivent de petit braconnage et de manioc, expliqua Henri. Et, en saison, de ce que je leur apporte tous les quinze jours. Belakha ne s'éloigne guère d'ici car il a peur des lions et n'a que sa sagaie et sa machette pour se défendre. Voilà un vrai *bushman.* Auprès de lui Samuel, et même Mouka malgré son infirmité, font figure d'himalayas de culture et de modernisme ! Pourtant le grand-père et l'enfant survivent et n'ont aucune envie de regagner leur village d'origine. Je suis même sûr que, depuis le temps, Belakha est riche. Ici il n'a rien à dépenser et son salaire reste intact !

C'est auprès du bucolique ruisseau du Leker où le lendemain matin je fis ma toilette, un pied sur la rive droite et l'autre sur la rive gauche, que je passais les heures les plus douces de mon séjour camerounais. J'étais un peu las des heures de tape-cul et des marches forcées qui constituaient l'essentiel de nos journées. Aussi décidai-je de laisser partir mes compagnons. Je ne voulais pas manquer de passer quelques heures solitaires dans la brousse, loin des préoccupations cynégétiques des cinéastes, et n'étais pas fâché de pouvoir mettre un peu d'ordre dans l'embrouillamini d'expériences et d'images recueillies depuis mon arrivée au Cameroun. Raymond, qui lui aussi ressentait un besoin de solitude, avait décidé de faire de même. Nous savourâmes ces instants distraits à un programme chargé comme deux collégiens une grasse matinée inopinée. Puis l'envie lui prit d'aller faire un peu de cross dans la savane pour vérifier l'état des marécages dont il connaissait l'existence à quelques kilomètres de là.

— Il me faudra environ quarante-cinq minutes pour y parvenir, dit-il. Avec un peu de pot je trouverai peut-être les traces d'un beau vieux buffle qui aura meilleure figure dans le film de nos amis que ce malheureux à moitié décorné. Je serai de retour au plus tard dans une heure et demie.

Je le vis disparaître au petit trot, la carabine sur l'épaule, dans les hautes herbes qui couvraient la colline au-delà du ruisseau.

J'enviais son assurance qui lui permettait de partir seul dans la savane comme pour une balade en forêt de Fontainebleau. Me l'eût-il proposé que je ne l'aurais pas accompagné pour un empire ! Si après une semaine je ne succombais plus à mes fantasmes diurnes et nocturnes, je n'avais pas encore acquis une connaissance assez approfondie du terrain pour me livrer à une pareille expérience. Au soleil, encore doux à cette heure matinale, je me calais dans un fauteuil pliant et respirais à pleins poumons un air d'une pureté extraordinaire où se mêlaient l'odeur de la brousse et celle de la fumée de bois sec. Dans le coin-cuisine Samuel préparait la braise et avait disposé autour de lui les trois marmites cabossées et la grille de barbecue, modestes instruments qui lui permettaient néanmoins de nous préparer des plats succulents. Sur une table pliante il découpait de larges steaks dans le filet du cob-cuisine que Frank avait abattu la veille d'un seul coup de carabine à la nuque. Ce « coup du roi » avait provoqué des sifflements d'admiration chez les pisteurs et une fierté non dissimulée chez le jeune homme qui « roulait » un peu et, imitant les broussards de l'époque héroïque, avait dédaigné, le soir venu, l'abri précaire du boukarou pour planter lit de camp et moustiquaire au bord du ruisseau.

— Je ne dors jamais si bien qu'à la belle étoile, avait-il affirmé en faisant jouer des muscles à la Johnny Weissmuller.

Dans ce campement minuscule, chacun avait sa tâche. Kéké et son grand-père faisaient du bois alentour. Mouka passait d'une case à l'autre, secouait les moustiquaires, pliait les couvertures. Une simple cigarette offerte provoqua sur son visage finement structuré un des plus beaux sourires que j'aie jamais vus. Il déployait une activité de tous les instants. Les « chambres » faites, le sol de terre battue balayé, il alla laver le linge des chasseurs au ruisseau, l'étendit à l'écart, puis, lorsqu'il fut presque sec, s'employa à le repasser à l'aide d'un vieux fer à braises garni à la réserve de Samuel. Il avait les gestes des lavandières et des repasseuses de mon enfance et, comme elles, il postillonnait sur la semelle de l'instrument puis l'approchait de sa joue pour vérifier sa chaleur. En le voyant œuvrer si délicatement, on avait peine à imaginer la force brutale qu'il avait déployée la veille à défricher la piste.

— A Ngaoundaba, sur le terrain de foot, il est redoutable, m'avait dit Frank. Il dribble comme un champion et fonce comme un taureau. Tous ses adversaires en ont peur. Heureusement pour eux il n'entend pas les coups de sifflet de l'arbitre et la plupart des buts qu'il met dans la cage ne sont pas accordés. Mais il s'en fiche. Il a marqué. Il est heureux.

Lorsque Henri Eyt-Dessus l'avait remarqué à Dibi, le village voisin du ranch, Mouka était un orphelin de treize ans — moitié peul, moitié fils d'esclave — que son infirmité avait rejeté hors de la communauté. Égoïste, d'un caractère renfermé disaient les villageois, il traînait, désœuvré, passant d'un *saré* à l'autre, se nourrissant de ce que les femmes voulaient bien lui donner. Henri avait été frappé par la régularité de ses traits et par l'intelligence de son regard que personne ne s'était donné la peine de découvrir. Il l'avait emmené au ranch et, par gestes, lui avait confié de menus travaux : porter sa sacoche, balayer la maison, nettoyer l'allée d'accès à ses appartements. Le gamin se montrait habile et plein de bonne volonté. Si bien que l'éleveur avait essayé de lui apprendre le métier de mécanicien. C'était une erreur. Ne pouvant entendre le bruit du moteur, Mouka ne parviendrait jamais à le régler. Alors il l'avait emmené au Faro où, d'homme à tout faire, il était devenu le majordome des safaris, plus spécialement chargé de l'intendance et du service à table. Dix ans plus tard il y faisait toujours merveille et Henri avait une telle confiance en sa fidélité qu'il lui avait confié les clés de ses cantines et la charge de surveiller les placards renfermant les stocks de bière, vins et spiritueux. A cette occasion j'avais appris de mon hôte l'ampleur du problème de l'alcoolisme chez les Africains de la brousse.

— Ils n'ont aucune possibilité d'éprouver nos joies culturelles, excusait-il pourtant, écouter un bel opéra, lire un bon livre, voir une pièce de théâtre ou un film... Leurs seules distractions étaient, il faut bien le dire, celles des planteurs ou forestiers européens de jadis : l'amour physique et l'alcool. Mais à haute dose. Jamais un de mes pisteurs ne boit la bière que lui offre un client. Il se la fait mettre en compte pour la fin du safari car il lui en faut six pour être saoul. Et c'est ce qu'il cherche. L'Africain de ces régions reculées ne sait pas savourer un ou deux whiskies ou un bon cognac. Il veut l'ivresse qui lui procure l'oubli de ses tracas personnels. Une année même mon bon vieux Samuel y a succombé. Il décapsulait avec une adresse inouïe les bouteilles de whisky de la réserve, en buvait la moitié et la remplaçait par du thé. Ne consommant en brousse que du Campari je ne m'en serais pas aperçu si mes clients ne m'avaient pas fait remarquer que mon scotch était « un peu léger » ! Samuel s'est repris après une formidable engueulade, et Mouka surveille désormais la réserve. Il est à l'abri de toute tentation. A cause de son infirmité il ne sait pas très bien ce qu'est la religion musulmane dans laquelle il est né, mais il en applique les interdits avec une rigueur scrupuleuse.

J'observais le manège de trois vautours, perchés au sommet d'un daniela vernissé, qui épiaient le moindre geste de Samuel dans l'espérance d'un déchet de viande, quand un bruit de pailles froissées sans ménagement me fit sursauter. Je n'avais entendu aucun vrombissement annonciateur du retour des chasseurs et fus aussitôt sur le qui-vive, imité par Belakha, la sagaie au poing. Nous fûmes rassurés par l'apparition de Raymond qui surgit des hautes herbes et vint s'affaler sur un fauteuil. Il était anormalement pâle et son abondante chevelure grisonnante collée par la sueur.

— Bon dieu, que j'ai eu peur ! dit-il en reprenant son souffle. Lorsque je suis arrivé en vue des marécages infestés de tsé-tsés j'ai cru que le vacarme des singes était provoqué par les piqûres de ces bestioles. Quand j'ai débouché sur la piste je suis tombé sur une lionne qui m'a regardé à trente mètres en rugissant. Un peu plus loin son mâle, de dos, n'a pas daigné se retourner. Il se savait protégé, comme d'habitude, par sa femelle. Si le hasard m'avait fait sortir des hautes herbes entre elle et l'endroit où elle avait caché ses petits, j'étais un homme mort.

— Tu avais pourtant ta carabine ?

— Avec seulement trois balles. Même si j'avais abattu la femelle pour sauver ma peau, et j'avais bien trop la trouille pour y réussir, je n'aurais jamais eu le temps de faire face au mâle qui aurait aussitôt attaqué. Par bonheur elle a encore un peu rauqué puis a rejoint son lion sans plus s'occuper de moi. J'ai mis trois quarts d'heure pour parvenir aux marécages et à peine vingt minutes pour en revenir !

Au retour des *command-cars* le récit de cet incident provoqua la colère d'Henri Eyt-Dessus, décuplée à la pensée du risque mortel qu'avait couru son vieux copain. Il me prit à témoin :

— Je t'avais dit : « Il n'est pas courageux mais inconscient », sous forme de plaisanterie. Mais c'est vrai ! En vingt-cinq ans je croyais l'avoir mis au fait des réalités. Je lui ai dit vingt fois qu'on n'allait pas faire son footing en brousse. Seul devant deux lions ! S'ils avaient été en chasse, il n'avait aucune chance. Un lion qui cherche une proie peut très bien débouler des herbes en n'ayant aucune idée de l'animal qu'il va trouver. L'antilope ça pouvait être Raymond. Et là, c'était trop tard. Un lion qui a commencé sa charge ne s'arrête pas. Il continue même si, au dernier moment, il s'aperçoit qu'il s'est trompé. Enfin tout est bien qui finit bien.

Chacun d'entre nous partagea la peur rétrospective de notre ami et c'est avec beaucoup de prudence que, l'après-midi, nous allâmes sur les traces découvertes le matin même par les pisteurs. La région en était bien pourvue. Henri me les expliqua comme un livre d'images à un enfant au fur et à mesure qu'Oumarou nous les désignait.

— C'est un enchantement dont je ne me lasse jamais que de suivre la piste de ces fauves. Ici, dans la poussière, on peut reconstituer la scène : c'est une maman avec ses petits. Les lionceaux se sont écartés et la lionne les a ramenés dans le chemin. Là, à mon avis, c'est un lion qui a flirté avec sa femelle, les herbes sont écrasées. Ils se sont roulés dedans. Puis ils ont chassé.

Oumarou apporta une poignée d'excréments qu'il émietta devant nous.

— Je peux même te dire ce qu'ils ont mangé cette nuit : une antilope. Les lions avalent non seulement les viscères et la viande mais aussi les poils et la peau qui facilitent leur digestion et que l'on retrouve non assimilés.

— Sont-ils loin ?

Henri haussa les épaules en signe d'ignorance.

— Tout près ou à des kilomètres. Le lion a besoin de se dépenser physiquement. Sa digestion et sa sieste terminées il marche. On peut suivre ses traces sur huit ou dix kilomètres mais quant à l'apercevoir... Dans cette savane arbustive trouver un lion c'est chercher une aiguille dans une botte de foin. On a beau scruter l'horizon, on ne voit rien. Et puis, hop ! il est là à trente ou cinquante mètres. C'est pourquoi il est toujours très dangereux à chasser. Il risque de te charger sans préavis pour une raison que l'on n'a pas le temps d'analyser. Comme il connaît toutes les ruses de guerre il ne vient jamais droit sur toi, il feinte, il zigzague, et est très difficile à garder dans l'œilleton de la carabine. Quand on sait qu'un lion peut couvrir vingt mètres en *une* seconde, il ne faut pas louper son coup et toucher à la première balle une partie vitale ou osseuse sinon il poursuit son attaque. La chasse au lion n'est pas une tartarinade car à la difficulté technique du tir s'ajoute la peur du chasseur. Tu as vu celle de Raymond — et par chance la lionne n'a pas chargé — mais il m'est arrivé il n'y a pas si longtemps une aventure que ni moi ni le chasseur que j'accompagnais ne sommes près d'oublier.

Les voitures allaient lentement. Sur les ailes les pisteurs étaient aux aguets du moindre frémissement dans les pailles. Sur la plate-forme le cinéaste portait sa caméra à l'épaule. La lumière n'avait plus la même intensité qu'à la mi-journée, aussi était-il inutile de suivre les traces à pied. Dans moins de deux heures la nuit allait tomber et nous devrions regagner le Leker.

— Sauf accident, on ne chasse que l'image, annonça Henri.

Puis, la Weatherby entre les genoux, il s'enfonça sur la banquette en laissant à Oumarou le soin d'observer la savane.

— L'histoire que je vais te raconter s'est passée pas très loin d'ici dans la région du Kilimankao, un bivouac beaucoup plus modeste que le Leker, en direction du Nigeria mais sur un terrain semblable à celui-ci, tour à tour boisé et herbeux.

« Mon client était un bon chasseur, respectueux de mon code d'honneur, résistant à la marche, et agréable compagnon. Son séjour tirait à sa fin et, s'il avait abattu quelques antilopes conséquentes, la chance ne nous avait pas mis en présence du buffle ou du lion à belle crinière auxquels lui donnaient droit ses permis d'abattage. Il ne s'en était pas plaint, comme tant de " ferrailleurs " le font si souvent, mais je sentais sa déception et m'en désolais car c'était un homme de qualité. Un soir nous rentrions à pied lorsque à environ cinq cents mètres du camp nous tombons sur un buffle au trophée magnifique. Avant de tirer il me consulte du regard — c'est dire s'il suivait les règles de ma chasse ! Il s'agissait d'un vieux mâle solitaire, donc pas de problèmes. Il l'abat de sång-froid. Boum... boum. Je tire à mon tour par sécurité avant de nous approcher, un peu comme le péon donne le coup de *puntilla* dans le bulbe du taureau mis à mort par le matador. Une belle bête, près de trois cents kilos. Tu as pu remarquer que nos buffles d'Afrique centrale sont moitié moins gros que ceux du Kenya, mais ils se montrent autrement vindicatifs ! Bref, je félicite mon chasseur qui était tout content. Les pisteurs l'étaient moins à l'idée d'avoir à dépecer l'animal alors que la nuit tombait. A tel point qu'Oumarou m'a dit : " Patron, on écorchera demain matin. On rapportera le trophée du *mukala* et la viande. — O.K. Comme vous voudrez. " Après tout c'était la viande qui leur revenait de tradition et la bête était si proche du camp que cela n'avait guère d'importance. Or, voilà qu'au milieu de la nuit nous sommes réveillés par de terribles rugissements. Rien à voir avec ceux que tu as entendus au Faro, mais de ces rauquements qui mettent le sang en émoi. Ils provenaient de la direction où nous avions abandonné la carcasse. Les pisteurs rappliquent.

« — Patron, patron, le lion va manger la viande !

« — Bien fait pour vous, vous n'avez pas voulu la prendre hier au soir.

« — On va aller la chercher !

« Et voilà mes gaillards qui allument des flambeaux et partent dans la nuit noire. Ils réussirent à ravir au lion les plus gros morceaux et revinrent dare-dare, pas plus rassurés que cela. D'après eux il s'agissait d'un vieux gros mâle solitaire. Aux bruits je m'aperçus que le fauve poursuivait son repas. Je dis alors à mon ami chasseur : " Demain matin, avant l'aube, nous allons rôder autour du cadavre du buffle et c'est bien le diable si je ne peux t'offrir ton lion. "

« Nous nous couchâmes très vite pour être aussi frais et dispos que possible au lever du soleil. Le lendemain la lumière était encore indécise lorsque nous prîmes la direction d'où étaient venus les rugissements. Avant d'atteindre ce qui restait du buffle, j'aperçus le lion dans la plaine. Il cherchait une petite rivière pour se désaltérer après avoir mangé toute la nuit. " Viens vite, dis-je à mon ami tout excité. On va courir et lui couper la route. "

« On court, on court, on court. Je le vois, je le perds, je le revois, je le reperds mais nous parvenons à exécuter notre manœuvre. J'étais sûr qu'il allait sortir des hautes herbes à une cinquantaine de mètres devant nous. On arme, on attend. Et le voilà qui déboule des pailles... mais à vingt-cinq mètres ! Il s'arrête, surpris, et commence à rauquer de méchante façon en montrant des crocs énormes.

« — Tire ! tire ! criais-je.

« — Je vais le manquer.

« — Mais non.

« — Si. Tire-le, toi !

« Tout cela s'est déroulé en moins de temps qu'il ne faut pour le dire. Je me suis alors aperçu que mon client, comme paralysé, n'avait même pas épaulé. J'ai tiré. Le lion a poussé un rugissement à glacer le sang. Il a fait un saut gigantesque et est retombé dans les pailles. Je ne le voyais plus. Avec les pisteurs on est monté sur un arbre pour le repérer. Je me suis dit : " Il est blessé mais si par malheur il n'a qu'une patte cassée et qu'il nous attend, dès que l'on entre dans les pailles il nous saute dessus et on est bons ! " J'ai mis une heure et demie pour approcher ce lion qui était finalement mort d'une balle au cœur mais avait eu le dernier réflexe de se réfugier dans les hautes herbes.

« Tout cela pour te montrer combien c'est énorme, c'est majestueux et c'est dangereux un lion qu'on approche de trop près. Au point de provoquer chez un homme bien équilibré et de sang-froid, chasseur expérimenté de surcroît, une angoisse telle qu'elle le figeât sur place, tétanisé par la peur. Et là, nous étions deux, sans compter les pisteurs. Imagine la trouille de Raymond, seul devant deux lions de cet acabit ! »

Ceux que nous rencontrâmes alors que la journée s'achevait étaient moins terrifiants. Nous étions nombreux et bien armés et ils n'étaient que trois à flâner gentiment à l'ombre d'un bosquet. De part et d'autre il n'y eut de crainte. Nous les aperçûmes à une centaine de mètres et nous nous approchâmes, au pas, en évitant de faire ronfler les moteurs. Le mâle était imposant, tout en muscles. Pas un poil de graisse n'alourdissait son arrière-train. Une crinière alezan clair encore modeste tranchait sur la couleur fauve de sa robe au poil luisant. Il n'y avait qu'indifférence à notre égard dans ses prunelles tachetées d'or que je pus observer à la jumelle. Il la manifesta en bâillant longuement, sans rugir, découvrant les quatre crocs redoutables, légèrement recourbés, qui émergeaient de sa denture. Les deux lionnes avaient un corps élégant et fin, image de puissance et de sérénité. Leurs formes à la fois légères et souples, leur musculature allongée et puissante traduisaient magnifiquement leur aptitude à la chasse.

— Elles doivent se réveiller, murmura Pierre, fasciné malgré l'habitude qu'il avait de ces fauves exceptionnels. Toute la journée elles ont somnolé pour économiser leurs forces car en chasse elles dépensent une énorme quantité d'énergie et ce sont elles qui vont fournir la viande au seigneur et à leurs petits. Le mâle, lui, chasse peu. Il se contente de défendre le territoire de sa tribu. Ainsi les femelles peuvent-elles traquer les proies et élever leur progéniture sans crainte.

Nous admirâmes longtemps les splendides animaux. Ils n'avaient rien de commun avec les malheureux spécimens qui végètent dans les parcs zoologiques ou les cages des cirques. J'avais peine à imaginer le danger que représentaient ces formes alanguies lorsque je vis Henri Eyt-Dessus, la carabine au poing, descendre avec mille précautions du véhicule. Ses mouvements étaient comme filmés au ralenti. Doucement, lentement, il s'approcha du groupe comme statufié, puis s'arrêta.

— Il ne va pas en tuer un ? m'inquiétai-je.

— Bien sûr que non, répondit Pierre. Tu sais bien que nous n'abattons jamais de femelles et le mâle est bien trop jeune. Il est plein de force, il n'est qu'à l'aube de sa vie d'adulte.

— Henri est séduit pas cette superbe lionne attentive, intervint Raymond qui avait oublié sa terreur matinale et succombait comme nous tous au charme de cette rencontre inattendue. Malgré le risque il l'approche, pas à pas, pour continuer le jeu de la vie et de la mort entre l'homme et l'animal et éprouver le plaisir sans nom de leur communion dans la liberté du monde sauvage.

D'ordinaire ce lyrisme m'aurait fait sourire. Je n'en avais aucune envie. Je savais maintenant combien mon erreur était lourde, à Paris, lorsque je considérais ces hommes comme des tueurs qui mettaient leur expérience au service de riches amateurs assoiffés d'orgueil imbécile.

— Ce serait un crime de tirer sur de pareils animaux, dit Henri en nous rejoignant. Même nos cinéastes qui ont besoin d'images violentes l'ont compris. Ils se sont contentés de filmer mon approche.

— C'était tout de même dangereux, dis-je avec ce qui me restait de bon sens.

— Non. Ils m'avaient vu venir et ils étaient au repos. Seul l'effet de surprise est dangereux. Et puis, même s'ils avaient été pris d'un coup de folie, j'avais ma carabine qui est invulnérable, ajouta Henri en frappant sur la crosse. Si Raymond s'était souvenu ce matin que son fusil était lui aussi marqué par le sorcier, il n'aurait jamais été pris de panique !

J'eus enfin l'explication des taches étranges qui maculaient le bois des armes si bien entretenues de mes deux compagnons.

— Il y a plusieurs années de cela, nous nous étions arrêtés dans un village que j'avais débarrassé des mois auparavant d'un buffle qui le terrorisait. L'animal avait tué un habitant qui, j'en étais sûr, braconnait. Depuis les villageois n'osaient plus aller faire de la viande dans la savane toute proche. J'avais retrouvé le buffle mourant dans ma zone et l'avais abattu. C'était un superbe jeune mâle qui avait pris une flèche empoisonnée dans le ventre et avait encorné son agresseur. Blessé, il était devenu un danger pour ceux qui risquaient de croiser son chemin. Devant les petits braconniers qui vont chercher vingt-cinq kilos de viande d'antilope pour nourrir leurs familles — et s'ils ne sont pas trop nombreux — je ferme les yeux. Mais devant des crétins d'Africains qui vont blesser un buffle à la flèche ou un éléphant à la petite carabine de 12 qu'ils bourrent de munitions plus puissantes au risque de se faire péter le canon à la gueule, je suis impitoyable. Car, même avec leurs balles fondues artisanalement, ils ne peuvent tuer l'éléphant, ils ne font que le blesser plus ou moins grièvement au ventre, et le suivent durant des jours et des jours. Pour l'Africain, le temps ne compte pas. Mais imagine le danger que représente un pareil mastodonte qui souffre ! Il abat tout obstacle et massacre tout ce qui bouge. Bref, j'avais tué le buffle et, pour je ne sais quelle raison, j'avais fait comme si la flèche n'avait pas été tirée par un membre de ce village dirigé par un chef qui en était également le sorcier. Ce jour-là il avait décidé de me prouver sa reconnaissance. Il nous accueillit avec une certaine solennité puis, après les salamalecs d'usage, prit nos grosses carabines au râtelier de Tibesti et alla s'enfermer dans sa case. Un long moment après il en ressortit dans un état à demi hallucinatoire et nous tendit nos armes. Elles étaient marquées sur la crosse de mystérieuses touches de pommades. Lorsqu'il eut repris ses esprits, le sorcier nous expliqua qu'il avait invoqué les dieux de la chasse et que, désormais, grâce aux onguents désignés par l'au-delà nos fusils étaient invulnérables même devant les plus dangereux des grands fauves. La trace la plus importante — et, crois-moi, elle est indélébile — a été faite par de la moelle de défenses de *nioua*. Nioua c'est l'éléphant. Voilà pourquoi aucun pachyderme ne peut nous résister. Et ce qui vaut pour *nioua* vaut pour *barouga** !

Le trio débonnaire avait épuisé l'intérêt de notre présence. A regret nous vîmes les silhouettes élancées disparaître dans les buissons.

— Le repos est terminé, les barougas passent aux choses sérieuses, dit Henri tandis que nous prenions le chemin du retour. Ces animaux pleins de noblesse et qui nous tiennent sous leur charme vont se révéler à la nuit tombée comme des tueurs redoutables et les moins nobles qui soient. Le lion cherche les proies les plus aisées à se procurer : les femelles, leurs petits, ou le plus faible d'un troupeau, celui qui reste à la traîne et que leurs congénères sacrifient pour sauver leur existence. S'il attaque un buffle c'est vraiment qu'il est affamé et n'a rien à se mettre sous la dent. Dans ma zone, sur un million d'hectares, il y a environ cent lions adultes. Bon an mal an chacun va tuer cent bêtes pour se nourrir. Le calcul est simple : ce sont dix mille têtes qui chaque année tombent sous leurs griffes. Le safari tel que je le pratique dure quatorze jours, j'en monte donc huit durant les quatre mois de grand beau temps. Les « tueurs blancs », comme nous appellent les contempteurs de la grande chasse, vont donc déclarer au maximum deux cents trophées dans la saison,

* Le lion.

tous tirés, grâce à nos règles, avec le plus grand discernement. Nous sommes des enfants de chœur auprès des lions qui n'épargneront ni les génisses ni les jeunes mâles, encore moins leur progéniture. Mais ils font partie de l'équilibre de la nature, comme disent certains écolos qui n'ont jamais mis les pieds dans nos régions et se réjouissent que, par exemple, dans le Nord on ait interdit de tirer les éléphants. Résultat, dans la région de Waza, transformée en parc national, on en compte un millier sur cent soixante-dix mille hectares. Or, l'éléphant qui a besoin de beaucoup de nourriture est un destructeur-né ! Il abat un arbre pour manger une cerise ! L'équilibre de la nature, le vrai, exige qu'il n'y ait pas plus de cinquante pachydermes sur cent mille hectares. Sinon on se trouve devant la situation dramatique qui règne au sud de Fort-Foureau où tous les mimosées, tous les acacias, tous ces arbres faibles qui subsistent entre la fin de la savane arbustive et le début du sahel, sont arrachés, matraqués, déracinés, par ces troupeaux d'éléphants. Qui dit plus d'arbres dit plus de girafes qui se nourrissent à leurs frondaisons. Elles disparaissent. Pire encore, le sahel avance suivi de la désertification totale. Et bientôt, pour les avoir trop et mal protégés, les éléphants crèveront de faim et s'élimineront d'eux-mêmes. On aura gagné par un excès de sentimentalisme. Dans ma zone vivent environ trois cents éléphants. Jusqu'à cinq cents tout est parfait parce que sur une pareille superficie ils peuvent casser du bois et faire toutes les rotations qui sont leur vie, sans que la nature soit en danger. Mais que ce chiffre soit dépassé et il faudra abattre non plus les porteurs de beaux trophées mais les jeunes reproducteurs. Pareil pour les lions. Si chez moi ils étaient quatre fois plus nombreux, j'aurais tiré ces magnifiques bêtes qui nous ont procuré tant de plaisir. Je l'aurais fait sans le moindre remords, comme le font les *rangers* des parcs du Kenya. Par bonheur je crois bien gérer ma réserve du Faro tout en donnant du plaisir aux amis chasseurs qui me rendent visite. Mais avant de le faire comprendre aux non-initiés, beaucoup d'eau passera devant mon boukarou.

Lorsque nous approchâmes du camp nous aperçûmes de faibles lueurs qui papillotaient autour du Leker. Elles étaient promesses de détente après une journée animée. Mouka, dans sa grande tunique blanche fraîchement repassée, nous attendait auprès des bouteilles. Le couvert était mis sur la table dressée au bord du ruisseau, éclairée par un tube de néon branché sur une batterie. De savoureux effluves émanaient de l'antre du *bushman.* Nul bruit de générateur ne venait troubler les mille bruits qui peuplent la grande nuit africaine, l'une des dernières qu'il m'était donné de vivre dans cette réserve dont j'avais le sentiment d'avoir approché quelques secrets. Sans avoir abattu la moindre outarde, sans avoir seulement tenu un fusil entre mes mains, j'étais devenu chasseur et n'avais, malgré ma fatigue, qu'une hâte : découvrir l'éléphant et l'éland de Derby dont, sur le retour, Oumarou avait repéré les traces. D'avance, grâce à la passion qu'avait su me transmettre Henri Eyt-Dessus, j'étais prêt à peiner pour obtenir cet ultime face-à-face.

V

HENRI ET LES FERRAILLEURS

Les traces étaient parlantes. Dans la nuit les éléphants étaient passés à trois cents mètres du campement. Les empreintes de leurs pas, larges et profondes comme des soupières paysannes, étaient ponctuées de fumées fraîches, lourdes de plusieurs kilos, dont la chaleur était pour les pisteurs aussi précieuse qu'un indicateur. D'après Oumarou, les *niouas* avaient deux heures d'avance. Nous les suivîmes durant plusieurs kilomètres en voiture puis il fallut abandonner les véhicules sous peine d'alerter le troupeau. D'expérience notre guide savait que l'éléphant marche à sept ou huit kilomètres par heure tandis que le chasseur le mieux entraîné ne dépasse pas trois kilomètres par heure dans les brûlis ou les hautes pailles. Nous ne rattraperions pas la harde avant le début de l'après-midi, à condition que celle-ci veuille bien s'arrêter pour se nourrir puis se reposer. Un long effort pour une rencontre incertaine ! Il ne vint à personne l'idée d'en refuser le risque. Je partageais d'abord l'excitation des pisteurs puis, les heures passant, je trompais ma fatigue en me remémorant ce que Henri m'avait raconté à propos du dernier représentant des grands animaux préhistoriques dont la rencontre, dans les forêts tropicales du Sud, avait décidé de sa vocation de chasseur :

« — Il m'a fait peur, il m'a fait rire, il m'a fait admirer son intelligence mais souvent dans des circonstances dramatiques car c'est le seul animal devant lequel — je te l'ai dit — je ressens une vive émotion au moment du face-à-face. C'était l'époque où Raymond était encore mon client. Je l'avais emmené dans la grande forêt équatoriale, près du Gabon, où l'éléphant abonde. En compagnie de mon coéquipier, Christian, nous avons approché un troupeau de très près comme cela se fait en forêt car il faut d'abord savoir si l'on a affaire à un mâle — à plus de trente mètres dans le fouillis d'arbres et de lianes ils sont généralement invisibles — ensuite il faut distinguer l'importance des ivoires, enfin il faut le tirer à coup sûr car si l'éléphant n'est pas foudroyé par une balle au cerveau il aura toujours assez de ressource pour se retourner et vous attaquer. Nous choisissons le vieux mâle que Raymond devait abattre, sauf si l'animal chargeait auquel cas je tirerais le premier. Il s'avance de face, couvert par nos deux fusils — Christian à ses côtés et moi légèrement de biais. Et voilà qu'un jeune éléphant sort du troupeau et commence une charge d'intimidation. S'apercevant qu'il est en présence d'humains il s'arrête brusquement à la limite des douze mètres comme tous ses congénères ont l'habitude de le faire. Je l'engueule pour détendre l'atmosphère : « Fous le camp, éléphant, ce n'est pas à toi qu'on en veut ! » Mais cet imbécile nous charge, dépassant les douze mètres fatidiques. J'ai dû tirer deux balles d'express en un dixième de seconde. La bête a culé, puis s'est effondrée. C'est l'une des rares fois où j'ai transgressé nos règles sacro-saintes mais la charge était irrémédiable. Ce n'était plus de la chasse mais de la défense. Question de vie ou de mort. Raymond n'a pas épaulé ainsi que je le lui avais recommandé. Mais celui qui m'a le plus impressionné c'est Christian qui a eu le courage de ne pas tirer avant mon coup de feu car lui était *face* à l'animal. Nous avons eu chaud !

« Tous les éléphants ne sont pas aussi vindicatifs que ce jeune mâle et se contentent de battre en retraite dès que l'homme se manifeste. J'ai eu ainsi un autre Christian

— un aspirant guide — qui avait une spécialité dont les journaux locaux ont fait leurs choux gras : il arrêtait, sans armes, les éléphants ! Son truc était de hurler au moment de la charge en révélant qu'il était un homme ! A tout coup l'animal stoppait net son intimidation, faisait demi-tour et s'en allait sous les rires des chasseurs. Par la suite j'ai pratiqué plusieurs fois cette technique mais j'avoue qu'il y faut un sacré sang-froid car, ainsi que je l'avais dit à mon aspirant, imagine qu'il s'agisse d'un vieil éléphant à moitié myope ou complètement sourd... »

A l'évocation des instants cruciaux qui avaient marqué les débuts de sa vie de chasseur blanc, Henri Eyt-Dessus avait souri lentement, pensivement.

« — Il n'empêche que ces animaux jouissent d'une intelligence exceptionnelle, avait-il poursuivi. Je ne parle pas de leur mémoire qui est entrée dans le langage populaire. L'un de mes amis guides s'est un jour heurté à un client du type " ferrailleur " qui voulait tuer pour tuer, comme il nous arrive malheureusement d'en rencontrer. Après s'être vu interdire à deux reprises d'abattre de trop jeunes mâles, l'homme a joué les matamores devant ses compagnons de chasse et est parti, seul, dans la savane avec sa carabine et quelques provisions. Il voulait à toute force *son* éléphant, quel qu'il soit. Et ce sont les éléphants qui l'ont eu. Mais de quelle façon ! Bien que le contrat fût rompu les professionnels, inquiets d'une absence qui se prolongeait, sont partis à sa recherche. Ils ont retrouvé deux cadavres dont les éboueurs de la brousse n'avaient pas encore eu le temps de s'occuper. Celui d'un éléphanteau abattu par balles et celui de l'excité ! Le corps de l'homme, intact, gisait au centre d'une circonférence longuement piétinée par les pachydermes. Les pisteurs ont reconstitué la scène : pour venger son petit assassiné la harde a tourné pendant des heures autour du Blanc, sans le toucher, jusqu'à ce qu'il s'écroule, terrassé par une crise cardiaque. Le " ferrailleur " avait trouvé un trépas atroce : il était mort de peur ! Puis les éléphants sont partis dans la galerie forestière, abandonnant côte à côte les corps de l'éléphanteau et du chasseur. L'histoire est restée dans notre florilège... »

D'après les traces, nos éléphants s'étaient séparés. Nous suivions maintenant les plus profondes qui étaient celles d'un gros mâle peut-être porteur du beau trophée dont rêvaient nos cinéastes. Nous peinions dans une zone de pailles qui nous dépassaient d'un bon mètre. Le soleil au plus haut, la température avait franchi les 45°. La poussière qui se dégageait des herbes froissées cartonnait la langue et brûlait les poumons. Jamais marche forcée n'avait été plus difficile mais Henri ne faisait rien pour ralentir la cadence imposée par Oumarou.

— Si l'éléphant ne nous a pas sentis, on a une bonne chance de le retrouver, dit-il. Je connais bien son cycle : il pâture toute la nuit et continue dans les premières heures de la journée, ensuite il recherche la tranquillité, c'est-à-dire un endroit touffu pour éviter la chaleur de midi et se préserver des intrus. Et il va sans arrêt se ventiler avec ses oreilles. Cette ventilation lui est indispensable. L'approche d'un éléphant — que j'aime tant — c'est, avant de le distinguer, toute une série d'indices : le bruit de son estomac qui digère, celui de ses oreilles qui battent le feuillage. Il va somnoler ainsi jusqu'à 3 ou 4 heures de l'après-midi puis repartira pour trouver un point d'eau où il boira énormément avant de s'asperger avec sa trompe, et, à la nuit tombée, il recommencera son cycle. Les traces que nous suivons sont celles de sa marche vers l'abri feuillu. Et les fumées prouvent qu'il a bien commencé sa digestion. Dans une heure ou deux il sera en vue.

Nous marchions depuis cinq heures ! Je me protégeais derrière les larges carrures des *white hunters*, évitant ainsi les gifles des hautes pailles séchées dont Raymond semblait se divertir.

— C'est formidable, assura-t-il avec enthousiasme, cette communication entre l'animal et nous. Je suis sûr qu'elle existe. Je te l'ai confiée un soir où, tout nus, nous

nous lavions dans la rivière. Eh bien, c'est cela que nous vivons en ce moment.

Tout en avouant qu'un quart de siècle n'avait pas suffi à en faire un tireur d'élite, Raymond m'expliqua l'inexplicable. Ce lien ténu mais affectif qui unissait l'animal traqué et son poursuivant.

— Je suis persuadé que l'éléphant nous a vus ou, au moins, flairés. Il sait que nous sommes sur ses traces. Il a dû ressentir la même émotion que nous éprouvons tous à l'idée de le découvrir massif, énorme, inquiet, dans quelque sous-bois. S'il savait qu'il est infiniment meilleur, et infiniment plus fort que nous, il nous massacrerait. C'est ce mélange de crainte et de fascination qui me fait revenir ici chaque année car, comme notre hôte, je me fous pas mal des trophées. Mais partager l'émotion de ce splendide animal... Il nous prépare certainement un tour à sa façon. Depuis un bon moment nous ne trouvons plus de fumées. Sûr qu'il se retient pour nous faire perdre ses traces.

Trois quarts d'heure plus tard la caravane s'arrêta brusquement et Henri Eyt-Dessus, la chemise trempée de sueur, vint vers nous en épongeant ses traits tirés par la fatigue.

— Ce sacré mammouth nous a eus ! Les pisteurs ont perdu ses traces. Il nous a fait le coup du nœud et nous avons dû passer près de lui dans ces maudites herbes à éléphant, en l'occurrence si bien nommées.

Tandis que nous continuions tout droit sur la piste, l'animal s'en était écarté et, effectuant un mouvement circulaire, était revenu sur ses pas, enveloppant notre petite troupe dans un large anneau. Puis il avait pris la tangente.

— Il a passé la rivière. On abandonne. *Oualou nioua !*

Sur le chemin de la retraite, comme pour récompenser notre obstination, nous découvrîmes au fond d'une trouée, de l'autre côté du mayo et hors de portée d'un tir éventuel, une masse grise. Dans l'oculaire de la jumelle je la vis battre des oreilles et agiter la trompe, comme le

Dumbo des dessins animés, dans un mouvement où mon imagination crut déceler une profonde ironie. *Nioua* n'était-il pas le plus intelligent des animaux de la savane ?

Il y avait belle lurette que nous avions abandonné les voitures et j'aurais été bien en peine de dire où elles se trouvaient. Nous fîmes halte près d'une petite mare et, tandis que les hommes de cinéma frustrés par l'éléphant se lançaient derrière Pierre et Hadji sur les traces d'élands de Derby, je m'écroulai près d'Henri sur un talus protégé du soleil meurtrier par de grands acacias. Jamais je ne m'étais senti si las. Les *gabaks* avaient été vidées de leur dernière goutte d'eau. Je dus résister à la tentation de boire celle de la mare, pourtant claire sur un fond de sable doré.

— Elle est à l'image de la savane, grommela Henri, splendide et bourrée de saloperies invisibles qui détruisent l'Européen le mieux constitué.

Nous nous contentâmes d'y tremper chèches et chapeaux de brousse puis de les remettre dégoulinants. Ils nous rafraîchirent pendant un instant.

— Les voitures sont-elles très éloignées ? demandai-je, pensant aux *gabaks* de secours.

— J'ai envoyé Coco Bel Œil les chercher. A vrai dire je suis incapable de te renseigner. Nous avons tant marché, tant tourné que je ne sais même pas dans quelle direction se trouve le campement !

Tant de franchise n'était pas faite pour me rassurer à l'heure où, enfin, et grâce à la confiance que m'inspirait le trio de chasseurs blancs, je me croyais délivré de mes hantises.

— Aie confiance dans mes pisteurs. Ils ont, comme le pigeon voyageur, un instinct qui les guide dans la bonne direction. Aux abords du Faro, disons à une vingtaine de kilomètres à la ronde, j'arrive à me repérer, mais après sept heures de 4 × 4 et de marche dans les pailles je perds comme tout le monde le sens de l'orientation. Je ne sais plus où je suis. Eux n'ont pas besoin de boussole pour retrouver les voitures. Et ils nous mèneront au camp sans zigzags ni bifurcations. Ils ont la vue, l'ouïe, l'odorat beaucoup plus développés que nous. C'est d'ailleurs pourquoi ils distinguent les animaux là où nous ne voyons que des arbustes. Cela m'a toujours étonné et c'est une des rares choses qu'ils n'ont pas pu m'apprendre durant des dizaines d'années de traques partagées. Ils sont nés dans la nature et n'ont pas été amoindris, comme nous, par la civilisation.

Je me souvins d'une halte casse-croûte, quarante-huit heures auparavant, dans le lit asséché d'un mayo où nous nous étions régalés de pâté, de fromage, d'oignons et de pain, arrosés de bière glacée, tirée de bacs isothermes, tandis que les boys, à quelques mètres de là, se débrouillaient par leurs propres moyens. J'avais vu André et Albert, les plus évolués des chauffeurs-pisteurs chrétiens, creuser un trou dans le sable du mayo et, en attendant qu'il se remplisse d'eau, capturer deux rats et une tortue qu'ils avaient savourés après les avoir fait sommairement griller. Quelle supériorité avaient sur nous ces heureux hommes qui, isolés dans la brousse, avec leur seule machette, savaient se nourrir, s'abreuver et retrouver leur chemin !

Nous entendîmes au loin des coups de feu trouer le silence majestueux de la mi-journée. Ils résonnèrent comme dans une cathédrale.

— Nos amis ont peut-être trouvé l'éland qu'ils espéraient ?

— Non, assura Henri. C'est du 22 Long Rifle. Sans doute Frank ou Pierre qui font de la viande. L'éland de Derby, beaucoup plus gros que nos buffles — il pèse de 600 kilos à une tonne — se chasse à la 300 sinon à la 375 Magnum. Au son ce n'est pas le cas. Et tant mieux.

— Tant mieux, pourquoi ?

— Parce que l'éland de Derby est la plus magnifique et la plus grande des antilopes — 1,75 m au garrot — aux cornes torsadées mais bien droites, légèrement inclinées vers l'arrière. Quand je vois le beau regard noir bleuté de cet animal paisible j'ai toujours de la peine à le sacrifier, même le vieux qui est au bout de sa course. Quand je tire un buffle, un lion, un éléphant, je suis devant un animal dangereux, mais un éland de Derby ! Il va constituer l'un des trophées les plus recherchés par les amateurs, mais on ne l'affronte pas puisqu'il ne présente aucun danger. Je ne fais abattre cette bête prodigieuse que quand le client la *veut* à toute force et qu'il l'a vraiment *méritée.* Sois persuadé que le chasseur souffre avant de l'approcher tant l'éland est craintif, apparaît et disparaît d'une manière quasi magique. Dès qu'il est alerté, il s'enfuit au grand trot et ne s'arrête plus. A tel point que les indigènes de la brousse le considéraient comme un animal mythique. Ils l'ont longtemps assimilé au diable ou à un fantôme. Les légendes africaines affirmaient en outre qu'il transmettait la lèpre. Aussi, lorsque j'ai commencé à le chasser il y a vingt-cinq ans, et que des clients ont abattu leurs premiers trophées, mes porteurs procédaient-ils à tout un cérémonial. Ils allumaient à chaque orifice de la dépouille des brindilles ou du coton imbibé d'alcool pour en extirper les démons. Puis les pisteurs ont trouvé une solution très acceptable : la balle du Blanc exorcisait tous les génies maléfiques qui habitaient l'éland de Derby. Le mythe s'est effondré et on l'a chassé sans crainte. Trop chassé car, outre son trophée splendide, sa viande est l'une des meilleures que je connaisse.

Henri étira sa longue carcasse dans l'herbe tandis que j'imaginais la silhouette hiératique de l'animal légendaire que je ne verrais sans doute jamais. Perdu dans ses pensées mon guide esquissa un sourire :

— C'est en traquant la reine des antilopes que j'ai éprouvé, grâce à un client fidèle, l'une de mes plus grandes joies de chasseur. Jean en était à son vingt-deuxième safari avec moi. En tant d'années il possédait à son palmarès cinq ou six élands de Derby, dont un trophée de 1,06 m qui faisait l'orgueil de sa collection. Cette année-là nous tombons sur un troupeau dominé par un vieux mâle superbe. Jean l'ajuste. Je l'arrête :

« — Tu ne vas pas le tirer. J'estime sa corne à 1,02 m. Tu as déjà mieux.

« — Tu m'enquiquines ! Tu es toujours là à me dire : Ne tire pas ci, ne tire pas ça.

« Il arme sa carabine, vise... et j'entends seulement le déclic de la détente. Il avait fait mine d'introduire une balle dans la culasse mais l'avait laissée dans le magasin.

« — Tu as raison. Tu vois, je ne l'ai pas tirée...

« J'ai reçu ce geste comme l'un des plus beaux cadeaux qu'un ami chasseur m'ait offert.

Mais pour un Jean qu'on ne pouvait assimiler à un tueur, combien y avait-il de clients imbus du pouvoir de leur fortune et qui se souciaient comme d'une guigne du code d'honneur institué par les chasseurs blancs souvent considérés comme des prestataires de services — sinon comme des domestiques ?

— Le prix de revient d'un safari est tel que nous ne travaillons que pour une clientèle aisée, convint Henri Eyt-Dessus. Les véhicules, l'essence, les pisteurs, l'assistance au campement, tout cela coûte très cher en brousse. Sans compter les guides adjoints pour la sécurité. Même en France un pareil accueil ne serait pas donné. J'ai des clients qui préfèrent dépenser pour quinze jours avec moi ce qu'ils dépenseraient en un mois à Megève ou Saint-Tropez. Ces hommes d'affaires, ces avocats, ces industriels préoccupés trouvent au Faro la solitude, le compagnonnage, la minute de vérité lors de l'affrontement avec un fauve. Ici, pas de radio, pas de téléphone, ils sont dégagés de tout souci et retrouvent la vie naturelle, la liberté. J'attends la semaine prochaine un vieux et fidèle client qui m'a amené jadis ses fils encore adolescents. Bien sûr, il payait pour eux. Maintenant les enfants reviennent à leur compte... Ma joie c'est de voir Raymond que j'ai eu comme client, me visiter chaque année en ami. Bien sûr, ma nature profonde me pousserait à faire des rabais extraordinaires qui mettraient un safari à la portée de toutes les bourses. Mais la grande chasse doit rester un artisanat. Je suis comme l'orfèvre qui consacre le travail de ses doigts, son temps et son habileté, à la fabrication d'un beau bijou, d'une montre de prix. Ce qui n'empêche que nombre de mes amis me disent : « Cette année tu ne me verras pas, les temps sont difficiles, mais j'économise pour venir l'an prochain. » Ces gens sont ma véritable récompense.

— Tu m'as pourtant parlé à plusieurs reprises des « ferrailleurs »; des m'as-tu-vu, qui peuvent gâcher un safari.

— Malheureusement ils existent, même s'ils ne constituent pas la majorité. En Europe ils sont riches, puissants, ils ont l'habitude que leurs collaborateurs et même leur famille leur obéissent au doigt et à l'œil. Ils sont beaucoup plus avides, plus intéressés par la réussite, le trophée, que mes vieux amis du début. Ce sont de ces hommes qui, à Paris, me disent d'un ton autoritaire : « Monsieur, êtes-vous capable de me faire tirer un éland de Derby ? » Je ne peux que leur répondre : « Monsieur, je suis capable de vous *montrer* un éland de Derby. Pour le tuer c'est votre problème et à condition que ce ne soit ni une femelle ni un jeune mâle. » Voilà qui limite ! Pierre, comme moi, connaît ceux que nous appelons vulgairement « les-sales-cons-à-qui-tout-est-dû ». Ils entendent commander en brousse comme ils le font dans leur cabinet ou dans leurs usines. Nous avons eu affaire à un avocat célèbre, l'emmerdeur type qui voulait tout tuer, qui était affreusement exigeant : « Comment, aujourd'hui nous n'avons pas abattu d'éléphant ? Demain nous devons tirer le lion et après-demain un éland ! » Il programmait sa chasse comme un dossier. Ce type de client — jamais on ne l'appellera un ami — figure désormais sur notre liste rouge. Aucun guide de grande chasse ne l'acceptera... à moins d'être vraiment dans la dèche ! En revanche nous connaissons tous un président qui malgré sa fonction s'est révélé un chasseur comme nous les aimons : simple, tutoyant et se faisant tutoyer par son guide comme c'est la règle, et surtout respectant à la lettre notre code. Jamais il n'esquissa un geste qui lui contrevenait.

Henri médita un instant et, écartant les millipones, ces mouches minuscules qui s'attaquent aux muqueuses et nous agressaient depuis notre arrivée près de la mare, reprit :

— Tu as pu remarquer une chose depuis le début de ce safari, une chose essentielle : je m'efforce toujours de calmer les esprits. Je comprends l'impatience de nos cinéastes mais il ne faut pas vouloir absolument tel animal. C'est lorsqu'on s'énerve qu'on fait des bêtises. Ce qui est manqué est manqué. On le fera demain ou jamais. Trop de guides ont eu des pépins en voulant satisfaire des « ferrailleurs » avides de l'exploit qui, dans leur petite tête mesquine, leur vaudrait le titre de grand chasseur. La chasse, dans les conditions que j'impose, est très sportive mais pas dangereuse ; qu'on les transgresse, elle le devient. Par exemple dès que nous mettons pied à terre j'exige que nos pisteurs prennent une *gabak* sur l'épaule. Ce qui n'empêche que nous crevons de soif depuis un bon moment. Imagine ce qui se passerait si Coco Bel Œil ne ramenait pas les voitures ! Nous boirions cette eau si tentante et nous serions bons, au mieux, pour une sacrée crise d'amibiase !

Pierre qui, avant le Cameroun, avait écumé de nombreux terrains de chasse en Afrique centrale, nous avait raconté un soir une expérience qui aurait pu tourner au drame. Guidant un homme d'affaires et sa femme dans une poursuite épuisante qui s'était prolongée, il s'était retrouvé à court d'eau potable. Le campement étant fort éloigné, les trois Européens ne pouvaient espérer se désaltérer avant plusieurs heures. Pierre avait alors partagé équitablement l'eau restant dans les *gabaks* et, comme c'est l'usage chez les *white hunters,* avait cédé sa ration aux clients. Sur le chemin du retour, tandis qu'il ravalait sa soif et prodiguait ses encouragements, l'homme avait commencé à geindre puis à pleurer. En proie à la panique il avait craqué et, à bout de ressources morales, avait bu l'eau qui revenait à sa femme. Arrivés au camp une scène effroyable avait opposé le couple qui devait divorcer quelques mois plus tard.

— La grande chasse, dit encore Henri Eyt-Dessus, est pleine de risques. Et pas seulement physiques. Elle est bien souvent un révélateur de la nature profonde de l'homme. J'ai vécu, il y a quelques saisons, une histoire qui, bien que moins dramatique, recoupe parfaitement celle de Pierre.

« Prospectant à Paris de futurs clients, je rencontre un monsieur fort important, intéressé par le safari tel que je le pratique. Il souhaitait seulement le pimenter de quelques difficultés.

« — Ce qui m'intéresse, Henri, me dit-il, ce n'est pas la traque pépère en 4 × 4 ni votre Faro si confortable. Je veux chasser le couteau entre les dents, marcher dans la brousse, coucher à la dure...

« — Parfait, cher ami. Nous allons partir en bivouac, sans véhicule, sans essence à dépenser. Le prix est le même et vous me ferez faire des économies. Je suis votre homme !

« Quinze jours plus tard il m'annonce qu'il viendra avec son épouse.

« — Dans ce cas je ne peux vous offrir ce que vous souhaitiez connaître. Les conditions de vie seraient trop rudes pour une femme.

« Et comme il insistait :

« — Nous ne chasserons donc pas le couteau entre les dents mais tout à fait normalement avec, selon ma devise : le confort dans l'inconfort.

« En réalité ce client s'est révélé un bonhomme qui avait peur des tsé-tsés, des moustiques, des insectes dans la paille des boukarous, sans parler de l'approche des animaux. Fier-à-bras richissime, il s'imaginait en Clark Gable dans *Mogambo* et ne supportait même pas les petits inconvénients d'un safari comme celui que nous vivons ensemble !

— Alors, pourquoi emmener sa femme ? demandai-je. Le visage buriné de mon ami — Henri l'était devenu en quelques jours de vie en commun — s'éclaira comme au souvenir d'une plaisante aventure.

— Ce faux dur conservait un reste de bon sens. Il avait réalisé à Paris qu'en m'exposant ses exigences de bravache il était allé trop loin et ne pourrait tenir le rôle qu'il s'était forgé. Il avait espéré que la présence de sa femme adoucirait les conditions de vie promises. Ce qui s'est avéré. Mais elles étaient encore trop pénibles pour lui. Tout le monde n'est pas fait pour ce genre d'équipée. Évidemment je ne devais jamais le revoir.

— Dans ce safari nous ne sommes qu'entre hommes, ce qui simplifie les rapports. Mais comment les femmes se comportent-elles en brousse ?

— Plutôt bien lorsqu'elles partagent la passion de leurs maris. Et, à la grande honte de ces derniers, elles chassent souvent mieux qu'eux ! Elles compensent ce qui leur manque de forces physiques par un grand calme au moment du coup de fusil. Ce genre de femme s'adapte comme un homme à la vie du camp.

— Et la promiscuité ?

— Ah ! ça... *(Henri eut une moue amusée.)* Il y a celles qui utilisent la douche fermée et celles qui ne sont pas fâchées d'exhiber leur plastique dans le Faro. Mais au bord de la piscine des grands hôtels ou sur les plages de Victoria elles en montrent autant. Et les hommes s'y sont habitués. Cela ne choque plus personne, si ce n'est le personnel africain qui est très pudique. Nous en sommes arrivés sur ce continent à une situation paradoxale...

— Tu veux dire que ce sont les colonisateurs européens qui ont imposé des soutiens-gorge aux petites négresses et que ce sont leurs propres femmes qui aujourd'hui montrent leurs seins !

— Tout à fait. Parmi ces dames qui nous visitent il y a

aussi celle qui ne veut pas abandonner l'homme qu'elle aime. C'est d'ordinaire la maîtresse ! Elle profite du Faro, prend des bains de soleil tandis que nous partons en chasse, ou bien nous accompagne. Dans ce cas elle évite les longues marches et reste dans le *command-car* durant l'approche.

— Seule dans la savane ?

— Non, bien sûr. Je lui laisse un boy ! Elle lit un bouquin et nous la retrouvons au retour. Elle est heureuse de goûter, auprès de son ami de cœur, à l'atmosphère de camaraderie virile qui règne au camp. Il y a enfin celle qui ne supporte ni cette atmosphère ni les conditions de vie en brousse, et qui demande à rejoindre le ranch au bout de quarante-huit heures. Mais cela arrive rarement.

Près de deux semaines vécues ensemble et beaucoup d'idées partagées m'autorisaient une question plus personnelle. Je cherchais la manière de la formuler.

— Hemingway écrit dans *Vertes collines* ou plutôt dans *l'Heure triomphale de Francis Macomber* que l'un de ses héros — chasseur blanc comme toi — emmenait un lit de camp à deux places en safari car les jeunes femmes qui y participaient estimaient ne pas en avoir pour leur argent tant qu'elles n'avaient pas partagé la couchette en question.

A cette réflexion les petites rides qu'avait Henri au coin de ses yeux bleus et froids — comme ceux du Wilson d'Ernest — se plissèrent gaiement.

— Tu me pousses à avouer que nous avons beaucoup de succès auprès des femmes qui viennent ici ?

— Exactement.

— Disons que la femme, en général, est attirée par celui qui lui apprend quelque chose, qu'il soit moniteur de ski ou de natation, maître d'armes ou de chasse. Alors ça facilite, selon le tempérament...

Son visage redevint sérieux lorsqu'il ajouta :

— J'ai vécu cette expérience. L'un de mes clients est venu jadis avec une compagne charmante. Elle est devenue ma femme. C'est à elle que le ranch doit d'être si fleuri, si agréablement décoré. Une épouse merveilleuse qui a vécu sept ans avec moi entre Ngaoundaba et le Faro. Elle a été admirable et j'en garde le plus beau des souvenirs mais, malgré ses efforts, elle n'a pu supporter l'instabilité que représentaient l'Afrique et le métier que j'y exerçais. Une femme, même la meilleure, a besoin de sécurité. Je ne pouvais la lui apporter, alors elle est partie...

Je laissai passer un temps puis remarquai :

— Je sais que tu récuses le terme mais ton métier est tout de même celui d'un aventurier ?

— Dans le bon sens du terme, oui. Je peux revenir blessé d'une chasse... ou ne pas revenir du tout. J'exerce, certes, une profession dangereuse mais nombre de métiers passionnants le sont. Tu le sais d'expérience. Ce que j'ai appris au long de ces nombreuses années c'est que je peux tout donner à une femme — y compris, aujourd'hui, la sécurité matérielle, l'aisance même — mais je ne peux lui apporter la quiétude. Et puis, soyons honnêtes, vivre en brousse c'est beaucoup plus la place d'un homme que d'une femme, alors je reviens chaque année dans la savane pour six mois, en célibataire, comme on entre au couvent et j'y exerce mon métier comme j'accomplirais une mission. J'ai fait un choix. Et pour le reste, *basta* !...

— Patron... Patron !

L'appel vint opportunément interrompre des confidences qui — au visage de mon ami — touchaient à l'essentiel. C'était Oumarou. Refusant de quitter son maître il croisait alentour depuis notre arrivée près de la mare. En roulant des yeux et avec force gestes il expliqua en foulfouldé — à moins que ce soit en mboum — la découverte qui justifiait une agitation peu compatible avec son attitude d'ordinaire impavide. Henri se leva d'un bond et saisit sa carabine.

— Tu as de la chance, un python ! Ils sont encore plus

difficiles à trouver que les élands. Il digère tranquillement dans les herbes, à vingt mètres de nous !

Le serpent fabuleux tué par Apollon gisait à moitié enfoui dans les broussailles et les feuilles mortes. Son corps gris aux écailles d'agate marbrée dépassait les quatre mètres sur vingt bons centimètres de diamètre et présentait en son milieu une énorme hernie. On avait peine à imaginer ce long cylindre effilé à chaque extrémité, parfaitement immobile, capable de broyer grâce à ses redoutables muscles constricteurs la plus puissante des cages thoraciques. Nos camarades cinéastes qui revenaient bredouilles de la chasse à l'éland mirent leur caméra en batterie pour filmer la mort de l'animal mythologique. Une seule balle à la hauteur du cou suffit.

— Le python devient rare, expliqua Henri, et les autorités ne délivrent que très peu de permis d'abattage comme celui que possède l'équipe du film. Son coût est le même que celui des grands animaux rois : lion, éléphant et éland de Derby.

Le guide blanc ne l'avait abattu que pour les besoins du documentaire car cette exécution n'avait aucun rapport avec la chasse telle qu'il la pratiquait. Même à jeun le serpent géant, non venimeux, ne représentait, à moins d'un malheureux hasard, aucun danger pour l'homme adulte. Il n'en était pas de même pour les jeunes antilopes dont il faisait son festin mensuel. Couteau et machette au poing les pisteurs entreprirent le dépeçage avec un enthousiasme que je compris bien vite. En un tournemain la peau fut séparée avec précaution de la chair blanchâtre qui fut elle-même découpée en filets. Le renflement central était constitué par la proie avalée toute ronde la nuit précédente. C'était un jeune guib harnaché venu s'abreuver à la mare voisine. La petite antilope semblait avoir été parée par un boucher professionnel tant les pattes étaient soigneusement repliées le long du corps. La tête, déjà rongée par les puissants sucs gastriques, n'était plus qu'un magma gluant. Oumarou exposa à l'objectif la gueule étroite et aplatie du python dont on se demandait comment elle pouvait engloutir un corps aussi important. Pierre me donna la clé du mystère.

— Les muscles de ses mâchoires sont aussi extensibles que ceux d'une accouchée. Le python se tient en embuscade près d'un point d'eau. Il se détend comme un ressort pour déséquilibrer et assommer le jeune animal autour duquel il s'enroule et qu'il broie dans ses anneaux avant de l'ingurgiter centimètre par centimètre. Avec ce guib il était nourri pour au moins trois semaines pendant lesquelles, si nous n'étions arrivés, il aurait dormi comme un bienheureux avant de recommencer.

Une atroce odeur de charnier s'échappait de la dépouille, ce qui n'empêcha nullement les pisteurs de nettoyer puis de rouler la peau, promesse de quelques beaux billets si aucun chasseur ne réclamait le trophée, et d'envelopper la viande dans de vieux chiffons après avoir prélevé quelques morceaux qu'ils firent griller sans délai. L'en-cas répugnant soulevait le cœur.

— C'est pourtant délicieux, dit Frank en mastiquant énergiquement et tout fier de se montrer insensible aux écœurements européens. Seïdou que rien ne rebute va même se régaler ce soir de l'antilope en cours de digestion !

Le pisteur-sorcier avait déjà découpé en carrés la peau du guib qu'il faisait sécher en les plaquant sur le tronc d'un arbre. Sous le casque vietnamien qui lui valait le surnom d'Ho Chi Minh, il arborait un sourire éblouissant.

— Il prépare des gris-gris qu'il vendra à prix d'or, remarqua Henri avec une grimace dégoûtée. La peau d'un animal déjà ingurgité par un python protège, assure-t-il, contre les méfaits des voleurs. Que ceux-ci entrent dans une case où se trouve le fétiche et ils ne peuvent en ressortir tant ils enflent sur-le-champ !

Les amulettes que Seïdou-Ho Chi Minh portait autour du cou, enfilées sur un lacet de cuir, étaient plus ragoûtantes. Il me les montra avec satisfaction tandis qu'Henri traduisait ses explications.

— Voici l'étui de peau de chèvre tannée qui renferme un mot écrit par son père pour lui porter chance en brousse, une petite corne de guib harnaché pour la chasse au buffle, un anneau en peau de mouton pour traquer le lion avec succès. Sans oublier les plus importants : le gris-gris pour bien voir et celui pour bien baiser ! Je ne sais si ses porte-bonheur sont efficaces dans sa vie privée mais Seïdou est l'un des meilleurs parmi les jeunes pisteurs. Il assurera un jour la relève d'Oumarou qui commence à prendre de la bouteille.

— Et peut-être nos enfants ou petits-enfants viendront-ils chasser sous la direction d'un guide noir au lieu d'un chasseur blanc ?

— Ce n'est pas demain la veille ! Crois bien que je ne fais pas du colonialisme à rebours. J'ai trop d'estime pour mes amis camerounais, et ils me la rendent bien, mais ce qui est valable pour un médecin ou un avocat ne l'est pas pour un guide de chasse. D'abord parce que l'Africain de la brousse ne comprend absolument rien au problème numéro un qui est celui de la conservation de la faune. On lui a parfois donné électoralement un fusil et il abat n'importe quoi car il ne voit que l'intérêt immédiat de la viande. Pour lui l'avenir n'existe pas et il tirera jusqu'à la dernière souris d'une zone puis il la quittera quand elle sera exsangue, comme ses ancêtres l'ont fait. C'est un transhumant qui exploite soit la moisson, soit les animaux puis, quand les ressources sont épuisées, s'en va défricher une autre terre. En outre l'Africain intelligent et favorisé, s'il peut obtenir des diplômes comme un Européen, n'aura ni sa technicité, ni sa conscience professionnelle, ni son assiduité au travail. Il pourra être avocat, c'est un palabreur-né, mais pas technicien de haut niveau. Et même s'il y parvenait — nous avons les exemples d'excellents médecins ou chirurgiens — il refusera de s'enterrer en brousse et restera dans la capitale où l'argent est plus facile. L'attrait de la Mercedes ! Si tu parcours l'Afrique tu ne trouveras presque jamais un médecin noir de qualité dans les petits centres. Ce sont toujours des Européens qui se dévouent par idéal et dans le cadre d'accords de coopération.

— Si je ne te connaissais pas, je dirais que tu tiens un raisonnement raciste !

— Il s'appuie malheureusement sur une longue expérience. Pourquoi n'y aurait-il pas de chasseurs noirs comme il y a des chasseurs blancs ? Parce qu'il faut, pour exercer convenablement ce métier et assurer la sécurité de nos clients, une grande technicité, beaucoup de psychologie, un certain désintéressement — on n'y fait pas fortune —, la passion de la nature et un sens humain de tous les instants. Ajoutes-y la connaissance de la chasse, de la cuisine, de la mécanique, du secourisme... Oumarou est le roi des pisteurs, Coco Bel Œil retrouve son chemin bien mieux que moi, Albert, André et Jean-Pierre sont des mécanos hors de pairs, Samuel a le goût des plats bien préparés, mais aucun ne réunit toutes ces qualités indispensables pour mener un bon safari. L'Africain se heurte à un obstacle de civilisation, d'éducation. Il nous a fallu deux mille ans pour les acquérir. Je sais ce qui est nécessaire à un Européen en visite au Faro pour qu'il soit satisfait et n'ait pas d'accident. Quel que soit son désir d'abattre un buffle ou un éléphant on ne fait pas marcher pendant des heures sous le soleil un monsieur qui a mené des affaires toute sa vie, qui pèse cent kilos et qui a soixante-dix ans. Je lui ferai vivre une chasse facile comme lorsque nous avons rencontré les lions et jamais une approche pénible semblable à celle de l'éléphant qui nous a menés en bateau. Quitte à mentir un peu, je le préserverai. Un pisteur, lui, le fera marcher... et crever ! En revanche s'il est de bonne qualité, comme les miens, il exécutera à la perfection l'ordre donné par le chasseur blanc. La preuve, voici nos 4 × 4 !

Si l'odeur atroce dégagée par le python écorché avait un

instant coupé notre fringale — le dernier repas consistant remontait à vingt-quatre heures — la soif, elle, était toujours présente. L'eau tiédasse des *gabaks* en réserve dans les Dodge l'étancha de la plus délicieuse façon. En outre la présence des véhicules était promesse d'un vrai dîner à la nuit tombée et le moins gourmand d'entre nous savourait d'avance les trouvailles de Samuel. Grâce à l'éléphant farceur qui nous avait entraînés plus loin que notre guide l'avait prévu, nous retrouvions le bonheur de satisfaire des besoins élémentaires oubliés dans le confort quotidien de la vie moderne. Au fond, plus que les trophées, témoins de leurs exploits cynégétiques, n'étaient-ce pas ces valeurs essentielles que des clients privilégiés venaient chercher en brousse ? A condition, bien sûr, de ne point figurer parmi les « ferrailleurs »...

⁂

Lorsque nous regagnâmes le Faro où nous devions passer la dernière nuit du safari, le cœur n'y était plus. Après le rustique Leker et ses abris d'hommes des bois, retrouver les installations du campement principal, sa grève de sable fin, son décor si beau qu'il rivalisait avec les cartes postales des dépliants touristiques, c'était, après tant d'émotions et de sensations très primitives, comme si nous plongions à nouveau dans un monde trop policé. Je ne ressentais aucune joie à l'idée de regagner le ranch avec ses allées bien tracées, ses bouquets de jacarandas, ses hibiscus et ses bougainvilliers multicolores pour lesquels d'ordinaire j'éprouve un attrait irrésistible. Pisteurs et mécaniciens ne partageaient pas cette appréhension européenne. Ils étaient heureux de retrouver qui son village de bord de route, qui Ngaoundaba et Dibi où ils joueraient les hommes de poids grâce aux monceaux de viande boucanée qu'ils apportaient et aux billets des pourboires distribués par les *mukalas*. Albert, André et Jean-Pierre, les chauffeurs chrétiens habituellement si élégants, déambulaient dans le camp couverts de vêtements en loques. Henri me donna l'explication de ce laisser-aller surprenant.

— Ils lavent et repassent les bonnes tenues kaki pour arriver chez eux à leur avantage. La participation régulière au safari des Blancs et tous les avantages qui en découlent leur donnent une importance qui les fait figurer parmi les notables, sinon les bienfaiteurs du village. Jusqu'au prochain départ ils vont mener grand train, inviter leurs amis à manger et à boire.

Les moins sages des boys, pisteurs et chauffeurs, comme nombre d'Africains de la brousse travaillant à l'extérieur, laissaient à leur épouse — ou plutôt à leurs épouses car, parmi eux, rares étaient les monogames — le soin de faire vivre la famille, et consacraient la quasi-totalité de leurs rentrées à l'argent de poche personnel. Il n'était pas rare de voir dans les faubourgs populeux de Ngaoundéré ou dans de petits villages de la savane aux revenus misérables, des hommes se déplacer fièrement avec d'énormes transistors, rutilants comme des Cadillac, que peu de foyers européens pensent à s'offrir tant ils sont onéreux.

— En outre ceux qui regagnent Ngaoundaba, ajouta Henri, ne voudraient pour rien au monde faire moins bonne figure que Thobie ou Terry qui apportent un grand soin à leur mise et jouissent du prestige de celui qui est en contact permanent avec la clientèle blanche sans être son domestique.

— Thobie, n'est-ce pas ce colosse magnifique qui s'occupe si aimablement de la réception et joue les maître Jacques au ranch ?

— Exact. Et Terry est le meilleur de mes guides touristiques qui t'a accueilli à l'aéroport de Ngaoundéré.

— Le Kapsiki italien !

— C'est cela. L'un et l'autre sont des collaborateurs de qualité que j'apprécie énormément. Et pourtant ils sont, dans des genres différents, la parfaite illustration de ce que je m'efforçais de te faire comprendre, le jour du python où tu n'étais pas loin de me considérer comme un affreux raciste, en t'affirmant l'incapacité de la plupart des Africains à jouer certains rôles. J'ai connu Thobie il y a près de vingt ans. Il dirigeait alors un hôtel administratif en pleine région touristique du Nord. Il était devenu mon prestataire de services en recevant les clients de mes « tours » dont je payais les factures. Un jour il m'a appelé à l'aide. Incapable de s'acquitter de ses impôts il avait besoin d'un million de francs C.F.A. Je les lui ai prêtés sachant que, la saison prochaine, je ferais avec lui un chiffre d'affaires bien supérieur à cette somme. Mais je n'ai pu le dépanner que momentanément. Il n'était pas de taille à gérer un hôtel et s'est cassé la gueule. Comme il est charmant et loin d'être dénué de qualités il est devenu mon représentant à Douala où il accueillait mes touristes, comme le fait aujourd'hui son neveu Jean-Claude qui t'a facilité les formalités de police. Il organisait des balades en minibus vers les plages de Victoria et mes clients étaient ravis. Puis il est venu au ranch seconder mes gérants européens. Il fait merveille à la réception, dirige les boys et est un chef de salle parfait. J'aurais voulu lui donner un poste plus important mais il est incapable de l'assumer. Il se contente d'être un remarquable factotum. Nous nous entendons très bien et il est parfaitement heureux. Le drame avec les Africains, même très évolués comme Thobie ou Terry, ce n'est pas la mauvaise volonté mais l'absence de tout sens de l'organisation. Et lorsque par miracle ils l'ont, ils pèchent par manque d'honnêteté. Ce qui par bonheur n'est pas le cas de Thobie qui tirera peut-être de petits avantages de sa situation mais ne me volera jamais. En Afrique le problème est là : si le patron n'a pas de collaborateurs de confiance, le coulage puis la faillite le guettent.

Le destin de Terry, qui m'avait intrigué dès mon arrivée à Ngaoundéré, était beaucoup plus extraordinaire. Alors qu'il se consacrait au tourisme ethnologique dans les années 60, Raymond avait découvert à Rumsiki, gros village du Nord Cameroun au cœur du pays Kapsiki aux paysages lunaires et riche en traditions moyenâgeuses, un petit négrillon d'une dizaine d'années qui parlait assez bien le français et lui avait fait découvrir les rites funéraires ancestraux au cours d'un enterrement traditionnel où famille et amis, ivres de bière de mil, avaient menacé le Français isolé de lui faire un mauvais parti. L'enfant s'était entremis et tout s'était arrangé avec quelques billets de mille. Terry était beau, malicieux, beaucoup plus dégourdi que les gamins de son âge et avait compris ce que le tourisme encore balbutiant pouvait lui apporter. Son rêve, déjà, était d'économiser de l'argent pour s'acheter une femme et des bœufs ! Henri Eyt-Dessus avait pris l'habitude de l'engager lorsqu'il promenait des voyageurs car le petit Kapsiki n'avait pas son pareil pour se tenir au courant des cérémonies pittoresques ou des consultations du sorcier-forgeron qui lisait l'avenir par l'entremise de crabes de mayo lâchés parmi des bâtonnets plantés dans le sable. Attraction qui, aujourd'hui, est devenue une institution commerciale dans ce centre touristique.

Enfant-spectacle de Rumsiki, Terry avait séduit par son intelligence pétillante et sa gentillesse spontanée un couple d'Italiens, clients du Faro. L'homme, un ingénieur milanais de grand renom, et sa femme, désolés de ne pouvoir assurer leur descendance, avaient proposé à la famille de l'emmener en Europe où ils paieraient ses études.

— J'ai obtenu les autorisations officielles et un visa permanent pour Terry, se souvint Henri Eyt-Dessus. Sa mère qui avait à charge une foule de gosses a donné sa bénédiction en échange d'un pagne et il est parti en Italie, revenant chaque année dans son village accompagné du *dottore* qui en avait fait son filleul et l'élevait dans la religion catholique. Terry a ainsi vécu sept ans à Milan en suivant, plutôt mal, des études pour lesquelles il n'était pas fait. Mais il était beau, charmant et avait beaucoup de succès. Lorsque à dix-huit ans il m'a annoncé qu'il allait se marier avec une jeune Italienne, je me suis aperçu, car il se confiait volontiers, qu'il était en porte à faux, coupé de ses racines et, malgré les efforts de son parrain, allait être malheureux. J'ai alors conseillé au *dottore* de lui faire réintégrer son pays natal. Terry a voulu venir travailler avec moi comme boy-serveur. Il s'est révélé si efficace que je lui ai permis de gravir les échelons de mon entreprise et il est devenu guide pour les touristes du ranch qui visitent les réserves du Nord et la région des Kapsikis. Un excellent guide que les clients adorent.

— L'expérience a donc été bénéfique ? remarquai-je.

— A mon avis, non. Car Terry ne parvient pas — et ne cherche aucunement — à se définir ni à prendre ses responsabilités. Un exemple : son parrain lui a acheté cinquante génisses que j'ai choisies moi-même parmi les plus belles. C'était un démarrage formidable — j'étais loin de les avoir lorsque j'ai commencé mon aventure d'éleveur — mais il n'a pas su exploiter sa chance et a dilapidé son capital en accumulant les sottises. Il s'est marié ici, a eu des enfants, puis une autre femme est venue, puis une autre... Disons qu'il a loupé le coche car, en devenant petit éleveur, il pouvait se rapprocher de moi et bénéficier de mes conseils. Raymond — qui a été à la base de cette histoire hors du commun — a raison en prétendant qu'il n'y a pas de réussite dans ce genre d'expérience. Terry est resté à cheval sur deux mondes essentiellement différents. S'il y avait eu coupure complète lorsqu'il n'avait que onze ans, peut-être se serait-il totalement assimilé à l'Italie, tandis qu'aujourd'hui, à vingt-cinq ans, il possède l'éducation et l'intelligence d'un Européen moyen mais aussi la malignité de l'Africain évolué et magouilleur. Disons qu'il a acquis les malices des deux races sans en garder les qualités intrinsèques. Il avait la possibilité de devenir son patron et ne sait être qu'un bon employé qui profite de toutes les occasions pour jouir d'avantages immédiats, tout comme ses frères de l'âge du feu qui ne savent ni préserver le gibier ni gérer le patrimoine naturel de la savane. A mes yeux cette aventure qui aurait pu être extraordinaire se termine par un échec, même si Terry est mon meilleur guide. Mais n'est-ce pas la destinée de certains êtres, qu'ils soient noirs ou blancs, de ne point savoir provoquer la chance et, si elle se présente par hasard, de ne pas l'entretenir faute de travail et d'ambition ?

Henri soupira profondément et parut se plonger dans la contemplation d'un paysage dont, depuis tant d'années, il connaissait les moindres détails. La nuit était tombée. La rivière, coulée d'acier au sortir du haut fourneau sous les derniers rayons de soleil, n'était plus qu'un large ruban métallique reflétant un quartier de lune maigrichon. La savane résonnait des coassements alternés des grenouilles et crapauds, du crissement continu des cigales, des battements d'ailes de quelque engoulevent en chasse. Nos compagnons techniciens bouclaient les caisses de matéreil dans leur boukarou où les ondes courtes d'un transistor puissant crachotèrent l'annonce d'une vague de froid sur la Côte d'Azur et de troubles graves dans une île encore française. Immobile dans son grand peignoir blanc, tassé dans un fauteuil de toile, Henri Eyt-Dessus paraissait indifférent à ces nouvelles du monde. Les entendait-il seulement ?

— En y réfléchissant, poursuivit-il, juger, peser dans une balance dont les poids ne sont pas les mêmes pour chacun, c'est bien « manières de Blancs », comme disent mes pisteurs...

Les yeux fixés sur la grande rivière qui l'avait accueilli voilà plus d'un quart de siècle, Henri traduisit l'expression d'ardeur et de mélancolie peinte par le temps sur son visage buriné et qui était comme la mémoire d'un sentiment profond :

— ... On ne devrait parler que pour soi-même et le plus tard possible lorsque l'on sent arriver le bout du chemin et que l'on espère encore parcourir quelques kilomètres dans les pailles... Je garde de ce passé agité mais si dense qu'a été ma vie camerounaise un vif sentiment de fierté. J'ai créé quelque chose en réalisant mon rêve d'enfant. Je n'oublierai jamais ma joie la première fois où j'ai parcouru à cheval l'étendue de mon domaine en contemplant les premiers troupeaux de zébus que j'avais réussi à acheter grâce à mon capital économisé. Et ce métier prosaïque d'éleveur de bétail m'a permis d'exercer celui, autrement prestigieux, de guide de chasse. Un métier de dilettante réservé jadis aux fils de famille aventureux qui en avaient les moyens car on n'y devient pas Crésus.

— Tu n'as jamais pensé à sacrifier l'un pour l'autre ?

— Il est certain que mon élevage serait encore plus florissant si je m'y consacrais totalement. Mais je ne peux abandonner cette situation de chasseur blanc qui permet à l'éleveur, confronté à mille problèmes de gestion, d'oublier totalement la civilisation. Les bénéfices de l'un permettent à l'autre de trouver une raison de vivre. Au fond, employeur d'une centaine d'ouvriers à Ngaoundaba, je suis mon propre client au Faro puisque j'y retrouve ma sérénité, loin de tous soucis quotidiens. Avec un avantage formidable : lorsqu'il arrive à mon âge, le directeur d'une banque qui a passé son existence à faire des comptes ne doit pas en être particulièrement satisfait alors que, moi, j'ai trouvé, sinon le bonheur, une immense joie de vivre au contact des bêtes et de la nature sauvages. Ma vraie richesse c'est ma liberté. Je crois profondément que je n'ai pas raté mon aventure.

— Désires-tu encore quelque chose ?

— Que la vie soit toujours aussi belle dans la savane, que nous respections toujours la faune, que nous ayons des amis qui viennent partager un peu de cette existence hors du temps et aiment toujours aussi passionnément la grande chasse. C'est peu et c'est beaucoup. J'ajoute encore un vœu, le dernier : m'endormir définitivement sous un petit tertre herbu, dominant le lac de mon ranch. Si je conserve mon intégrité physique, que ce soit le plus tard possible !

Henri avait prononcé ces derniers mots à voix très basse. Il détendit alors son interminable carcasse, jaillit d'un bond animal du fauteuil qui bascula sur le sable et, m'empoignant par le bras, tonna comme pour conjurer tous les sorts de la grande nuit africaine :

— Maintenant que tu as épinglé le dinosaure dans ta collection, buvons notre dernier verre en brousse. Demain, Papa, tu retrouves la civilisation !

DEUXIÈME PARTIE

FASCINANTE LAGUNE

I

MANHATTAN SOUS LES TROPIQUES

« Demain tu retrouves la civilisation... »

Quelques jours plus tard ces mots d'Henri Eyt-Dessus me trottaient dans la tête tandis que j'admirais le panorama qui s'offre au voyageur depuis la terrasse d'une chambre de l'*Ivoire* à Abidjan, perle des palaces africains et l'un des plus beaux hôtels du globe. La nuit s'annonçait, teintant de rose l'immensité de la lagune tandis que la forêt des gratte-ciel qui hérissent le Plateau, cœur de la capitale ivoirienne, renvoyait de ses milliers de vitres étincelantes toutes les nuances d'un somptueux coucher de soleil.

Après la savane camerounaise le contraste était saisissant. Comment reconnaître la petite cité coloniale alanguie que j'avais découverte voilà plus d'un quart de siècle, dans cette capitale à l'expansion redoutable qui éclatait en tous sens entre les méandres compliqués de la lagune Ebrié ? A lui seul l'*Ivoire* en était le symbole extraordinaire. Érigé au milieu des pelouses soigneusement peignées du quartier chic de Cocody attenant à la zone qui vit la naissance de l'industrie — et où, dans les années 30, un certain Blohorn, modeste fabricant de savon de Marseille, implanta la première usine abidjanaise, point de départ d'un empire colossal que l'artisan savonnier, devenu chevalier de Malte et ambassadeur de l'ordre en Côte-d'Ivoire, mena d'une poigne de fer jusqu'à sa disparition récente —, l'*Ivoire* étalait son modernisme avec le même orgueil qu'un riche citadin africain sa Mercedes rutilante. Une ville dans la ville : sept cents chambres, six restaurants, douze salles de banquet, boutiques de toutes sortes, hall gigantesque aux jets d'eau irisés, casino, palais des congrès, cinémas, complexe sportif avec piscines, tennis, bowling, golf et même... une patinoire, la seule d'Afrique ! Un géant mais aux lignes élégantes, entouré de jardins tropicaux luxuriants qui descendent jusqu'à l'antique village de pêcheurs Blokosso, et d'un lac artificiel si vaste que les clients de l'hôtel s'y promènent dans de petites barques à moteur électrique. Et en face, de l'autre côté de la lagune, le Plateau, quartier jadis exclusivement européen et interdit aux indigènes dès la tombée de la nuit, où tout ce qui comptait dans l'exploitation du bois, du café, du cacao, avait son pied-à-terre ou pignon sur rue. Le Plateau où les souvenirs des grands pionniers de l'époque coloniale livrent un combat désespéré au modernisme le plus échevelé. C'est là, avenue Chardy, à un jet de pierre de l'*hôtel du Parc* qui fut à l'Afrique française ce que le *Rafles* était à l'Extrême-Orient anglophone, qu'un jeune Niçois avait créé avant la guerre une petite librairie qui, avec ses annexes de vêtements et chaussures de luxe, de mobilier de bureau et d'ordinateurs sophistiqués, occupe aujourd'hui une grande partie des arcades d'*Alpha 2000*, l'un des plus récents et des plus beaux buildings d'Abidjan. Parcourir près de six mille kilomètres pour contempler l'œuvre d'un libraire, était-ce bien raisonnable ?

— Ce pays a connu des personnages hors du commun, m'avait dit M.S..., conseiller technique européen du gouvernement ivoirien après avoir été juge de paix et chef de circonscription coloniale au lendemain de la Seconde Guerre mondiale. Il y a eu les Blohorn — le modeste savonnier a laissé à ses filles et gendres une fortune considérable construite en deux générations. Il y a eu les Massieye — arrivé comme petit épicier il a ouvert une puis plusieurs factoreries en brousse où, derrière son grand comptoir, il débitait de tout, du tissu à pagnes au lait condensé, des colifichets aux spiritueux, et doublait ses activités, à la saison des traites, par l'achat des récoltes de café et de cacao aux petits propriétaires — ; le transport et la multiplication des affaires aidant, il est devenu, avec son associé Ferras, le puissant chef d'entreprise que tout le monde connaît et respecte, président de la Chambre de commerce de la Côte-d'Ivoire depuis trente-cinq ans, avant et après l'indépendance. Il y a eu les Jaquin, les Archambault qui ont commencé par le cinéma ambulant de village en village, ont essaimé dans tous les pays d'Afrique francophone, jusqu'à contrôler la totalité de l'industrie cinématographique africaine et devenir deux des noms les plus importants du cinéma européen. Et puis il y a eu Raoul Barnouin, le libraire qui, jeune représentant, parcourait forêts et savanes de long en large en plaçant ses bouquins jusqu'à posséder — entre autres commerces — la librairie de France, l'une des plus belles que je connaisse dans le monde. Certes tous ces hommes n'étaient pas des idéalistes mais ils ont travaillé comme des bœufs et ont été pour beaucoup dans la prospérité de la Côte-d'Ivoire. D'ailleurs la plupart sont restés, après l'indépendance, dans leur pays d'adoption.

Raoul Barnouin était de cette poignée de pionniers décidés, débarqués sur le continent sans grands moyens entre les années 30 et 50 et qui, selon Henri Eyt-Dessus, « s'ils n'avaient pas tous fait fortune, avaient tous vécu des aventures qui remplissent la vie d'un homme ». Barnouin, lui, avait fait fortune. Seul, sans constituer de groupes industriels ou commerciaux. C'était mon homme. Qu'il fût libraire ne faisait qu'ajouter à mon intérêt. Mais quel libraire ! Et quelle librairie ! Près de trois mille mètres carrés sur trois étages grouillants de clients, flamboyants de lumières. Des livres par dizaines de milliers — le fonds et les dernières nouveautés, le classique et le scolaire — et aussi la presse, africaine et internationale, et les cartes postales éditées par ses soins, et les plus anciens documents sur la colonie, et les cadeaux — stylos, briquets, maroquinerie, garnitures de bureaux, agendas, etc. — des plus simples aux plus raffinés. Une tentation permanente suscitée par les tourniquets et les étalages de l'avenue Chardy où la foule bariolée, agglutinée autour des vendeurs, transpirait dans la moiteur du trottoir, pour s'assouvir dans les rayons de luxe desservis par de jeunes beautés sombres à la coiffure impeccable, qui se déplaçaient comme des ombres dans la fraîcheur de l'air conditionné.

A soixante-quinze ans, Raoul Barnouin, le teint pâle, la taille courte, les épaules frêles, la parole mesurée, la mise discrète mais élégante, était aux antipodes de l'aventurier d'Afrique que l'on imagine volontiers rubicond et la carrure à l'étroit dans la chemise kaki. Cette métropole riche de plus de deux millions d'âmes, dominée par des gratte-ciel agressifs, sertie dans des zones industrielles et portuaires fourmillantes, il l'avait connue provinciale, à peine ébauchée, chef-lieu d'un pays que le Grand Atlas Larousse de son adolescence qualifiait d'insalubre et encore habité sur ses plateaux par des tribus anthropophages !

— Lors de mon arrivée, en 1938, me confia-t-il d'emblée, Abidjan était une petite ville d'à peine vingt mille habitants disséminés sur des langues de terre au milieu de la lagune Ébrié. Depuis le début du siècle la colonisation s'efforçait de l'ouvrir à l'Océan. En vain. Travaux, wharfs, digues de protection, jusqu'à cent cinquante mètres de plage avaient un jour disparu, aspirés par « le trou sans fond », un canyon sous-marin que les ingénieurs de l'époque avaient prévu d'utiliser comme piège à sable... et qui avait tout englouti ! Les multiples bras d'eau qui enserraient les trois premiers quartiers — le Plateau, européen, Adjamé et Treichville, indigènes — restaient des cloaques d'une saleté repoussante, infestés de moustiques. Le climat était chaud, lourd, débilitant, mais le chemin de fer reliant le Niger au golfe de Guinée aboutissait à Abidjan et la Côte-d'Ivoire était riche en bois, en café, en cacao. Je savais que tôt ou tard le canal d'accès à la mer serait percé et que la lagune Ébrié avec ses mille hectares de plan d'eau profonde deviendrait un exceptionnel port naturel. En quinze ans forestiers et planteurs européens durs à la tâche y avaient déjà établi des fortunes considérables. Je parcourais depuis deux ans l'Afrique occidentale française, c'était assez pour me rendre compte que la Côte-d'Ivoire, malgré des conditions climatiques difficiles, en était le joyau à peine extrait de sa gangue. Dans le pays il y avait, disait-on, sept cents Français. J'ai décidé d'être le sept cent unième. J'avais vingt-huit ans, aucune attache, j'y ai jeté mon baluchon.

Fils d'un grand libraire de Nice, Raoul Barnouin s'était initié au métier entre ses parents et ses deux frères, jouait au football dans l'équipe de la ville et menait la vie agréable d'un jeune bourgeois de province à l'avenir tout tracé. Seulement le ciel bleu et la clientèle de la Côte d'Azur ne suffisaient pas à son ambition. Lucide, il se rendait compte que sa position de cadet ne lui donnerait jamais une voix prépondérante dans la gestion de l'affaire familiale. Quant au football de haut niveau, il dut lui faire ses adieux après un malencontreux accident au genou. C'était l'époque — 1936 — où il fallait un an pour résorber un méchant épanchement de synovie ! Ce fut le déclic. Fort de ses connaissances et de l'amitié des grands patrons de Hachette, Larousse et Waterman, il décida d'exploiter de l'autre côté de la Méditerranée un marché qui échappait aux libraires traditionnels enkystés dans les grandes villes : celui des dictionnaires et encyclopédies placés à domicile chez les fonctionnaires, colons et commerçants isolés. Il parcourut d'abord le Maroc de long en large et y réussit si bien qu'après quelques pointes vers le Sud saharien où Colomb-Béchar résonnait encore des échos de la Croisière noire, il résolut d'imiter ses aînés de la mission Citroën, qui avaient ouvert la voie terrestre de l'Afrique noire, suivie par nombre d'automobilistes aventureux.

— J'étais attiré par l'exploit de traverser le Sahara seulement accompagné d'un boy, muni de planches pour désensabler la voiture, d'une réserve d'essence et de quelques *guerbas* d'eau potable sans oublier mon outil de travail : les spécimens des gros ouvrages et les différents modèles de stylos Waterman que je plaçais, poursuivit-il le visage éclairé d'un sourire attendri adressé au jeune homme plein d'espoir qu'il était voilà un demi-siècle. De l'autre côté du Sahara nos colonies d'Afrique noire offraient un marché quasiment vierge car auprès d'elles le Maroc, où j'avais été l'un des premiers à exercer avec succès mon métier, faisait figure de pays suprêmement cultivé et civilisé. Raison de plus pour tenter l'aventure. Grâce à un ami avec qui j'avais joué au foot à Nice et qui était apparenté au patron de la General Motors en Afrique du Nord, j'ai pu me procurer au meilleur prix le véhicule de mes rêves : une splendide Chevrolet, limousine de ville, certes, mais du dernier modèle et solide comme un tank. Je n'oublierai jamais son prix : 17000 F. Une fortune malgré les conditions que l'on me consentait. Il fallait que j'en vende des Larousse culinaires à 200 F ! Les encyclopédies et dictionnaires en plusieurs tomes valaient alors entre 150 et 250 F le volume. Mais j'avais obtenu tant de souscriptions au Maroc que j'ai pu m'offrir cette folie. Et en route pour l'Eldorado ! J'avais la santé et je ne doutais de rien.

La première traversée faillit être la dernière. Aujourd'hui, malgré le balisage et les mesures de sécurité de poste en poste, on se perd encore au Sahara ; les concurrents du Paris-Dakar en savent quelque chose.

— Le Paris-Dakar, ça me fait rigoler ! s'exclama Raoul Barnouin. Quand j'ai quitté Colomb-Béchar pour Béni Abbès, Adrar et Bidon V, tout de suite après le tropique du Cancer, il n'y avait pas de route ni même de vraie piste balisée. Les repères c'étaient, faute de pierres introuvables dans les dunes, des morceaux de tôle. Qu'un vent de sable s'élève et adieu la balise ! A Bidon V, il n'y avait qu'un campement et le ravitaillement en eau et en essence se faisait dans un vieux car désaffecté où habitait un Arabe. Quand je suis arrivé il n'était pas là. J'ai appris plus tard qu'il avait vendu toute son eau — vingt-cinq francs le litre ! — à des touristes hollandais qui tentaient de rallier Le Cap. Il n'en avait plus assez pour lui et, ne pouvant attendre le ravitaillement par la citerne hebdomadaire, il s'était dirigé vers un puits et s'était perdu. J'avais juste assez d'eau et de carburant pour gagner Tabankort. Je n'en étais pas à mi-chemin que la seule pierre de la région sur laquelle je fonçais à cent vingt kilomètres heure arracha l'écrou de vidange de mon réservoir. Je le remplaçai par un morceau de bois et dus faire demi-tour, ayant perdu beaucoup d'essence, pour attendre à Bidon V le retour hypothétique de l'Arabe. Je ne l'ai jamais vu mais ai rencontré des employés français de la firme Butagaz. En l'un d'eux je reconnus encore un ancien joueur du Football Club de Nice ! Ils construisaient dans le désert un phare publicitaire offert par leur firme au gouvernement français. Ils revenaient de la corvée d'eau à quatre cents kilomètres de là ! En une soirée ils ont réparé ma voiture, l'ont gorgée d'eau et d'essence... et ont abreuvé le conducteur de champagne ! C'était un miracle de les croiser en plein Sahara. J'y vis un signe du destin confirmé trois cents kilomètres plus loin par trois des fameux Hollandais dont je suivais les traces dans le sable et que je retrouvai, égarés, mourant de soif, étendus sous leur véhicule ensablé, la langue pendante, aspirant le peu d'eau qui gouttait du réservoir. Deux autres avaient commis la folie de partir à pied chercher du secours. Je leur ai donné une *guerba* en peau de chèvre, j'ai bifurqué pour retrouver la bonne piste — en les suivant je m'étais moi-même égaré — et j'ai pu alerter l'armée à Tabankort. J'ai retrouvé mes zèbres plus tard, à Mopti, une bourgade du Soudan français. Ils se sont jetés à mes pieds, m'ont embrassé comme leur sauveur, m'ont appris la mort de leurs deux coéquipiers, et m'ont juré une reconnaissance éternelle dont ils me prouveraient la réalité sitôt rentrés dans leur pays. Depuis je n'en ai jamais entendu parler. Pas une carte postale ! Qu'importe, ce premier long voyage m'avait appris deux choses essentielles pour qui voulait sillonner l'Afrique : observer une prudence de tous les instants dans ces contrées reculées et ne se faire aucune illusion sur l'étendue de la reconnaissance humaine ! Dès lors j'étais armé pour réussir.

Il y mit toutes ses forces et son enthousiasme. Les pérégrinations du jeune Raoul Barnouin, seul avec son boy dans la grosse Chevrolet, restent encore impressionnantes après un demi-siècle et des années-lumière de progrès... Il prospecta Gao et ses environs pour couvrir les frais de son voyage qui, au Sahara, n'avait guère été rentable, puis — suivant la boucle du Niger — Mopti et Bamako. De là il mit le cap sur le fleuve Sénégal, passa par Kayes — l'un des points les plus chauds du globe avec Djibouti —, et Kaolack pour arriver à Dakar. Le Soudan, qui n'était pas encore le Mali, et le Sénégal furent les témoins de ses premières réussites. Les commandes s'amoncelaient, l'argent rentrait si bien et si vite qu'il ne laissa à personne le soin d'exploiter la boulimie de connaissances dont semblaient atteints les Européens du bled, de la savane et des forêts. Il piqua alors au sud puis à l'est sur la Guinée, la Côte-d'Ivoire, l'ex-Gold Coast aujourd'hui le Ghana, le Dahomey devenu le Bénin, le Togo, le Cameroun, le Gabon pour terminer par le Congo. L'itinéraire laisse pantois, les difficultés de l'époque admiratif. Pour parvenir par exemple de la Côte-d'Ivoire au Gold Coast la bonne grosse américaine, décidément increvable, devait, faute de routes et même de pistes carrossables, emprunter les plages. Le regard du septuagénaire pétillait en l'évoquant :

— J'attendais que la mer se retire et je passais sur le sable humide. Quand le flot remontait je regagnais la terre ferme, je bivouaquais et, à la prochaine marée descendante, je reprenais le sable. J'y roulais à fond de train. Comme sur du velours. En brousse je m'arrêtais partout où il y avait des Européens : fonctionnaires, administrateurs, chefs de district, planteurs, forestiers. J'ai ainsi rempli des malles de bulletins de commandes du Larousse encyclopédique en six volumes, de l'Universel en deux tomes, des œuvres complètes de Victor Hugo. Le Larousse médical était mon cheval de bataille, presque tout le monde me l'achetait. Même si je ne vendais rien je parvenais toujours à placer le Larousse culinaire à deux cents francs auprès de la femme de mon hôte. Je lui disais en lui montrant les pages de mon spécimen : « Votre cuisinier noir n'est pas capable de vous faire de la bonne cuisine de chez nous, grâce à mon livre vous pourrez préparer de bons petits plats à votre mari ! » Ça marchait à tous les coups et la vente du Larousse culinaire me payait au moins mon déplacement ! Dans les comptoirs de la F.A.O. et de la S.C.O.A. où l'on proposait aussi bien de l'essence que de l'alimentation et dont les tenanciers faisaient la traite du café et du cacao, on ne voyait jamais de représentants et, malgré leur autonomie, ils ne vendaient que ce que leur envoyaient les grandes compagnies. Les convaincre que mon Waterman était le meilleur stylo du monde constituait un jeu d'enfant. J'en ai vendu des milliers. En deux tournées — chacune durait cinq ou six mois — je suis devenu le premier agent en Afrique des maisons que je représentais. Il me suffisait de transmettre mes bons de commandes dès que j'arrivais dans une ville importante où il y avait un bureau de poste. Bien sûr, il ne fallait pas être pressé mais les livres arrivaient toujours à bon port, par bateau naturellement. En outre beaucoup de mes clients se faisaient livrer en France, ou bien les offraient à leurs parents de métropole.

A voir ce petit homme fragile évoquer ses aventures je me demandais comment sa faible enveloppe avait résisté aux changements de climat, aux pluies diluviennes, aux maladies de la brousse.

— Je n'étais pas costaud, reconnut-il, mais j'avais une grande résistance acquise sur les stades. Je n'aurais jamais pu être forestier mais conduire une voiture, bavarder, boire un verre et même plusieurs, ça, je pouvais. Il fallait tout de même faire attention. A Kayes, au Soudan, où la chaleur est torride, tous les Européens carburaient non au pastis mais au Pernod. Et comme ils se levaient très tôt, je les visitais vers six ou sept heures, le matin. Avant de parler, ils vous offraient déjà une bière. A huit heures, si l'on n'y prenait garde, la tête commençait à tourner ! La chaleur y était si sèche que j'avais les plus grandes difficultés à dormir. Au bout d'une heure de lit je me levais et, enroulé dans mes draps, je passais sous la douche puis je me recouchais, dégoulinant. En un rien de temps tout était sec. Nous ne possédions même pas de réfrigérateur, ceux à pétrole ne sont arrivés que très peu de temps avant la guerre. Dans les cases nous avions l'eau des gargoulettes, et en voiture celle des *guerbas* ! Le confort était succinct mais j'étais jeune et je gagnais superbement ma vie. A tel point qu'au bout de six mois je revenais au Maroc par le Sahara, je rachetais une voiture neuve — après la Chevrolet j'ai eu une Oldsmobile puis une Buick, enfin une Packard. Ah ! celle-là, ce que j'en étais fier ! Je remontais ensuite en France, chez moi, sur la Côte, et je claquais tout ce que j'avais gagné. J'étais célibataire et je jouais les nababs pendant quelques semaines ! Puis je repartais sur les pistes d'Afrique où bientôt, grâce à un ami avec qui je faisais la fête dans les boîtes de Dakar et qui dirigeait le chemin de fer Sénégal-Niger, je logeais dans la case réservée dans chaque station de la ligne au tout-puissant directeur. Ces rencontres m'enrichissaient de relations puissantes, de grandes amitiés. Jaquin, je l'ai connu à Dakar. Après avoir été modeste commerçant puis propriétaire de la première boîte de nuit où se produisaient des troupes de quinze ou vingt danseuses allemandes, il avait monté son affaire de cinéma, la Comacico, une forteresse ! Son grand et seul concurrent, Archambault, c'est dans un campement du Togo que je l'ai rencontré. Ils sont restés les amis d'une vie. En circulant comme eux dans toute l'Afrique occidentale, un peu las de dilapider en quelques semaines ce que j'avais mis six mois à gagner en travaillant comme une brute, j'ai jeté mon dévolu sur la Côte-d'Ivoire et ai décidé de m'y poser. Et comme eux j'ai eu envie de faire mon trou.

— Pourquoi la Côte-d'Ivoire ? demandai-je.

— Parce que lors de mes tournées en brousse c'est là que j'étais le mieux reçu.

Depuis que la première bille d'acajou avait été abattue dans la région d'Aboisso puis hissée sur un steamer au large d'Assinie en 1885, depuis qu'à la même époque un commerçant de La Rochelle nommé Verdier avait récolté les premières cabosses de cacao et les premières cerises de café, les autorités françaises pressentaient la richesse de la colonie. Mais il fallut attendre la pacification complète du territoire puis la création du wharf de Grand Bassam qui ouvrait la Côte-d'Ivoire aux navires de commerce jusque-là arrêtés au large par la terrible barre qui interdit la côte, pour que commençât la véritable exploitation du territoire par les planteurs et les forestiers européens. Lorsque Raoul Barnouin les découvrit dès 1936, ils vivaient l'âge d'or du bois depuis quinze ans, celui du café et du cacao depuis six ans à peine.

— J'arrivais en pleine expansion économique et l'avenir s'annonçait meilleur encore. Forestiers et planteurs gagnaient des fortunes, les grandes compagnies plus encore, mais les Européens installés en forêt ou en brousse souffraient de l'isolement. Aussi m'accueillaient-ils les bras ouverts. Au début je voulais mener rondement mes affaires, voir un planteur le matin, un forestier l'après-midi, deux peut-être. Ce fut impossible. Chacun voulait parler, me faire parcourir sa plantation, ses chantiers, me faire les honneurs de son logement. Ces messieurs vivaient dans des cases mais en seigneurs. Ils avaient chacun cent à cent cinquante ouvriers, six ou dix boys, deux ou trois cuisiniers, des chasseurs en pagaille. Dès que j'arrivais, la phrase d'accueil était à peu de chose près la même : « Installez-vous, on va discuter un peu, manger, boire un bon coup, visiter la plantation. Nous verrons après pour vos ouvrages. » Coupés de tout, ne vivant qu'avec des indigènes, ils étaient avides d'informations. Sans électricité ils n'avaient ni ventilateurs ni frigos, et pas de radios. Ma grande richesse était ma conversation. Ils voulaient avant tout parler, connaître mes aventures sur les pistes, du Sahara à Dakar, de Bamako à Yaoundé, savoir ce qui se passait dans le monde. Leur hospitalité était royale. Ils ne voulaient plus me laisser partir et commandaient n'importe quoi pourvu que je leur raconte mes histoires. Les Hollandais... oh ! là là ! ce qu'ils ont pu servir ! A chaque étape je me devais de rester au moins vingt-quatre heures, sinon quarante-huit, sur une plantation. Le grand problème étant l'isolement, les forestiers n'hésitaient pas à faire cinquante kilomètres en forêt pour déjeuner avec un voisin. Et ils m'emmenaient. Et je recommençais mes récits tout en remplissant mon carnet de commandes ! J'étais bien reçu dans tous les pays de l'Afrique occidentale mais la plupart étaient pauvres. Tandis que la Côte-d'Ivoire ! C'est au cours de mes visites de représentation chez les forestiers que j'ai eu l'idée de m'installer à Abidjan. Faute de pouvoir retourner chaque année en France, c'était là qu'ils venaient se changer les idées en dépensant des fortunes au cours de « dégagements » homériques. J'ai estimé que j'avais assez gagné d'argent sur les pistes et que je n'aurais peut-être plus longtemps la force ni le courage de mener cette vie errante. Je devais planter ma tente dans ce pays d'avenir. Le chef-lieu de la colonie, d'abord fixé à Grand Bassam, avait émigré à Bingerville à la suite d'une terrible épidémie de fièvre jaune qui avait décimé la population européenne au début du siècle. Puis, quatre ans avant mon arrivée, Abidjan l'avait emporté. C'était là qu'allait aboutir toute l'activité économique du pays. Déjà le wharf de Grand Bassam était détrôné par celui de Port-Bouët, un faubourg sud de la future capitale, relié directement au chemin de fer du Niger. J'ai cherché un local sur le Plateau où vivaient tous les Français sauf un, une sorte de repris de justice que les autorités avaient relégué à Treichville, le quartier indigène. En 1938 tout le négoce était concentré au sud du Plateau autour de la rue du Commerce* où existait le seul hôtel d'Abidjan : l'*hôtel Bardon*, riche de trois ou quatre chambres ! Parcourant ce Plateau qui, par sa position stratégique de promontoire, dominait la lagune sur trois côtés et était si bien ventilé que les colons y avaient établi leurs demeures protégées des foules noires d'Adjamé par les camps militaires, j'ai pressenti que c'était en son centre que battrait le cœur de la nouvelle cité commerciale. Les Libano-Syriens, arrivés en A.O.F. depuis le mandat que les Français exerçaient sur leurs pays, ne s'y étaient pas trompés. S'ils gardaient leurs échoppes de la rue du Commerce, s'ils construisaient de petits immeubles de un ou deux étages à Treichville, ils investissaient déjà dans les terrains vagues du Plateau, autour du boulevard de la République. Je n'avais pas leurs moyens, aussi devais-je louer. Et ce à proximité des restaurants et bars fréquentés par les forestiers. C'est alors que j'ai appris que M. Bardon construisait, au coin du boulevard de la République et de l'avenue Chardy, un hôtel, un grand, un vrai, et non un boui-boui comme celui de la rue du Commerce. Tous les colons le traitaient de fou. Moi je l'ai trouvé génial. Et j'ai loué, sur plans, le rez-de-chaussée d'un immeuble qu'un Libanais édifiait en face. C'est ainsi que j'ai ouvert ma petite, toute petite librairie de France quelque temps après l'inauguration de l'*hôtel du Parc* qui allait devenir une institution d'Abidjan.

Pourtant Raoul Barnouin fut bien près de ne jamais créer son entreprise. Quinze jours après avoir loué d'avance au constructeur libanais, et lui avoir versé les cinq mille francs qu'il réclamait, il fut contacté par le tout-puissant représentant des chaussures *Bata*, les plus

* Aujourd'hui rue du Général-de-Gaulle.

populaires en Afrique. Furieux de s'être fait souffler un emplacement qu'en commerçant avisé il jugeait exceptionnel, celui-ci offrit cinquante mille francs en liquide pour reprendre le bail d'une boutique qui n'existait pas ! Barnouin hésita longtemps devant le pactole. Le local ne lui serait livré que huit mois plus tard, et quarante cinq mille francs de bénéfice sans lever le petit doigt représentaient toutes sortes d'agréments immédiats.

Dans le luxueux appartement blanc où il me recevait, entouré de meubles et d'objets rares, témoins de son exceptionnelle réussite, Raoul Barnouin évoquait avec attendrissement le jeune homme jouant, des jours durant, « Perrette et le Pot au lait » :

— Avec quarante-cinq mille francs le gandin que j'étais pouvait en accomplir des choses ! J'ai fait le calcul de ce qui me plaisait à l'époque : la plus récente des voitures américaines — vingt mille francs —, dix costumes, oui, dix sur mesures, à sept cents francs — sept mille francs —, il me restait encore dix-huit mille francs pour faire la bringue. Quelle tentation pour un célibataire qui n'avait pas trente ans et pouvait aussitôt reprendre ses tournées rémunératrices ! J'ai réfléchi et, en définitive, j'ai résisté. Sans doute la décision la plus difficile que j'ai eu à prendre depuis mon arrivée en Afrique ! Mais Dieu sait si je m'en suis félicité. Non seulement la Librairie de France, sitôt ouverte, a eu la clientèle des forestiers et riches planteurs de l'*hôtel du Parc,* mais aussi celle des employés des grosses maisons de commerce qui, s'ils n'avaient pas leurs moyens, vivaient néanmoins fort bien. Grâce à l'exclusivité de la distribution des Nouvelles messageries de la presse parisienne tout le monde se retrouvait chez moi pour lire les journaux. Les achats suivaient et, bientôt, faute de liquidités importantes, je n'eus plus assez de marchandises pour satisfaire la demande. C'est alors que, une fois encore, ma passion du football m'a aidé. J'ai reconnu dans un nouveau client un joueur sélectionné quelques années plus tôt avec mon frère dans l'équipe de la Côte d'Azur. Devenu banquier il était chargé par le Crédit lyonnais d'ouvrir une agence à Abidjan et cherchait un local bien situé, c'est-à-dire à proximité de l'*hôtel du Parc*! Nous avons sympathisé, il est venu en popote chez moi, et j'ai trouvé la solution à son épineux problème. Un de mes bons copains avait pour maîtresse la femme du pharmacien dont la vaste officine était toute proche. Avec la cruauté des jeunes hommes j'ai dit à mon ami banquier :

« — Va voir le pharmacien, offre-lui un million pour son affaire et je suis sûr qu'il s'en ira.

« — Impossible. Il a l'un des meilleurs emplacements d'Abidjan.

« — Vas-y. Sa femme le trompe, il est dégoûté de la colonie, il ne laissera pas passer cette occasion de la fuir.

« Un mois plus tard le Crédit lyonnais était mon voisin et son directeur un intime. Il s'étonna bientôt que je ne travaille pas avec lui.

« — Tu n'as donc pas d'argent ?

« — Si, mais je n'ai rien à placer. Avec mes rentrées j'achète aussitôt de la marchandise. Je n'ai pas assez de roulement.

« — De combien as-tu besoin, cinquante mille francs ? Je te les prête et tous les soirs tu verseras ta recette chez moi.

« Cette même année, moi qui n'étais que démarcheur et libraire, j'ai appris la banque. Mon ami faisait travailler mes recettes et j'empruntais. De cinquante mille francs je suis passé à cent mille. Puis de cent mille à un million. J'ai pu ainsi développer mon commerce. La Librairie de France a absorbé tous les magasins voisins jusqu'à occuper les cent vingt-cinq mètres de vitrines face à l'*hôtel du Parc.* Librairie, papeterie, journaux, dépôts dans d'autres quartiers, j'étais devenu le n°1 quand la guerre est arrivée. Je pouvais échapper à la mobilisation car tout commerçant ayant trois employés africains était affecté spécial sur place ! J'en avais beaucoup plus mais j'ai préféré fermer.

Engagé volontaire pour la France je me suis retrouvé... à Bobo Dioulasso ! Puis après l'armistice nous avons été rapatriés à Abidjan. Qu'allais-je y faire ? Coupé de la métropole je n'avais plus rien à vendre, plus de papier, plus de livres, plus de journaux. En définitive, sous la pression des événements, c'est pour survivre que mon entreprise s'est développée dans d'autres domaines. »

Raoul Barnouin était de ces hommes que l'adversité stimule. Faute de vendre des livres il acheta à des amis planteurs des stocks de bananes que ceux-ci ne pouvaient plus exporter en régimes et qu'ils faisaient sécher pour ne pas tout perdre. Le marché de l'Afrique du Nord réouvert, il expédia en Algérie ses bananes innommables. Comme tous les enfants de la guerre je n'en ai pas oublié le goût même si nous l'aimions, n'ayant aucun souvenir de la saveur du fruit frais !

— Grâce à mes bananes je conservais mon statut de commerçant. Aussi je reçus du gouvernement local certaines des marchandises qui parvenaient de l'Afrique du Nord et des U.S.A. en Côte-d'Ivoire. Nous avions un quota selon le chiffre d'affaires d'avant-guerre. Et moi, le libraire, j'ai reçu du tissu ! Je l'ai vendu faute de mieux. Puis la guerre terminée, alors que l'approvisionnement en papier était encore très aléatoire, j'ai continué dans cette branche. J'ai acheté des chemises d'hommes à des amis grossistes niçois. J'ai lancé la mode des chemises-vestes si agréables à porter dans les pays chauds et qui évitent le laisser-aller des chemisettes. Quand la librairie a de nouveau fonctionné j'ai trouvé idiot d'abandonner cette source de profit. J'ai acquis un nouveau magasin, contigu au mien, et je me suis lancé dans le prêt-à-porter masculin. Quand je me suis marié ma femme, dont le goût était très sûr, y a adjoint la mode féminine et les chaussures. Entre-temps le canal de Vridi avait été enfin percé, ouvrant la lagune à l'Océan. Et selon mes prévisions Abidjan devenait un grand port international. La ville que j'avais connue, peuplée d'une vingtaine de milliers d'habitants, en compte aujourd'hui cent fois plus. Il fallait suivre... j'ai suivi !

Le boom économique fut fabuleux. Nombre d'entreprises métropolitaines ouvrirent succursales et bureaux. Il fallait les équiper. Raoul Barnouin compléta son immense librairie par des départements de mobilier métallique, de machines à écrire et à calculer, de fournitures de toutes sortes. Même l'indépendance allait contribuer à son développement.

— En 1960 j'ai eu peur, comme tous les coloniaux. J'ai acheté un appartement à Monaco, persuadé que les Français allaient se faire mettre dehors et je suis revenu chez moi, en Côte-d'Ivoire, pour sauver ce qui pouvait l'être. Rien ne s'est passé. Il n'y avait aucun grief sérieux entre Noirs et Blancs mais c'est à la sagesse du président Houphouët-Boigny — une connaissance de longue date — que la Côte-d'Ivoire doit d'avoir grandi dans une stabilité politique rare. Tandis que des pays comme la Guinée ou le Cameroun que j'avais tant sillonnés s'écroulaient économiquement, les investissements continuèrent de plus belle chez nous, le tourisme jusque-là inconnu s'implanta puis se développa d'une façon extraordinaire. J'avais cru que le boom de la décennie 1950-1960 ne serait qu'un feu de paille. Pour une fois je me trompais. Grâce à l'afflux de capitaux privés la Côte-d'Ivoire a connu un « miracle économique » exemplaire pour l'Afrique francophone. Et je l'ai suivi une fois encore.

— Rien n'a vraiment changé ? demandai-je en pensant à la foule qui baguenaudait à quelques mètres de la Librairie de France et où les visages blancs étaient si peu nombreux.

— Après la guerre, lorsque les écoles se sont ouvertes sur le Plateau, j'avais 10 % de clients africains et 90 % d'européens. Aujourd'hui c'est le contraire. Mais j'ai des marchés scolaires que je n'avais pas avant. J'ai passé des contrats de cinq cents millions de francs C.F.A. avec l'Éducation nationale, avec l'Administration. Je connais tout le monde et tout le monde me connaît depuis si longtemps ! J'ai plus de deux cent cinquante employés. Comme ma clientèle ils sont en majorité ivoiriens. A la rentrée scolaire j'ai quatorze caisses qui cliquettent et tout marche très bien. La seule chose qui ait changé c'est mon magasin. Quand le Plateau s'est transformé en un Manhattan de buildings j'ai dû moderniser le décor de mon entreprise. C'est mon seul regret. Ma bonne vieille Librairie de France a perdu ses cent vingt-cinq mètres de façade et s'est développée en hauteur car sur l'emplacement de l'immeuble du Libanais de 1938 on a construit en 1975 ce magnifique *Alpha 2000* avec ses centaines de bureaux et ses arcades commerçantes. Mais l'avenue Chardy est restée le cœur du Plateau et attire toujours autant de monde.

Durant notre longue conversation le vieux « colonial » Raoul Barnouin m'avait peu parlé de ses collaborateurs africains. Étaient-ils incapables de gérer une librairie comme ceux d'Henri Eyt-Dessus une entreprise de grande chasse ?

— Je m'entends fort bien avec mes interlocuteurs ivoiriens, qu'ils soient fournisseurs ou clients, membres de l'Administration ou directeurs de bureaux importants. Mais il est exact que j'aie dû abandonner mes dépôts de quartiers et surtout toutes les boutiques que nous possédions dans les villes de l'intérieur. J'avais même des succursales à Bobo-Dioulasso et à Ouagadougou en Haute-Volta devenue le Burkina-Faso. Pour ces dernières c'est le régime marxiste qui est la cause de mon retrait. Le gouvernement nous doit des commandes de trois cents à quatre cents millions CFA qui ont été livrées et jamais payées. Ils n'ont pas d'argent. Alors je n'allais pas continuer à en perdre...

— Mais pour l'intérieur, la brousse ivoirienne... le régime est le même qu'à Abidjan et il y a de l'argent. Vous ne faites donc pas confiance aux Africains pour gérer vos succursales ?

— J'ai essayé et j'ai dû abandonner. Non faute d'intelligence ou de capacités de leur part mais pour une question de mœurs tribales. Je me suis toujours fait rouler par mes dépositaires gérants africains. Pas forcément par malhonnêteté mais il faut savoir que dès qu'un Africain travaille il doit subvenir aux besoins de toute sa famille. Non seulement de sa femme et de ses enfants mais des parents et collatéraux. Dans les petits centres de l'intérieur une famille c'est au bas mot trente personnes. Alors le malheureux gérant ne peut résister à leur pression. Leur faire comprendre que tout ce qui figure dans son magasin ne lui appartient pas est impossible ! Avec un gérant ivoirien j'étais obligé de procéder à un inventaire *mensuel* et il y avait toujours des trous. Vous vous rendez compte du travail et du coût ! En revanche je n'ai aucun problème avec les employés d'Abidjan dont certains ont des responsabilités importantes mais sont toujours contrôlés par un Barnouin, que ce soit moi, ma fille ou mon neveu. Tant qu'ils ont une fonction bien définie et limitée, ils sont parfaits. Leur laisser la bride sur le cou en leur donnant une gérance dont la bonne marche ne se vérifie qu'à l'occasion d'un inventaire annuel et c'est la catastrophe ! Pour eux comme pour moi. J'ai préféré mettre fin à une expérience d'où naissaient forcément des conflits entre l'Européen-patron et l'Africain qui se disait « exploité » pour justifier le manque de rigueur de ses comptes. Je n'allais pas me laisser entraîner dans cet engrenage à mon âge. Je me suis ainsi transformé en sédentaire aux prises avec les problèmes de gestion d'une entreprise importante. Pour moi c'en était fini de l'aventure ! Je rentrais dans le rang. J'avais été acteur et témoin d'une époque fabuleuse, aujourd'hui révolue : celle des forestiers. Il y en a toujours mais moins nombreux, moins riches, moins fous aussi. Ils sont devenus des industriels avec bureaux à Abidjan et ont laissé leurs pouvoirs locaux aux contremaîtres de brousse.

La plupart d'entre eux nichaient de l'autre côté du boulevard de la République où rues et avenues portent encore

— fait exceptionnel en Afrique — les patronymes des grands colonisateurs, Marchand « le pourfendeur de la forêt », Binger et le docteur Crozet, les explorateurs du Niger au golfe de Guinée, le gouverneur Angoulvant, tout comme l'immense quartier indigène de Treichville a conservé son nom en souvenir de Marcel Treich-Laplène, un Corrézien d'Ussel qui fut à la fin du XIXe siècle le véritable fondateur de la Côte-d'Ivoire. Il suffit de traverser le boulevard de la République, Champs-Élysées d'Abidjan, pour s'éloigner des buildings et retrouver l'ambiance coloniale qu'avaient connue les premiers pionniers. Passé le marché artisanal, bric-à-brac fourmillant où le moindre masque, statuette, panneau sculpté ayant plus de dix ans d'âge fait figure d'antiquité, débarrassé de la glu des vendeurs hilares pour lesquels on se demande si le jeu du marchandage n'est pas plus important que la vente elle-même, c'est le dernier bastion de ce que fut autrefois le Plateau qui vous séduit par son charme désuet. Maisons à un étage, rarement deux, enserrées dans les « concessions », jardins clos croulant sous les plantes tropicales et les bougainvilliers, les hibiscus et les bananiers décoratifs, alternent avec les immeubles cossus de ce style transatlantique qui fit fureur d'Alger à Douala, de Dakar à Djibouti aux heures glorieuses de la colonie. Si les bambous géants et les flamboyants magnifiques qui ombraient certaines voies ont disparu, aberration due à un urbaniste municipal soucieux de gagner quelques mètres de chaussée, les sièges des grandes compagnies, des plantations et des forestiers aux chantiers innombrables, demeurent toujours à l'ouest du Plateau, façades délavées par les grandes pluies dont la première, de tradition, inondait la ville au retour de la revue du 14-Juillet.

Dans l'un de ces immeubles jadis orgueilleux — hall majestueux et poussiéreux, ascenseur cahotique et portier endormi sous sa casquette galonnée d'or terni — m'attendait le descendant direct de Victor Balet, légendaire pionnier suisse qui arriva en 1923 à Grand Bassam comme chef de chantier chez Odoz — premier défricheur de la forêt vierge de l'est du pays, dépeint sans aménité par Albert Londres dans son réquisitoire *Terre d'ébène* qui fit tant de bruit dans la presse parisienne des « années folles » — avant d'exploiter à son compte le bassin de la Comoë qui devint le « fleuve du bois ». M. Balet junior, costume strict et cravate discrète, évoquait bien plus le florissant banquier genevois que l'aventurier exploitant les pauvres nègres du « travail forcé » à grands coups de chicote !

Le travail forcé... survivance de l'esclavage ? Quelle que soit l'exagération à laquelle se livrèrent certains anticolonialistes avant la lettre dans leurs diatribes contre les exploitants européens, il est certain que, sans cette pratique, billes d'acajou au bois rouge, d'aboudikro à reflets dorés ou d'avodiré à la belle couleur crème moirée, dont les fûts culminaient à des hauteurs vertigineuses — entre trente-cinq et soixante mètres — seraient restées sur pied dans la grande forêt tropicale plutôt que de finir en armoire à glace, salle à manger ou cosy-corner aux quatre coins de la vieille Europe en faisant la fortune des forestiers. C'était le temps où il n'y avait ni routes ni pistes autres que des sentiers, ni bulldozers ni tronçonneuses à moteur. On abattait à la scie et à la hache, on élaguait à la main, on débardait à la corde jusqu'à la voie fluviale qui permettait aux trains de billes de parvenir à la côte. Pour trouver le nombreux personnel nécessaire à ces opérations épuisantes sous un climat malsain, les premiers colons seulement riches d'une concession de deux mille cinq cents hectares de forêt — cinq kilomètres sur cinq — se heurtèrent à mille difficultés dont la plus importante était que les populations autochtones n'avaient aucun désir de travailler. Les Africains des villages vivaient de cueillette, de braconnage, de petites plantations coutumières, de l'élevage de trois poules et d'un cochon. C'était assez pour subsister et même, dans les régions où l'organisation tribale était assez élaborée, pour payer la redevance au chef ou au roi local. Rien n'avait changé depuis des siècles. Puis le développement de la colonisation — « mal nécessaire », selon Senghor et Houphouët-Boigny, pour éveiller les gens, les former, leur donner les moyens de progresser — apporta les écoles, les routes, les services de santé et de lutte contre les grandes endémies, les travaux portuaires de la côte... et aussi les impôts qui n'existaient pas pour les Africains de la forêt. Pour les payer ils durent travailler dans les grandes plantations européennes et les chantiers d'abattage. Comme on ne se bousculait pas à l'embauche les forestiers s'adressèrent à des recruteurs, souvent « gros bras » sans scrupules, qui s'engagèrent à leur fournir la main-d'œuvre nécessaire à « tant par tête », avec la complicité de chefs de village avides, souvent soucieux de se débarrasser de mauvais sujets ou d'ennemis personnels. Les négriers de la traite ne procédaient pas autrement. Le travail forcé était né avec la bénédiction des autorités coloniales. Dans les régions du Nord et surtout en Haute-Volta, réservoir humain tant la misère y était grande, les rabatteurs n'avaient pas grand mal à trouver des volontaires car ils offraient une prime d'engagement — il y a quarante ans elle était de mille francs — une couverture, une natte et un sac de riz. Le terme péjoratif de travail forcé était dû à la façon dont les sergents recruteurs, qui avançaient eux-mêmes les fonds nécessaires à leur entreprise et n'étaient payés par les colons que lors de la « livraison », traitaient les manœuvres durant le voyage. Pour éviter les évasions ils n'arrêtaient leurs camions que dans les lieux les plus reculés et surveillaient leur cargaison humaine avec la plus grande sévérité. Arrivés sur les lieux de travail, on triait le personnel — les plus forts étaient destinés à l'abattage, les moins résistants aux plantations — et l'employeur donnait à chacun le salaire fixé par le gouvernement. Les conditions de vie de ces travailleurs, la plupart coupés de tout lien familial, étaient ce qu'était le patron. Souvent bon, parfois féroce.

M. Balet junior avait rejoint Victor Balet en 1955 dans la région d'Agbobille dont le vieux forestier avait fait son fief. Il en gardait le souvenir précis de ses vingt ans.

— Le travail forcé sous la menace de la chicote avait cessé au lendemain de la guerre à laquelle nombre d'Africains avaient participé. Les rabatteurs avaient fait place à un organisme quasi officiel qui fournissait le personnel. Si un manœuvre ne voulait pas travailler on le renvoyait chez lui mais le cas se présentait rarement. Bien mieux, la main-d'œuvre jadis importée grâce à la pratique du travail forcé faisait maintenant venir famille et amis du village d'origine. Cela a continué après l'indépendance des pays africains. Au travail forcé succédait l'immigration étrangère. Ce qui explique aujourd'hui le nombre considérable de Voltaïques qui vivent en Côte-d'Ivoire dans les zones forestières. Sur la côte ce sont les Libériens et surtout les Ghanéens. On a beaucoup attaqué les forestiers à propos de leurs méthodes de travail mais les pays européens ont-ils fait autre chose en favorisant l'immigration africaine pour accomplir les tâches que leurs ressortissants ne voulaient plus effectuer ?

Le but de mon voyage n'était pas de dresser un réquisitoire politique ni de juger des responsabilités de chacun — États ou personnes privées — mais de recueillir des témoignages sur une époque où l'aventure offrait à certains hommes déterminés et peu chiches de leurs efforts des débouchés extraordinaires.

— Quand je suis arrivé cela faisait trente ans que Victor Balet exploitait cette région de la Comoë, poursuivit le forestier. J'ai assisté aux deux dernières descentes de bois par le fleuve. C'était un travail considérable et si les manœuvres avaient une vie difficile, les forestiers la partageaient. Solitude, climat pénible, confort réduit, travail réglé sur la saison des pluies... Tout cela a changé avec l'amélioration des routes et le transport des billes par camions *grumiers*. A l'époque du flottage on transformait les acajous centenaires aux troncs d'un mètre de diamètre en billes courtes de quatre à cinq mètres cubes car on devait les tirer à bras d'hommes, les charrier sur rail jusqu'au fleuve où on les assemblait en trains de bois flottables. C'est pourquoi l'on n'exploitait que la famille des acajous. Les non flottables comme l'azopé et le badi étaient dédaignés. Aujourd'hui on taille long pour ne rien perdre. Grâce aux *grumiers*, on transporte trois ou quatre arbres à la fois, soit vingt-quatre tonnes ! Et l'on se soucie moins des impératifs des saisons. La vie a changé. Victor Balet a pris sa retraite en France et ses successeurs ne mènent plus l'existence aventureuse qu'il a connue. En revanche ils se sont éloignés des populations africaines avec lesquelles lui, le colon, entretenait des rapports d'amitié et de confiance rares. A tel point qu'il partageait sans doute certains de leurs secrets. J'ai été témoin de deux événements dont je ne pense pas qu'ils pourraient se reproduire alors que ces rapports sont devenus quasiment inexistants. Lequel d'entre les forestiers d'aujourd'hui reste-t-il assez longtemps en brousse pour parler le douala, le moussi, l'abé et bien d'autres dialectes, ainsi qu'il le faisait ?

Un soir des années 50 Victor Balet revenait d'une coupe par une piste extrêmement vallonnée. Le reflet des phares sur le feuillage produisait des ombres fantomatiques. La circulation automobile était encore exceptionnelle, aussi une femme attardée qui portait son bébé pritelle peur devant ces apparitions magiques. Elle voulut s'enfuir, tomba et, dans sa chute, blessa l'enfant. Balet s'arrêta, transporta la mère et le bébé jusqu'à un dispensaire de brousse où un infirmier d'occasion fit une piqûre au nourrisson à l'aide d'une seringue destinée à soigner les moutons ! Le malheureux ne pouvait y survivre et mourut dans la nuit. L'affaire était grave. Victor Balet se retrouva devant un tribunal, accusé d'avoir provoqué la mort d'un enfant au cours d'un accident de la route ! Appelée à la barre la villageoise expliqua le drame dans un dialecte que le juge se fit traduire par l'interprète local.

D'après ce témoignage la responsabilité du forestier était indéniable. Néanmoins, grâce à sa connaissance de la langue, Victor Balet put rétablir la vérité et apporter la preuve de sa bonne foi. Si dans son récit la femme n'avait pas menti, le traducteur, pour extorquer de l'argent au Blanc et toucher sa commission, avait falsifié la vérité !

— Sans une pratique quotidienne de ce dialecte Victor était marron ! conclut Balet junior. Il avait un contact exceptionnel avec les populations alentour et leurs chefs coutumiers, au point de savoir, mieux qu'un griot, tout ce qui se passait dans la région. *A fortiori* dans son entreprise qui était considérable — aujourd'hui encore nous exploitons quarante-cinq chantiers de deux mille cinq cents hectares chacun. D'où tenait-il ses informations ? Pour jouer un rôle à ses côtés je savais qu'il ne s'agissait ni de mouchards ni de délateurs soucieux de se faire bien voir. Devant son mutisme je voulus en avoir le cœur net. Un jour, en compagnie de quatre contremaîtres européens, je reçus sur un chantier éloigné un tracteur-pelle mécanique du dernier modèle, événement considérable à une époque où presque tous les travaux se faisaient à la main. Nous l'examinâmes puis, devant les commis africains, nous assurâmes que le magnifique engin était défectueux. Sitôt après nous partîmes en camionnette jusqu'aux bureaux centraux d'Agboville éloignés d'une trentaine de kilomètres. Durant ce bref voyage, aucun véhicule ne nous dépassa et il n'existait ni radio ni téléphone entre le chantier et la ville. Pourtant Victor Balet nous attendait, furieux : « Alors qu'est-ce que vous avez fichu pour m'avoir bousillé un tracteur neuf ? » Il était déjà au courant d'une fausse information lancée dans le seul but de vérifier la réalité des bruits qui couraient sur ses mystérieux pouvoirs, partagés avec certains indigènes ! Tam-tam, téléphone arabe ? Jamais il ne voulut s'expliquer ! Aujourd'hui encore je reste sur ma faim. Et je n'ai connu que les derniers temps de la grande aventure !

Les témoins directs de cette épopée devenaient rares.

Les forestiers géraient leurs affaires par télex et leurs principaux acheteurs, italiens ou espagnols, descendaient à l'*Ivoire* ou au *Hilton.* Pas de quoi rêver autour de leur existence ! L'*hôtel du Parc,* qui avait connu les « dégagements » gargantuesques des aventuriers du bois, présentait une façade décrépite et des fenêtres aveugles. Ceux qui en avaient fait les grandes heures avaient disparu ou soignaient les maux de l'âge au soleil de la Côte d'Azur. Dans l'embouteillage sonore et la pétarade des motos japonaises qui constituent midi et soir l'ambiance ordinaire du centre d'Abidjan, je désespérais de trouver l'oiseau rare quand je me souvins d'un patronyme incertain qu'un ami m'avait donné à Paris.

— Un type qui a vécu la grande période... Avant et après la guerre. Il tenait un établissement — à la fois restaurant et cabaret — où tous les forestiers de l'*hôtel du Parc* venaient faire la fiesta. Mais attention, pas une de ces boîtes à matelots de Treichville, non, le rendez-vous le plus chic d'Abidjan, en bord de mer sur la route de Grand Bassam. On y voyait le gouverneur et les directeurs les plus importants. S'il vit toujours, il doit bien être octogénaire. Son nom ? Je ne m'en souviens plus... Un nom de fleur comme on les aime chez les Giscard... Jacinthe ou Anémone... C'est ça, Anémone !

C'était peu et c'était beaucoup. Il suffisait de chercher. Mais où ?

Les nouveaux forestiers — comme il y a les nouveaux philosophes et la nouvelle cuisine — ne faisaient plus la fête et traitaient leurs clients dans les restaurants climatisés de l'*Ivoire* ; Raoul Barnouin était parti en Europe pour un voyage dont tous ceux qui lui étaient attachés ignoraient qu'il serait le dernier ; les concierges et les jeunes réceptionnistes empesés de mon caravansérail de luxe ouvraient des yeux ronds lorsque je les interrogeais sur l'ancêtre au nom de fleur qui avait tenu un restaurant célèbre du bord de mer entre Vridi, Port-Bouët et Grand Bassam. Vridi et son canal, Port-Bouët et son aéroport, c'étaient les cargos, le trafic aérien, les zones industrielles. Rien de chic ni de confortable à en attendre. Il y avait bien quelques guinguettes populaires, animées en fin de semaine, mais rien qui puisse approcher de l'établissement qui m'intéressait. « Non, monsieur. Je ne vois pas. » A la commisération peinte sur leur visage, à l'ignorance qu'ils affichaient du passé tumultueux et brillant de leur capitale, je renonçais à les cuisiner plus avant.

Mon salut vint de ce haut fonctionnaire européen, M.S..., qui avait connu la grande forêt primaire et le travail forcé, qui avait dirigé pour l'administration coloniale une circonscription de trois cent cinquante mille habitants avec dix gardes africains et des fusils hors d'usage, qui avait parcouru la brousse marécageuse en hamac suspendu, porté par quatre nègres athlétiques — image d'Épinal du pire esclavagisme aux yeux de ceux qui oublient que les chefs de tribus en faisaient autant — mais si bien considéré par les autorités ivoiriennes que, l'indépendance acquise, elles n'avaient pas voulu se passer de ses connaissances. Dans les ministères et à la présidence de la République on l'appelait « le Colon »... mais avec amitié chez les anciens, et une nuance de respect chez les attachés de cabinet frais émoulus des grandes écoles.

— Anémone ? s'interrogea le conseiller du gouvernement. Il s'agit certainement d'Albert Aimone... C'est vrai, je vous ai parlé des Blohorn, Massieye, Barnouin et autres Jaquin mais pas d'Aimone. Sans doute parce que — fort à l'aise mais loin d'être milliardaire — il n'a pas été un bâtisseur d'empire. Il n'en reste pas moins la mémoire de l'ancienne colonie et, bien qu'il soit né au début du siècle, il garde bon pied bon œil. Demandez *la Vigie* sur le chemin de Grand Bassam, tout de suite après l'aéroport international. Vous y mangerez les meilleures langoustes d'Abidjan dans le plus grand calme car, avec la construction des grands hôtels, son établissement est passé de mode. Et pourtant...

II

LA MÉMOIRE DE LA COLONIE

Pour gagner *la Vigie*, ancrée par son créateur au bord de l'Océan comme pour échapper aux miasmes de la cité lagunaire, je dus traverser Abidjan du nord au sud et pus me rendre compte de l'extraordinaire expansion d'une ville que mes héros avaient connue sommeillante, anémique, tout étouffée qu'elle était par l'eau stagnante de l'Ébrié et la flore encore intacte de la forêt primaire du Banco. Après avoir quitté Cocody et le Plateau en empruntant, pour franchir la lagune, le large pont Houphouët-Boigny qui, avec son jumeau baptisé Général-de-Gaulle, a remplacé l'ouvrage à bascule d'Eiffel, cher au souvenir des vieux coloniaux, après avoir traversé le kaléidoscope des rues bon enfant de Treichville, tirées au cordeau et numérotées comme celles d'une bourgade américaine, je parvins aux interminables zones industrielles de Vridi et Port-Bouët, loties de constructions utilitaires sans grâce, de hangars métalliques et de bâtisses locatives plantées dans des terrains vagues au hasard des tractations de promoteurs astucieux. Dans le langage imagé de Dago ou de Moussa — qui sont à Abidjan ce que titi ou poulbot sont à Paris — ces logements sans confort sont devenus des « entrer-coucher » tout comme la fille des trottoirs de Treichville « fait boutique son cul » ou celle qui arpente les couloirs de certains hôtels en toquant aux portes des célibataires répond au poétique sobriquet de « c'est l'amou' qui passe ! ». Cet horizon lugubre d' « entrer-coucher » fort lucratif pour les loueurs et destiné aux apprentis citadins venus de leur village pour faire fortune dans la capitale, ne s'anime qu'au retour du travail, à la nuit tombée. Pour l'heure, dans cette banlieue poussiéreuse et désertique si éloignée du centre trépidant, rien n'indiquait l'Afrique si ce n'était la chaleur moite et les petits vendeurs à la sauvette qui, à chaque feu rouge, profitaient de la glace ouverte du taxi pour proposer avec insistance cassettes piratées, joujoux de plastique, parfums Christian Dior, tous *made in Hong Kong* ou *Taiwan.*

Soudain, en quelques centaines de mètres, tout changea. Les noyaux d'immeubles s'éclaircirent et, au-delà d'une ultime langue de sable, apparut le golfe de Guinée dont la brise rafraîchissante faisait osciller les palmiers géants de la côte. Là s'arrêtait la ville. Tout le long de l'Océan la route était maintenant bordée de cabanons et de cocotiers sous lesquels s'amoncelaient des noix de coco vides, décapitées le week-end précédent pour désaltérer les automobilistes sur le chemin de Grand Bassam ou d'Assinie. Sur la gauche, de vastes espaces encore préservés des constructeurs étaient occupés par des lopins de terres cultivées, entre lesquels paissaient zébus, chèvres et moutons gardés par des bergers peuls, protégés du soleil par de grands chapeaux coniques et drapés dans d'amples boubous indigo. Certains venaient à pied du Mali, précisa mon chauffeur que le bruit de mitrailleuse du compteur semblait réjouir au-delà de toute expression. Sur des panneaux publicitaires vastes comme un écran de cinéma en plein air, le restaurant *Tribord-Babord,* modestement qualifié d' « Empereur de langoustes-gambas », disputait la pratique au *Roi des langoustes,* sous-titré « The King of Lobsters » pour qu'aucune équivoque ne vienne troubler l'esprit des Rockefellers d'Oklahoma. Mais de *Vigie,* point ! Mon cicérone motorisé qui, une heure auparavant, affirmait connaître l'établissement tout comme il savait découvrir le moindre *maquis* de Treichville, ces gargotes théoriquement clandestines tenues par des « tanties » expertes en cuisine locale et soucieuses d'échapper au fisc, avoua son ignorance sans que le sourire qu'il arborait depuis le départ s'en trouvât altéré. Il n'en conduisait pas moins à tombeau ouvert, comme s'il se défoulait des embouteillages du centre qui étaient son lot quotidien. Je le fis ralentir pour déchiffrer une à une les enseignes des guinguettes, maquis, bistrots innombrables, plantés sur le bas-côté de la route côtière. A quelques kilomètres de la capitale les rares passants étaient déjà des paysans et ignoraient tout du lieu que je recherchais. Lorsque la nationale ne fut plus bordée que de cocotiers je fis faire demi-tour.

— Alors, patron, on va au *Roi des langoustes?* demanda le chauffeur, l'œil allumé par l'espoir d'une commission.

— Non. Nous reprenons le même chemin mais doucement, très doucement.

Nous revenions vers l'aéroport lorsque j'aperçus un mur de clôture aveugle, blanchi à la chaux, seulement percé d'une entrée sans porte qui ouvrait sur une cour intérieure. Un panneau à peine plus grand qu'un sous-main annonçait *la Vigie.* La discrétion de l'enseigne indiquait clairement que son propriétaire n'attendait rien de la clientèle de passage. La cour tenait de l'esplanade et était ombrée de palmiers et d'un arbre centenaire énorme, aux branches torturées, que je ne sus identifier. Au fond s'élevait un bâtiment immaculé, en forme de case indigène mais si vaste qu'elle semblait destinée à un roi. Le toit en pente venait se perdre dans un fouillis d'hibiscus et de bougainvilliers, seules notes de couleurs dans cet univers d'un blanc éclatant sous le soleil. Ni les murs ni la couverture ne portaient la trace délavée des pluies diluviennes de l'été qui enlaidissent tant de façades tropicales. Cette absence témoignait d'un entretien forcené. Un fronton triangulaire reposant sur deux colonnes surmontait l'entrée de la demeure seigneuriale vierge de ces écussons de tôle émaillée qui, de nos jours, vantent l'excellence du moindre troquet. Était-ce bien là le repaire du vieil aventurier, animateur des grandes heures de la colonie, ami et confident des plus riches planteurs et forestiers ? La salle dans laquelle je pénétrai me rassura malgré ses proportions imposantes. C'était bien un restaurant. Une marée de tables dressées succédaient à un bar de bois massif où l'acajou et l'avodiré jouaient de leurs teintes contrastées, pour venir mourir contre les baies vitrées ouvertes sur l'Océan dont le ressac rythmait le silence ambiant. Au large, la première terre était à 3600 kilomètres et c'était le Brésil ! J'admirais le plafond traditionnel, merveille de paille tressée retenue par des claies d'acajou et de bambous vernis, quand une voix ferme retentit dans mon dos :

— Vous n'avez pas eu trop de mal à trouver ? Jadis je vous aurais fait chercher par un boy à votre hôtel mais les temps ne sont plus ce qu'ils étaient.

J'attendais un vieillard à la peau parcheminée, aux épaules rabougries, patriarche des vieux colons, assistant, tapi au fond d'une auberge décrépite, à l'effritement inéluctable d'un monde révolu. J'étais dans la case d'un prince avec, devant moi, un homme que l'âge avait épargné, vêtu d'une chemise crème admirablement coupée, et dont le visage bronzé avait l'expression aristocratique et moqueuse d'un David Niven au mieux de sa forme. Les yeux d'un bleu intense, d'une luminosité magnétique, étincelaient de vie, et le sourire, souligné par une fine moustache soigneusement taillée, traduisait aussi bien l'ironie la plus mordante que la politesse la plus exquise. D'un tel homme rien ne pouvait me surprendre.

— Après votre appel téléphonique, dit Albert Aimone, j'ai pensé — mais trop tard — que j'aurais dû vous indiquer la situation exacte de *la Vigie.* Ces chauffeurs de taxi sont bien braves mais pas très évolués. Il faut dire qu'à part quelques rares exceptions mes clients sont des amis fidèles ou des habitués qui connaissent parfaitement le chemin. A mon âge, leur clientèle me suffit. Je ne les sers plus que pour le plaisir. Je ne souhaite qu'une chose : que le cœur de ma maison batte. Doucement peut-être, mais qu'il batte ! C'est ma façon de vivre une retraite que j'aurais dû prendre depuis longtemps à Monaco, ma ville natale. Mais j'aime trop l'Afrique. Et elle me l'a bien rendu. C'est que, tel que vous me voyez, cela fera bientôt soixante ans que j'y vis, dont plus de quarante à Abidjan. L'Afrique m'a demandé bien des efforts mais m'a apporté tous les bonheurs à commencer par mon épouse que j'ai connue avant la guerre aux temps difficiles de l'enfer de Niamey.

Mme Aimone vint nous saluer et commença aussitôt à bavarder avec ma compagne. Plutôt petite, potelée, le visage cuivré rond et avenant, les yeux légèrement bridés, elle avait gardé la vivacité des filles nées à l'un des multiples carrefours de l'océan Indien. Albert Aimone héla un boy dont la veste orange à boutons dorés portait encore les plis du repassage le plus méticuleux, ordonna des rafraîchissements puis, voyant sa femme — qu'il n'appelait que « chérie » — en grande conversation avec la mienne, se cala dans un fauteuil. Son humeur naturellement affable devint charmante et, suivant mon désir, il se laissa aller à quelques souvenirs non sans m'avoir demandé si, l'heure venue, je désirais déjeuner sous le toit paillé de sa case.

A la fin de l'année 1929, Albert Aimone, né à l'ombre du casino de Monte-Carlo, avait fêté sa majorité par une décision qu'aujourd'hui aucun homme soucieux de ses intérêts ne pourrait seulement envisager : il avait renoncé, ainsi que le lui permettait la loi, à la nationalité monégasque et, devenu Français à part entière, avait décidé d'embarquer pour l'Algérie qui s'apprêtait à fêter le centenaire du débarquement des troupes du maréchal de Bourmont à Sidi-Ferruch ! La grande crise financière née à Wall Street faisait déjà ressentir ses effets sur l'économie européenne. L'hôtellerie de luxe en avait la première accusé le contrecoup. Vivoter dans l'établissement géré par son père pour le compte d'une société anglaise répugnait à ce jeune homme qui rêvait d'action et de vastes horizons. L'Algérie coloniale les lui offrait. Un professionnel aventureux à l'aube de sa vie, voilà qui convenait à la Compagnie transaharienne à laquelle il s'adressa sitôt débarqué à Alger ! Il fut engagé sur-le-champ pour une mission d'importance : rendre la traversée du désert moins pénible aux Européens qui se rendaient en Afrique noire. Sept ans à peine après la première traversée automobile du Sahara nombreux étaient les fonctionnaires ou les agents commerciaux que l'administration et les grandes compagnies préféraient envoyer en A.O.F. par voie terrestre. La Transaharienne assurait le transport, Aimone fut chargé de créer un semblant d'hôtellerie aux étapes. Son premier poste fut le légendaire Bidon V perdu au cœur du Tanezrouf, le pays de la soif.

— Il ne s'agissait pas d'hôtels proprement dits mais de campements, se souvint Albert Aimone. On choisissait l'emplacement en fonction de l'eau. Mon rôle était de donner aux passagers de la caravane automobile de quoi manger, boire et s'allonger en attendant le prochain départ. Le ravitaillement était très difficile et je travaillais avec les moyens du bord. Mais j'aimais le désert, les populations et les rencontres toujours renouvelées avec les voyageurs qui vivaient une sacrée aventure. Pour eux, j'ai monté les premières cases de Bidon V, préfabriquées en France, qui les protégeaient de la chaleur le jour et du froid glacial la nuit. J'avais construit solide puisque la dernière fois que j'y suis passé, il y a une dizaine d'années, elles existaient encore ! J'ai établi ainsi plusieurs postes. J'y restais six mois ou un an pour aménager l'étape puis je repartais plus au sud.

Sa réussite fut si grande que la Transaharienne le nomma chef du poste de Gao, l'un des P.C. de la compagnie et nœud de circulation essentiel entre l'Afrique du Nord et l'Afrique occidentale française. A partir de cette bourgade soudanaise, ancestrale cité caravanière nichée sur la boucle du Niger, les voyageurs se dispersaient qui vers Bamako, Dakar ou Conakry, qui vers Niamey, Abidjan ou Lomé. Bien que fort jeune, Albert Aimone se lia d'amitié avec des aînés dont les fonctions les amenaient à passer fréquemment par Gao. Séduits par sa vitalité et son esprit d'entreprise les directeurs des chemins de fer d'Indochine et d'A.O.F. lui firent des offres de services au cas où il déciderait de quitter son employeur. Aimone n'y pensait pas car, s'il n'était pas encore à son compte, la Transaharienne, pour se l'attacher, lui avait donné un pourcentage sur toutes les affaires traitées à Gao.

— J'y gagnais très bien ma vie et y étais parfaitement heureux jusqu'au jour où la direction me bombarda inspecteur de la compagnie et me chargea de créer de toutes pièces le poste de Niamey où il n'y avait rien. J'y ai connu le bagne. Le climat était détestable, humide et chaud avec des courants d'air épouvantables venant du golfe du Bénin et qui s'engouffraient dans une sorte de vallée où était située la ville. Il y avait peu de malaria mais c'était pire : tout le monde, et moi le premier, y prenait froid — ce qui est un comble en Afrique. La seule chose à voir à Niamey, et que l'on montrait au nouvel arrivant, c'était le cimetière des Européens ! En raison du climat personne n'était volontaire pour Niamey et la ville était devenue une sorte de colonie non pas pénitentiaire mais de « pénitence ». On y envoyait les fonctionnaires qui avaient fait des bêtises ou commis des fautes plus graves dans leur poste précédent. Plutôt que de les renvoyer en métropole ou les sanctionner dans leur carrière on leur infligeait un an ou deux de Niamey ! Voilà où m'avait conduit mon succès ! Ma seule distraction : apprivoiser des panthères qui pullulaient. J'en avais une, très gentille, qui sautait par la fenêtre et venait à table avec moi. Mais ces fantaisies ne faisaient pas oublier les conditions de vie catastrophiques. Comme tout un chacun je suis tombé malade, et, puisque la compagnie tenait à tout prix à me voir réaliser à Niamey ce que j'avais réussi à Gao et refusait ma mutation, je lui ai collé ma démission. J'ai rencontré ma femme et, ensemble, nous sommes partis à Bamako où le directeur des chemins de fer m'a donné l'exploitation de l'hôtel de la ligne Dakar-Bamako dont dépendaient toutes les étapes construites sur le trajet. J'assurais en outre la restauration à bord du train. C'était très fatiguant et avec un personnel africain qui ne se battait pas pour travailler, j'ai failli y laisser ma peau.

— Nous faisions beaucoup d'économies pour nous installer un jour, intervint Mme Aimone, mais j'ai bien cru être veuve avant l'âge. A Bamako, l'hôtel et notre maison étaient situés de part et d'autre de la voie ferrée en plein soleil. La nuit était aussi chaude et humide que le jour. Sans climatisation, c'était intenable. Albert dépérissait à vue d'œil miné par les amibes, la dysenterie et le paludisme. Le médecin militaire, le seul qu'il y eût alors, le soignait tant bien que mal à l'émétine qui vous abat l'homme le plus solide. Quand la guerre a éclaté mon mari était à moitié mort, si bien que le major, devant un état qui empirait, nous a conseillé de partir : « Le climat est insalubre, il fait trop chaud pour lui, il doit absolument quitter le pays. » Mais où aller ? Nos brillants projets tombaient à l'eau. Je me souviens que pour lui procurer un peu de fraîcheur j'arrosais plusieurs fois par jour le toit et les murs de la maison. Devant mon désarroi, un Africain du quartier est venu me trouver et m'a dit : « Ton mari est trop malade, arroser ne le fera pas vivre. Fais cuire ces plantes que je t'ai apportées et donne-lui la tisane à boire. » Je n'ai jamais pu savoir ce que c'était mais trois jours plus tard Albert était guéri.

L'alerte avait été chaude, aussi, lorsqu'en 1943 la compagnie des chemins de fer de l'A.O.F. lui annonça que l'hôtel allait être repris par les Wagons-Lits, Albert Aimone décida-t-il de quitter le Soudan et d'acheter une affaire à Abidjan où, sans être parfait, le climat était plus supportable et où, surtout, l'argent coulait à flots. Tant qu'à investir quatorze années d'économies, mieux valait le faire dans un pays riche. Selon ses renseignements, la clientèle européenne y dépensait sans compter. Après une rapide étude du pays où routes, chemins, électricité étaient rares sinon inexistants, Albert Aimone décida de s'installer sur le Plateau où battait le cœur de la ville européenne et dont l'*hôtel du Parc* était le phare incontesté.

— Tout ce qui comptait à Abidjan s'y retrouvait à n'importe quelle heure du jour soit au restaurant gastronomique, soit à la célèbre terrasse du Calao, soit au bar, le premier qui fût climatisé, une nouveauté sensationnelle sitôt après la guerre, et qui impressionna à un tel point qu'on l'appela tout bonnement « le Climatisé ». L'*hôtel du Parc* était le seul hôtel d'Abidjan et y obtenir un logement, quelle que fût la saison, relevait du miracle. Les forestiers y retenaient leur chambre à l'année pour ne l'occuper que trois ou quatre fois tant ils avaient peur de ne pas trouver de place ! Ils y étaient chez eux, y dépensaient des fortunes et entendaient y faire régner leur loi. Par leur richesse, ils étaient les véritables maîtres de la ville et même du pays. Leur influence était telle que si un gouverneur ne leur plaisait pas ils le faisaient dégommer ! Tout le monde était à leurs pieds. Le seul moyen d'obtenir une chambre à l'*hôtel du Parc* était de soudoyer le maître d'hôtel du restaurant, et qu'il fût vraiment à sec car, d'ordinaire, il avait si peur qu'un forestier arrive à l'improviste et que le client corrupteur refuse de déguerpir, qu'il résistait au plus gros billet. Les gens de passage devaient coucher à Grand Bassam, et parcourir quarante kilomètres, alors que des chambres vides attendaient le bon vouloir de ces messieurs !

C'étaient « ces messieurs » dont Albert Aimone visait la clientèle. Il en espérait la fortune et la gloire. En attendant de les attirer par un moyen qui restait à définir il ouvrit un restaurant dans l'industrieuse rue du Commerce, berceau des premiers forestiers, grandes compagnies et marchands de tissus libanais. Le *Monaco* —

Aimone n'avait pas oublié ses origines — jouit bientôt d'une excellente réputation. La cuisine y était savoureuse, le patron chouchoutait ses clients et Mme Aimone était la plus affable des hôtesses. Quelques forestiers alertés par le bouche à oreille firent leurs premières infidélités à la « cantine » habituelle de l'avenue Chardy et devinrent des familiers du *Monaco* dont les plats les changeaient agréablement de ceux, souvent trop solennels, de l'*hôtel du Parc.* Le soir, des clients de passage — dont les équipages de la T.A.I., ancêtre de la compagnie aérienne U.T.A. — préféraient souvent dormir sur les tables réunies du restaurant plutôt que de regagner leur chambre à Grand Bassam où l'eau de la toilette manquait souvent au rendez-vous. Parallèlement à son affaire, Albert Aimone, qui avait gardé d'excellentes relations avec la compagnie des Wagons-Lits, gérait les wagons-restaurants de la ligne Abidjan-Ouagadougou.

— Je gagnais très bien ma vie mais le travail était dur. Je n'arrêtais pas et j'étouffais dans le centre d'Abidjan. Il y faisait lourd et humide, les grands espaces me manquaient. En près de vingt ans c'était la première fois que je vivais dans une vraie grande ville. Le canal de Vridi était en construction mais l'accès à la mer n'était toujours pas créé. La lagune où se déversaient les eaux usées et bien d'autres choses encore était un dépotoir puant, envahi de moustiques. Malgré le succès du *Monaco,* je comprenais bien que je ne parviendrais jamais à y réaliser mon grand projet. Le Plateau vivait en vase clos. A la tombée de la nuit, il était interdit aux indigènes qui n'étaient pas munis de laissez-passer. Seuls les Européens pouvaient s'y déplacer librement.

— Au lendemain de la guerre, Abidjan vivait encore sous le pire régime colonial, remarquai-je. Cela ne vous faisait-il pas mal augurer de l'avenir ?

— Non, car il faut se replacer dans le contexte de l'époque. Cette histoire de laissez-passer venait du travail forcé. Je n'ai jamais beaucoup apprécié ce terme car la plupart de ces travailleurs venus de la brousse étaient volontaires. Mais il y avait ceux qui s'échappaient en emportant la prime, la natte, la couverture et le sac de riz. Tous aboutissaient à Abidjan où l'on avait besoin de manœuvres pour le percement du canal et pour la réception des billes de bois. Si la plupart des ouvriers de ces chantiers étaient de braves types qui ne pensaient qu'à travailler pour envoyer de l'argent au village, les évadés, eux, étaient de la graine de voleurs et d'escrocs et formaient une population dangereuse. C'est pour éviter que ces voyous puissent inquiéter le quartier européen que l'on a interdit la circulation nocturne à tous les Africains. Ce n'était pas juste, bien sûr, car on mettait les bons et les méchants dans le même sac mais, à cette époque, il n'y avait aucun éclairage public et dès la nuit tombée on se déplaçait avec une torche. C'était encore le Far-West et si l'on ne voulait pas se balader avec un revolver dans sa poche il fallait isoler totalement le Plateau. J'ai voulu me débarrasser de cette sensation de claustrophobie. J'aspirais au vent du large. La côte n'était peut-être pas le meilleur endroit pour attirer la clientèle que je souhaitais mais c'était là, j'en étais sûr, que je bâtirais mon affaire. Face aux rouleaux de l'Océan.

Albert Aimone avait repéré près du village de pêcheurs de Port-Bouët et à proximité du *wharf* un chantier abandonné où une paillote était en cours de construction. Il s'agissait d'un petit restaurant qu'une Polonaise amoureuse de la mer avait eu l'intention d'ouvrir dans ce lieu écarté. La guerre et l'assassinat d'un administrateur des colonies sur la plage attenante lui avaient causé de si graves ennuis qu'elle avait été expulsée de Côte-d'Ivoire sur ordre du gouverneur. L'affaire était à prendre. Il la prit. Et l'obtint, en toute propriété, pour un prix plus que raisonnable. Il fallait être polonais ou fou pour avoir une idée aussi saugrenue !

Une expression de bonne humeur se peignit sur les traits d'Albert Aimone au souvenir de cette brusque décision qui allait orienter sa fortune. Son regard bleu lavande parcourut le bar confortable où plusieurs consommateurs, Européens et Africains cravatés, prenaient l'apéritif. Dans la salle immense, quelques tables étaient déjà occupées et un maître d'hôtel aidé de deux boys en veste orange s'empressait. La prévenante attention de l'Ivoirien en smoking, les manières parfaites des serveurs étaient bien éloignées de celles pratiquées dans les restaurants aussi onéreux du Plateau que j'avais jusque-là fréquentés et où régnait le laisser-aller le plus consternant. Comme s'il avait deviné ma pensée, Albert Aimone ajouta :

— A la grande époque, j'avais fait de *la Vigie* le premier établissement d'Abidjan. Il en conserve de beaux restes même si l'on ne s'y presse plus comme autrefois. Heureusement d'ailleurs car, à mon âge, je n'aurais plus la force de faire face à pareille cohue. Imaginez qu'ici, certains soirs, j'ai servi jusqu'à douze cents couverts !... Mais je m'aperçois que l'heure du déjeuner approche. Que diriez-vous d'une soupe de poissons, d'un panaché de coquillages, suivis de grenouilles à la sauce provençale ? Ou plutôt d'une langouste. Elles sortent de l'eau. Avec un bon vin blanc sec, elle sera parfaite. J'ai encore quelques bouteilles d'un meursault qui a admirablement vieilli. Ma chérie et moi devons ménager nos vieux foies de coloniaux, mais si nos crudités ne vous coupent pas l'appétit, partageons la même table. Je pourrais ainsi poursuivre mon récit sans que vous perdiez trop de temps. Où en étais-je ? Ah, oui, ma pauvre Polonaise... Son idée de paillote était excellente, aussi l'ai-je conservée.

Mais il la réalisa selon le goût de ses futurs clients. En grand. Vaste salle ouvrant sur trois terrasses qui surplombaient l'Océan, bar digne d'un grand hôtel, estrade pour les musiciens. Car l'idée de génie d'Albert Aimone était de fournir à la riche clientèle qu'il visait ce que l'*hôtel du Parc* n'avait su lui offrir : un grand dîner-spectacle où les forestiers pourraient traiter leurs amis et poursuivre la fête jusqu'à une heure avancée de la nuit.

— Restaurant de grande qualité, personnel stylé, et boîte de nuit où l'on puisse s'amuser entre soi, poursuivit Albert Aimone avec enthousiasme. J'étais face à un panorama splendide et la brise du large alliée au système des claustras, ces cloisons à claire-voie des vieilles demeures coloniales, produisaient une si agréable fraîcheur que jamais je n'eus à me soucier de la climatisation. Le succès a été immédiat, fulgurant. Ce fut une période de folie comme on n'en a jamais connu. Avec l'*hôtel du Parc, la Vigie* devint le pôle d'attraction des forestiers qui en firent leur club. Arrivés à Abidjan, ils se ruaient chez moi avec une seule pensée : faire la fête, s'amuser et oublier durant leur séjour en ville ce qu'était leur vie dans la forêt. Et croyez-moi, s'ils dépensaient sans compter, ils n'avaient pas volé leur argent. Pour faire leur métier, il fallait avoir une carcasse... et les nerfs solides. Surtout à la saison des pluies où se jouait une grande partie de leur travail de l'année.

Albert Aimone ne devait jamais oublier les quelques visites qu'il fit sur les chantiers de ses clients devenus des amis. Isolé dans la brousse, le forestier n'avait que le matériel nécessaire à tracer des pistes sur son exploitation. Le bois abattu, au prix de mille difficultés, il fallait le transporter près du fleuve qui, à la montée des eaux, permettrait le flottage jusqu'à la côte. Pour ne pas manquer la crue dont on annonçait la venue de poste en poste, l'Européen vivait sur place avec ses ouvriers, mangeait à l'africaine et partageait leurs risques qui étaient grands. La constitution des dromes d'acajous, de sipos et autres aboudikros était manœuvre toujours périlleuse.

— Il y avait un déchet énorme, se rappela Aimone, car ceux qui tombaient à l'eau, s'ils n'étaient pas écrasés par les billes, c'étaient les caïmans qui s'en occupaient ! Les forestiers européens n'en restaient pas pour autant sur la rive. Expédier le bois était pour eux vital. Selon l'intensité des précipitations la crue pouvait durer trois ou douze heures. Après, ils devaient attendre une autre pluie et, pendant ce temps, les bois coupés entreposés sur la berge perdaient de leur valeur. Les routes et le transport par camions grumiers ont transformé leur existence mais, à l'époque, lorsqu'ils arrivaient à Abidjan après des mois de ce régime, autant vous dire qu'il ne fallait pas leur en promettre ! Quand on avait partagé leur expérience, si bref fût votre passage, on comprenait leur soif de vivre. Je leur apportais la détente après une tension extrême. Ils en profitaient au maximum. Après avoir bien travaillé, réunir le bois à temps pour le diriger sur Abidjan, ils offraient le champagne à tous leurs amis. A certaines tables, ce n'était pas une ou deux bouteilles qui défilaient mais vingt ou trente ! Des notes astronomiques car Abidjan n'a jamais été une ville bon marché. Mais ils ne s'en souciaient pas. Bien mieux, ils voulaient toujours plus grand, plus riche, plus somptueux. A l'ouverture, j'avais un petit ensemble de trois musiciens. « Ils jouent toujours la même chose, m'ont dit mes clients. Engage-nous quelque chose de bien. » J'ai eu désormais un grand orchestre avec un ballet supervisé par un directeur artistique. L'argent ne comptant pas j'ai invité les plus grandes vedettes de la chanson. Toutes étaient ravies tant l'accueil qui leur était réservé se révélait chaleureux, enthousiaste.

Galas, réceptions, affaires exceptionnelles, tout se traitait à *la Vigie* dans une atmosphère luxueuse où smokings et spencers blancs côtoyaient les robes du soir des grands couturiers parisiens ornées des bijoux les plus rares. Le gouverneur y avait sa table. Les colons échappant pour quelques jours à la forêt qui avait fait leur fortune n'étaient pas fâchés d'y afficher les preuves de leur réussite. Le fabuleux développement que connut le pays lorsque le canal de Vridi fut enfin ouvert à la circulation maritime ne fit que développer la riche clientèle de *la Vigie* et asseoir le succès de son infatigable animateur.

— Enfin, j'étais satisfait, dit Albert Aimone. Je travaillais beaucoup, mais sans en souffrir. Depuis mon arrivée au Sahara je n'avais pas l'habitude de faire des semaines de trente-cinq heures ! Je m'occupais des fourneaux et ma femme de la salle où j'allais saluer mes connaissances. Le service de la cuisine terminé, je me couchais tandis que commençait le spectacle. Au réveil, de bonne heure pour faire mon marché, je devais souvent me cacher car il y avait encore des clients de la nuit qui voulaient bavarder avec moi ! Mais le pays et les hommes me plaisaient. Les habitués — c'est-à-dire avant tout les forestiers les plus importants — étaient mes amis, et les gens de passage — pilotes, hôtesses et stewards de la T.A.I. pour lesquels j'avais fini par construire des chambres, hommes d'affaires, ingénieurs, banquiers, directeurs des grandes compagnies — étaient heureux de les rencontrer car ils savaient créer une atmosphère de fête incomparable. Que le gouverneur ou le président Houphouët-Boigny — il était alors député et fut plusieurs fois ministre de la IVe République — soient présents ne les gênaient pas le moins du monde. Ils ne changeaient rien à leurs habitudes. Il faut bien dire qu'ils faisaient la loi. Je devais connaître leur caractère, leur humeur. Regardez ces photos, ainsi vous mettrez un visage sur ces noms qui tout en faisant leur fortune ont fait celle du pays.

Un éclair s'alluma dans les yeux bleus d'Albert Aimone tandis que, repoussant son assiette, il feuilletait les pages d'un album de photos, témoin des grandes heures de *la Vigie.* Celui-ci, massif, cou de taureau sous un visage à la Mussolini, était M. R..., l'égal du Suisse Victor Balet. Originaire d'Ajaccio il avait, un soir, exigé le rappel à l'ordre d'un chansonnier célèbre qui, racontant des histoires corses, avait froissé sa susceptibilité exacerbée. « Vous le faites taire sinon je ne reviens plus ! » Et Aimone, navré, avait dû s'exécuter auprès de l'artiste. En revanche, quand un jour de presse la compagne du forestier avait exigé du maître queux débordé une omelette norvégienne « qui se fait en quelques minutes », prétendait-elle, ignorant que ce dessert exige un fond de pâtisserie, M. R... avait donné raison au chef et rabroué vertement la jeune femme. « Ne vous étonnez pas, elle n'a jamais fait de cuisine de sa vie », s'était-il exclamé. Cet autre, au visage de clown triste, était le célèbre B..., forestier lui aussi, qui ne se séparait jamais de son orang-outan. Le singe s'asseyait à la table de son maître, plaçait comme lui son poing sous le menton, et, comme lui, regardait la très jolie Mme B..., admirablement parée, passer de cavalier en cavalier. Ni M. B... ni l'orang-outan n'étaient attirés par la danse !

— Ah ! les femmes ! soupira Mme Aimone avec une moue malicieuse. Rares étaient celles qui acceptaient de partager la rude vie de leur mari. Elles vivaient en ville et plus fréquemment en métropole. Souvent nos clients — et même des gouverneurs ! — avaient rencontré leurs femmes dans nos murs. Enfin, pas exactement leurs femmes, mais nous faisions comme si...

— Les femmes, c'était un problème, reconnut Albert Aimone. A Abidjan, elles n'étaient autorisées qu'au transit. Certaines se disaient artistes, danseuses, que sais-je encore... Elles venaient pour faire de l'argent ou, mieux encore, mettre le grappin sur un ami fortuné. Bien sûr, elles faisaient tout pour ne pas repartir mais les autorités veillaient : la ville était interdite aux femmes non mariées. Dans ces conditions, il n'était pas facile aux hommes, même très riches, de trouver une compagne autre que l'épouse officielle, souvent absente. Parmi les forestiers — car même pour eux le règlement était intransigeant — celui qui trouvait chaussure à son pied devait présenter sa conquête au gouverneur. Si elle plaisait, si elle était adoptée par le clan, tout allait bien et l'on oubliait que le couple n'était pas passé devant le maire. Sinon, pour elle, c'était le prochain bateau ! Il en était de même pour le nouveau venu. Forestiers et habitués installés au bar le regardaient entrer — « Qui est-il ? D'où vient-il ? Que fait-il ? » — avec des yeux comme des canons de fusil. Et tous lui tombaient dessus. *La Vigie* était leur cercle. Un club très privé où l'on entendait rester entre soi et où, par exemple, le gouverneur L... venait chaque soir, à l'heure du thé, boire son whisky en jouant du piano. C'était vraiment l'ambiance coloniale, faite à la fois de rapports de force et de confiance. Durant quinze années, j'ai eu le succès dont j'avais rêvé mais, contrairement à ce que l'étranger aurait pu penser devant la somptuosité des fêtes, très peu d'argent liquide circulait dans la maison. Mes amis, même ceux qui offraient des trente bouteilles de champagne à leur tablée, me payaient en bons *ayouyous.* Terme qu'ils avaient emprunté au pidgin des indigènes anglophones frontaliers du Gold Coast. « I do you » (Je vous dois), était devenu *ayouyou !* Je faisais des journées d'un million et demi CFA et, la plupart du temps, je n'avais pas vingt mille francs en caisse ! Mes débiteurs réglaient en bloc leurs fantastiques additions avant de regagner la forêt ou... à la saison suivante si l'abattage n'avait pas donné les résultats escomptés. Jamais ils ne contestaient. Bien mieux certains affirmaient avoir dépensé beaucoup plus que le compte présenté par la caissière ! Cette période de folle insouciance a cessé brusquement au tout début des années 60.

La grande forêt primaire s'épuisait d'avoir été saignée durant quarante ans. En outre, les planteurs africains de plus en plus nombreux saccagèrent la forêt. Ne pensant qu'à la rentabilité immédiate ils brûlaient sans pare-feu. Pour un hectare planté, cinq étaient détruits. Les bois qui furent désormais exploités par les forestiers étaient ceux que leurs prédécesseurs avaient négligés. Les plus conscients se contentèrent, comme les successeurs de Victor Balet, de ne couper qu'un pied à l'hectare et décidèrent de promouvoir des espèces jadis non cotées comme l'azopé et le badi. Le sipo remplaçait l'acajou, le bois de placage le massif d'autrefois.

— Il n'y a plus de beaux bois, regretta Albert Aimone. Aujourd'hui, les étrangers achètent du « petit » bois et le transforment en acajou. Le grand acajou Bassam qui avait fait la gloire des forestiers, c'était fini. Mes amis se dispersèrent et ceux qui restaient ne dépensaient plus autant.

J'ai dû supprimer orchestre, ballets, attractions. La clientèle de cabaret était morte avec les derniers géants de la forêt. Je me suis vu au bord de la faillite. Par bonheur, la solidarité des grands anciens a joué. Massieye et Ferras me faisaient toujours confiance. Grâce à leur crédit j'ai épuré la situation et, si j'ai perdu les habitués de boîte de nuit, j'ai gagné les amateurs de bonne chère qui préféraient un plat savoureux à une jolie danseuse. Mais un monde se mourait. Avec l'indépendance et les énormes investissements étrangers, la Côte-d'Ivoire a pris un essor que jamais elle n'avait connu du temps de la colonie. Alors se sont élevés les grands hôtels internationaux de Cocody, du Plateau. La clientèle et surtout les mentalités avaient changé. Et tandis que je vieillissais *la Vigie* en a fait autant. Aujourd'hui, les hommes d'affaires du café, du cacao, les investisseurs, ne quittent pratiquement pas leurs hôtels ou leurs bureaux. La fête est finie. On pense efficacité. Et je travaille avec une poignée d'habitués et quelques touristes, encore que la plupart se regroupent dans des clubs de vacances et n'en sortent presque jamais.

— Vous n'avez pas pensé à remplacer la clientèle européenne par l'africaine ?

— J'ai des fidèles ivoiriens. Vous en avez aperçu certains au bar. Mais ceux qui vraiment ont fait fortune depuis vingt-cinq ans, ceux que vous voyez rouler en Mercedes et que le peuple admire — au point que les plus évolués échangent au 1er janvier des cartes de vœux avec, comme unique souhait : « Bonne année, l'argent » —, ceux-là fêtent leur premier milliard dans des clubs privés dont l'accès est quasiment interdit aux Blancs ! A leur tour, ils jouent les forestiers de la grande époque. Et, après tout, pourquoi pas ? Moi, et ma chérie, nous nous contentons de la vision magnifique de cet Océan, sans cesse renouvelée. Et de nos souvenirs.

— L'aventure a pris sa retraite ?

— Non, elle est ancrée au cœur des hommes. Mais l'aventurier d'aujourd'hui est certainement plus discret —

et se contente de moins — que les miens, ceux de la grande épopée. Ceux-là affichaient une boulimie de vivre qui, pour n'être pas toujours d'un goût parfait, n'en était pas moins sympathique. Mais l'aventurier existe toujours. Allez donc voir Henri Delpy. S'il n'est pas en brousse vous le trouverez à Abidjan dans la bijouterie contiguë à la Librairie de France. Il y a des intérêts. C'est un jeune, lui, mais il en a vu et il en a fait ! On dit même qu'il aurait trouvé un trésor...

Un sourire attendri éclaira le visage du vieil homme qui ne voulut pas m'en dire plus. M. S..., le « Colon » du ministère, ne m'avait pas trompé. Albert Aimone était bien la mémoire de l'ancienne colonie et la langouste qu'il m'avait offerte la meilleure que j'ai jamais goûtée ! Sans doute l'épice de ses souvenirs y était-elle pour quelque chose...

III

LE DIAMANT NOIR DU CHERCHEUR D'OR

L'histoire que je devais apprendre dans les jours suivants était aussi cahotique et passionnante pour le glaneur de destins que celles recueillies jusque-là. Le « jeune » signalé par Albert Aimone abordait sereinement la soixantaine et, depuis une petite poignée d'années, exerçait son sixième métier depuis qu'il avait débarqué en Côte-d'Ivoire au tout début du demi-siècle.

L'aventure, il la vivait depuis quarante ans. Seulement, pour lui, elle avait mal commencé. A peine majeur quand le fracas de la Seconde Guerre mondiale s'était apaisé, Henri Delpy, de retour dans sa Haute-Garonne natale, avait déjà connu la plus terrible : deux ans et demi de déportation dans le camp de concentration de Sachsenhausen dont les Français, hébétés par quatre ans d'occupation, apprenaient le nom avec horreur en même temps que ceux de Ravensbrück, Buchenwald et autres Auschwitz. Son arrestation avait interrompu de brillantes études à l'École supérieure de commerce de Toulouse. Rétabli à grand-peine de trente mois de tortures quotidiennes, le jeune homme n'avait pas eu le désir de les reprendre. Quelque chose en lui était brisé et la vie d'après-guerre, malgré un entourage familial exceptionnel, ne lui semblait guère souriante en Europe. Après avoir vivoté jusqu'à l'aube de ses trente ans et retrouvé en franchissant ce cap un peu de l'enthousiasme et de l'espoir perdus derrière les barbelés nazis, Henri Delpy décida de s'expatrier. Mais où ? Sa sœur et son beau-frère médecin vivaient à Abidjan. Il les rejoignit sans but précis, « pour voir », comme on le fait au jeu de poker. Son désir de connaître d'autres horizons que ceux des bureaux et sa bonne volonté lui valurent — plus que son mince bagage technique — d'être engagé à la Société commerciale des ports d'Afrique occidentale, consignataire de bateaux, propriétaire de nombreux chalands et remorqueurs qui assuraient le trafic lagunaire sur plusieurs centaines de kilomètres de l'ouest à l'est de la Côte-d'Ivoire. Durant six années Henri Delpy s'occupa de transit et d'acconage, remontant tous les fleuves qui se jettent dans la lagune, de Grand-Lahou à Assinie, alors importants comptoirs commerciaux avant d'être « colonisés » par le Club Méditerranée, ses gentils organisateurs et ses gentils membres. Il apprit sur le tas à connaître la brousse et ses multiples ressources. Les péniches qu'il contrôlait transportaient les récoltes de palme et de coco, de café et de cacao, des plantations au port d'Abidjan ; les remorqueurs tiraient les dromes d'acajou et d'autres bois précieux jusqu'au wharf d'embarquement pour l'Europe. Planteurs et forestiers devinrent ainsi ses familiers et il sut bientôt toutes les difficultés mais aussi les immenses avantages de leurs professions aventureuses. Cette vie errante au fil paresseux des trains de bois et de chalands lui permit de nouer des amitiés qui pour être désintéressées n'en influèrent pas moins sur son existence.

La première rencontre importante fut celle d'un géologue d'expérience qui travaillait aux mines de diamants de Tortiya entre Katiola — renommée pour ses potières Baoulé qui, sans le moindre tour, fabriquaient les plus beaux *canaris** du pays — et Korhogo, cœur et cerveau du pays Sénoufo, capitale fondée au XIIIe siècle et dont le

* Poteries à usage ménager puis décoratif, de différentes tailles et tous usages.

système social, les rites et les danses passionnent depuis qu'ils existent les africanistes distingués. Aventurier, ce paisible géologue l'était à sa manière. Il conta à son jeune ami, Neptune des eaux lagunaires, comment il avait découvert un gisement aurifère fort prometteur au nord de Tabou, à proximité de la frontière du Liberia, et comment il en avait été chassé par des clandestins libériens aussi batailleurs que puissamment armés, venus orpailler sur la concession de sa compagnie. L'administration coloniale française n'ayant pas jugé bon d'intervenir dans ces forêts impénétrables, l'ingénieur avait pris ses cliques et ses claques sans demander son reste et pour l'heure cherchait — et trouvait — le diamant à Tortiya avant d'entreprendre un long voyage de prospection en Amazonie, au Venezuela et en Asie de l'Est où ses compétences seraient mieux appréciées et surtout protégées.

Grâce à lui Henri Delpy poussa quelques reconnaissances au nord et à l'ouest de la Côte-d'Ivoire, bien loin de ses lagunes quotidiennes, sans autres pensées que de mieux apprendre un pays où il avait décidé de se fixer définitivement. Parfaitement acclimaté à la vie en brousse et riche de six années d'un salaire qu'il n'avait eu ni le temps ni le goût de dépenser dans les fiestas abidjanaises chères à ses amis forestiers, il avait en effet décidé de tenter l'aventure à son propre compte. N'étant ni géologue ni orpailleur, encore moins mercenaire prêt à en découdre avec les bandes libériennes, il rangea les souvenirs de l'ingénieur dans un coin de sa mémoire et entreprit en compagnie d'un camarade de son âge, employé à l'Institut de recherches du coton et des textiles — ce fut même sa seconde rencontre essentielle — de devenir planteur. Lors d'une visite aux mines de diamants de Tortiya où son compatriote expert en or et pierres précieuses œuvrait en attendant le départ pour les Amériques, il avait repéré, à l'est de la grande route qui mène à la Haute-Volta, des étendues vierges baignées par les eaux du Nzi, entre Katiola et Dabakhala. Le spécialiste de l'Institut de recherches les estima excellentes pour la culture du sisal, un agave du Mexique dont les feuilles fibreuses servent à la confection de cordes, ficelles et liens de toutes sortes. L'Europe l'employait en grande quantité pour les moissonneuses-lieuses. Va pour le sisal qui exigeait infiniment moins de soins, donc d'investissement, que le café ou le cacao. Delpy ne rencontra aucune difficulté pour obtenir de l'administration une concession d'un millier d'hectares. C'était encore l'époque de la colonie si favorable aux Blancs !

Les premières récoltes furent excellentes et l'ancien transitaire connaissait tout des moyens les plus efficaces pour les exporter au plus vite. Les deux copains se voyaient déjà riches lorsque la généralisation de la moissonneuse-batteuse rendit le sisal inutile sur les grandes terres à blé d'Europe. Les cours chutèrent vertigineusement entraînant les espoirs des jeunes planteurs. Henri, que la vie n'avait pas ménagé depuis le sortir de l'adolescence, ne se laissa pas abattre. De planteur il se fit maraîcher. La proximité du Nzi et la qualité de la terre lui permirent d'obtenir bientôt des légumes magnifiques. Ses tomates, aubergines, salades trouvèrent preneurs sans peine sur les marchés d'Abidjan. Mais il y avait le transport, mais il y avait le travail harassant, mais il y avait le développement d'une entreprise qui avait besoin d'investissements considérables pour s'affirmer. Les années 50 se terminaient et, depuis que l'indépendance du pays paraissait inéluctable, les capitaux métropolitains ne montraient aucun enthousiasme à affluer dans ce qui serait bientôt l'ex-Afrique occidentale française. Vaincu, Henri Delpy céda son affaire à un important grainetier parisien qui, malgré sa surface financière, ne réussit pas mieux que lui. Le bilan de près de dix années d'Afrique, s'il était riche d'expériences, n'était guère positif financièrement. A près de quarante ans Delpy était bien loin de la fortune. Pis encore, il ne savait que faire. C'est alors qu'un compatriote plus heureux, M. G..., rencontré aux mines de diamants de Tortiya, lui proposa une association dans une plantation à créer de toutes pièces. G... fournirait l'argent, Henri le travail. « Topez-là, camarade, je suis votre homme. » Fallait-il encore trouver la terre pour planter bananes ou ananas dont la rentabilité était tentante. Fort de ses déboires de maraîcher sur un terrain pourtant fertile mais trop éloigné des grands centres d'écoulement, Henri Delpy fixa son dévolu sur la région d'Agboville, à quatre-vingts kilomètres au nord d'Abidjan, qu'il avait sillonnée en tous sens alors qu'il jouait les transitaires. Obtenir une concession dans cette zone la plus riche de la Côte-d'Ivoire où les plantations de café, cacao, agrumes, ignames, maïs, riz, bananes ou ananas succèdent aux coupes de bois — Agboville avait été le fief des premiers grands forestiers comme Odoz ou le légendaire Victor Balet — n'était point chose facile mais dix années de pratique en brousse et en forêt offrent certains avantages. Delpy s'en servit. Pour trouver la situation idoine mieux valait prospecter sur place que de s'adresser à une administration coloniale qui jetait ses derniers feux.

Alors commença une expédition qui allait durer plusieurs mois et qu'Henri Delpy évoqua comme il l'aurait fait d'une longue balade autour de son chef-lieu de canton natal dont il gardait l'accent à la fois chantant et rocailleux. Malgré trente-cinq ans d'Afrique son langage fleurait bon la Haute-Garonne. Selon les prévisions d'Albert Aimone, j'avais retrouvé sa trace dans la luxueuse bijouterie de l'avenue Chardy. Taille courte, visage rond, placide, le regard vif voilé par des lunettes fumées, front large à peine dégarni, Henri Delpy ressemblait à l'un quelconque de ces commerçants prospères, guettés par un léger embonpoint, qui contemplent sans déplaisir la vitrine de leur réussite sociale dans la Grand-Rue d'une cité provinciale. Le cheveux blond-roux sagement séparé par une raie de collégien des années 40, la chemisette passe-partout tout aussi sagement boutonnée jusqu'au cou, l'agrafe dorée du stylo émergeant de la poche de poitrine, il parlait d'une voix douce, mesurée, d'une vie remplie d'aventures qu'il vivait encore :

— Pour trouver le terrain propice à notre plantation j'ai engagé deux manœuvres et, à bord d'une Jeep, nous nous sommes enfoncés dans la forêt en direction de villages que je connaissais et où je pouvais trouver des renseignements plus précis que sur les cartes parfois vaseuses. Dans chaque village je demandais au chef et au conseil des anciens s'ils possédaient des terres favorables à la banane que j'avais décidé de cultiver. Les chefs palabraient puis me disaient : « Monsieur, tu viens demain, on va te montrer. » Ah ! ça il ne fallait pas être pressé ! Je revenais le lendemain avec mes manœuvres et leurs machettes. On allait dans la forêt et les responsables du village me montraient l'endroit valable qu'ils étaient prêts à me céder. On en faisait le tour, j'examinais la terre, la rivière — sans eau pas de bananes — puis on repartait. Chaque visite demandait trois ou quatre jours car la Jeep ne pouvait aller bien loin dans ce fouillis d'arbres, de buissons et de lianes. On faisait tout à pied et, à cause des marécages, les détours ne manquaient pas. En principe on revenait au village à la nuit pour éviter d'emporter le matériel de couchage. Je me contentais de casse-croûte, du pain, des sardines et du fromage. Ou bien je partageais le *foutou* des indigènes. C'est le plat national de la Côte-d'Ivoire à base d'ignames ou de bananes plantain pilées qui forment une pâte élastique que l'on trempe dans une sauce très pimentée à la viande, au poulet ou au poisson. J'aime beaucoup... heureusement ! Les Africains le mangeaient à la main, moi avec une fourchette. Jusqu'au jour où un vieux missionnaire de brousse m'a dit : « Le *foutou* ça se déguste avec les doigts. Avec une fourchette ce n'est pas aussi bon ! » Il n'avait pas tort. Bref, après deux ou trois mois de prospection j'ai trouvé l'endroit adéquat. Environ trois cents hectares de terre assez riche à proximité d'un cours d'eau. J'ai fait tous les procès-verbaux de palabre avec les chefs et les villageois, puis l'administration nous a attribué la concession. Le village me fournissant la main-d'œuvre, je me suis fait construire une case en bambou recouverte de *papo* — ce sont des feuilles de palmier tressées absolument étanches et qui procurent une certaine fraîcheur contrairement aux plaques de tôle qui vous transforment la case en four. J'y ai parfaitement vécu pendant des années. Après avoir *débroussé* et construit une route d'accès praticable pour les camions, j'ai planté quatre-vingts hectares de bananes... et ça a merveilleusement marché ! Pour moi qui m'entendais très bien avec les Ivoiriens de la région, l'indépendance n'a rien changé. Je suis allé la fêter avec eux à Agboville. Ils étaient tout heureux de voir le grand drapeau aux couleurs de leur pays que j'avais fixé sur ma Jeep. Je me suis installé dans une existence de vieux broussard solitaire. Cette période a duré environ huit ans pendant lesquels j'ai exercé mon troisième métier en Afrique. Puis, vers 1968, j'ai abandonné.

— L'affaire ne marchait plus, demandai-je, ou étiez-vous las de la vie en brousse ?

— Ni l'un ni l'autre. Mais la banane est très difficile à cultiver si l'on veut obtenir des fruits de qualité, et les miens l'étaient. On est à la merci des tornades, de la sécheresse, des cours qui s'effondrent. Avec elle il y a de quoi devenir vieux avant l'âge ! J'aurais été marié, j'aurais eu des enfants que j'aurais continué. Mais j'étais célibataire, libre de mes mouvements et sans charge d'âmes. J'en avais assez. Tout quitter pour vivre une autre expérience à l'autre bout du pays me tentait. J'ai vendu mes parts de bananeraies pour m'associer avec un autre ami installé à l'ouest de la Côte-d'Ivoire, à Sassandra, au nord de San Pedro, où le gouvernement donnait des permis de coupes forestières.

A suivre son itinéraire on aurait pu croire qu'Henri Delpy était atteint d'instabilité chronique due à la terrible expérience d'une adolescence gâchée par la férocité des hommes. Il n'en était rien. S'il allait s'installer au sud-ouest de la côte, jusque-là beaucoup moins exploité que le riche sud-est, c'est qu'après neuf années d'indépendance le président Houphouët-Boigny avait décidé d'un plan d'aménagement considérable de cette région jusque-là relativement délaissée. Le port autonome de San Pedro devait être mis en service deux ans plus tard, offrant aux planteurs et forestiers un débouché important sur l'extérieur sans avoir à passer par Abidjan dont l'éloignement influait considérablement sur les prix de revient.

— Je me suis lancé dans cette nouvelle aventure avec beaucoup d'enthousiasme, poursuivit Henri Delpy. C'était mon quatrième métier dans ma vie africaine. Je n'ai guère eu de difficultés pour m'y acclimater car les essences m'étaient familières depuis l'époque où je remorquais les dromes de bois précieux des lagunes de l'est à Abidjan. Le grand problème était de trouver du personnel dans cette région au sol très riche mais désert. J'ai recruté des manœuvres libériens et surtout des Voltaïques. A condition de vivre constamment en brousse l'existence était agréable. Comme sur la plantation de bananes j'ai fait construire ma case en bambou et *papo.* J'avais cuisiniers, boys, gardiens, personnel d'entretien. Je recevais — et bien, croyez-moi — beaucoup de visiteurs, à commencer par les acheteurs allemands, hollandais, français venus se rendre compte sur place de la qualité de mes acajous, sipos et aboudikros. Confort et dépaysement garantis grâce aux réfrigérateurs à pétrole qui ont changé la vie des broussards, et à l'armée de boys et cuisiniers engagés en quantité car le personnel ne coûtait pas cher. Le climat était rude, très chaud le jour, avec cet avantage sur Abidjan et l'est du pays que les nuits y sont agréablement fraîches. Avantage qui se retourne contre le néophyte. A moins de n'y prendre garde, on attrape de terribles maux de ventre. Pour les éviter, j'employais l'infaillible système en vigueur dans l'armée coloniale de jadis : la ceinture de flanelle.

— La solitude ne vous pesait-elle pas trop ? demandai-je alors, imaginant la vie au cœur de cette forêt du Sud-Ouest plus oppressante encore d'être vierge de village et de population attachée à ses coutumes.

— J'y étais habitué et, avec le modernisme, je n'avais pas le temps de m'ennuyer. Sur une concession aussi importante, le chantier était équipé de gros engins Caterpillar et le transport ne se faisait que par d'énormes *grumiers,* des camions Mercedes super résistants. Aussi, chaque jour, était-ce la course entre les mécaniciens qui entretenaient le matériel et les utilisateurs qui le cassaient. Et pour casser les engins, ils en connaissaient en rayon ! Mes ouvriers Mossis étaient travailleurs mais gardaient la crainte ancestrale d'annoncer une mauvaise nouvelle. Quand un véhicule commençait à clocher ils le réparaient à la va-comme-je-te-pousse en se gardant bien d'avertir les mécanos ou le patron. Quand ils le faisaient c'est que l'engin était vraiment inutilisable. Après quelques expériences malheureuses — et qui m'ont coûté fort cher — j'ai contrôlé moi-même camions et tracteurs pour éviter les catastrophes. Une surveillance de tous les instants. Par bonheur, dans les années 70, le bois rapportait assez bien et je m'en sortais très honorablement. Puis en 1974 la crise mondiale du bois nous a durement touchés. Les cours ont été bien loin de suivre l'augmentation des prix du carburant et du matériel. En outre la forêt s'épuisait. On ne trouvait pratiquement plus d'essences nobles et on a dû reprendre d'anciennes exploitations forestières où, à la grande époque, on négligeait les essences secondaires pour ne couper que l'acajou, le sipo et l'aboudikro. Là-dessus, le gouvernement ivoirien a augmenté les droits de sortie des grumes pour en réduire l'exportation au profit de produits transformés plus rentables et pour inciter des entreprises européennes à venir s'installer dans le pays. Pour obtenir de nouvelles autorisations de coupe il me fallait faire des demandes à n'en plus finir, remplir des tonnes de papiers, poireauter pendant des heures dans les bureaux de l'administration à Abidjan. Je commençais à en avoir par-dessus la tête. C'est ainsi qu'après dix ans d'exploitation forestière je me suis intéressé à l'or et aux bijoux. Encore une fois tout à fait par hasard. J'étais loin de me douter, à l'heure où ma nouvelle activité allait me transformer en boutiquier, qu'elle me ramènerait en brousse. Et la plus sauvage !

Tout en bavardant Henri Delpy me faisait visiter la bijouterie qu'il possédait avec M. G..., son associé aux temps déjà lointains de l'expérience bananière. Voir cet homme — qui avait exercé les métiers les plus rudes dans des régions où la vie quotidienne impose au corps et à l'esprit du Blanc des contraintes difficilement imaginables à l'Européen moyen — évoluer avec une grande délicatesse parmi les vitrines où étaient exposés bagues, bracelets et colliers scintillants sous la lumière des spots, était un spectacle étonnant. Outre les bijoux classiques que l'on trouve dans la plupart des capitales du monde, les plus belles pièces, d'inspiration africaine, étaient mises en valeur par des objets typiques de l'art ivoirien. Grâce à ses multiples voyages et aux contacts qu'il avait toujours su établir avec la population autochtone, Henri Delpy avait acquis une grande connaissance de l'artisanat ivoirien. La seconde partie du magasin établie en une sorte de mezzanine y était tout entière consacrée. En contemplant la multitude d'objets disposés avec un goût très sûr ou pouvait se poser la question : artisanat ou art ? Il était bien difficile d'y répondre sur un continent où l'art pour l'art n'existe pas dans l'esprit des populations traditionnelles. L'essentiel n'était-il pas que ces pièces fussent belles ? Et toutes l'étaient, qu'il s'agisse d'ustensiles ménagers, d'accessoires de la vie quotidienne, de masques, de tabourets Akan magnifiquement sculptés et dont la décoration est strictement réglée selon le rang du chef auquel est destinée cette chaise d'apparat, ou bien encore de statuettes représentant les ancêtres et qui sont toujours utilisées dans les cultes familiaux. Parlant de chacune d'entre elles, Delpy savait en faire admirer la beauté formelle à travers des remarques dénuées de toute prétention mais qui prouvaient un réel intérêt pour les us et coutumes tribaux propres aux clans qu'il avait fréquentés en près de quarante ans. Rites religieux, sacrifices, cultes des ancêtres, représentations du dieu que l'on souhaite honorer, invoquer, supplier, autant d'évocations qui emplissaient ce magasin-musée de l'effrayant environnement dans lequel l'Africain de la brousse ou de la forêt baigne de sa plus tendre enfance à son trépas et que j'allais découvrir quelques jours plus tard dans l'extrême est du pays.

Pour l'heure Henri Delpy me présentait une extraordinaire collection de poids en bronze destinés à peser la poudre d'or. De temps immémoriaux les Baoulés en étaient les grands maîtres, experts à fabriquer ces mesures minuscules de formes géométriques ou bien figurant des hommes et des animaux mythiques, grâce à la technique de la cire perdue.

— Les marchands s'en servent toujours lors de leurs tractations locales, me dit-il en offrant à la lumière une figurine ciselée avec une minutie remarquable. Et lorsqu'ils viennent en ville pour négocier leurs achats, nos balances et poids internationaux ne font que confirmer les pesées faites dans les villages avec des critères différents ! Tous les jours on vient me proposer de l'or qui vient soit du pays, soit du Ghana, de Guinée ou du Mali. En pays Agni, c'est-à-dire à cheval sur la Côte-d'Ivoire et l'ancien Gold Coast — le bien-nommé par les découvreurs portugais — les hommes du groupe Akan entretiennent des rapports quasi obsessionnels avec ce métal. Par exemple, au moment de la fête de l'or chaque famille expose sur le seuil de sa case tout ce qu'elle possède en statuettes, bijoux, pépites. Et chaque génération se doit d'augmenter le trésor familial sous peine de perdre sa réputation. Ceci dit, à mes débuts de bijoutier, j'achetais le moins possible l'or que l'on m'apportait ici car il titre vingt-deux carats et nécessite un travail assez compliqué pour éliminer les matières étrangères et le réduire à dix-huit carats qui est le titre légal des bijoux. Je préférais acheter de l'or en lingots de vingt-quatre carats en France car il possède les quatre 9, c'est-à-dire qu'il est pur à 999,9 pour 1 000 ! Mais aujourd'hui les temps ne sont plus les mêmes et c'est à ma mine que je me fournis. J'ai couplé mes cinquième et sixième métiers. Bijoutier et chercheur d'or !

— Transitaire, maraîcher, planteur puis forestier, je peux le comprendre, remarquai-je, mais bijoutier ! Ce n'était plus l'aventure mais du petit négoce auquel rien ne vous prédestinait.

— Tout est arrivé à cause de la mère de ces gamines, me dit-il en dirigeant son regard vers deux très jolies jeunes filles métissées, aux manières parfaites qui, derrière le comptoir vitré, recevaient les clients. Quand j'en ai eu assez de jouer les forestiers dans l'Ouest, j'ai retrouvé M. G... qui avait quitté les mines de diamants du Nord pour s'installer avec sa compagne, Mme Bla, et les deux filles qu'elle lui avait données, à Abidjan où il allait diriger une affaire de gravières. Depuis notre association dans la plantation de bananes nous étions restés bons amis. J'avais vu grandir ses enfants qui, vous pouvez le constater, sont superbes et charmantes. Lorsque Bla, comme toute bonne Africaine qui s'installe en ville, a voulu ouvrir un petit commerce — elle avait en tête de vendre de ces bijoux fantaisie dont toutes les citadines raffolent — nous l'avons approuvée car c'était une excellente idée. Je l'ai aidée en l'emmenant à Paris qu'elle ne connaissait pas. Ensemble nous avons visité les grossistes du quartier du Temple. Et c'est ainsi que, paradoxalement, je suis devenu chercheur d'or... et quasiment père de famille. Moi qui suis et resterai célibataire ! Parcourant avec Bla la rue du Temple et achetant au kilo de la bimbeloterie en métal doré j'étais loin de m'en douter.

A peine débarquée au Bourget, Mme Bla dut réviser ses convictions à propos de la réussite sociale qui, à Abidjan, reposait sur l'achat d'une limousine Mercedes. Le premier taxi qu'elle prit était de cette marque. Aussi devait-elle répéter longtemps à ses amies de Treichville où, dès son retour, elle ouvrit une échoppe : « Tous nos beaux messieurs, les ministres, les médecins, les richards de l'import-export qui font les malins à Cocody avec leurs Mercedes, à Paris ils seraient taxis ! » A ce souvenir Henri Delpy eut un sourire plein d'indulgence :

— Grâce au solide bon sens de cette femme industrieuse, son mari et moi-même avons changé notre fusil d'épaule. Les gravières de mon ami G... ne donnaient pas les résultats escomptés et j'avais lâché mon exploitation forestière. Nous avons alors consacré tous nos efforts au magasin de Treichville qui avait pourtant mal commencé sa carrière. Sous le climat chaud, lourd et humide d'Abidjan les bijoux fantaisie rouillaient ou s'oxydaient. Le déchet était énorme et on ne gagnait pas d'argent. Malgré ces avatars notre clientèle nous restait fidèle. « Faites donc les mêmes bijoux, mais en or », nous dit un jour l'une des élégantes du quartier. Nous avons tenté le coup et engagé deux ouvriers bijoutiers qui copièrent les articles de Paris dont la vogue ne se démentait pas. J'achetais les métaux précieux en France avec l'autorisation du gouvernement et nous fabriquions sur place. L'engouement a été tel que l'initiative de Bla a suscité de nombreuses vocations chez les artisans locaux. Nous avons alors adjoint au magasin un rayon de fournitures pour bijoutiers. Dès lors laminoirs, pinces, limes, et l'or, l'argent, le cuivre — soit tout le matériel nécessaire pour fabriquer des bijoux — sortirent de chez nous. Nous devions passer au stade supérieur et profiter de l'extraordinaire expansion économique de la capitale. En association avec notre bijoutier de Treichville nous avons pris cet emplacement exceptionnel, au cœur du Plateau où s'élevaient buildings, grands hôtels, banques et commerces de luxe. Aussitôt nous avons eu la belle et riche clientèle d'Abidjan, touristes, hommes d'affaires, membres du corps diplomatique mais aussi celle de la grande bourgeoisie locale issue de l'indépendance. Nous avons affiné nos pièces, créé de nouveaux modèles. Toutes nos productions étaient — et sont toujours — fabriquées dans nos ateliers de Treichville. Je n'achetais à l'extérieur, c'est-à-dire en France, que l'or et l'argent. Cette fois c'était la réussite, la vraie, et sans les difficultés de la vie en brousse. Et patatras ! Voilà qu'à la fin des années 70 l'or grimpe d'une façon vertigineuse. Moi qui dans les primeurs, la banane et le bois, avais toujours été victime de la chute des cours, je l'étais une nouvelle fois mais d'une progression imprévisible due à la crise internationale. De trois millions le kilo, le métal précieux dépassa bientôt les neuf millions *(Henri Delpy n'avait pas plus perdu son savoureux accent languedocien que l'habitude de compter en anciens francs).* A près de dix mille balles le gramme, l'or n'était plus vendable en Afrique où les négociants noirs nous proposaient poudre et pépites brutes, achetées dans les villages de la forêt, à moins de la moitié. On a vu les mines de Guinée, du Ghana, du Mali et de la Côte-d'Ivoire, longtemps abandonnées, rouvrir avec succès. Nous avons donc travaillé l'or africain qui, malgré les opérations pour l'amener à dix-huit carats, redevenait avantageux. C'est alors que je me suis souvenu de ce géologue que j'avais rencontré lorsque je naviguais sur les lagunes. Pourquoi ne pas essayer de retrouver ce gisement qu'il avait abandonné aux orpailleurs libériens du nord de Tabou ? C'était une région que je connaissais bien puisque j'y avais été forestier. M. G..., qui l'avait eu comme collègue aux mines de Katiola, n'avait pas perdu le contact. Il lui a écrit en France. Et, pour aider deux amis, ce brave homme est revenu en Côte-d'Ivoire.

D'après le géologue les clandestins libériens n'avaient fait qu'écrémer les marigots. L'essentiel restait dans la terre. Encore fallait-il déterminer le périmètre justifiant d'un permis de recherche dans une zone débarrassée après l'indépendance de ses hôtes indésirables par la gendarmerie ivoirienne qui n'avait pas eu, sur les moyens à employer, les scrupules de l'administration coloniale française ! L'homme de l'art s'y employa, retrouva l'emplacement dont il avait été chassé trente-cinq ans plus tôt et — l'autorisation d'exploitation obtenue du gouvernement — regagna la France pour y jouir d'une retraite bien méritée. Laissant à son associé l'exploitation de la bijouterie du Plateau, Henri Delpy prit une nouvelle fois le chemin de l'aventure. A près de soixante ans le prospère commerçant de l'avenue Chardy devenait chercheur d'or !

— Au début nous avions engagé un ingénieur qui devait travailler sur place tandis que j'assurerais le relais entre Tabou et Abidjan. Mais le pauvre homme n'a pas tenu le coup. La solitude avec pour seuls compagnons les manœuvres africains lui a miné le moral. A bout de nerfs il a craqué et est parti. Devant le fait accompli, je me suis mis au boulot.

Et quel boulot, compte tenu des conditions climatiques ! En pleine forêt tropicale, dans un inextricable fouillis de lianes et de végétation luxuriante, dominé par les grands arbres aux racines tentaculaires, Henri Delpy commença par quadriller le centre de la zone qui lui était dévolue en traçant des layons tous les cent mètres. Travail déjà considérable qu'il compléta en faisant creuser à chaque croisement un puits de un mètre sur un mètre jusqu'au roc qui apparaît généralement entre un mètre et quatre mètres. Sachant ainsi précisément le nombre de mètres cubes de terre extraite du puits, il en déterminait la teneur aurifère à l'aide d'un matériel des plus succincts.

— Dans cette région, m'expliqua-t-il, l'exploitation aurifère consiste à remuer la terre avec beaucoup d'eau et laver, laver, laver sans cesse. J'ai fait construire des goulettes en bois qu'on appelle des *sluices.* L'eau puisée dans une rivière voisine ou un marigot grâce à une pompe à moteur descend très rapidement le long du plan incliné et lave un ou deux mètres cubes de terre déjà diluée par un jet puissant. L'intérieur de la goulette est équipé d'un arrêt tous les vingt-cinq centimètres. Il s'agit d'un petit barrage de bois que franchissent l'eau et la terre diluée.

L'or, plus lourd, est maintenu derrière la planchette. A la fin du parcours on fait des essais de battée et en principe il ne reste plus rien, si ce n'est l'or. Quand il y en a ! Sitôt qu'à un croisement de layons on trouve des concentrations intéressantes, on resserre la grille et l'on creuse à nouveau. Ce n'est pas compliqué et ça peut rapporter gros. Un peu comme le loto avec plus de chance de gagner ! Durant huit mois j'ai fait de la recherche aidé par une vingtaine de manœuvres en majorité émigrés du Liberia. J'étais le seul Européen. Enfin j'ai trouvé une concentration importante et on a pu commencer l'exploitation d'une zone rentable.

— A quel moment le devient-elle ?

— A 0,7 gramme au mètre cube, j'étale mes frais. A un gramme, cela devient intéressant. A trois grammes, c'est la fortune ! Et dans la zone j'ai trouvé aussi bien des gros grains que des pépites avec, selon les puits, des teneurs de deux, trois et même trois grammes cinquante par mètre cube. Le moment était venu de m'installer et de faire construire ma case sur place. Jusque-là je logeais au campement de Tabou qui, bien que sous-préfecture, est un bled tout à fait paumé. Aujourd'hui encore la seule piste qui y conduit n'est accessible qu'aux « mille kilos ». Un avion bi-hebdomadaire le relie à Abidjan. Chaque matin, très tôt, je me rendais au chantier en 4 × 4 tout terrain, le midi je cassais la croûte d'une boîte de sardines, d'un morceau de pain ou je partageais la cuvette d'ignames, de riz et de poissons des manœuvres qui demeuraient sur place. Dans l'après-midi, à l'arrêt du travail — vers trois heures et demie — je regagnais Tabou. Vingt-cinq kilomètres, en Europe, c'est la porte à côté mais sur la piste et en forêt c'est une autre paire de manches. Dans ce bout du monde il n'y avait pas d'hôtel — pour quoi faire ? Il n'y vient que des forestiers qui roulent par tous les temps sur des pistes défoncées — mais un campement tenu par une brave Africaine, Agnès. Comme il y a très peu de viande dans la région, pendant des mois je n'ai mangé que du poisson et de la langouste. Des crustacés magnifiques qu'Agnès préparait très bien, mais ras-le-bol des langoustes ! Pas de risques que j'en commande une au restaurant. Quand je raconte cela en France, ma famille et mes amis sont fous ! Heureusement ma case a été bientôt prête et je m'y suis installé avec mon cuisinier, mon boy et mon réfrigérateur à pétrole. J'y vis comme un coq en pâte, sur une petite hauteur, du mois d'août à la fin avril. En été il pleut trop et la boue est telle que même à pied on ne peut parvenir au chantier. On y laisse quelques gardiens contre les orpailleurs clandestins du Liberia qui tentent à nouveau des incursions dans les zones aurifères. Par bonheur ils sont moins dangereux que jadis. Durant la bonne saison, dans ma case qui n'est pas éloignée du camp où logent les manœuvres, je ne suis même pas armé ! Mon œil vaut mieux qu'un revolver. D'un regard je sais s'il y a un étranger sur le chantier. Et il suffit à dissuader l'ouvrier qui en aurait la tentation de subtiliser la moindre pépite. Vous voyez que ma vie de chercheur d'or n'a rien qui soit hors du commun.

A entendre Henri Delpy elle était semblable à celle d'un quelconque chef de club de touristes, amateurs d'océan et de soleil. A ceci près qu'il vivait huit mois de l'année dans la dense forêt de l'ouest à peu près vierge et déserte, en la seule compagnie des terrassiers libériens, voltaïques et ivoiriens et dans celle des araignées, serpents et autres insectes venimeux.

— Mais c'est ça la vie en brousse, rétorqua-t-il lorsque, fort de mon expérience camerounaise, je lui en fis la remarque. Il y a aussi les moustiques car la région est marécageuse et il y pleut beaucoup. Mais ce n'est pas mieux dans l'est où vous allez vous rendre. Et à votre hôtel *Ivoire,* vous faites comme moi dans ma case, vous prenez votre nivaquine quotidienne. L'or se mérite, tout comme le bois, la banane, le café ou le cacao. Il faut bien faire quelques sacrifices pour fournir à nos clients des bijoux à des prix trois fois moindres qu'en France. Il est sûr que je déploie plus d'efforts pour fort bien gagner ma vie que certaines de nos clientes. Mais chacun voit midi à sa porte.

Delpy me raconta alors comment parmi celles-ci une très belle Africaine, certainement proche d'une ambassade noire, venait tous les deux mois acheter pour plusieurs millions CFA de bijoux.

— Un jour je lui ai demandé ce qu'elle faisait de tant de chaînes et bracelets. « Je vais les vendre en Europe, me répondit-elle. Ça me paie le prix du voyage et j'ai encore de quoi m'offrir des vacances très agréables ! » Je n'ai jamais su son nom ni ce qu'elle faisait, mais c'est une bonne cliente et qui règle cash, toujours en liquide. Je n'ai pas à savoir où va l'or que j'extrais gramme par gramme des terres marécageuses de la grande forêt. En trouver, et pas mal, suffit à mon bonheur. Aujourd'hui, outre l'exploitation de la mine nous consacrons une partie des bénéfices à poursuivre les recherches de nouvelles zones rentables car le périmètre qui nous a été concédé est très important. J'emploie sur place un prospecteur de grande qualification, et un ingénieur vient une fois par semaine contrôler le travail. Moi je reste sur le tas avec les hommes, de six heures et demie du matin à trois heures et demie de l'après-midi, avec une coupure à 10 heures pour le casse-croûte — riz et poissons — fourni par l'exploitation et préparé par les femmes du campement dans de grandes cuvettes émaillées. A la fermeture du chantier je travaille dans ma case à peser l'or trouvé, à faire des relevés, à vérifier l'état des puits. Je n'ai pas le temps de m'ennuyer car, chez moi, tout se passe en famille. C'est un défilé constant de *gensses* qui me disent : « Monsieur, on veut te parler. Monsieur, on voudrait ceci ou cela. Monsieur, j'ai des plaies, soigne-moi. » Là-bas je suis heureux. Et encore plus quand nous trouvons des trois grammes au mètre cube !

Le rescapé de Sachsenhausen avait mis près de quarante ans pour atteindre à la réussite !

Depuis que nous parlions d'or, la réflexion du vieil Albert Aimone revenait, lancinante. « On dit même qu'il aurait trouvé un trésor », m'avait confié la « mémoire » de l'ancienne colonie. Lorsque j'osais la question, la physionomie d'Henri Delpy, naturellement sereine — mais je n'oubliais pas que, depuis des dizaines d'années, il vivait au contact des hommes les plus rudes — fut empreinte d'une intense émotion tandis que son regard si franc se détournait soudain du mien.

— Il ne s'agit pas d'or mais d'un diamant, murmura-t-il d'une voix à peine audible. On a sans doute voulu vous parler de Mamy. C'est mon plus cher trésor. Et c'est sur la mine que je l'ai trouvé.

Peu de temps après son installation dans la case de bambou et de *papo* où il allait vivre pendant des années, Henri Delpy, en se rendant sur le chantier, découvrit dans les fougères géantes une petite fille, presque un bébé, qui le regardait en tortillant ses doigts. Des gosses, Delpy en voyait toute la journée puisque Libériens, Mossis et Ivoiriens vivaient en famille dans le campement, mais cette enfant lui était inconnue. Il en était d'autant plus sûr que les marmots, tout comme leurs parents, avaient la peau noire comme du jais et le cheveu crépu et laineux tandis que les traits fins de la gamine tiraient sur le caramel le plus clair, et son opulente chevelure emmêlée, à peine ondulée, présentait de splendides reflets auburn, inattendus chez une enfant de couleur. L'était-elle seulement ? Intrigué, Delpy se renseigna sur la présence éventuelle de visiteurs européens.

— A une heure si matinale et dans un lieu si perdu, cela m'étonnait. Un contremaître m'apprit que « la petite blanche » — comme il l'appelait — était une métisse libérienne arrivée depuis quelques jours pour visiter sa grand-mère, épouse d'un de mes manœuvres, et qui vivait dans une case de la forêt, à deux kilomètres de la mine. Le lendemain j'ai revu la gamine au regard si intelligent et je lui ai donné les bonbons que j'avais apportés à son intention.

Elle les a tout de suite partagés avec ses petits camarades africains du campement. A midi comme elle jouait près de ma case je lui ai demandé si elle voulait manger avec moi. Elle baragouinait quelques mots de français et surtout de pidgin, mélange d'américain et de *guéré*, la langue locale libérienne. Elle s'est assise à ma table et, à ma grande stupeur, elle a savouré comme une friandise le jambon, le saucisson et le beurre, inconnus des Africains de la brousse. Quand est arrivée la viande — j'avais rapporté des biftecks d'Abidjan et mon boy sait que je les aime très saignants — elle l'a dévorée avec un appétit phénoménal alors que les Noirs ne la tolèrent que très cuite. Elle mangeait le steak comme une Européenne ! Pareil pour le fromage. Le lendemain midi, elle était là. Et les jours suivants. J'avais une pensionnaire, et je ne demeurais plus seul ! Mamy — elle portait selon la coutume le prénom de sa grand-mère qui l'avait élevée jusqu'à ce que sa mère l'ait reprise — me tenait compagnie. Après quelques semaines à ma table la petite a perdu son gros ventre, signe de malnutrition due à un abus de féculents — manioc et ignames — et à une carence de viande dont souffrent la plupart des gosses de la forêt. J'ai soigné son paludisme à la nivaquine et elle est devenue une belle enfant à laquelle je m'attachais de plus en plus. Le soir elle retournait coucher chez sa grand-mère à qui, bien sûr, j'avais rendu plusieurs visites. Dans la case j'avais rencontré sa mère, une très jeune Libérienne du nom de Martha George Washington qui, au fil des jours, m'avait raconté sa triste histoire.

Martha George Washington était une toute jeune fille lorsqu'elle avait quitté son village libérien de Boneken Moco pour trouver du travail à San Pedro dont l'activité portuaire attirait des myriades d'émigrants du pays frontalier. Elle y avait rencontré un beau matelot allemand, à moins qu'il fût danois ou norvégien, dont elle n'avait retenu que le prénom : « M. Pierre. » L'idylle avait été courte mais féconde et lorsque le cargo avait quitté le soleil de San Pedro pour les brumes du nord, Martha était enceinte. Elle accoucha près de Tabou et revint avec l'enfant à Boneken Moco. Quand sa famille constata que le bébé était « blanc », la jeune femme fut en butte à toutes sortes de tracasseries. Si en Côte-d'Ivoire le métissage ne pose aucun problème, il n'en est pas de même au Liberia. Sa mère ayant depuis longtemps fait sa vie au-delà de la frontière, la malheureuse Martha se retrouva sous la coupe de ses oncles et tantes restés au pays. « Ils m'en ont fait voir, confia-t-elle à Henri Delpy. A cause de ma petite blanche, ils ont voulu m'empoisonner et la garder pour en faire Dieu sait quoi. Alors je l'ai emmenée et j'ai rejoint ma mère en Côte-d'Ivoire. C'est elle qui s'est chargée de Mamy pendant que je cherchais du travail à Nero, près de Tabou, où je me suis mariée. J'ai repris ma fille mais quand, il y a peu de temps, j'ai eu mon deuxième bébé, un beau petit garçon, mon mari a commencé à me reprocher de trop m'occuper de Mamy. Comme les enfants européens elle supportait très mal le climat et avait des plaies sur les jambes. Mon mari m'a dit : “ Tu es sans cesse après la petite blanche, alors que mon fils a besoin de toi. J'en ai assez. ” Alors j'ai ramené Mamy chez ma mère, sur tes terres. C'est à ce moment que tu l'as trouvée. Elle t'aime bien, tu sais. »

— Et c'est vrai qu'elle m'aimait bien, la gamine, poursuivit Henri Delpy. Je vous ai dit que sur la mine tout se passe en famille. Pour un oui, pour un non, les ouvriers viennent me demander conseil. A leurs yeux je suis le Bon Dieu qui non seulement leur donne du travail à l'année mais qui sait et *doit* régler tous leurs problèmes, jusqu'aux différends qui les opposent. Alors ils voyaient Mamy déjeuner avec moi, me suivre l'après-midi dans ma tournée des puits, sa petite menotte dans ma grosse main. Quand, au soir, nous passions par le campement des manœuvres, ils disaient : “ Ah ! voilà Papa qui arrive ! ”, ou, si Mamy me cherchait : “ Papa ? Il est là-bas, au bout du layon. » Pour eux, j'étais devenu, moi, le célibataire endurci, Papa ! A plus de soixante berges !

Lorsque au mois de décembre 1983 Martha, le visage soucieux, vint à la case où il pesait la production de nouveaux forages, Henri Delpy remarqua que la jeune femme qui n'avait guère plus de vingt ans paraissait plus âgée que sa mère tant elle avait souffert ces dernières années. Aussi ne fut-il pas surpris outre mesure de la requête qu'elle lui adressa :

— Je vois que tu aimes bien ma petite. Tu la fais manger, tu la soignes. Mon mari est très pauvre et il aime mieux son fils. Moi, je n'ai rien et je ne pourrai jamais m'occuper convenablement de Mamy. Alors il faut que tu trouves quelqu'un qui la prenne à Abidjan ou même en France. Ce sera mieux pour elle.

Delpy, vieux broussard au cœur tendre, promit de faire pour le mieux.

— A Abidjan je n'ai trouvé personne, me dit-il, à nouveau très ému. Les Blancs que je connaissais n'allaient pas s'encombrer d'une petite métisse. Quant aux familles africaines elles avaient déjà pléthore de gamins. Qu'est-ce que j'allais bien faire de cette innocente qui, malgré son jeune âge, était déjà à cheval entre deux mondes ? Je ne pouvais pas la garder à la mine. Elle avait besoin d'un cadre familial et c'était rageant de voir une enfant si éveillée, si intelligente, ne pas aller bientôt à l'école. Comme je passais les fêtes de fin d'année à Auterive, au sud de Toulouse, où vivent les membres de ma famille, je leur ai parlé de Mamy. Leur réaction fut immédiate : « Amène-là. Nous allons nous en occuper. » L'une de mes jeunes nièces, enceinte, proposa de l'élever dans son foyer comme la sœur aînée de l'enfant à venir. De mon côté je me chargeais des formalités et de l'entretien de la petite que je viendrais voir deux fois par an jusqu'au moment où je prendrais ma retraite sur les bords de l'Ariège. Le conseil de famille s'étant prononcé je pouvais regagner la Côte-d'Ivoire le cœur tranquille. Fin janvier, de retour sur le chantier, j'ai dit à Martha que j'emmènerai sa fille en France au début de la saison des pluies après qu'elle m'eut délégué ses droits de puissance « paternelle ». Encore fallait-il obtenir les autorisations nécessaires. Selon la loi, l'enfant née en Côte-d'Ivoire de père inconnu et de mère libérienne possédait automatiquement cette nationalité. Bien sûr, Martha qui ne savait ni lire ni écrire ne s'était jamais souciée d'obtenir des papiers. Mamy n'avait pas d'extrait de naissance et ne figurait sur aucun registre d'état civil. Elle aurait disparu en forêt qu'aucune trace ne serait restée de son bref passage sur notre terre ! Ce qui paraît impensable à un Européen se produit encore chaque jour en Afrique. Surtout lorsque l'on vit comme moi en pleine brousse. Avant le départ pour la France il a fallu que je me démène pour donner une existence légale à cette gamine !

Henri Delpy qui, quelques années plus tôt, avait abandonné l'exploitation d'acajous et de sipos rémunérateurs tant les formalités administratives le rebutaient, déploya tous ses efforts pour devenir le « papa » officiel d'une enfant à la peau caramel et au regard de velours découverte un jour dans les fougères et dont il tenait l'avenir entre ses mains calleuses.

— Heureusement, j'entretenais d'excellentes relations avec les autorités de Tabou. En une journée nous avons fait le tour du problème malgré la notion fantaisiste que Martha avait des dates importantes de sa vie. Devant l'officier d'état civil, un ancien capitaine de l'armée française, et le président du tribunal de première instance, elle affirma le plus sérieusement du monde être née en 1920 — elle aurait été plus âgée que moi ! — quant à Mamy elle aurait vu le jour trois ou quatre ans plus tôt, et il faisait beau... C'est tout ce qu'elle savait. Au milieu des rires provoqués par ces déclarations extravagantes les magistrats estimèrent sagement que cette « sexagénaire » avait tout au plus vingt-trois ans et qu'elle avait accouché trois années auparavant. « Nous allons inscrire le 15 janvier, décida le capitaine. C'est la belle saison, et la moitié du mois c'est très bien. » Mamy leur paraissant un surnom de grand-mère, ils demandèrent un vrai prénom pour l'enfant. Dépassée par les événements Martha me demanda de choisir. « Puisque tu vas l'emmener en France, me dit-elle, trouve-lui un joli nom français. » Pris de court, je lui donnai la version féminine de mon prénom ! Lorsque je suis sorti du tribunal j'exerçais la puissance paternelle sur Mamy-Henriette Washington avec — disait le jugement — droit de garde et de fixer sa résidence, pourvoir à son instruction, son entretien, son éducation et assurer sa surveillance jusqu'à sa majorité. En outre, j'avais en poche un laissez-passer contresigné par le consul libérien, et faisant fonction de passeport pour l'enfant. Les seuls ennuis officiels je les ai eus avec les services du consulat de France qui m'ont cherché des poux dans la tête mais j'ai décidé de passer outre. Je régulariserai au tribunal de Toulouse.

— Donc vous avez emmené Mamy en France sans encombre ? demandai-je, ému à mon tour par la façon minutieuse dont le chercheur d'or, si avare de détails sur une vie d'aventures peu communes, contait sa rencontre avec la petite métisse.

— Oui et non. J'avais l'intention de le faire à la fermeture de la mine mais j'ai dû avancer mon projet. Une nuit deux de mes ouvriers ivoiriens sont venus me trouver en catimini. J'ai été surpris car d'ordinaire c'est l'après-midi qu'ils viennent me consulter au vu et au su de chacun. Là ils se cachaient.

« — Monsieur, on veut te parler pour la petite blanche.

« — Ah, oui ? Allez-y.

« — Martha nous a dit que sa fille allait partir chez toi, en France. Si tu veux vraiment l'emmener il faut le faire très vite car dès que sa famille du Liberia l'apprendra les oncles vont venir la chercher et Martha ne pourra s'y opposer. Chez eux la femme n'a aucun droit.

« — Pourquoi le feraient-ils, remarquai-je. Ils l'ont si mal traitée que Martha a dû revenir chez sa mère.

« — Ils voulaient seulement s'en débarrasser et garder Mamy pour faire plus tard “ boutique-son-cul ”. Une petite blanche comme ça, à treize ou quatorze ans elle rapportera de l'or sur le port de Monrovia. Ils attendaient qu'elle ait l'âge. S'ils savent qu'elle s'en va avec toi, ils vont l'enlever. Ils se foutent pas mal de ce qu'a dit le juge de Tabou ! »

« Je les ai remerciés et, inquiet de leurs mimiques effrayées, j'ai brusqué les choses. J'ai demandé à mon amie Bla de venir à la mine car il était bon qu'une Africaine garde le contact avec la famille maternelle de Mamy, et j'ai averti Martha que nous l'emmènerions avec la petite dès le lendemain matin. Ainsi elle connaîtrait la demeure des G... à Abidjan où vivrait Mamy avant son départ pour la France, et où, s'il m'arrivait quelque chose, elle pourrait toujours avoir des nouvelles.

« Le lendemain à 9 heures je suis allé avec Mme Bla devant la case de la grand-mère. Martha y avait réuni un aréopage de parents et d'amis qui parlaient entre eux le dialecte local. Avec des manières que je ne lui connaissais pas, elle m'a fait asseoir sur un tronc d'arbre et m'a tenu un discours solennel : “ Mama et moi nous avons expliqué à tout le monde que nous étions d'accord pour que tu emmènes Mamy dans ton pays et que, maintenant, tu étais comme son père. Mais les vieux d'ici ne comprennent pas les papiers du juge. Chez nous on ne croit que ce qu'on voit. Alors je veux qu'ils *voient* que ma mère, la famille qui est là, et moi on te donne ma fille. ”

« Elle a appelé Mamy et l'a posée sur mes genoux. “ A partir de maintenant, dit-elle, elle est à toi. ” J'ai embrassé la gamine et l'ai reposée à terre. La grand-mère, deux de ses sœurs et quelques vieillards ont refait le même geste en répétant dans leur langue ce qu'avait dit Martha. “ Devant tout le monde, dit la grand-mère, nous t'avons donné Mamy. Il y aura des gens pour témoigner, mieux que les papiers, que tu n'as ni volé ni enlevé notre enfant. Et Mme Bla, une Africaine comme nous, pourra aussi le dire. Comme ça tout est bien. »

« C'était bien, en effet, poursuivit Henri Delpy en essuyant ses lunettes. Autant j'avais ri au tribunal des élucubrations de Martha, autant son geste dans une clairière de la forêt tropicale m'avait bouleversé, et m'émeut encore lorsque je repense à cet instant.

— Aujourd'hui Mamy vit en France ? m'inquiétai-je.

— Oui, chez ma nièce qui l'élève comme le garçon qu'elle a mis au monde. Mamy, devenue Marie à Auterive, a été baptisée avec lui, selon la volonté de Martha. Ils partagent la même chambre. Elle parle parfois de sa mère et de son demi-frère africain qu'elle appelait « mon bébé » au campement. A la naissance de mon petit neveu elle a eu à nouveau « son bébé » et tout s'est bien passé. Je l'ai revue à Noël, couverte de joujoux et de cadeaux, comme tous les gosses de la famille. Elle va à l'école, a connu la neige, parle parfaitement le français et aura automatiquement la double nationalité après sept ans de vie en France. J'ai apporté des photos à Martha et la promesse qu'elle reverrait sa fille dans quelques années. Je ne m'y déciderai que quand Mamy aura un passeport français en bonne et due forme. Et encore, car je ne veux pas la traumatiser en la faisant passer trop jeune d'un milieu à un autre. Il n'y a guère de points communs entre Auterive et Tabou, ni entre la vie familiale dans une villa des bords de l'Ariège et celle d'une misérable case des rives du Cavally, à la frontière libérienne. Ces aller et retour ne pourraient qu'avoir des conséquences dramatiques chez une si jeune enfant.

Cette sage décision lui éviterait sans doute l'échec qu'avait connu Terry, l'Italo-Camerounais que j'avais rencontré à Ngaoundéré chez Henri Eyt-Dessus.

— Aujourd'hui je considère Mamy comme ma fille, ajouta Henri Delpy. C'est pour elle, pour son avenir que je travaille. Cet hiver, à Auterive, un ancien notaire que j'ai toujours connu froid et rébarbatif, m'a dit, au grand étonnement de mes neveux : « Cette si jolie petite Marie, c'est un rayon de soleil pour vos vieux jours. » Comme moi jusque-là, il n'avait jamais eu d'enfant ! Voilà pourquoi j'affirme qu'allant chercher de l'or j'ai trouvé un diamant. A cet épisode près, vous voyez, monsieur, que ma vie n'a rien de bien extraordinaire.

Au moment de nous quitter il me montra, l'œil humide derrière ses lunettes fumées, une photo extraite d'un porte-feuille usé par la sueur.

— N'est-ce pas qu'elle est belle, ma petite ?

Après avoir trouvé la fortune dans une mine abandonnée depuis trente-cinq ans, Henri Delpy y avait, par surprise, débusqué le bonheur. Que de chemin depuis les miradors de Sachsenhausen...

Dans le brouhaha du Plateau, alors que la nuit tombait sur Abidjan, je conservai longtemps l'image d'une petite sauvageonne aux cheveux auburn dont le sourire avait changé l'existence d'un vieux célibataire qui croyait n'avoir épousé que l'aventure.

IV

357 MAGNUM À LA CEINTURE

De mon précédent passage à Abidjan, à l'époque lointaine où le général de Gaulle proposait aux populations d'outre-mer d'opter entre l'indépendance et l'association, j'avais gardé le souvenir de deux lieux magiques : la grande forêt du Banco le jour, et le quartier africain de Treichville la nuit. Un quart de siècle plus tard ces deux noms figuraient toujours en bonne place dans les guides touristiques et livres de voyage que tout visiteur curieux se doit de consulter avant son départ. Le Banco y était décrit tel que je l'avais connu lorsque, entre deux reportages, je prenais un taxi en ordonnant : « Chauffeur, à la forêt vierge. » « Le Parc National du Banco, disaient ces ouvrages, est une enclave de trois mille hectares, préservée dès 1926 et classée en 1953, qui procure à l'Européen la sensation excitante de pénétrer sans grand effort la forêt primaire originelle qui recouvrait autrefois toute la région. C'est le seul endroit de la Côte-d'Ivoire où elle soit restée à peu près intacte grâce à l'initiative du colonisateur qui, partout ailleurs, l'a intensivement exploitée. » Quant à Treichville, c'est à la nuit qu'il fallait y descendre, lorsque le quartier africain, animé le jour par de multiples commerces et le plus beau marché d'Abidjan, se transformait jusqu'à l'aube en une fête populaire bruissante de musique, de conversations animées, de cris et d'odeurs. Restaurants africains, européens, libanais ou sino-vietnamiens offraient toute la nuit dans un déluge de décibels les nourritures terrestres les plus variées tandis que boîtes de nuit élégantes, bouges à matelots et bien sûr trottoirs étaient animés par des « hôtesses » au verbe encore plus haut que leurs talons, prodigues aussi bien de plaisir à l'africaine que de loisirs à l'occidentale. « Ce qui différencie Treichville des autres quartiers de la capitale, concluait le plus récent des guides d'Abidjan, c'est le fait que ses habitants ne semblent jamais y dormir... tout au moins la nuit. » C'était bien les images — à peine brouillées par le temps — que j'en gardais. J'eus envie d'en raviver les couleurs.

Dès que mes rencontres me laissèrent quelques heures libres, je hélais un taxi et lui demandais de me mener non à « la forêt vierge » comme à l'époque de la colonie mais plus cérémonieusement au Parc National du Banco. Dans tous les pays du monde ce genre de promenade, prometteuse d'un compteur chargé, vous vaut les égards du moins aimable des chauffeurs. Le mien refusa la course sans explications. A la cinquième tentative, tout aussi infructueuse, ma compagne me conseilla de m'adresser au service des voyages organisés de l'hôtel *Ivoire.* Je n'aime guère les promenades en groupe ni les explications stéréotypées mais j'avais envie de revoir la jungle de ma jeunesse. La préposée avait une dizaine de circuits touristiques à me proposer. Je pouvais aller à Man en pays Yakouba, à Korhogo en pays Senoufo, ou bien visiter le Parc National de la Maroué à moins que celui de la Comoë, proche de la Haute-Volta, ne me tentât par ses éléphants, ses buffles, ses antilopes et même ses panthères. Mais aller au Banco, aux portes de la ville, à moins de quinze kilomètres de mon hôtel, se révélait impossible. Nul « tour » ne s'y arrêtait. Pourquoi ? Geste d'ignorance navrée accompagné d'un tel sourire que je me devais de ne pas insister.

Depuis mon arrivée à Abidjan je m'étais lié avec le frère d'un de mes amis parisiens qui y résidait depuis longtemps. Ancien des services spéciaux français, admirable connaisseur du monde arabe dont il pratiquait la majeure partie des langues et dialectes, Pierre — appelons-le ainsi — était conseiller à la présidence de la République, chargé plus particulièrement des questions de sécurité du territoire ivoirien. Il avait l'absolue confiance du président Houphouët-Boigny dont la plupart des ministres le consultaient fréquemment. Le sésame de son frère m'avait ouvert les portes de la présidence aussi hermétiques que celles de Fort Knox, et celles de son bureau personnel, blindées et munies d'un système de contrôle électronique. Ce bunker dans la forteresse indiquait, mieux que tous les rapports, l'importance de l'homme — grand, mince, tout en muscles, aux cheveux coupés court, au regard clair habitué à jauger les hommes — qui m'avait accueilli avec une courtoisie parfaite dénuée de toute chaleur. Néanmoins, après une heure de conversation à bâtons rompus — le temps de situer mon degré d'intimité avec son frère (qui l'avait pourtant prévenu de mon arrivée) — Pierre s'était révélé la plus aimable et la plus précieuse des clés pour un séjour aussi agréable qu'instructif. L' « examen » passé, nous nous entendîmes si bien que, durant tout mon séjour en Côte-d'Ivoire, nous passâmes ensemble les moments de loisirs que nous laissaient nos métiers respectifs. Il m'ouvrit sa villa de Cocody ; sa femme en fit les honneurs à la mienne, lui contant par le menu la réalité de la vie quotidienne dans une métropole apparemment occidentalisée et qui n'en était pas moins, dans son tréfonds, fille d'Afrique. C'est là qu'au soir de mes tentatives infructueuses pour visiter le Banco je lui confiai mon étonnement. Il suscita un rire homérique.

— Le Banco est devenu le repaire de bandes de petits gangsters fort dangereux qui te perceraient le ventre pour rafler dix dollars, me dit-il. C'était jadis la promenade dominicale des Abidjanais qui, tu l'as remarqué dans les quartiers populaires, manquent singulièrement d'espaces verts. Aujourd'hui aucun être sensé n'y mettrait les pieds.

Ceci dit, si tu veux absolument y retourner, il faut que je réunisse cinq ou six copains bien armés, et nous irons. Seul, même avec mon revolver, je ne t'y accompagnerais pas.

— Mais que fait la gendarmerie ? remarquai-je. J'ai appris récemment qu'elle avait débarrassé la forêt de l'Ouest des bandes armées libériennes qui venaient y orpailler.

— Dans l'Ouest elle a très bien fait son travail. Au prix de quelques morts... Mais à Abidjan elle préfère garder un abcès de fixation plutôt que de voir ces voyous se répandre de jour dans le centre où déjà, dès la nuit tombée, la sécurité est bien difficile à assurer comme dans toutes les capitales du monde où la misère côtoie l'opulence. Dans les quartiers résidentiels, de Cocody à Marcory, les lotissements autour de la lagune Ébrié ne simplifient pas le problème. Un immeuble d'appartements sur le Plateau se garde plus facilement qu'une maison entourée d'un jardin tropical clos d'un simple grillage.

J'avais constaté au hasard de rentrées tardives qu'à la porte de chacune des villas de ces quartiers habités par la bourgeoisie abidjanaise, un boy somnolait, couché sur le trottoir, un énorme gourdin à portée de main. J'avais vu la même chose à Nairobi où les vigiles œuvraient dans la journée, faisant les cent pas devant chaque vitrine importante, tout comme on les retrouvait dès 18 heures contrôlant à chaque étage les mouvements nocturnes de mon hôtel. Les abords de l'*Ivoire,* solidement gardés, m'avaient donné l'occasion d'assister à de courtes mais violentes bagarres au cours desquelles quelques jeunes gens en jeans et T-shirts en rossaient un autre qui, s'il ne trouvait son salut dans une fuite éperdue, restait assommé dans les bougainvilliers.

— Ivrognes ou querelles de gamins, répondait le portier imperturbable.

Il n'en demeurait pas moins que l'on pouvait se promener à pied dans le centre de la capitale sans plus de risques qu'à Paris.

— Je ne vais pas te faire monter une expédition pour retrouver le Banco, dis-je à mon ami. Je me contenterai d'une nuit à Treichville.

— Nous irons après dîner mais je souhaiterais que nos épouses restent à la maison. La nuit à Treichville est devenue dangereuse. En semaine seules quelques boîtes restent ouvertes. La crise a eu raison de la fête populaire. Le quartier ne retrouve une véritable animation nocturne que le samedi soir. Et encore, rien de comparable à ce que tu as connu jadis.

Comme ni sa femme ni la mienne n'entendaient jouer les Pénélope à *Cococy* et qu'elles avaient vécu d'Algérie au Moyen-Orient nombre de situations difficiles, elles surent se faire entendre et nous partîmes à quatre, non sans que Pierre ait glissé sous son blouson un 357 magnum.

— Simple précaution, dit-il en s'installant au volant. Treichville est un de mes principaux terrains de chasse depuis qu'Abidjan, et principalement ce quartier où les Libanais tiennent une grande partie du commerce, est devenu une base de repos pour les combattants des différentes sectes qui ont transformé leur pays en champ clos et Beyrouth en champ de ruines. Ils se retrouvent dans des restaurants et des boîtes tenues par des compatriotes qui sont pour moi une importante source d'informations.

Quelques jours plus tôt j'avais longuement bavardé avec le patron d'une petite société privée de transport aérien dont le père avait ouvert au début des années 30 un comptoir à Dimboko sur la ligne de chemin de fer Abidjan-Ouagadougou. Sa connaissance du nord du pays et les multiples liaisons aériennes qu'il y effectuait régulièrement donnaient à ses propos une résonance inquiétante que j'allais retrouver à Treichville. D'après lui, la seule menace qui planait sur la tranquillité et la prospérité du plus riche pays d'Afrique occidentale venait du Nord où la population de plus en plus gagnée par l'islam était travaillée par des intégristes religieux formés au Burkina-Faso, l'ancienne Haute-Volta, où ils apprenaient — avec l'aide libyenne — quelques principes de guerre révolutionnaire qui, le moment venu, pourraient aider à la déstabilisation du régime libéral d'Houphouët-Boigny.

— Dans le Nord, m'avait dit le pilote, on voit s'ériger par dizaines de petites mosquées où les intégristes prônent le retour en arrière et la haine de l'Occident. Dans certains de ces édifices les services de renseignement ont trouvé des armes. Jusque-là rien de grave car la Côte-d'Ivoire n'est pas un pays où l'on crève de faim mais, un jour ou l'autre, avec de l'argent — et Khadafi n'en manque pas — tout peut arriver. Les essais de déstabilisation se multiplient. Heureusement étouffés dans l'œuf.

Tout en parcourant les avenues et ruelles désertes de Treichville, Pierre confirma ces propos :

— Je me méfie terriblement de l'infiltration de nombreux chiites en provenance du Burkina-Faso, pays frontalier. Et surtout du Liban. C'est pourquoi je parcours au moins deux fois par semaine ce Treichville qui, tu peux le constater, n'a rien de bien excitant. Mais j'y ai de bons informateurs et comme, par bonheur, je pratique l'arabe et les dialectes locaux, certaines conversations sont très instructives.

Si les voies principales, l'avenue de la Reine-Pokou — hommage des Baoulé, venus au XVIIIe siècle du Ghana, au guide qui pour permettre à son peuple de franchir un fleuve en crue avait jeté son fils aux crocodiles* — l'avenue Gabriel-Dadié ou l'avenue Ouezzin-Coulibaly étaient éclairées aussi bien que celles du Plateau ou de Cocody, il n'en allait pas de même pour les ruelles transversales au sol de sable que j'avais connues animées et bruyantes, par-

* *Ba ouli :* l'enfant est mort, d'où le nom Baoulé. En souvenir de cet épisode de leur histoire les Baoulés considèrent le crocodile comme un animal sacré et le président Houphouët-Boigny, originaire de cette ethnie, en entretient une colonie dans le lac qui entoure sa résidence dans son village natal de Yamoussoukro, promis à devenir la capitale futuriste de l'État ivoirien.

fumées de l'odeur des brochettes piquantes qui rôtissaient à la lueur des lampes à pétrole, et où ne brillait plus, dans le meilleur des cas, qu'un lumignon. A notre approche, de rares silhouettes, peu soucieuses d'apparaître dans la lumière des phares, se fondaient dans la nuit. Quelques enseignes scintillaient sur les grands axes. Pierre arrêta sa voiture devant l'une d'entre elles qui indiquait un restaurant libanais dont la véranda révélait une salle aux trois quarts vide. Mon ami négligea l'entrée principale pour emprunter une petite porte voisine qui s'ouvrait dans une sorte de baraque en planches, excroissance lamentable de la terrasse libanaise surmontée, elle, d'un vélum de couleur vive qui n'aurait pas déparé le hall d'un immeuble de Park Avenue.

— Tu regardes, tu souris, tu bois et tu ne dis rien, lâcha Pierre en me précédant dans un boyau obscur.

Nous nous engouffrâmes à sa suite pour déboucher dans une ruelle de terre battue bordée d'une dizaine de cases et de buissons de plantes tropicales. Au-dessus de chaque entrée, hermétiquement close, une enseigne, lettres rouges sur fond blanc : *Patricia, Fleurs de Beyrouth, Magicland, Bougainvilliée...* Pierre poussa l'une de ces portes. La case en torchis était simplement chaulée, le sol bétonné. Pour tout mobilier un bar de bois teinté, des tables basses et une banquette qui courait le long du mur. Sur un fond de musique douce une demi-douzaine de filles sobrement vêtues bavardaient avec la clientèle exclusivement masculine et toute originaire du Moyen-Orient. De temps à autre un couple sortait sous le regard de l'hôtesse en chef qui faisait office de barmaid et accueillait les nouveaux arrivants. Elle nous salua très aimablement, garnit notre table de boissons diverses et se lança en arabe dans une grande conversation avec notre guide qu'elle traitait ostensiblement en ami. La femme était grande, jolie, l'œil noir à peine fardé de khôl, les bijoux discrets. Elle n'en était pas moins la sous-maîtresse d'un des dix mini-bordels que comptait la venelle. Elle eut le bon goût de ne pas s'étonner de la présence de nos épouses avec lesquelles elle échangea quelques instants plus tard, dans un français parfait et sur le ton le plus anodin, des propos insignifiants dignes d'un salon d'ambassade, tandis que Pierre, après m'avoir lancé un bref regard, rejoignait au bar un petit homme roux, frisé, chafouin, le pantalon tire-bouchonnant sous une chemise marronasse. L'ambiance était sans intérêt. On était loin de la fête à Treichville, et ce lupanar d'une tranquillité à toute épreuve, dénué de pittoresque, prodiguait un morne ennui auquel je succombai bientôt. Par chance le rouquin fut appelé pour une affaire urgente malgré l'heure avancée de la nuit et Pierre donna le signal du départ.

C'est dans un bar corse où le patron distillait à la guitare des airs de l'après-guerre, accompagné d'un organiste afro-asiatique qui se consolait au clavier d'avoir manqué le coup d'État qui devait le faire Président de la République de Madagascar, que l'ancien agent spécial me révéla pourquoi il m'avait entraîné dans la ruelle aux maisons closes si peu accueillantes.

— C'est le rendez-vous de tous les Libanais d'importance qui viennent ici oublier la guerre. La fille qui nous a reçus est une Égyptienne de très bonne famille qui, comme les autres « directrices » de la ruelle, loue son local à l'homme avec lequel j'ai bavardé et qui, malgré sa mise modeste, est l'un des plus riches de la capitale. Je sais que tu ne veux pas toucher à la politique mais mon bonhomme, authentique aventurier, ne l'est devenu qu'à travers elle. Il est arrivé il y a une quinzaine d'années à Abidjan où résidait son frère aîné. Béchara est un chrétien maronite, ancien journaliste et militant important d'un parti nationaliste et socialiste qui prône le retour à la Grande Syrie. C'est un intellectuel de gauche, non communiste, qui se sent beaucoup plus syrien que libanais. Béchara, malgré son aspect de boutiquier moyen-oriental, est un type remarquablement intelligent et de grande valeur avec lequel je me suis lié depuis plusieurs années car s'il lutte toujours pour son parti — ce qui lui a valu de connaître diverses prisons en Syrie, au Liban et même au Koweit — il redoute autant que moi l'influence libyenne de Khadafi et celle, pire encore, des Iraniens de Khomeiny. Il n'y a pas homme mieux informé de ce qui peut se tramer dans les milieux syro-libanais, égyptiens et musulmans extrémistes d'Abidjan.

— Ton intellectuel remarquable n'en est pas moins un habile commerçant et son idéalisme ne l'empêche pas de contrôler des maisons de passe comme celle d'où nous sortons !

— C'est plus compliqué que cela. Béchara n'aime pas l'argent, du moins pour son usage personnel. Ce qui ne l'empêche pas de travailler comme une brute. Tu l'as vu au milieu de la nuit passant de claque en claque mais tu pourras aussi bien le retrouver à 9 heures du matin dans son bureau, une cabane de planches au bout de la ruelle où, en plus de ses restaurants et bars accueillants, il dirige une entreprise d'import-export de graines africaines. En Afrique, surtout dans un pays riche comme la Côte-d'Ivoire, rien n'est simple ni facile mais tout est possible pour des hommes intelligents et qui ne renâclent pas devant le travail.

Tandis que le guitariste corse et l'organiste malgache égrenaient *Vous qui passez sans me voir* pour une rare clientèle d'Européens nostalgiques, Pierre me conta l'étrange itinéraire du Libanais rouquin dont l'influence sinon la richesse en faisait l'un des hommes clés de Treichville et du Plateau, sans qu'on le vît jamais ni dans les réceptions ni dans les allées de la présidence.

Dès son arrivée à Abidjan, Béchara avait ouvert avec l'aide financière de son frère un minuscule restaurant qui tenait de la baraque où l'on vendait des sandwiches et quelques plats libanais. L'échoppe était minuscule mais bien située, auprès des missions catholiques. Incapable de payer un cuisinier il s'était mis aux fourneaux et, s'inspirant des recettes de sa mère, avait offert à sa clientèle les premiers plats libanais qu'on puisse trouver à Treichville tôt le matin et tard le soir. Deux ans plus tard l'échoppe était devenue un restaurant de quarante tables et aux deux aides africains du début avaient succédé une quinzaine d'employés.

— Il en avait fait le premier restaurant libanais de la capitale où, jusque-là, les nombreux Moyen-Orientaux ne trouvaient la cuisine de leur pays d'origine qu'au foyer familial, poursuivit Pierre. Après des démêlés avec son propriétaire, Béchara en ouvrit un deuxième encore plus grand mais qui brûla au bout d'un an. Avec l'argent de l'assurance qui se fit tirer l'oreille pour payer — mais mon lascar, désireux de ne pas avoir d'ennuis dans son pays d'adoption, refusa de faire un procès — et quelques emprunts il en ouvrit un troisième, très luxueux celui-là, avec cabaret et dancing. Tous les chauffeurs de taxi le connaissaient. L'argent a afflué d'autant que Béchara s'était fait de puissantes relations. Si puissantes que le ministre de la Presse, qui est en réalité le ministre de la Police et des Renseignements généraux, lui avait fait obtenir un passeport en bonne et due forme en remplacement des faux papiers avec lesquels il était arrivé. C'est dire si Béchara était protégé. En quelques années il devint une puissance de Treichville, tout en restant le petit bonhomme sans allure que tu as vu. Chez lui, aucun signe extérieur de richesse mais une moralité stricte : célibataire, on ne lui connaît aucune liaison, il ne boit pas, ne fume pas, ne joue pas et n'a que mépris pour certains de ses clients, parmi les meilleurs, qui sortent toute la nuit en laissant leur famille à la maison ! Tous ses bénéfices vont à des œuvres charitables libanaises et à son parti. Il a payé et paye encore les études d'orphelins de son pays qu'il a fait venir à Abidjan ou a envoyés à Paris. Las de vivre dans une ambiance de cabaret où clients et tapins buvaient, jouaient et fumaient du hasch jusqu'à une heure avancée de la nuit — ce que la morale sourcilleuse de notre homme paradoxal réprouvait vivement — il a mis son affaire en gérance à 50 % des bénéfices et a créé de toutes pièces celle où je t'ai emmené ce soir. C'est, je crois, son plus beau coup car, écoute-moi bien, il s'est installé sur l'emplacement d'une ruelle, mi-parking mi-terrain vague, qu'il a froidement barrée un beau matin et sur laquelle il a bâti un nouveau restaurant et ses fameux « studios ». Il loue chaque cabanon à une fille comme mon Égyptienne et assure sans rire, lorsqu'on lui en fait la remarque, qu'il ne sait rien et n'a rien à savoir de la façon dont ses gérantes mènent leur affaire ni de ce que fait chaque hôtesse après son travail qui, officiellement, est de tenir compagnie aux clients. Il n'est qu'un « modeste » propriétaire qui place ses locaux en gérance libre mais à tant par jour et non au mois ! En parodiant Edmond Rostand on se trouve devant un « pas-maquereau-mais... ».

— Son terrain appartient-il toujours à l'État ? demandai-je.

— Bien sûr, mais la ruelle est oubliée et il rend de multiples services tout en étant le bienfaiteur de la communauté syro-libanaise avec laquelle il faut compter. Depuis des années ses dossiers sont « à la signature » et le ministre du Tourisme qui n'est tout de même pas venu inaugurer les « studios » de la ruelle, l'a fait pour le restaurant qui les dissimule ! Si sa situation n'est pas régularisée de droit, elle l'est de fait et Béchara — qui n'est pas d'un naturel souriant — rigole derrière sa petite moustache rousse. Pour lui la cause du parti qu'il finance, de sa mère et de ses frères qu'il choie, et des orphelins de guerre qu'il entretient, prime tout. Un curieux bonhomme, somme toute pas si mal que ça...

Tandis que je m'étonnais de son indulgence à l'égard de ce personnage occulte pour qui la fin justifiait les moyens, Pierre se mit à rire devant ma candeur.

— Mais c'est l'*Afouique*, mon vieux ! dit-il en roulant les yeux. On aurait aussi mauvaise grâce de lui reprocher ses petits bordels admirablement tenus et si pratiques pour contrôler les agissements des Moyen-Orientaux de passage que d'interroger Mgr X..., dignitaire chrétien que l'on salue bien bas, sur la santé de ses dix-sept enfants ou sur la manne qu'il reçoit chaque mois des putes et des proxénètes de Treichville pour le salut de leurs âmes. Pas plus qu'il serait décent de demander aux innombrables « mamies » et « tanties » de l'entourage des plus hautes personnalités de l'État d'intervenir auprès de leur illustre parent sans les couvrir de petits cadeaux. Et quand je dis petits... ils sont à la hauteur du service demandé.

Le guitariste plaqua un ultime accord et les derniers couche-tard d'Abidjan quittèrent le bar qui, selon Pierre, avait été, à l'époque du grand boom économique, le quartier général d'une famille européenne experte en règlements de comptes et maîtresse incontestée du racket et de la prostitution dans les mille et une boîtes du périmètre d'Abidjan.

— La crise a réussi ce que la police n'était jamais parvenue à faire, dit Pierre en posant un billet sur la table. La « famille » est partie avec armes et bagages, laissant les trottoirs de Treichville, devenus quasi déserts, aux petits malfrats indigènes ! L'histoire de Béchara, voilà tout ce que je pouvais t'offrir dans ce qui fut l'un des quartiers les plus chauds de toute l'Afrique. Ceci dit, je sais que tu pars bientôt pour l'est du pays. La brousse, par bonheur, n'est pas le Banco mais prends tout de même quelques précautions. N'emprunte pas seul la route du littoral qui mène à Grand Bassam. Le jour tu n'as rien à craindre, elle est touristique en diable, mais la nuit — et sans armes — il n'y fait pas bon tomber en panne.

C'étaient de ces choses qu'on se gardait bien de vous dire au bureau de location de voitures de l'hôtel *Ivoire*...

V

COURTE MALADIE

L'Afrique des grosses limousines, des « Bonne année, l'argent », des *tanties-racketteuses,* couveuses de cabinets ministériels, le fric-roi de la capitale — même s'il servait, comme chez Béchara, à former de nouvelles élites (à moins qu'elles ne deviennent à leur tour les terroristes d'une nouvelle génération perdue) — me pesaient de plus en plus. Je n'avais qu'un désir : quitter ce marécage américanisé pour retrouver la brousse et ses populations toujours attachées aux coutumes de leurs ancêtres. A l'extrême est du pays, proche de la frontière du Ghana, vivait un jeune homme qui, par idéalisme, leur consacrait ses soins. Il n'en attendait ni la fortune ni la reconnaissance. Son domaine : Zagourou*, localité isolée de la forêt tropicale, négligée de tout temps par le pouvoir central. Son métier : médecin. Médecin blanc dans une contrée boudée par les meilleurs de ses confrères africains qui n'y auraient jamais l'occasion d'acquérir la Mercedes de leurs rêves. A sa manière le docteur Éric de Tournai, même s'il n'avait pas connu la grande époque des planteurs et des forestiers, était un aventurier.

* Nom que l'on ne trouvera sur aucune carte. Il a été forgé — ainsi que ceux de toutes les personnes apparaissant dans ce chapitre — par l'auteur pour des raisons qu'au fil du récit le lecteur comprendra aisément tant les problèmes évoqués sans fard sont épineux. Par malheur pour l'évolution de l'Afrique, les témoignages, recueillis dans une tout autre région, sont, eux, authentiques.

Je décidai de le débusquer dans sa bourgade du bout du monde à l'extrême nord du triangle où les défricheurs avaient abattu les premiers acajous et récolté les premières cerises de café et cabosses de cacao, établissant ainsi la prospérité du joyau de l'Afrique française sous la IIIe République. Que le hasard de sa vocation l'ait conduit au cœur du pays Agni-Sanwi, sur les bords de la Comoë qui avaient vu, au XVIIe siècle, les émissaires de Louis XIV établir l'ancêtre des comptoirs coloniaux, décuplait mon intérêt. Ne disait-on pas que le chevalier d'Amon, chef de l'expédition, avait ramené à Versailles le fils du roi, et que le prince Anabia, devenu filleul de Louis XIV et baptisé par Bossuet, y aurait même commandé une compagnie de chevau-légers ? Le voyage au cœur des tribus dont les usages avaient à peine évolué depuis le chevalier d'Amon me permettrait, au retour, de passer quelques heures à Grand-Bassam, ex-capitale endormie dans les sables, où vivait un octogénaire farfelu et misanthrope qui, d'après Albert Aimone, « mémoire de la colonie », possédait une rare connaissance des chemins reculés de l'Afrique occidentale parcourus durant soixante ans. C'était sa seule fortune qu'il mettait en fiches depuis des décennies. Du haut de leurs diplômes les universitaires africains ignoraient superbement cet original à qui l'on ne connaissait ni adresse précise ni téléphone ! Le docteur de Tournai possédait les deux. Prévenu par courrier de ma visite il mit à profit le rétablissement miraculeux d'une ligne aléatoire pour me donner les coordonnées d'un de ses amis abidjanais dont la voiture me transporterait avec moins de surprises que les « s'en fout la mort » au volant de leurs taxis-brousse ou « mille kilos ».

— Par chance la route est assez bonne jusqu'à Zagourou, me dit-il. Jean-Luc vous amènera en une petite matinée. Il n'y a que cent soixante-treize kilomètres ! C'est vous dire que notre bitume n'est pas celui d'Europe... Le temps ne vous paraîtra pas trop long car « Coco-taillé », comme l'appellent ses ouvriers, connaît admirablement le pays et ses mœurs.

Jean-Luc F... tenait son surnom d'une calvitie précoce. Son crâne lisse entouré d'une couronne de capucin évoquait les noix de coco décapitées, abandonnées par centaines aux pieds des palmiers royaux sur la route de Bassam que nous empruntions. Ni grand ni petit, bâti à la hache, bavard comme une pie, chaleureux en diable, Jean-Luc possédait une entreprise de travaux publics qu'il menait de main de maître à l'ombre des sociétés internationales responsables des grands ouvrages commandés par l'État.

— Je ne crains pas leur concurrence car je travaille là où il n'y a plus de chemins, m'expliqua-t-il en évitant d'un mouvement souple du volant une carriole bringuebalante. J'accepte toutes les commandes locales : un petit pont au-dessus d'une rivière qui, durant la saison des pluies, isole un groupe de villages, ou une route dans une région oubliée par Abidjan et dont les notables communaux font les frais plutôt que d'attendre la bonne volonté du pouvoir central. C'est ainsi que j'ai pénétré la brousse et la forêt de l'ouest à l'est du pays. Lorsque je suis arrivé en Côte-d'Ivoire je n'avais pas les moyens financiers des gros entrepreneurs qui attendent les manœuvres en ville et les payent le « gros prix ». Je suis allé les chercher là où ce n'est pas cher, c'est-à-dire dans les villages. Je m'y suis fait beaucoup d'amis car, contrairement à certains confrères qui y passent une nuit et repartent aussitôt que la main-d'œuvre est réunie par le chef, je m'installe, je reste plusieurs jours et je suis adopté. En Europe déjà je m'étais intéressé aux statues et aux masques africains — aux vrais, pas ceux fabriqués pour le tourisme — et je savais qu'ils sont des intermédiaires entre l'homme et une déité diffuse. Sur place j'ai appris l'importance de leur rôle dans le culte des ancêtres, des génies, des dieux secondaires. On m'a parlé, puis j'ai vu, des sacrifices offerts aux statuettes familiales ou à celles de la fécondité.

— Des sacrifices humains ? dis-je en pensant à la fâcheuse réputation des villages de pêcheurs établis sur la côte entre Abidjan et Grand-Bassam.

— Non, uniquement des sacrifices d'animaux. Mais c'est en résidant dans ces villages perdus qui, à un kilomètre de l'asphalte de la route nationale, vivent encore au pire Moyen Age, que j'ai eu confirmation de la survivance des sacrifices humains et même de l'anthropophagie. Apprenant un jour à un chef de village Agni avec qui j'étais en affaire — à l'époque je faisais un peu de trafic de masques à l'intérieur du pays — que j'avais un très bon manœuvre guéré, il m'a répondu : « Ah ! Tu as un Guéré... les Guérés bouffent l'homme. Les mâles de la tribu sont tous très costauds parce qu'ils coupent les seins des femmes et les mangent pour acquérir de la force. » Ce n'était pas une histoire en l'air ! J'ai considéré mon Guéré d'un autre œil ! Mais un excellent ouvrier est trop rare pour le renvoyer sous un prétexte si futile... D'ailleurs toutes les ethnies baignent dans des histoires plus sanglantes les unes que les autres. Les Baoulés, Houphouët-Boigny en tête, révèrent le sacrifice de la reine Pokou. A cent kilomètres au nord-ouest, des gratte-ciel du Plateau les Abidji fêtent le souvenir du chef de la terre qui, sur les conseils d'un génie, n'hésita pas en période de famine à couper en morceaux puis enterrer son fils préféré. Le lendemain les ignames poussaient sur le charnier.

— Chaque peuple, même le plus civilisé, a ses légendes et les entretient comme un patrimoine national, remarquai-je.

— Sauf qu'ici, dès que l'on sort de la ville, ces populations en apparence si rieuses et si insouciantes vivent dans un environnement terrifiant. Éric vous le dira mieux que moi : la plupart des Africains ont en permanence le *congolo** qui travaille ! Depuis leur enfance, depuis leur initiation en forêt ou en brousse, ils entretiennent entre

* Congolo : la tête, l'intelligence, la réflexion.

leur malheureuse personne et un dieu unique dont les volontés sont obscures toute une armée d'intermédiaires qui les aident à les comprendre et à les observer. Le culte et les sacrifices aux génies et surtout aux ancêtres sont essentiels non seulement pour établir cette fragile passerelle avec le dieu suprême mais surtout pour les protéger des forces mauvaises qui n'ont qu'un but : détruire l'ordre naturel des choses en général, et, en particulier, le petit bonheur qu'ils ont édifié à grand-peine. D'où les rites, les danses, les sorts, les sacrifices animaux et même humains. J'ai toujours les meilleurs rapports avec les villageois éloignés qui me font des confidences parce que je parle le dioula qui est la langue véhiculaire entre les soixante ethnies du pays, mais jamais, au grand jamais, je n'ai pu en obtenir une explication sensée. Je ne dis pas cartésienne, seulement sensée ! Ils baignent dans l'irrationnel. Même les plus évolués d'entre eux qui ont une situation à Abidjan. Les études universitaires, la cravate, le costume trois-pièces et même la Mercedes n'y changent rien. Je ne critique pas. Je vis avec eux, il faut donc que je sois près d'eux et que j'essaie de les comprendre. Parfois ce n'est pas facile et les rapports quotidiens s'en trouvent souvent faussés.

Dans sa villa de Cocody, Pierre m'avait raconté comment il avait eu récemment « une grave palabre » avec un boy qui n'en faisait qu'à sa tête. Les remontrances avaient dégénéré et le domestique furieux avait menacé son patron de lui jeter un sort. Pierre n'y avait pas prêté attention jusqu'au jour où sa femme trouva dans sa voiture un fétiche confectionné par le boy : il avait recueilli patiemment quelques-uns de ses cheveux blonds, les avait tressés autour d'une araignée et d'insectes difficilement identifiables et avait placé la boule ainsi constituée sur le tableau de bord du véhicule. Furieux, Pierre coinça le boy vindicatif contre le mur et le menaça de son 357 magnum : « Ça, dit-il en agitant le revolver sous le nez du bonhomme, c'est un charme efficace. Il réussit à tous les coups ! Maintenant, tu fous le camp et tu ne reviens jamais. Sinon... »

— Il a bien fait, dit Jean-Luc F... Dans ces régions, si tout le monde ne peut être sorcier, chacun peut jeter un sort. Et souvent on aide le sortilège par le poison. Pas seulement en brousse. Lisez la rubrique nécrologique de *Fraternité matin*, le grand quotidien d'Abidjan. Lorsque vous voyez : Yamilla Diby, Koko Youeto ou un quelconque Désiré N'Doumi Kouaké décédé ici ou là d'une *courte maladie*, vous pouvez être sûr que quelqu'un de son entourage l'a poussé dans la tombe ! Ici, dans le langage courant, courte maladie = poison. Personne ne s'en offusque puisque le reste de la famille l'annonce aussi bien à sa parentèle qu'à ses amis. En brousse ou dans la forêt la pratique est encore plus courante. On n'y a pas les moyens de publier une notice dans le journal national mais le bouche à oreille remplit cet office. On discute, on suppute, on s'interroge mais la conclusion est toujours la même : le jeteur de sort devait avoir ses raisons. Le docteur de Tournai en est un témoin privilégié : de mémoire de médecin blanc on n'a jamais vu à l'hôpital la gendarmerie ouvrir la moindre enquête à la suite d'un décès par empoisonnement. Ceci pour vous dire que votre ami Pierre a eu rudement raison de flanquer la trouille à son boy. Moi-même je respecte les croyances locales mais je n'entre pas dans le système. L'Européen qui le ferait serait fichu d'avance et n'aurait plus aucune autorité. Mon boy-chauffeur, avec lequel j'entretiens les meilleures relations, n'a eu de cesse de me convaincre le plus sérieusement du monde que les gris-gris épinglés chaque matin sur sa chemise la rendaient imperméable aux balles et aux coups de couteaux, jusqu'au jour où je lui ai fait enlever son vêtement et ai tiré plusieurs cartouches dans le coton. Trois beaux petits trous qui ne l'ont pas démonté pour autant. Avec son sourire éblouissant il m'a dit, comme si la chose allait de soi : « Pas étonnant, patron, toi tu as un pouvoir surnaturel... » Pour ce merveilleux conducteur doublé d'un excellent mécanicien, tout s'explique par le surnaturel ! Alors nous devons faire avec... En souriant, en ouvrant l'œil et en prenant quelques précautions comme celle de ne jamais s'arrêter la nuit, quoi qu'il arrive, sur cette route si agréable.

Nous avions quitté la ville et ses faubourgs bordés de « maquis » et de cabanons. La nationale flanquée de cocotiers offrait, entre deux dunes ombragées, le spectacle magnifique d'un océan d'émeraude lançant ses vagues ourlées d'écume à l'assaut de plages de sable blanc. Çà et là on distinguait, à l'abri des plantations de palmiers, les cases rectangulaires d'un paisible village de pêcheurs dont les pirogues peintes de couleurs vives voguaient au-delà de la barre redoutable qui protège le littoral.

— Ce sont des émigrés du Togo, du Bénin (l'ancien Dahomey) et surtout du Ghana qui n'ont pu trouver de place pour jeter leurs filets auprès de ceux des pêcheurs ivoiriens, dit Jean-Luc. Ils se sont installés ici où, en raison de la barre, le golfe de Guinée est très dangereux. La plupart de ces types ne savent pas nager alors ils font des sacrifices aux fétiches qu'ils adorent, et qui doivent les protéger des fureurs de l'Océan tout en leur apportant beaucoup de poissons. Des sacrifices humains naturellement. C'est pourquoi l'étranger à ces tribus — qu'il soit blanc ou noir — n'a pas intérêt à traîner dans les parages après le coucher du soleil. Dès que j'ai travaillé entre Abidjan et Zagourou mes ouvriers ivoiriens m'ont prévenu : « Sur la route rouge si tu vois quelqu'un étendu sur l'asphalte tu ne t'arrêtes pas. Tu fonces tout droit et tu verras qu'avant que tu ne l'écrases, il se sera sauvé ! » Si l'on ajoute à leurs sanglantes coutumes les traditions de certaines ethnies ivoiriennes on ne s'étonnera plus que, sous le manteau, la tête coupée se négocie à deux cent cinquante mille francs CFA. Une fortune pour les gens d'ici !

Un trafic de têtes à moins de cinquante kilomètres d'Abidjan et à quelques années de l'an 2000 ! Jean-Luc

F... essayait sur l'écrivain de passage ses dons de conteur fantastique. Mon sourire dubitatif le provoqua. En un instant nous passâmes de la légende antique aux développements de l'actualité la plus récente dont le docteur de Tournai me confirmerait bientôt la sinistre réalité.

Connues depuis le XVIIe siècle pour leurs qualités guerrières les ethnies Achanti, et Agni-Sanwi avaient essaimé du centre du Ghana vers le Togo et le Dahomey pour la première, et vers la Côte-d'Ivoire pour la seconde qui s'y était installée définitivement. L'une et l'autre étaient tristement célèbres pour les sacrifices humains auxquels elles procédaient deux fois par an et à la mort de chaque souverain, afin d'assurer à leurs rois des protecteurs dans le monde des esprits, ainsi que le rapportèrent les premiers commerçants portugais, hollandais, anglais et français.

— Ce sont leurs descendants que nous retrouvons aujourd'hui dans notre région, précisa Jean-Luc F... Les Agni-Sanwis, devenus ivoiriens à part entière, peuplent la zone de Zagourou. Quant aux Achantis ils se trouvent en quantité parmi les émigrés ghanéens et béninois établis sur la côte. Trois siècles ont passé mais les traditions des têtes coupées sont restées si vivaces que, lorsque le docteur de Tournai est arrivé à Zagourou, on a parlé d'une véritable hécatombe pour la mort du roi du Sanwi — car nous avons encore des rois dans certaines régions, ils passent à la télévision et racontent des histoires fabuleuses ! On murmure — mais allez savoir si c'est vrai — que le souverain a été inhumé dans le lit d'un bras de la Comoë, — détournée pour l'occasion — couché sur un matelas de quarante têtes fraîchement coupées. Puis ses sujets ont remis la rivière en eau, rendant impossible l'identification de la sépulture.

« Il y a quelques semaines l'un des villageois avec lesquels je suis en rapport constant m'a confié au retour de l'enterrement d'une parente à Yamoussoukro — le village natal du président dont il fait une nouvelle Brasilia — que sa famille avait déposé deux têtes de Mossis (des émigrés de Haute-Volta) dans le cercueil de l'aïeule. C'est la résurgence de la coutume ancestrale. Les rois et les membres de familles importantes ne se déplaçaient qu'en hamac soutenu par des porteurs. Ils n'étaient jamais seuls. Aussi, à leur mort leurs sujets ou leurs familles leur offraient-ils des têtes pour continuer à les accompagner dans l'au-delà.

— Vous croyez sincèrement ces ragots ? m'étonnai-je.

— Et comment ! Un Ghanéen que j'ai vu ce matin, avant de venir vous chercher, m'a confirmé la chose. A vous, il ne le dirait pas mais il sait que je connais les coutumes. C'est lui qui jadis m'a conseillé de ne jamais m'arrêter de nuit sur la route côtière. Et, sans vous en donner la raison, votre ami de la présidence vous a bien recommandé d'en faire autant.

— Dans ce cas il peut s'agir de simple banditisme, rétorquai-je, toujours sceptique.

— Puisqu'il vous faut des preuves, en voici quelques-unes. Consultez la collection de *Fraternité matin* depuis le début de l'année et vous verrez si mes années africaines m'ont fait travailler le *congolo !*

La première affaire était relatée par la gendarmerie ivoirienne. Un Ghanéen en route pour Abidjan s'était arrêté à bout de ressources dans un village de l'intérieur où on lui avait confié un champ à défricher contre la promesse de quelques billets. Au bout de huit jours le propriétaire, incommodé par l'odeur nauséabonde que dégageait le bagage du manœuvre y avait découvert une tête en état de décomposition avancée. Il avait alerté la police. Interrogé, l'ouvrier agricole avait expliqué qu'il descendait dans la capitale où on lui donnerait « plusieurs millions » pour son macabre trophée tant il y avait d'acheteurs désireux d'honorer leurs morts !

— Il exagérait un peu, s'esclaffa l'entrepreneur. Par contre les émigrés qui ont été interceptés dans la zone que nous traversons par une patrouille de militaires français du 43e bataillon d'infanterie de marine, cantonné au titre de la coopération au-delà de Port-Bouët, n'étaient pas loin du compte. Ils transportaient dans des sacs de sport trois têtes récemment tranchées ! Croyez-moi, il existe bel et bien un trafic juteux, si j'ose dire, en relation avec des coutumes tribales que l'on ne supprimera pas de si tôt. Le roi Achanti du Ghana, souverain coutumier, boit aujourd'hui encore dans un crâne humain, rappel de son ascendant sur tous les membres de sa tribu. Et à Yamoussoukro, à un jet de pierre du somptueux hôtel *Président*, de l'aérodrome où atterrissent les plus gros jets, du golf aux greens magnifiquement entretenus, et de l'une des plus belles universités du globe, on se demande très sérieusement — et pas seulement sous la case des vieux Baoulés — combien il faudra de crânes pour accompagner dans son dernier voyage le corps du guide vénéré, tandis que les crocodiles sacrés se prélassent aux pieds d'un palais familier à tous les grands de ce monde !

Étaient-ils Achantis ou Agnis, fils des coupeurs de têtes, ces négrillons à demi nus qui, sur le bord de la route, vendaient des fleurs et des ceintures de perles multicolores avec un sourire attendrissant ? Je n'avais pas encore rencontré Éric de Tournai que je mesurais déjà la fragilité des efforts européens sur ces terres encore barbares. A peine sorti de la plus évoluée des villes de l'Afrique de l'Ouest, je ressentis — comme au Cameroun quelques semaines auparavant — avec quelle rapidité la civilisation s'exténuait.

***

Après Grand-Bassam, l'unique route asphaltée quittait le littoral où les eaux de l'Océan disputent une étroite langue de terre à celles de la lagune, pour piquer brusquement sur le nord-est. Et tout aussi brusquement température et paysage se transformèrent. La brise rafraîchissante du golfe de Guinée ne fut plus qu'un souvenir et nous ressentîmes aussitôt les effets débilitants du climat tropical. Une chaleur dense, lourde, moite, émanait de la forêt où, aux grands arbres millénaires décimés par des générations de forestiers, avaient succédé de nouvelles espèces plus modestes quoique encore impressionnantes dont les fûts émergeaient de fourrés épais et de lianes enchevêtrées. La terre rouge, grasse, gorgée des eaux des bassins de la Bia et de la Comoë, était couverte d'une végétation luxuriante que le travail des hommes s'efforçait de domestiquer. Entre deux collines échevelées apparaissaient les plantations : palmiers raphia et palmiers à huile, ananas, avocatiers, bananiers, maniocs aux branches légères et au feuillage aérien, et surtout, richesse du pays, caféiers et cacaoyers soigneusement alignés sur les pentes et aux creux des vallonnements. Cette débauche de verdure aux nuances changeantes, des plus tendres aux plus crues, était ponctuée çà et là par l'éclair éblouissant d'un vol de hérons garde-bœufs. Les feuilles énormes des bananiers, le moutonnement frémissant des cultures de manioc dissimulaient des villages dont on ne soupçonnait l'existence qu'à la présence, sur le bas-côté de la route, de femmes isolées drapées dans des cotonnades à fleurs, portant un bébé maintenu dans le dos par un pli de leur robe et, sur la tête, les objets les plus hétéroclites empilés dans la traditionnelle cuvette. De ce paysage exotique et en apparence désert surgissait parfois un homme en boubou indigo ou vêtu de lisses cotonnades blanches, les mains libres, nonchalant, l'œil fixé au loin, qui poursuivait une marche dont on se demandait où elle pouvait le mener. Puis la forêt céda complètement au jardin des plantations, les femmes apparurent de plus en plus nombreuses et pépiantes, et, sur les hommes, les boubous firent place aux jeans et chemises criardes de la « civilisation ». La ville s'annonçait.

Nous la découvrîmes du haut de la dernière colline, répandue sans grâce dans une sorte de cratère quadrillé de larges avenues de terre battue. Les plus hauts immeubles avaient trois étages et étaient construits sur le même modèle que les maisons plus modestes : un parallélépipède de béton ocre au toit plat agrémenté, pour les plus « luxueux », de terrasses abritant quelques meubles de jardin et des plantes en pot. Entre deux constructions, des terrains vagues à peine aplanis supportaient les cabanes de planches aux toits de tôle rouillée de ceux qui n'avaient pas les moyens de construire en dur. Une voilure de linges multicolores exposés au soleil les reliait les unes aux autres. Face au bâtiment où logeaient tout à la fois la « Grande pharmacie de la Comoë », et le libre-service-alimentation - papeterie - articles scolaires - quincaillerie - plomberie - électricité - peinture qui constituait le « centre commercial » de la ville, une demi-douzaine d'Africains affalés derrière des glacières de fortune proposaient noix de coco, fruits rafraîchis et pyramides de pâtisseries aux rares flâneurs, sans un geste pour les protéger des tourbillons de poussière qui s'élevaient au passage de chaque voiture. A parcourir, sous un ciel plombé, cette ville faite de bric et de broc, on éprouvait une désolante sensation de tristesse, de médiocrité et d'abandon.

— Joyeux port de mer, dit Jean-Luc. Zagourou est certainement l'une des villes les plus sous-développées de la Côte-d'Ivoire alors qu'en un quart de siècle le président Houphouët-Boigny a considérablement modernisé son pays.

— Pourquoi cet oubli dans une région qui ne manque pourtant pas de ressources ? demandai-je.

— Toujours les histoires tribales. Nous sommes ici en plein royaume Sanwi, le plus important de l'ethnie Agni qui peuple la région frontalière. On les trouve aussi bien en Côte-d'Ivoire qu'au Ghana. A l'heure de l'Indépendance ces cocos-là qui ont toujours été rebelles au pouvoir central n'ont rien trouvé de mieux que d'exiger leur rattachement au Ghana où les sirènes de N'Krumah chantaient les mérites du pan-africanisme et de la lutte tous azimuts contre le néo-colonialisme. Ils se sont carrément soulevés en 1960-1961 et la région de Zagourou a été considérée comme séparatiste. L'affaire a été si grave qu'il a fallu envoyer l'armée ivoirienne à peine constituée mais soutenue par des unités françaises pour protéger le barrage d'Ayamé construit sur la Bia à une cinquantaine de kilomètres d'ici et qui à l'époque fournissait toute l'électricité d'Abidjan ! Les soldats ont tapé fort. On a parlé de dizaines de morts, sinon plus. Jusqu'à ces dernières années Zagourou, matée militairement, a été considérée comme potentiellement rebelle. Autant dire qu'elle ne devait pas attendre de l'État le moindre équipement moderne. La situation s'est améliorée après la mort du roi coutumier du Sanwi, celui aux quarante têtes coupées. Les notables de son entourage ont cherché le descendant direct qui devait le remplacer sur le trône. Retrouver son lignage n'était pas chose facile car il avait fait des enfants en pagaille de part et d'autre de la frontière. Quand ils ont fini par dénicher son successeur, celui-ci était officier dans l'armée ghanéenne et s'y trouvait bien ! Fin de la tragi-comédie sanwi. Houphouët-Boigny a alors accordé son « grand pardon » aux chefs de clans venus faire acte d'allégeance dans le palais de Yamoussoukro dont l'entrée est gardée par des béliers recouverts de feuilles d'or, symboles des Baoulés. Magnanime, il avait auparavant accepté l'intégration à titre individuel de fonctionnaires sanwis dans l'administration, avait favorisé leur promotion sociale mais n'a pas pu combler le retard d'une région qui si longtemps avait refusé son autorité. Sans rancune mais tout de même prudent il s'est toujours gardé de venir à Zagourou de peur d'être « fétiché » au cours des réceptions officielles. Tout président chrétien qu'il soit on dit qu'il y croit dur comme fer. Et peut-être n'a-t-il pas tout à fait tort ? Depuis son arrivée dans ce bled, Éric est devenu expert en manifestations fétichistes de toutes sortes. Vous allez pouvoir l'interroger, nous arrivons. Je ne fais que vous déposer. J'ai un chantier qui m'attend sur la piste du nord et j'en ai pour un moment avant de l'atteindre. Le goudron s'arrête à la porte de la villa du toubib.

Je ne connaissais pas le docteur de Tournai. Par ses proches, je le savais seulement fort jeune et passionné par l'Afrique qu'il avait sillonnée depuis sa sortie de la faculté, de Madagascar à la Mauritanie en passant par le Cameroun, le Gabon et la Guinée. D'abord comme aspirant-médecin, au titre de la coopération, à Tananarive où il avait vécu la prise du pouvoir par les militaires qui avaient renversé le président Tsiranana, jugé trop pro-français, puis comme médecin d'entreprise dans l'enfer des mines de fer mauritaniennes au nord de Zouerate. Isolé dans le désert il y avait partagé les pénibles conditions de vie des ouvriers, les poumons rongés par le sable et la poussière de l'usine la plus insalubre qu'on puisse imaginer. Presque sans contact avec les petits cadres européens — des brutes qui acceptaient tout pour un salaire faramineux —, menacé par le couteau des mineurs arabo-berbères lorsqu'il refusait l'arrêt de travail des tire-au-flanc, confronté au racisme exacerbé qui opposait les Noirs évolués du bassin sénégalais aux « Blancs » descendants des seigneurs du désert auxquels leur fierté atavique avait fait refuser jadis toute responsabilité auprès du colonisateur, il avait dû puiser, durant l'année passée en vase clos dans une bourgade artificielle édifiée à proximité du *guelb**, dans le tréfonds de ses ressources morales pour ne pas sombrer dans la dépression. Après une courte halte plus agréable au Gabon et au Cameroun, le séjour guinéen dans un centre de traitement de la bauxite à l'heure où Sekou Touré y éliminait toute opposition à coups de fusils-mitrailleurs, n'épargnant ni les femmes ni les enfants, aurait dû le dégoûter à tout jamais d'un continent si mal parti. Mais Éric de Tournai avait contracté le « virus de l'Afrique ». Passionné de parasitologie à laquelle l'avait initié l'un de ses professeurs à la Salpêtrière, il avait obtenu à Paris un diplôme de médecine tropicale et complété, entre deux séjours africains,

* Piton rocheux où l'on extrait le fer dans la région de Fort-Gouraud, proche de la frontière avec l'ex-Sahara espagnol.

ses connaissances en pédiatrie pour retourner dans ces pays où il y avait tant à faire et où les praticiens autochtones ne se bousculaient pas pour obtenir un poste loin des lumières du pouvoir. Ainsi était-il arrivé à Zagourou.

Auprès des briscards dont j'avais recueilli les témoignages, le docteur de Tournai, avec seulement quinze années d'expérience, faisait figure de bleusaille. Mais les lieux et les circonstances dans lesquelles il les avait vécues lui offraient, malgré un profond dédain pour l'argent, une place de choix parmi les aventuriers que j'avais rencontrés. Car c'était bien une aventure qu'il continuait à vivre chaque jour sous les tropiques.

— Je n'avais pourtant aucune vocation africaine, me dit-il d'emblée. Bien mieux, après avoir été mêlé à mon corps défendant aux troubles de Madagascar dans les années 1970, j'avais confié à mes amis : « Si l'Afrique n'est peuplée que de salopards comme ceux qui ont pris le pouvoir, je n'y remettrai jamais les pieds. » Et j'en suis à mon cinquième poste, le plus intéressant jusque-là puisque j'y soigne une population entière et non plus seulement les employés d'une entreprise. Depuis que je l'occupe, j'ai vu des choses et rencontré des cas inconcevables en Europe. Quant aux gens, ils vivent quotidiennement dans un monde étrange qu'il est passionnant de découvrir même si mes conditions de travail sont loin d'être idéales.

Éric de Tournai parlait d'une voix douce, mesurée, qui accentuait encore l'impression de jeunesse que dégageait sa personne. Visage rose et lisse, regard enfantin derrière des lunettes cerclées d'or, silhouette dégingandée d'étudiant américain frais émoulu de son campus, le docteur de Tournai surprenait le visiteur. Était-il possible que cet adolescent poussé en graine ait déjà vécu tant d'expériences ?

— J'ai pourtant dépassé le cap des quarante ans, me dit-il comme si j'avais trahi mon étonnement. Malgré une vie familiale et professionnelle agitée, la nature m'a joué le mauvais tour de paraître moins que mon âge. Cela m'a desservi à mes débuts, surtout en Afrique où les Noirs qui se fient beaucoup à l'allure ont tendance, pour certains, à m'aborder comme le petit jeune que l'on va facilement « entuber ». Ils en reviennent bien vite mais plus qu'un autre j'ai dû affirmer mon autorité. Par bonheur, à Zagourou ils me connaissent et ne s'en tiennent plus aux apparences.

— Et puis vous êtes le patron de l'hôpital, remarquai-je. Dans ces régions « l'homme-santé », surtout s'il est le chef, doit être respecté.

— Je ne suis pas le patron. Je suis seulement chef d'un service de l'hôpital dirigé par un Ivoirien, plutôt brave type. Aujourd'hui l'époque de la coopération intense qui coûtait une fortune à l'État est révolue. Le plan actuel est de prévoir des missions courtes pour des spécialistes et de laisser la place aux médecins africains qui sont en nombre suffisant. Le grand problème est que les bons praticiens noirs — et il y en a beaucoup — ne veulent pas s'enterrer dans la brousse où ils n'ont pas grand-chose à attendre si ce n'est servir leur pays et leurs concitoyens. Ce qui constitue malheureusement le cadet de leurs soucis ! J'aurai vécu la fin d'une aventure qui fut, par bien des côtés, exaltante.

Lorsque, à la demande du ministre de la Santé ivoirien, Éric de Tournai avait accepté la direction d'un service de l'hôpital de Zagourou, c'était, lui avait dit l'administration, pour y remplacer un V.S.N. (Volontaire du Service National) français trop peu expérimenté pour l'établissement d'importance qui venait d'être construit. A son arrivée, il découvrit que les bâtiments modernes, le matériel de radiologie, les laboratoires de pointe et le V.S.N. français n'existaient que dans l'imagination des fonctionnaires. La réalité était moins brillante : un petit hôpital colonial vieillot, au matériel désuet, dirigé par l'unique médecin du lieu, un Africain qui n'avait accepté ce poste que pour se faire oublier à la suite d'ennuis professionnels et politiques. Son prédécesseur, le premier directeur noir du centre hospitalier jusque-là dirigé par des Européens, en avait été chassé six mois auparavant tant il avait fait de blagues !

— Ce type parfaitement incompétent était doublé d'une franche crapule, ajouta le docteur de Tournai. Il n'hésitait pas à vendre les échantillons de médicaments ni à faire payer les Blancs de la coopération qui, à ce titre, devaient être soignés gratuitement, encore moins à clamer cyniquement : « Moi, je ne suis là que pour faire du pognon. » Il allait jusqu'à s'imposer auprès des chefs d'entreprises locales qui ne l'avaient nullement sollicité et exigeait pour ses « services » 300 000 francs CFA par mois ! Nombreux furent ceux qui cédèrent à son racket dans la crainte d'être en contravention avec la législation du travail. Si au moins il avait guéri ses malheureux patients ! Mais il les a si bien décimés que le pouvoir abidjanais s'est ému de la situation. Le bonhomme a été muté dans un dispensaire de la frontière où l'hécatombe doit se perpétuer. Six mois plus tard, et le « grand pardon » accordé par le président aux Sanwis, des crédits ont été enfin délivrés pour la mise en œuvre du projet dont à Paris on m'avait assuré l'achèvement. Le bâtiment principal était à peine hors d'eau que l'on a constaté le détournement de cinq cents millions de francs CFA ! Faute de nouveaux crédits l'hôpital en est resté là et je continue à exercer avec pour tous moyens mon stéthoscope et mon diagnostic.

— C'est-à-dire dans les mêmes conditions que les médecins de brousse à la grande époque coloniale...

— Exactement. Moitié Laennec, moitié docteur Crozet*. Avec un avantage de taille : une pharmacopée qui n'a rien à voir avec celle de nos aînés. Le tout est de faire un diagnostic juste et de pouvoir suivre les malades. Un exemple : durant mes études en France j'ai appris à travers les radios à déceler une pneumonie puis la guérir. Ici je n'ai jamais vu une radio pulmonaire et je soigne des pneumonies en série avec d'excellents résultats grâce à mes oreilles et aux médicaments dont je dispose et dont les pionniers de la médecine

* Docteur Crozet : membre de la mission Binger qui reconnut et délimita la frontière orientale de la Côte-d'Ivoire. A Abidjan une avenue du Plateau porte toujours son nom.

coloniale étaient dépourvus. Lorsque je dis « Je dispose », je suis optimiste. Mais je vous en parlerai lorsque vous aurez visité l'hôpital car il faut le voir pour le croire. Sur le papier cela sonne bien : hôpital général de Zagourou. La réalité est tout autre. Dans ce jardin si agréable on ne se doute pas de ce qui se passe à seulement cinq cents mètres !

De la villa de plain-pied — une simple dalle de béton reposant sur de légères colonnes — on ne distinguait que les marches de la terrasse émergeant d'un enchevêtrement d'arbres, de plantes tropicales et de buissons entretenus avec soin. La verdure opulente des ficus, cocotiers, manguiers, palmiers raphias, filaos aux aiguilles pendantes et yucas géants, était ponctuée de taches aux couleurs somptueuses où le rouge vif des hibiscus se mêlait au rose tendre des bougainvilliers.

— Mon seul luxe à Zagourou, dit le docteur de Tournai avec une légitime fierté. Au retour de l'hôpital où le décor n'est pas fait pour engendrer la joie je puise dans ce jardin un profond réconfort. Lorsque je suis arrivé c'était la jungle. Non sans mal je l'ai civilisée. Sous ce climat et avec l'humidité ambiante vous plantez un manche à balai et le lendemain il est couvert de feuilles ! Une recommandation pourtant puisque vous allez loger chez moi : évitez d'y promener d'éventuelles insomnies. C'est le domaine des serpents ! Nous sommes ici en bordure de la ville et de l'autre côté du mur de clôture commence la forêt avec ses habitants dont les plus hardis ne sont pas les moins dangereux. A l'aube j'ai dû me battre contre une colonie de manians qui entendaient prendre d'assaut la cuisine.

Tandis que le visage de ma compagne s'assombrissait à la pensée de passer la nuit dans la compagnie de bestioles d'autant plus redoutables qu'elles lui étaient inconnues, je me renseignais sur la nature de ces envahisseurs téméraires :

— Ce sont des serpents venimeux ?

— Non, des fourmis. Des fourmis d'un beau brun-roux, assez grosses, qui se déplacent en colonne de vingt à trente centimètres de large. Mais par millions d'individus.

Si sur une surface plane les manians avancent sur trois épaisseurs, dans les creux il peut y en avoir trois ou quatre cents ! Ces saletés vous désossent un bonhomme ou un gros chien avec une rapidité extraordinaire. D'ordinaire la règle est de ne pas perturber la colonne grouillante et d'attendre qu'elle avance en dévorant tout sur son passage. Il faut seulement espérer qu'elle ne va pas se trouver bien dans votre maison. Par chance, ce matin j'ai surpris les manians dans le jardin alors que l'avant-garde attaquait le mur de la cuisine. Je l'ai repoussée à coups de balai et ai détruit le gros de la troupe au pétrole enflammé. Un quart d'heure plus tard j'aurais dû patienter jusqu'à ce que la colonne ait traversé la villa !

Dans la chambre d'amis un serpent noir lové au pied du lit qui nous était destiné me fit mal augurer de la nuit à venir. Je rejoignis aussitôt ma femme dans le clan des allergiques aux demeures enfouies dans la végétation tropicale. La vie quotidienne en Afrique équatoriale était faite de ces inconvénients auxquels Éric de Tournai remédia en nous cédant sa chambre « hermétique et climatisée », assura-t-il avec un demi-sourire.

— Par bonheur, à l'hôpital où toutes les salles sont également de plain-pied, mes malades habitués à la brousse ne se formalisent pas de ces intrusions intempestives, ajouta-t-il. Qu'est-ce qu'un malheureux serpent dont on se débarrasse d'un coup de bâton auprès de l'atmosphère maléfique dans laquelle leurs croyances animistes les plongent au sortir de l'enfance ? De manière générale l'Africain de ces régions possède une résistance physique extraordinaire doublée d'une extrême fragilité psychologique. Pour un oui, pour un non, il a — comme il dit — « le toc toc dans le congolo ». Pour s'en délivrer il va aussitôt sacrifier au *m'ma*.

Sur une étagère le médecin pêcha une statuette de terre cuite aux formes à peine ébauchées.

— Le *m'ma* est la représentation d'un ancêtre dont il doit se concilier les bonnes grâces par des libations ou des sacrifices qui, dans certaines circonstances particulièrement graves, peuvent aller jusqu'à l'immolation d'un être humain. Malgré les destructions des missionnaires on trouve encore des *m'ma* dans certaines cases. Avant mon arrivée à Zagourou, n'ayant pour tout bagage que mon expérience de médecin de centres industriels, je ne soupçonnais pratiquement rien de l'effrayant environnement des tribus africaines de la forêt avec lequel, ici, j'allais devoir compter. Aucun manuel de médecine tropicale n'en parle et ce n'est qu'au contact des populations les plus diverses que j'en ai eu la révélation au cours de conversations qui, au début de mon séjour, me parurent totalement irrationnelles.

Comment imaginer ce surnaturel angoissant sous les visages souriants des hommes et des femmes qui, une heure plus tard, nous saluèrent avec tant de joie, de gaieté enfantines qu'on avait peine à les croire malades. Les galeries couvertes qui couraient le long de chaque bâtiment ressemblaient à un caravansérail un jour de foire. Protégées du soleil qui à cette heure tombait droit sur les cours intérieures sablées, des femmes affairées autour de marmites et de cuvettes de toutes couleurs préparaient sur des foyers improvisés à la fois le repas de leur progéniture piaillante et celui du parent qu'elles venaient visiter. Les conversations allaient bon train. Leurs échos animés parvenaient dans les chambres qui ouvraient directement sur les galeries et où gisaient sur des lits de fer les plus atteints des patients. Nulle tache de linge blanc dans la pénombre. Ni draps ni serviettes, seulement une couverture par malade vêtu, celui-ci d'un boubou, celui-là d'un pagne, cette autre d'une pièce d'étoffe chiffonnée.

— J'ai aussi bien des Agnis originaires de la région que des Nigériens, des Togolais, des Ghanéens, des Voltaïques, des Mauritaniens ou des Sénégalais, énuméra le docteur de Tournai tout en échangeant quelques mots avec ces malheureux. Autant de langues différentes et personne n'a pensé à me fournir un interprète. Je dois faire appel au personnel soignant ou passer par le truchement d'un autre malade, en général un Agni qui, pour employer sur sa plantation une nombreuse main-d'œuvre immigrée, pratique la langue véhiculaire de ses esclaves. J'exagère à peine car les Agnis qui possèdent une grande partie des terres ne sont pas des fanatiques de la culture. Ni du travail. Ils font bosser les Voltaïques et les Ghanéens en dignes fils des trafiquants d'or et des guerriers des temps jadis. Ils ont leurs immigrés sous-payés comme leurs pères avaient leurs esclaves ! Moi je soigne indifféremment les uns et les autres.

Comme je m'étonnais du dénuement qui régnait dans les salles où le seul confort était le sol cimenté et un lavabo pour six lits, le docteur de Tournai eut un geste de lassitude.

— S'il ne manquait que le linge ! La nourriture de l'hôpital est une telle pâtée que les parents ou les amis du malade viennent faire sa tambouille dans la cour ! Outre mon service je suis en charge de la maternité qui compte trente-six lits. Or, depuis trois mois, je n'ai plus ni compresses, ni coton, ni éther et je touche à la fin de ma provision d'alcool à 90°. Je manque du matériel de base indispensable pour soigner une accouchée ! Ici tout se paye : les médicaments aussi bien que les produits de première nécessité. Seul le médecin est gratuit. Au lendemain de l'indépendance, dans l'euphorie générale, le gouvernement annonça que « tout était cadeau », puis, devant le gouffre financier, renonça à sa prodigalité. Si dès le départ les malades avaient dû payer les médicaments, personne n'aurait râlé mais, dans ce domaine, régresser est toujours dangereux. Aujourd'hui c'est moi qui dois me débrouiller avec les patients. Ce qui ajoute encore à mes difficultés surtout face aux fonctionnaires qui cotisent à une mutuelle. Grâce à leur carte ils bénéficient du tiers payant et naturellement ils la refilent à toute leur parenté. Au début je fermais les yeux mais cotiser pour deux ou trois personnes n'est pas cotiser pour quarante ! J'ai dû me montrer intraitable et refuser au neveu d'établir les bons de fournitures au nom de l'oncle. Il paye donc les médicaments trois fois plus cher. Les plus influents de ces fonctionnaires ont même déposé, par écrit, des plaintes contre moi. « Le docteur de Tournai est un bon médecin mais il est dur, il est trop méchant ! écrivent-ils au préfet. Il devrait se montrer plus souple avec les malades. » Ce qui dans le langage quotidien se traduit brutalement : « Il devrait se méfier un peu. On ne sait jamais ce qui peut lui arriver s'il ne veut pas arranger nos affaires. » Heureusement ces mauvais coucheurs sont une minorité. Pour la simple raison qu'ils sont passés par le sorcier avant de me consulter. Comme ses gris-gris ont échoué ils se résignent à venir à l'hôpital. Mon cabinet, pour eux, c'est la dernière chance. Si vous saviez ce que ces murs ont entendu ! Et entendent encore.

Nous étions parvenus au bout de l'allée centrale. Tous les trois pas un gosse, une femme, venait toucher la main du docteur. Un grand gaillard, vêtu à l'européenne, tenant par la main une fillette maigrichonne dont le petit corps d'ébène flottait dans une robe jaune, vint saluer Éric et, apercevant mon appareil, demanda timidement que je le prenne en photo avec son enfant.

— Alors tu es content. Ta fille va bien, dit le docteur de Tournai.

— Oh, oui. Elle va tout à fait très bien. Je l'emmène maintenant, répondit l'homme en agitant un petit sac en plastique qui contenait les affaires de la petite.

Il posa fièrement devant l'objectif puis s'éloigna vers la sortie du centre de soins dont le portique portait l'inscription : « Vous sentez-vous soulagés ? C'est notre souhait. Bonne chance. »

— On ne peut mieux définir mon rôle ici, dit le médecin en m'indiquant la direction de son bureau. Je ne fais pas de médecine de pointe mais quand je vois cette gamine qui doit avoir deux ou trois ans gambader joyeusement, je suis assez content de moi. Je ne suis pas venu pour rien. Il y a quelques années — on les appelle

« périodes effrayantes » — seul un enfant sur cinq atteignait l'âge de cinq ans. Aujourd'hui trois sur cinq y parviennent. La petiote avait la rougeole et souffrait de diarrhées infantiles. Si son père ne me l'avait pas amenée à temps, elle était perdue. Quelle mère française peut envisager qu'en Côte-d'Ivoire — un pays qui dispose d'un quadrillage sanitaire bien meilleur que ses voisins — des gosses meurent chaque jour de ces maladies si bénignes en Europe ? Savez-vous ce que l'on soigne en majorité à Zagourou ? La rougeole, le palu, et la maladie du sommeil — les trois fléaux de la brousse aussi bien que de la forêt — auxquels j'ajouterai les parasitoses, les infections respiratoires et les problèmes nutritionnels. Vous en trouverez la trace dans la plupart de mes fiches auprès de la dizaine de maladies dues aux tropiques et au sous-développement.

Son bureau de chef de service reflétait le même dénuement que les salles de soins. Le mobilier métallique à la peinture écaillée était des plus succincts : une table, une armoire, une chaise, un fichier. Sur le sol dallé le sable crissait sous les pas. Dans l'air poisseux à peine rafraîchi par un climatiseur hoquetant on ne retrouvait pas même l'odeur rassurante de l'éther. Seulement celle du charbon de bois et de la nourriture qui cuisait dans la cour.

— Ces traditions qui intéressent tant les ethnologues et les gens comme vous, heureux de les voir inchangées depuis la nuit des temps, poursuivit Éric de Tournai, constituent les principaux écueils auxquels je me heurte. Dès qu'un gosse souffre de diarrhées sa mère le met à la diète complète. « Sans manger ni boire, ça ne coulera plus », prétendent les matrones et le sorcier du village. Résultat le gamin se déshydrate et, avec la température qui règne dans ces régions, en trois jours de ce régime il a bien peu de chances de s'en tirer. Si les parents sont tant soit peu évolués comme ceux de la fillette que vous avez vue, ils le mènent à l'hôpital où je le réhydrate sans difficulté et il est sauvé. Faut-il encore qu'ils acceptent de transgresser les tabous familiaux aussi bien que les interdits et les « médecines » du guérisseur local. Et ici il y en a tous les cent mètres ! Je ne nie pas qu'il existe certaines herbes efficaces pour lutter contre la fièvre ou les maux de ventre — soixante pour cent de la pharmacopée industrielle utilisée en Europe étaient, à l'origine, issus des plantes — mais la plupart des guérisseurs de village ne savent pas doser leurs rares décoctions qui pourraient avoir un certain effet. La marge entre la dose efficace et la dose toxique est parfois infime. En revanche, à l'hôpital, malgré la faiblesse de mes moyens, j'obtiens des résultats plus que satisfaisants. De mon fichier et du rapport statistique fournis à la mission de coopération il ressort que sur dix malades dont je me suis occupé, un meurt dans mon service, un autre est envoyé à Abidjan faute de matériel pour le soigner, un troisième « s'évade », et sept ressortent convalescents. Sur les dix pour cent d'évadés, cinq étaient presque hors d'affaire — je les retenais contre leur gré pour parfaire leur guérison — les cinq autres, se sentant de plus en plus mal, ont fui la médecine du Blanc pour « aller faire traitement indigène ». Officiellement je ne sais pas ce qu'ils deviennent, mais vu la gravité de leur cas je suis sûr qu'ils vont *caner* à la maison ! Toutes maladies confondues, même les plus graves, cela fait en moyenne trois guérisons sur quatre. Donc, compte tenu des circonstances, notre action est loin d'être inutile. Le tout est d'approcher les gens, d'essayer de comprendre leur mentalité et de faire en sorte que les soins leur soient accessibles en développant leur confiance dans les structures créées pour les accueillir. Cela n'est pas si simple et l'on continue à mourir dans les villages comme en France du temps de Molière. Au nom des sacro-saintes traditions !

A l'entrée des bureaux directoriaux une surprenante pancarte annonçait : « Malades, exposez-nous seulement ce dont vous souffrez mais pas ce que vous êtes ni ce que vous savez. » Elle avait été apposée par des médecins ivoiriens pour rassurer leurs patients de tribus différentes.

— Contrairement à ce que pourrait penser un Européen, précisa le docteur de Tournai, cela ne signifie nullement que mes confrères africains sont indifférents aux histoires de leurs malades mais plutôt qu'ils ne cherchent pas spécialement à percer les secrets d'une ethnie voisine. C'est vous dire que, malgré la communauté de race, la confiance est loin de régner entre Agnis et Achantis, *a fortiori* entre Baoulés, Voltaïques et Ghanéens. Alors imaginez le toubib blanc qui, recevant ses premiers malades, les interroge innocemment pour savoir de quoi ils souffrent en ignorant tout de la complexité de leurs mécanismes tribaux. Il m'a fallu du temps avant de comprendre que, dans leur esprit, les troubles qu'ils ressentaient n'étaient jamais dus aux moustiques, aux tsé-tsés, aux virus ambiants mais à bien d'autres causes... autrement mystérieuses !

Dans leur quasi-majorité les patients venaient à l'hôpital après avoir épuisé toute la panoplie des sacrifices aux représentations fétichistes des ancêtres, et des contre-charmes destinés à rompre le sort funeste jeté par un parent ou un voisin. A leurs yeux la maladie n'existait pas. Seuls se manifestaient les pratiques de la sorcellerie. Le mal ne pouvait venir d'un microbe — dont ils ignoraient l'existence — mais de quelqu'un qui leur était hostile. Ce qu'ils concevaient aisément puisque, dès le sortir de l'enfance, ils vivaient dans un monde peuplé de génies néfastes et d'esprits malins où, potentiellement, *l'autre* était un ennemi dont il fallait sans cesse conjurer la maléfique puissance.

— Cette attitude totalement irrationnelle ne simplifie pas le diagnostic, poursuivit Éric de Tournai. Surtout quand les symptômes de nos maladies habituelles ne sont pas évidents. Longtemps je n'ai pas voulu entrer dans leur jeu. Aujourd'hui je le fais. Quand, après auscultation et examen approfondis, je ne trouve rien j'oriente la conversation sur l'environnement du malade. Je sens tout de suite si le type réagit et, là, dans son langage j'ose lui dire : « Il y a problème. Ton corps n'a rien mais il y a quelque chose dans ton *congolo.* Tu vas te démerder pour savoir ce que c'est. Tu viendras me voir si tu n'as pas trouvé. C'est sans doute fétiche. » Même le mot *fétiche,* je le prononce de plus en plus souvent. Mon bonhomme est surpris car il sait qu'avec le Blanc on ne parle jamais de « ces choses-là » (ni d'ailleurs avec un Noir d'une autre ethnie !) mais il est soulagé car je le ramène à ce qui, de toute évidence, est son problème essentiel. Que moi, le toubib blanc, je le renvoie à sa tradition l'effraie dans un premier temps puis le désangoisse. Malheureusement son problème médical n'est pas résolu. Je n'ai rien à lui ordonner car je me refuse à faire de la grande psychothérapie à un Africain. De toutes manières ce serait impossible. Pour être efficace en ce domaine il faut posséder une culture et une langue communes. Même avec certains patients qui manient parfaitement le français et sont capables d'appréhender certaines notions, je parlerai en pure perte... car celui qui est cravaté et s'exprime comme dans l'amphithéâtre de l'université va faire ses sacrifices, tel son grand-père. Il n'empêche que ces cas, dont j'étais loin de soupçonner l'existence en Europe, apportent un intérêt certain à mon action dans cet hôpital isolé. Ils constituent une aventure quotidienne.

L'un d'entre eux, arrivé récemment, était représentatif des effets incroyables du « toc-toc dans le congolo » qui, au premier abord, réjouit tant le Blanc. Appelé à trois heures du matin au service des urgences, Éric de Tournai avait découvert un jeune garçon, pensionnaire au lycée de Zagourou, qui présentait tous les symptômes du tétanos. Dans une région où la couverture vaccinale est dérisoire, rien de moins étonnant. L'adolescent en pleine crise reposait sur la table d'examen, arqué en pont.

— Je l'examine. Ni plaie ni fièvre mais une inconscience totale et des muscles en bois. Fort d'une déjà longue expérience des problèmes psychiques qui assaillent les Africains je suis arrivé à la conclusion suivante : soit le gamin avait eu des mauvaises notes au lycée, soit sa petite amie l'avait plaqué, soit il avait fait « grave palabre » avec un condisciple. J'ai dit à l'infirmier : « Tu lui fais une vitamine ou une eau distillée, ou n'importe quoi mais tu le piques ! » Et l'on a vu le pont diminuer, les muscles se détendre, le lycéen sortir de son état second tout surpris d'être à l'hôpital. Il avait tenu plus d'une demi-heure sur la tête et la pointe des talons. On ne peut imaginer ce qu'un type qui se croit « ensorcelé » est capable de réaliser, car singer le tétanos il faut le faire ! A seize ou dix-sept ans la plupart des jeunes de nos régions sont d'une extraordinaire fragilité nerveuse qui tient au système de scolarisation entre la brousse et la ville. J'en constate les désastreux résultats à ma consultation où je suis confronté à des gamins caractériels, racistes, méchants, paumés surtout. Avec la vie qu'ils mènent, pas étonnant qu'ils soient quelque peu « dérangés ».

Dans la soirée je pus me rendre compte des lamentables conditions de vie de ces enfants qui portaient sur leurs fragiles épaules les espoirs de villages dont le nom ne figurait même pas sur une carte. Après le dîner nous sortîmes de la villa pour faire quelques pas dans la relative fraîcheur de la nuit en compagnie de François, un ami d'Éric, professeur coopérant qui, après quatorze années d'enseignement au lycée de Zagourou, allait regagner la France. Sous un lampadaire municipal, une dizaine de gosses, assis dans la poussière, entourés d'un nuage de moustiques, faisaient leurs devoirs avec une touchante application.

— Tous ces gamins viennent de villages éloignés, expliqua Éric. Leurs parents, bien incapables de les entretenir convenablement en ville, leur ont dit de s'y trouver un tuteur. Chacun a dû faire du porte à porte pour trouver le gîte, même pas le couvert. La plupart du temps il n'a pas cent francs CFA par jour pour manger ! Il est là, abandonné au sortir de l'école, sans une présence affective pour le soutenir. S'il est malade il ne sait pas où s'adresser. Sa faim n'est jamais totalement satisfaite, et le soir il est écarté de la maison du tuteur qui ne veut pas payer l'électricité pour qu'il puisse étudier ! A part les internes, pris en charge par l'État, avec une bourse toujours insuffisante, trop nombreux sont les écoliers et lycéens qui vivent dans des conditions d'abandon catastrophiques. On a voulu scolariser, selon le système européen, une immense majorité de gosses bien incapables de suivre un programme trop ambitieux. Malgré leur bonne volonté ils vont à un échec certain.

— Ce n'est guère flatteur, ni pour l'État ivoirien ni pour le coopérant, dis-je au professeur.

— La faute en revient plus à la France qu'à la Côte-d'Ivoire, remarqua François. Chez nous l'enseignement technique a toujours eu mauvaise presse et l'on a favorisé dans les ex-colonies l'enseignement général. L'État ivoirien a suivi et l'on trouve des classes, sur le modèle français, bourrées jusqu'à la gueule d'enfants qui n'ont rien à y faire et que l'on aurait sauvés si on leur avait fait suivre une formation courte qui leur aurait ouvert un de ces petits métiers dont le pays a tant besoin. Au lieu de cela j'enseigne à quatre classes de 80 élèves chacune un programme aberrant. En bloc je les aime bien ces gosses qui voudraient tant apprendre. Oh ! ils ne sont pas comme en France, toujours prêts à chahuter, à contester. Non, ils écoutent très sagement... et ne comprennent rien. Ils sont complètement bouchés. Plus de trois cents élèves ! Comment voulez-vous que je les connaisse. Je n'ai même pas la possibilité matérielle de sélectionner ceux qui pourraient faire un petit quelque chose. Et puis les coopérants ne sont pas tous des génies. Ils font ce qu'ils peuvent avec les moyens qu'on leur donne.

— Ce que François ne dit pas, ajouta le docteur de Tournai, c'est que les écoles, qui, au départ, sont plutôt meilleures que dans d'autres pays africains, sont noyées sous une marée de zigotos qui ont l'espoir, en allant au lycée, d'avoir un jour leur bachot, donc leur petite voiture à plaque jaune de fonctionnaire, leur petite nénette et un logement climatisé, et qui ne seront jamais productifs. Ces jeunes gens que l'on voit si décontractés, si souriants, vont s'engluer dans les villes, persuadés que leur échec est dû au mauvais sort. Privés des mécanismes de conjuration collective de leur village, sans famille, sans sorciers, sans cérémonies propitiatoires, d'un équilibre nerveux d'une extrême fragilité ainsi que j'ai essayé de vous le faire comprendre à l'hôpital, ils se retrouvent dans la grande marée des manœuvres, bons à tout-bons à rien, employés un jour, chômeurs les vingt suivants. L'un des drames des pays africains dont le fondement essentiel était une société rurale hiérarchisée à l'extrême, c'est l'éclatement des anciennes structures sans que rien ne vienne les remplacer. De tous ces gamins qui ont quitté leur village pour l'école, et l'école pour la ville, rares sont ceux qui vont réussir et garder le contact avec leur ethnie. Les autres iront peupler les bidonvilles des banlieues et s'enfonceront dans une situation épouvantable. Jamais ils n'accèderont à la carrière à laquelle ils se croyaient promis. Pas plus qu'ils ne retourneront au village où leur échec ne leur vaudrait que mépris et rejet.

— Les instituteurs et les professeurs africains sont armés pour les aider, remarquai-je. Ils connaissent les traditions et peuvent leur prodiguer des conseils qui, venant d'Européens comme vous, ne seraient peut-être pas entendus.

— Mes confrères ivoiriens sont malheureusement dignes de ceux du docteur, soupira François. Ils s'en foutent. Le système éducatif est en plein fiasco. Dans le primaire aussi bien que dans le secondaire le niveau est si bas que les professeurs le relèvent arbitrairement. Un deux de moyenne devient un dix, sinon on devrait renvoyer les élèves et ils perdraient leurs classes. Comme les médecins, les enseignants de valeur veulent rester dans la capitale ou obtenir un poste dans une ville importante. Chez ceux dont nous disposons ici ce n'est qu'absentéisme, passe-droit, copinage entre maître et élèves. L'instit' de brousse est à peine mieux payé que le toubib qui reçoit un salaire dérisoire, c'est tout dire ! A la limite est bon élève celui qui lui apporte un poulet. Quant aux filles... « Si tu couches avec moi, tu auras 18 » est la règle générale appliquée à celles qui ne sont pas trop laides.

Sans le dévouement et la générosité dont les deux hommes faisaient preuve depuis des années dans l'exercice de leur métier au service des plus démunis, le tableau sans indulgence qu'ils brossaient d'une Afrique à laquelle ils avaient tant sacrifié m'aurait scandalisé. Malheureusement ils étaient en dessous d'une vérité que la presse abidjanaise s'efforçait de faire éclater. A la suite d'une enquête sur les filles mères, l'un des reporters les plus populaires de *Fraternité matin* n'hésitait pas à écrire dans le numéro du jour : « Parmi les séducteurs impénitents il faut stigmatiser les enseignants. Alors qu'on attend d'eux qu'ils transmettent aux élèves leurs connaissances et les préparent à assumer leur part de responsabilité dans l'œuvre de construction nationale, ils ne pensent qu'à leur plaisir. Chaque fois que j'ai évoqué le problème avec ces maîtres ils ont toujours fui la discussion, croyant se dédouaner en accusant les autres. " Nous ne sommes pas les seuls à leur faire du charme. Pour être des enseignants nous n'en sommes pas moins des hommes. " Ces petites phrases signifient tout simplement que le mal est en passe d'être généralisé. »

— C'est déjà bien qu'on en parle, dit Éric de Tournai.

— Une goutte d'eau, lâcha François désabusé.

— Sa petite goutte d'eau, et la tienne et la mienne justifient notre action. Après ces considérations pessimistes je dois rentrer. Demain matin mes malades seront là, pleins d'espoir, sans se soucier de mes états d'âme.

Lorsque, mélancoliques, nous regagnâmes la villa où nous attendait tout le confort européen, les gamins, blottis sous le réverbère, anônnaient toujours des leçons auxquelles ils ne comprenaient rien.

⁂

Le lendemain je rejoignis le docteur de Tournai alors qu'il terminait sa consultation. Un long moment, embossé dans l'embrasure de la porte, je le regardai travailler. Des mots simples, beaucoup de compréhension et de sollicitude pour le malade impressionné par l'acte médical et pourtant débordant de confiance. Chacune de ses phrases, chacun de ses gestes était imprégné de douceur et d'accueil. Le contraste entre son attitude et celle des infirmiers rogues et désagréables que j'avais pu croiser dans les bâtiments hospitaliers était flagrant. Comme je m'étonnais de leur attitude envers leurs frères de race, Éric de Tournai qui, la visite terminée, se lavait les mains, haussa les épaules.

— Au risque de vous paraître raciste — et Dieu sait si je ne le suis pas — la plupart sont de sales bêtes. Et les infirmières ne valent pas mieux. Froids, inhumains, et pleins de morgue, ils sont aussi méprisants qu'incompétents. En outre ils rançonnent littéralement les malades. Si l'on n'y mettait pas le holà ce serait permanent. Les malheureux alités doivent donner le bakchich pour avoir l'infirmier, pour avoir la piqûre, pour avoir l'interne, pour avoir son dossier. Payer pour tout ! Pas étonnant que, de manière générale, les gens n'aiment pas venir dans les hôpitaux publics où ils sont bousculés, maltraités et se font engueuler à longueur de journée. Remarquez que chez nous, en France, il a fallu de véritables campagnes dans l'opinion publique pour humaniser les hôpitaux et il reste encore beaucoup à faire, à tel point que, durant mes études, j'ai été si choqué par l'ambiance qui y régnait que pour rien au monde je n'aurais fait une carrière hospitalière à plein temps. Et me voilà depuis une éternité à Zagourou ! J'essaie avec mes faibles moyens — mais nullement soutenu par mes confrères africains qui considèrent leur poste comme une punition — que l'hôpital devienne un havre de paix, un endroit où l'on soulage effectivement et où l'on rend service. Si le système ne s'améliore pas les gens répugneront à venir s'y faire soigner. Par exemple, alors que nous avons une maternité de trente-six lits, les femmes préfèrent accoucher chez elles malgré les nombreux risques encourus tant par la mère que par l'enfant. Psychologiquement je les comprends fort bien. Elles préfèrent les matrones du village aux infirmiers d'ici qui les traitent comme du bétail !

— Vous pouvez tout de même sermonner votre personnel, m'étonnai-je. Vous êtes le chef du service !

Éric de Tournai qui, devant la penderie, troquait sa blouse blanche pour une chemisette à rayures, se retourna brusquement.

— Mais, mon bon monsieur, c'est que je ne veux pas mourir d'une *courte maladie,* moi ! dit-il en avalant comiquement les R. Depuis que j'exerce ici je n'ai pas vu un type ou une fille sanctionnés dans mon service. Et pourtant, avec le nombre de conneries qu'ils font ! J'ai essayé à deux reprises. La première fois, je n'ai pas été jusqu'à la rédaction de ma plainte. La seconde, j'ai vu mon rapport rester pendant des semaines sur le bureau du médecin chef qui « a fait arrangement » avec l'infirmier. Le bonhomme « a demandé pardon » et ça a suffi ! Celui qui voudrait pénaliser une fille de salle négligente ou trop souvent absente *va droit au poison.* Le directeur m'a mis en garde dès mon arrivée : « Vous savez, docteur, en Afrique on a des problèmes avec ça. On ne sait jamais à qui on a affaire et le poison est toujours présent. »

— Votre ami Jean-Luc F... m'a parlé de ces histoires de « courte maladie », dis-je, mais je ne pensais pas que le problème revêtait une telle ampleur.

— Chaque tribu, chaque clan possède sa ou ses « recettes ». Ils sont très riches en pharmacopée toxique et très habiles à l'utiliser. Quand je dis qu'il y a des affaires d'empoisonnement parmi les malades, je le suppose car on ne prononcera jamais le mot officiellement. De temps en temps, avec mon collègue je dis : « Celui-là a dû mourir empoisonné. » Il me répond : « Oui, c'est sûrement cela », mais on signe le certificat de décès en indiquant sur le papier la raison *apparente* de la mort. En aucun cas la police ne se mêlera d'une affaire d'empoisonnement ethnique. Les policiers d'ici, comme tous les fonctionnaires, appartiennent à des tribus différentes — en général ce ne sont pas des Agnis — et ils ne veulent à aucun prix entrer dans ces salades. Je ne suis pas plus royaliste qu'eux. Quand je pense qu'il y a anguille sous roche je ne le dis pas, tout bêtement parce que, moi non plus, je n'ai pas envie de me faire empoisonner. De toute façon, s'il y a eu une telle affaire, tout le monde est au courant et il n'y a pas besoin du docteur pour le dire. L'an dernier on a enterré une célèbre tenancière de « maquis ». La moitié de la ville était derrière son cercueil. Il y avait de grandes chances pour qu'elle soit morte empoisonnée mais elle présentait des symptômes qui pouvaient s'expliquer médicalement. Par-derrière on m'a dit, avec ce bon sourire africain : « Elle a fait ça et ça... Et, hop, *courte maladie !* Terminé ! » Cette crainte du poison explique en grande partie la paralysie que manifestent les cadres de tout poil devant leurs responsabilités. Ils ne prennent aucune sanction de peur d'être drogués. Avec la paresse ambiante due au climat et l'absence d'esprit pratique, le poison est une des grandes causes de cette apathie. Nos compatriotes qui, dans les salons parisiens, discutent de l'avenir du tiers monde, et parfois le gèrent sans demander leur avis aux Africains, veulent l'ignorer. Lorsque, dans les Universités européennes, ils voient des étudiants noirs obtenir d'excellents résultats, sortir en jeans dans les boîtes, fréquenter des filles blanches comme tout le monde, ils affirment : « Ces vieilles histoires tribales n'ont plus d'influence sur la jeune génération évoluée. » Ils se trompent lourdement car, même en France, ces garçons apparemment si bien intégrés ne sont pas sortis de leur système. *A fortiori,* dès qu'ils retrouvent leur pays et leur environnement traditionnel, ils s'y replongent jusqu'au cou. Certes, il existe des exceptions mais elles ne sont aucunement représentatives de la population censée exercer une responsabilité. Voilà pourquoi, moi, chef de service, j'évite de « faire palabre » aussi bien avec mes confrères qu'avec mes subordonnés africains. Tabous et pratiques plus ou moins magiques au service de la vengeance sont loin d'être extirpés des esprits.

J'appris alors — à l'heure où la ville disposait d'une maternité et d'un service de pédiatrie dont les résultats étaient excellents — comment, jusque dans un passé récent, les tribus agnis des environs sacrifiaient à leur naissance certains nouveau-nés qui « portaient malheur ».

Selon leurs croyances, faisaient courir un péril redoutable au village tout entier : les jumeaux, les bébés qui naissaient avec un doigt en trop, et le dixième enfant d'une même mère. Les vieux broussards de l'époque coloniale, forestiers ou planteurs installés dans le triangle d'or de l'est du pays, connaissaient le tabou par leurs ouvriers. Chez les Sanwis, les plus traditionalistes des Agnis, la mère sitôt l'accouchement terminé étranglait l'enfant-tabou ou bien le laissait sans soins au soleil. Après la Seconde Guerre mondiale, les coutumes évoluèrent. La multiplication des hôpitaux et des dispensaires de brousse permirent l'ablation sans danger du doigt supplémentaire, et, pour une raison inconnue, les jumeaux devinrent pour les tribus Sanwis la preuve du contentement des ancêtres. Dès lors, à leur naissance on planta dans le village un « arbre de joie ». Seuls les dixièmes restèrent source de malheur non seulement pour la famille mais pour le clan.

— Tout comme pour les *courtes maladies,* dit Éric, on ne parle jamais des dixièmes. Aujourd'hui encore moins qu'avant car — et c'est bon signe — les parents du « condamné d'avance » essayent de le sauver. Dès qu'elle se sait enceinte pour la dixième fois, une mère sanwi va soi-disant visiter un parent lointain. En réalité, elle cherche un moyen pour confier le nouveau-né soit à une œuvre privée, en général tenue par des religieuses missionnaires, soit à quelqu'un qui désire acheter un gosse. Car ici il y a, sous le manteau, un véritable trafic d'enfants. En Afrique la stérilité est une malédiction. L'enfant représente la première richesse et la sécurité de la vieillesse. Pour une femme, rien de pire que d'être « un ventre silencieux ». Elle fera tout pour avoir un enfant. Quel que soit son niveau intellectuel, elle consultera un sorcier-guérisseur entre deux gynécologues et ira jusqu'à prendre discrètement un amant de passage qui la mettra enceinte et disparaîtra, puisque son époux, qui affiche une assurance royale quant à sa fécondité, n'acceptera jamais de se soumettre à un examen. Comme l'a écrit récemment l'hebdomadaire *I.D.,* le grand magazine de Côte-d'Ivoire, l'éventuel impuissant « avec un peu de chance tombera sur une femme futée qui, par amour ou par intérêt matériel, lui " ramènera " discrètement un ou plusieurs enfants ». Voilà pourquoi il y a des femmes qui cherchent des gosses, quitte à les acheter comme des animaux. Que ce soit un dixième n'a aucune importance puisque, sorti du circuit où il est né, il ne portera pas malheur à sa nouvelle famille.

— Si avoir de nombreux enfants est une sécurité pour l'avenir, pourquoi tuer les dixièmes ? demandai-je interloqué par ce manque de logique.

— Tabou sanwi, inexplicable. La femme aura un autre enfant mais ce sera le onzième et il ne sera pas néfaste au clan. C'est un problème que je ne peux évoquer en public, pas même au centre d'accueil avec les petites sœurs alors que je m'occupe de ces gosses.

— Venant des religieuses ce silence complice m'étonne, remarquai-je.

— Elles ont pour elles l'expérience de dix ou vingt années en brousse. Dans leur centre les dixièmes pullulent parmi les enfants abandonnés. Parler devant un Agni, qui est peut-être un Sanwi, d'un enfant qui selon la coutume devrait être mort, risquerait d'attirer le mauvais œil sur le clan et de porter préjudice à une maman en train de sauver la vie de son gosse même si elle sait qu'elle ne le verra jamais plus. A l'ouverture de plusieurs villages-S.O.S. qui recueillent des sans-famille la presse d'Abidjan a évoqué le problème pour justifier d'une implantation dans la région. C'est la seule fois où j'ai vu cette affaire évoquée par un canard africain. Ça a fait un scandale épouvantable. Le journal a eu l'assemblée des notables sur le poil. Ça n'a pas convenu aux vieux. Depuis on n'en parle plus, sinon à mots couverts et en les maniant avec des pincettes. Mon travail n'est peut-être pas facile mais celui des sœurs est bien pire encore. Elles l'effectuent avec un doigté et un dévouement admirables.

Au début de son séjour le docteur de Tournai avait découvert, à une vingtaine de kilomètres de Zagourou, un petit dispensaire de la santé rurale tenu par une des sœurs missionnaires. Infirmière dotée d'une solide formation tropicaliste, implantée dans la région depuis plus de dix ans, elle connaissait tous les habitants des villages alentour dont elle était le seul recours en cas de maladies devant lesquelles le guérisseur se révélait impuissant.

— Comme je m'ennuyais un peu entre mes quatre murs, poursuivit Éric de Tournai, j'ai pris la responsabilité — nullement imposée par mon poste — d'aller l'aider une fois par semaine. Je profitais de mon jour de congé. Nous avons fait ensemble un travail formidable. Elle connaissait ses malades, me les présentait. J'étais ouvert à toutes les suggestions de cette femme sympathique en diable qui avait la formation et toutes les compétences d'un officier de santé auxquelles elle ajoutait un dévouement et une disponibilité sans limites. Toutes qualités réunies par les missionnaires et en aucun cas, malheureusement, par les personnels locaux. Un beau jour l'administration a envoyé un médecin résident, un jeune loup malien, pas même ivoirien, raciste de surcroît. Sans ambages il a refusé tout travail en équipe. A la plus petite remarque de la religieuse il n'avait qu'une réponse à la bouche : « Je fais comme je veux. Vous, taisez-vous ! » Aujourd'hui, pour ne pas abandonner totalement ses malades, elle se contente de le suivre, le carnet à la main. Elle note scrupuleusement les élucubrations de ce parfait crétin. Résultat, il accumule les catastrophes au point qu'un notable du coin aurait osé dire devant le sous-préfet : « Le dispensaire était mieux quand le médecin blanc ne venait qu'une fois par semaine alors que celui-là couche sur place. Maintenant on préfère aller à pied à Zagourou ! » Le drame vient du fait que le ministre de la Santé — il me l'a dit lui-même — est obligé de recourir à des mesures coercitives pour trouver des médecins de brousse. La plupart des étudiants sont boursiers et doivent en principe un certain nombre d'annuités à l'État. Mais il y a les passe-droit, les interventions des « tanties » et autres puissantes relations. Depuis l'année dernière le ministre envoie les boursiers dans les centres isolés. C'est ainsi qu'est arrivé le type du dispensaire et qu'à l'hôpital nous avons un deuxième chirurgien et un gynécologue. On leur a dit : « Tu ne discutes pas, papa. Tu y vas. » Aucun d'entre eux n'est volontaire à la différence des médecins blancs qui ne sont pas des saints comme nos petites sœurs mais ont compris qu'ici il fallait être très près des malades. C'est une carence dont souffrent la plupart de nos collègues africains. Il faudra plusieurs générations pour que la notion de service de l'État et des couches populaires les plus défavorisées leur devienne familière et remplace l'appât du gain immédiat. Quand ils ressentiront le bonheur que j'ai éprouvé récemment en sauvant une mère et son enfant, perdus de toute évidence, alors ils seront sur le bon chemin.

Est-ce pour cela qu'il restait depuis tant d'années dans cette ville endormie qui n'avait rien de réjouissant ni d'agréable ?

La consultation terminée nous en parcourûmes les environs puis les artères centrales. A quelques centaines de mètres de la villa du docteur, au flanc d'une colline, s'étendait le bois sacré de la plus proche tribu agni. Un morceau de forêt secondaire où se mêlaient palmiers sauvages, lianes et taillis impénétrables. Rien d'exceptionnel aux yeux du visiteur mais devant lequel, disait Éric, il était recommandé de ne point s'arrêter. Encore moins de le pénétrer car « les hommes à machette, soucieux de préserver l'intégrité du lieu d'initiation, seraient trop heureux de s'y payer un Blanc ». Près des rives de la Comoë aux eaux d'étain, l'unique hôtel confortable de la ville, composé de bungalows à toits coniques, et qui devait servir de base aux excursions touristiques en pays agni, était abandonné, faute d'une gestion rigoureuse. Déjà la nature tropicale en digérait les abords. Un peu plus bas, plantée sur une presqu'île où la végétation cernait de vert l'étendue grise des méandres du fleuve, une maison coloniale à balcon et colonnade jadis immaculés jouait les témoins d'un monde révolu. Un vieux planteur misanthrope l'occupait toujours, refusant le moindre contact avec les Blancs. S'en approcher était aussi déconseillé que de pénétrer dans le bois sacré. Dans cet univers lugubre les seules notes réjouissantes étaient dues, dans le centre de la cité, aux enseignes, maladroitement peintes sur un panneau de bois, des « maquis » et des petits commerces indigènes. Sur fond bleu azur ou vert cru, elles annonçaient des raisons sociales fantaisistes : « Va-z'y-voir », « Tantie J'ai Faim » ou « Tantie Mangivoire », tandis que le coiffeur « Afro Défrisage An 2000 » proposait, dessins à l'appui, la « banane ghanéenne » avec raie sur le côté pour quelques francs de plus que la coiffure « ordinaire » — la même sans raie — ou la boule afro aussi lisse et brillante, d'après l'enseigne, que la peau d'un phoque au sortir de l'Océan. L'Alexandre de Zagourou se proposait également de réparer, le temps d'une coupe, la montre en panne qui ornait inutilement votre poignet. Près du marché un docte vieillard veillait sur une couverture étalée dans la poussière où s'amoncelaient plantes, graines, poudres et décoctions, conditionnées aussi bien dans des sacs de jute que dans des fioles pharmaceutiques ou des bouteilles de Perrier et de Coca-Cola récupérées à la décharge. Sur un panneau de contreplaqué, bandes dessinées pour les analphabètes et textes pour les autres vantaient la science de l'exceptionnel représentant de « l'Association ghanéenne des médecins et guérisseurs traditionnels », qui faisait à la ville l'honneur de sa visite. « Service des Herbs *(sic)*. Savant des Herbs *(sic)*. Chers Frères et Sœurs, est-ce qu'il y a une des maladies détaillées ci-dessous qui vous dérange ? 1) L'Hermorrag dit Kokoo 2) Les maux de reins 3) La furé ou la jaunisse 4) Les maux de tête ou de dents 5) La syphilis dit " sopice* " *(sic)* 6) Les vers de Guinée 7) L'habitude de fumer et la morsure de serpent ? »

— Voilà un joyeux spécimen de mes principaux concurrents, dit Éric en souriant. Sous les pansements faits à l'hôpital sont bien souvent glissées herbes et « potions magiques ». En outre vous ne pouvez pas savoir, lorsqu'un blessé ou un malade se décide à consulter, ce que l'on peut trouver sous les emplâtres des guérisseurs de brousse ! Récemment un vieux bonhomme est venu nous voir à la suite d'un malencontreux coup de machette à la cheville. Durant un mois il s'était soigné avec ces saloperies et ne s'était résolu à l'hôpital que sous la menace de sa famille. Dans la case commune l'atmosphère était devenue irrespirable. Lorsque nous l'avons débarrassé du paquet de feuilles puantes qui la protégeaient, la plaie grouillait d'asticots. Tibia et péroné étaient atteints. Je vous passe les détails mais, après avoir enlevé à la pince cette vermine, mon collègue chirurgien et moi-même, au bord de la nausée, avons découvert le squelette du pied avec tous les ligaments comme chez

* Chaude-pisse.

Oscar, l'écorché des salles de Fac'. Il n'y avait plus un pet de viande dessus ! Ce qui restait de chair entre cheville et genou était d'un beau rouge, comme à l'étal du boucher. Dans nos contrées les « mouches à plaies » empêchent l'infection. Les asticots décapent tout ! L'infirmier n'a eu qu'à couper un ou deux ligaments et le pied est tombé comme une branche morte. Le vieux ne bronchait pas. Il regardait les asticots qui le dévoraient comme il aurait regardé un passage de manians ! Ces types sont d'une résistance extraordinaire. En revanche quand, trois jours plus tard, on l'a amputé au genou, il a gueulé comme un âne, non de douleur, l'opération s'est faite sous anesthésie, mais parce qu'il regrettait une jambe avec laquelle, malgré la blessure putride, il « se trouvait si bien » ! Parmi les cas ahurissants auxquels nous sommes confrontés quotidiennement, je me souviens d'un malheureux qui avait un cancer de l'orbite. C'était gros comme mes deux poings, putréfié, affreux. Pour cacher cette horreur le bonhomme s'était confectionné un rideau qui pendait sur l'œil, une sorte de bandeau de pirate ! Je lui ai fait un billet pour Abidjan mais il a préféré mourir chez lui. Jusque-là il s'était soigné avec « médecines indigènes » et n'était venu nous voir qu'en désespoir de cause — tout comme cette femme chez qui la petite sœur du dispensaire avait détecté une fistule à l'anus. Bien sûr, elle s'était soignée en brousse aux emplâtres. Quand elle est enfin venue me consulter elle avait un chou-fleur entre les jambes. Si gros qu'il l'empêchait même de resserrer les cuisses. Cancer du rectum. Rien à faire ! Je suis confronté à l'hôpital à des cas historiques qui, en Europe, sont décrits dans les bouquins de médecine du début du siècle et qu'on ne rencontre plus. Chez moi, excepté pour les maladies tropicales, il n'y a pas de pathologie particulière mais simplement des horreurs dues au sous-développement, à la misère et à l'absence de consultation. C'est en grande partie ces cas qui font l'intérêt de mon métier ici. J'ai l'occasion de connaître, de traiter et souvent de guérir des maladies que je ne verrais jamais en France. J'espère ne pas vous avoir coupé l'appétit, ajouta-t-il d'un air malicieux, car nous voici arrivés chez le Lasserre de Zagourou.

Le *Zéphyr*, unique restaurant convenable de l'agglomération, était installé dans un baraquement de plain-pied comme on en voit dans les camps de prisonniers. Deux ventilateurs antiques brassaient au plafond un air moite où les mouches s'épuisaient à voler au-dessus d'une vingtaine de tables nappées de toile cirée.

— Ce n'est pas luxueux mais c'est propre, dit le docteur de Tournai. En dehors de chez moi c'est le seul endroit de la ville où j'accepte de prendre mes repas.

Nous déjeunâmes d'avocats glacés et d'un foutou où le piment rendait impossible l'identification du poisson qui l'accompagnait. La salade rafraîchie où se mêlaient mangues, ananas, bananes, papayes et pamplemousses fut la bienvenue pour calmer nos palais enflammés.

— Repas gargantuesque comparé à ce dont se nourrissent d'ordinaire mes malheureux malades, dit Éric en remplissant nos verres d'un excellent vin espagnol. Sans crever de faim, loin de là, la plupart arrivent dans un état de malnutrition effroyable, comme cette jeune accouchée dont je vous parlais ce matin. C'était une Voltaïque d'à peine vingt ans, employée dans une plantation d'ananas, à une journée de marche de notre hôpital. Elle avait accouché d'un prématuré dans un dispensaire où sévissait un médecin aussi catastrophique que celui dont la petite sœur avait hérité. Lucide, elle l'avait quitté, accompagnée par son mari, pour venir chez nous où « elle avait entendu dire qu'il y avait du Blanc dans le coin ». La pauvre petite m'a fait une conjonction de tas de saloperies : une ankylostomiase — parasitose intestinale qu'on attrape en marchand pieds nus —, une bilharziose — qui vous fait pisser le sang — due aux bains dans les marigots, et une anémie pas possible, conséquence à la fois de sa grossesse, des parasites intestinaux et d'une nutrition déplorable. Dès que le gynécologue l'a hospitalisée, l'hypertension artérielle qu'elle avait faite, sans le savoir bien sûr, à la fin de la gestation, a provoqué une insuffisance cardiaque. Pour couronner le tout elle s'était mis dans la tête que le bébé dont elle venait d'accoucher était la cause unique de toutes ces maladies. Ce n'était pourtant pas son dixième ! Elle refusait de voir et de toucher cet enfant « qui portait malheur ». Une pauvre petite chose de mille cents grammes qui en brousse n'avait aucune chance de survivre. Mais je savais qu'ici, sans couveuse ni matériel perfectionné, nous avions tiré d'affaire des prématurés de neuf cent cinquante grammes. Avec l'unique sœur missionnaire qui serve à l'hôpital, nous nous sommes mis au travail pour sauver le petit bonhomme tandis que le gynécologue africain, qui n'est pas une lumière tant en pédiatrie qu'en médecine générale, s'occupait de la mère. Mais comment, compte tenu de la modicité de nos moyens, assurer la survie d'un prématuré dont la maman refuse de s'occuper ? Il faut lui donner à manger à chaque heure. Le jour, passe encore, mais la nuit, nous n'avions personne pour assurer la tâche ! Notre merveilleuse religieuse a résolu le problème. Durant la journée elle tirait du sein de la mère les quelques cuillerées nécessaires à la survie de l'enfant et, le soir venu, elle emmenait à la mission ce petit tas vagissant qu'elle nourrissait toutes les heures avec du lait pour enfants fragiles acheté sur ses deniers. Pendant quinze jours elle n'a pas fermé l'œil ! Mais le gosse a repris du poids. Elle l'avait si bien soigné qu'en plaisantant je lui ai dit : « Maintenant, ma sœur, il ne vous reste plus qu'à vous marier ! » D'une certaine façon elle a également sauvé la jeune Voltaïque en m'appelant d'urgence quand elle a vu comment la soignait mon confrère gynécologue. A bout de ressources devant les hémorragies, il n'avait rien trouvé de mieux que de la transfuser puisque le mari était prêt à payer les cinq mille francs CFA, prix d'un litre de sang en brousse. Malgré quelques palabres qui nous avaient opposés lors de son arrivée, tant il affichait de prétentions, il a admis que la jeune femme était trop faible pour supporter la transfusion et il a eu le bon mouvement de me l'abandonner. Je l'ai soignée avec de petites piqûres et des médicaments à doses filées, avec une surveillance bi-quotidienne que la petite sœur complétait dès qu'elle avait un instant libre. En deux mois nous avons remis la moribonde sur pied. Bien mieux — et plus difficile encore en raison du tabou qu'elle s'était fourré dans la tête — nous lui avons démontré que son enfant n'était pas si maudit que cela. Sa courbe de poids était tout à fait satisfaisante et il gazouillait comme tous les bébés en bonne santé. Elle a commencé à lui sourire puis elle s'en est occupée, toute ragaillardie en constatant qu'à force de soins nous avions gagné la bataille. Quand j'ai vu cette petite Voltaïque repartir à pied, son enfant de deux kilos dans les bras et son mari à ses côtés, je crois bien que j'étais heureux. A tenter et réussir des choses comme celles-là on ne perd pas sa vie.

— Vos malades, en particulier les plus gravement atteints, vous témoignent-ils de la reconnaissance après leur guérison ?

Deux bras levés au ciel me prouvèrent à quel point j'étais ignorant de la mentalité africaine.

— La reconnaissance de l'Africain, on ne la trouve que dans certains bouquins qui parlent de ces pays avec des sentiments paternalistes et néo-colonialistes. Elle n'existe pas. Ou bien elle est exceptionnelle. En tant d'années, il m'est arrivé de recevoir un poulet, un seau d'œufs artistement rangés en spirale dans de la filasse, parfois un cœur de filet de zébu, offrande royale car très onéreuse. Ces cadeaux-là sont peu fréquents. Plus nombreux sont ceux que l'on vous fait *a priori* pour se ménager d'éventuelles bonnes grâces. Je les refuse systématiquement. En revanche, quand un patient d'une certaine importance sociale insiste particulièrement, j'accepte le billet de cinq ou dix mille francs qu'il me plaque dans la main avec un grand rire au moment de la sortie. Il alimentera la caisse noire dans laquelle je puise pour acheter des médicaments à un nécessiteux ou payer le donneur de sang pour un malade qui n'a pas les moyens de le régler. Ici nous n'avons pas de réserves, pas de centre de transfusion comme à Abidjan. En brousse quand on a besoin de sang il faut trouver un donneur qui, lui, se fait toujours payer ! Je ne peux pas laisser mourir un type qui n'a pas cinq mille balles pour sauver sa peau...

— Cette expérience à Zagourou vous a-t-elle durci le cuir ?

— Naturellement. Je suis blindé. Mais comme je n'ai pas beaucoup d'illusions, ni sur la nature humaine en général ni sur la nature africaine en particulier, mon travail dans cet hôpital de brousse n'a fait que renforcer le blindage acquis lors de précédents séjours. Je n'ai pas fait de découvertes extraordinaires par rapport à mes exercices antérieurs en Afrique mais je sais que j'aime ce continent et les hommes qui le peuplent. Quelle que soit ma sévérité à l'égard du comportement de certains d'entre eux. Être médecin en Afrique c'est envisager son métier sous un angle différent de celui de l'Europe. C'est une autre façon de s'adresser aux gens, de les aborder. C'est la possibilité de résoudre très fréquemment des situations dramatiques en raison de la gravité exceptionnelle de la pathologie. C'est la lutte quotidienne contre la grande misère et la mort. C'est aussi la sensation d'être utile, au moins ponctuellement, car les médecins trop peu nombreux effectuent un immense travail et assument d'énormes responsabilités. C'est enfin le cocktail d'un désarroi profond devant des cas désespérés que l'on ne pourra vaincre parce que le malade, faute de moyens ou d'éducation, aura trop attendu, et de joie sans mélange lorsque je viens à bout de maladies que je n'aurais jamais traitées dans la France d'aujourd'hui. L'Afrique nous apprend à être « moustachu » en matière de diagnostic. Elle m'a apporté une connaissance encyclopédique de ce qui existe comme maladies et a développé mes réflexes. Elle m'a confirmé à quel point le médecin doit *aimer* ses malades, en être le plus proche possible, les suivre avec attention, leur redonner confiance. Bref les aider, physiquement et moralement, du mieux que l'on peut. En ce moment nous sommes un certain nombre à perfectionner nos connaissances en léprologie. Dans ces pays la lèpre fait encore d'énormes ravages et ceux qui en sont atteints sont rejetés de tous. Plus encore que les autres patients ils ont besoin de nos soins, de notre réconfort. Je m'y prépare. Mon aventure, au fond, c'est cela. J'ai non seulement le sentiment mais la certitude d'avoir la vie des gens entre mes mains. Les guérir, les sauver de la mort qui est partout et à toute heure présente sous un climat et dans un environnement pour le moins hostiles constitue pour moi la plus belle des aventures humaines. Qu'importe alors la fortune ? L'important est de *gagner* sa vie et non de la perdre.

En quittant quelques heures plus tard ce praticien chevronné au visage d'enfant, silhouette solitaire plantée dans la poussière du chemin et qui agitait la main, je savais qu'il avait atteint son but : gagner sa vie. Au sens le plus noble du terme.

VI

LE DIDEROT DE LA CÔTE-D'IVOIRE

A parcourir les quelques rues sablonneuses de Grand-Bassam, on avait l'impression d'entrer par magie dans une de ces cartes postales tirées en sépia qui témoignent de la vie quotidienne de la colonie au début du siècle mais dont on aurait fait disparaître les personnages. La petite ville était envoûtante comme ces cités de l'Ouest américain, désertées brusquement lorsque la mine qui en faisait la prospérité eut livré sa dernière pépite. Imaginez une bande de sable longue de deux kilomètres, large de deux cent à trois cents mètres enserrés entre la lagune Ouladine — un des bras de la lagune Ébrié qui court sur la moitié est de la côte — et l'océan Atlantique. C'est là qu'à la fin du XIXe siècle le colonisateur décida de fonder la capitale de la Côte-d'Ivoire et d'y créer, grâce à un wharf de cent soixante-dix-sept mètres de long, le premier port du pays d'où partirent billes de bois, cargaisons d'huile de palme, caoutchouc en sacs, avant que le café et le cacao ne deviennent les stars du commerce ivoirien. Les propriétaires de factoreries y construisirent de belles maisons coloniales dont le rez-de-chaussée, entouré d'une galerie, abritait les entrepôts du comptoir tandis que le premier étage, cerné de la même galerie mais fermée par des persiennes de bois, servait d'habitation à la famille du commerçant. Palais de justice, palais du gouverneur, banques et hôtels y furent érigés au tout début du XXe siècle en même temps qu'une épidémie de fièvre jaune incitait les autorités à transférer la capitale à Bingerville. Malgré de nouvelles attaques de la terrible maladie, Grand-Bassam se développa, tant l'appât du gain était fort. La ruée sur la forêt des exploitants forestiers européens transforma la ville en « cité des billes de bois » et l'extraordinaire prospérité économique permit les travaux d'assainissement indispensables pour chasser durablement les moustiques meurtriers. Aux premières constructions vinrent s'ajouter celles des Libano-Syriens, dont certaines pouvaient rivaliser avec le palais du gouverneur : toitures en tuile, fenêtre encadrées de colonnettes et de frontons ouvragés, balcons de bois sculpté ou en ferronnerie, claustras et patios si habilement aménagés qu'il y régnait en permanence une fraîcheur délicieuse. Les rues et boulevards du quartier France s'ornèrent de cocotiers, de manguiers, de badamiers dont les fruits — les myrobolans — faisaient la joie des enfants. Enfouies dans la verdure les maisons rivalisaient de coquetterie fleurie. Ce n'étaient, au long des clôtures blanchies à la chaux, que pervenches de Madagascar, flamboyants à la floraison orange, lauriers-roses, crêtes de coq, orgueils de Chine. A l'intense animation commerciale de la journée, scandée par l'arrivée ou le départ, dans des panaches de fumée noire, des cargos européens, succédait le soir venu une vie mondaine dont les pôles étaient le tennis du *Cercle de l'Union,* les salons de l'*hôtel de France,* ou *la Cabane,* restaurant de luxe où les bridgeurs acharnés venaient risquer leur cagnotte. Grand-Bassam vivait son âge d'or. La création du wharf de Port-Bouët, à proximité du futur port lagunaire d'Abidjan, puis le transfert de la capitale administrative de Bingerville au Plateau, réussit là où les moustiques avaient échoué. Dès 1932 l'abandon officiel de l'escale de Grand-Bassam pour les paquebots au bénéfice de Port-Bouët marqua le déclin de l'ancienne capitale. Les grandes maisons de commerce fuirent les premières pour établir leur siège à Abidjan. L'ex-capitale du pays s'endormit avec pour seule animation la visite de voyageurs qui ne trouvaient à se loger à Abidjan où, comme on le sait, l'*hôtel du Parc* était loué à l'année par les tout-puissants forestiers. Après la Seconde Guerre mondiale la mise en service du canal de Vridi et l'expansion fabuleuse du Plateau donnèrent le coup de grâce. Les derniers commerçants français quittèrent la petite cité. Du jour au lendemain les belles demeures construites pour l'élite de l'administration et du négoce colonial furent abandonnées puis, au fil des années, occupées par une population autochtone qui, n'ayant ni les moyens de les entretenir ni le style de vie pour lequel elles avaient été prévues, les transformèrent en ces demi-ruines que je découvrais avec nostalgie tout en cherchant la trace de Raymond Borremans, vieil original qui, m'avait-on dit, consacrait la fin de sa vie à l'élaboration solitaire d'un dictionnaire encyclopédique qui en ferait « le Diderot de la Côte-d'Ivoire ».

Errant dans ces rues dépeuplées aux nobles habitations zébrées de taches, de rayures, de veines sinueuses dues aux pluies d'été, je me renseignais auprès d'Africains aussi somnolents que leur cité. Borremans était un nom qui visiblement ne disait rien à mes rares interlocuteurs. Je me souvins alors du sobriquet, indiqué par Albert Aimone, auquel répondait l'homme que je recherchais : « le Vieux Pêcheur ».

— Vieux Pêcheur, c'est lui, me dit un gamin en désignant une silhouette qui, à une centaine de mètres, contemplait les travaux de réfection d'un immeuble de deux étages aux balcons jadis élégants rongés d'humidité.

Je m'approchais et, avant que j'aie eu le temps de me présenter, un petit homme chétif, vêtu d'une chemisette, d'un short, et d'un large chapeau qui lui donnaient l'allure d'un boy-scout sur le retour, désigna de sa canne la façade décrépite :

— C'était l'*hôtel de France,* le plus beau de Grand-Bassam, me dit-il. Je l'ai connu du temps de sa splendeur. Une clientèle élégante, des femmes... ah ! des femmes...

J'y ai souvent joué de la musique pour les distraire. On m'appréciait beaucoup à l'*hôtel de France.*

De la musique ? Je crus m'être trompé quand le vieillard se découvrit, salua ma compagne avec une exquise urbanité et, en bégayant, ajouta :

— Je m'appe-pelle Raymond Borremans. Puis-je vous être d'une quelconque utilité dans la visite de cette cité pathétique ?

Lorsqu'il apprit que j'étais venu à Grand-Bassam pour le rencontrer et me renseigner sur la genèse du gigantesque travail documentaire qu'il avait entrepris, son visage s'éclaira.

— Ah, ah ! On commence à parler de moi à Abidjan. Ce n'est pas trop tôt car, voyez-vous, monsieur, cela fait cinquante et un ans que j'ai entrepris cette œuvre unique. Tout seul, en parcourant l'Afrique. Mais venez plutôt à la Fondation, nous y serons plus tranquilles pour bavarder puisque mon histoire vous intéresse.

A deux ruelles de là un long hangar bordé de verdure abritait, ainsi que l'indiquait le calicot qui surmontait la porte, le « Centre de recherche encyclopédique des Nouvelles éditions africaines. Fondation R. Borremans ». Dans la pénombre étouffante je distinguais aux murs une profusion de cartes géographiques et surtout, rangées dans des boîtes sur deux tables de six mètres de long sur deux de large, des dizaines de milliers de fiches classées par ordre alphabétique.

— L'œuvre de ma vie, le fruit d'une passion, annonça-t-il avec orgueil. Malgré la chaleur je n'ai pas placé de ventilateurs au plafond tant j'ai peur qu'elles s'envolent. La dernière fois que je les ai comptées, voilà deux ans, il y en avait soixante-quinze mille ! Elles en ont vu du pays, ces petites, car je n'ai pas toujours été l'africaniste sédentaire qui vous reçoit aujourd'hui. Durant près d'un demi-siècle j'ai même été un aventurier à ma manière, non pour l'argent mais par boulimie de voyages. Du Sénégal au Cameroun, du Niger au Tchad, on me connaissait comme le loup blanc. Borremans-l'homme-orchestre, c'était moi ! J'ai fait danser Dakar, Tombouctou, Niamey, Lomé, Fort-Lamy, Gao et bien d'autres villes à peine sorties des limbes. C'était la belle époque. Imaginez-vous qu'en 1928...

Alors commença la plus ahurissante, la plus folle des histoires que j'ai recueillies lors de ce voyage africain, contée par un octogénaire malicieux au sourire d'un Paul Léautaud tropical.

En 1928 Raymond Borremans, né rue de Buzenval, dans le XXe arrondissement de Paris, d'un père d'origine belge et d'une mère française de vieille souche, n'était pas loin de se croire, à vingt-deux ans, le plus malheureux des hommes. Un bégaiement prononcé lui avait fermé toutes les portes, celles de l'école — il n'avait pas fait d'études —, celles de l'armée — il avait été réformé —, celles de l'amour — la jeune fille qu'il aimait l'avait repoussé en riant de son infirmité. Son seul refuge : la musique. Il avait édité ses premières chansons à Bordeaux où son père travaillait aux usines Bréguet et s'était aperçu que lorsqu'il chantait son bégaiement disparaissait. Garçon solitaire il avait appris en autodidacte à jouer du banjo-guitare et pour s'accompagner maniait, avec une dextérité que sa langue lui refusait, la grosse caisse, la cymbale charleston et le tambour automatique à pédale qui imitait les roulements de la caisse claire. Pour compléter son attirail d'homme-orchestre il jouait du mirliton si bien que l'inventeur du bigophone, M. Bigot en personne, lui fabriqua trois de ses mirlitons perfectionnés montés sur un trépied. Ainsi équipé Raymond Borremans, inspiré par le trafic au long cours du port bordelais, décida de s'expatrier pour oublier sur les chemins du monde et sa déception amoureuse et son infirmité.

Les « années folles » le virent parcourir l'Algérie puis le grand Sud avec ses instruments et quelques vêtements rangés dans des cantines, sa chère grosse caisse voyageant sur les épaules d'un porteur. A Colomb-Béchar il se mit en tête de traverser le Sahara en triporteur car il n'avait pas les moyens d'acquérir une automobile... et ne savait pas monter à bicyclette ! Heureusement pour sa survie, le colonel commandant les territoires du Sud lui interdit cette « première » originale sous peine de le mettre en prison au premier poste venu s'il lui prenait l'envie de se passer de son autorisation. Ce que Borremans aussi intrépide qu'obstiné aurait tenté s'il avait trouvé le fameux triporteur. Par bonheur, en 1928, il était aussi difficile d'acheter un tel engin au Sahara que de découvrir une demi-livre de beurre ferme sous la tente d'un targui ! Le jeune homme remonta alors au Maroc qu'il sillonna de long en large avant d'embarquer en mars 1929 à Casablanca à bord du *Mérecy II* pour le Sénégal.

— C'était le début de l'aventure, dit Raymond Borremans. Vogue la galère ! Grâce à mes instruments j'avais réussi à survivre en Afrique du Nord et même à faire des économies tant ma musique était appréciée des colons qui n'avaient guère de distractions. Je me suis dit qu'en Afrique noire, où ils en avaient moins encore, je trouverai toujours à m'employer tout en découvrant du pays, ce qui était mon but principal. La musique, elle, me permettait de survivre. En rade de Dakar j'étais encore sur le pont du *Mérecy II* lorsqu'une dame, repérant ma grosse caisse, m'accosta.

« — C'est vous, le musicien ?

« — Oui, madame.

« — Depuis le temps qu'on vous attend ! Où sont vos camarades ?

« — Je suis tout seul. Je fais l'homme-orchestre.

« — J'ai pourtant demandé un petit ensemble à la maison de Casa qui fournit les orchestres.

« — Alors, désolé, il y a maldonne. Je ne connais pas la maison de Casa. Mais je cherche du travail.

« — Homme-orchestre, qu'est-ce que c'est que ça ?

« — Je suis un orchestre à moi tout seul.

« Elle réfléchit un instant puis me dit :

« — Après tout on peut toujours essayer. Suivez-moi.

« Et nous voilà partis en voiture à neuf heures et demie du matin. Cette femme très élégante, très maquillée, semblait connaître tout le monde, à tel point qu'à la douane j'ai passé mon matériel sans contrôle sur simple promesse que je régulariserais ma situation le lendemain. Nous arrivâmes dans un établissement dont je n'avais même pas regardé l'enseigne tant j'étais fasciné par les rues grouillantes d'indigènes. Une grande salle, un comptoir, une galerie au premier étage. Tout cela désert, bien sûr, à cette heure !

« — Peut-on avoir un aperçu de votre talent ? me dit mon hôtesse.

« Je sortis ma quincaillerie, je m'installai, et zim, pompom, un refrain, un couplet, un refrain, un couplet à la voix et au bigophone.

« — Mais ce n'est pas mal du tout. Combien voulez-vous gagner ?

« — C'est le cas de le dire : je débarque. Je ne sais s'il y a beaucoup de musiciens à Dakar et j'ignore leurs tarifs.

« — Mille cinq cents francs par mois, logé et nourri. En plus, vous aurez la soucoupe de ces dames. Car j'ai oublié de vous dire, cher monsieur, qu'ici c'est un peu spécial.

« Je m'en apercevais. Au bruit de mon zinzin des filles en peignoir étaient apparues, penchées au-dessus de la balustrade de la galerie. Charmant spectacle !

« — J'espère que cela ne vous dérange pas ?

« Je ne pouvais pas dire le contraire, bien qu'à vingt-trois ans, et bègue, je n'étais pas... disons très dégourdi. Musicien de " maison ", ce fut mon premier engagement en Afrique noire ! J'en avais besoin pour remonter mes fonds et reprendre ma course vers ces pays inconnus qui m'attiraient si fort. »

Durant trois mois l'*Alhambra* résonna des fox-trot, des javas, des valses à la mode et des compositions de Raymond Borremans qui vécut comme un coq en pâte, nourri, blanchi, logé, couvé... et aimé par ces dames.

— Elles ont parfait mon éducation, s'esclaffa Borremans, et je serais resté sans doute plus longtemps auprès d'elles si une pensionnaire n'avait pas fait « grave palabre » un soir avec la femme d'un gouverneur qui était une « ancienne ». Aussi sec la maison close le devint... définitivement et dans tous les sens du terme. Mais j'avais très bien gagné ma vie. Je pouvais envisager le tour du monde. J'avais en poche un visa pour le Brésil, mais c'était la crise de 1929 et j'ai préféré rester en Afrique.

Cap sur l'Est. Kayes, à la chaleur accablante, puis Bamako, à pied ou en camion selon la bonne volonté de conducteurs à la recherche de compagnie sur les pistes défoncées.

— Je jouais au hasard des cafés qui, dans les petites villes, se transformaient en dancing les samedi et dimanche. A Sidi-bel-Abbès où j'avais fait danser les légionnaires, des officiers m'avaient muni de papiers bardés de tampons plus officiels les uns que les autres, qui m'autorisaient à jouer sur la voie publique. A Bamako je suis resté trois mois car la population blanche était assez importante et s'ennuyait à mourir. L'express Dakar-Bamako passait deux fois par semaine. Vous pensez si l'arrivée du train constituait un événement ! Le départ aussi car le voyage était une véritable expédition. Le train mettait entre deux et trois jours pour relier les deux villes. A chaque passage je m'installais sur le quai. C'était pour moi une aubaine car les voyageurs et les amis qui les accompagnaient, trop heureux de tromper leur longue attente, étaient ravis de se distraire et se montraient généreux. J'ai pu ainsi poursuivre mon périple. A cette époque, à part le fleuve Sénégal, il n'y avait guère de moyens pour pénétrer l'intérieur de l'Afrique noire. Les pistes étaient mauvaises et les camions rares. C'est alors que j'ai trouvé à Bamako le triporteur de mes rêves, une grosse machine à pneus pleins que j'ai payée deux mille francs.

J'y ai embarqué mon matériel et en route pour la Guinée par la piste ! Mais ça monte et ça descend. Bien souvent j'étais obligé de tirer mon triporteur avec une corde. Pourtant mon matériel était plus encombrant que lourd et je n'avais guère de vêtements. Une rechange, un costume de toile blanche pour les bals et c'était tout. Au bout de cent cinquante kilomètres sur cette piste horrible l'axe du tri s'est faussé. A chaque coup de pédale l'engin partait d'un côté puis de l'autre. Alors, fatigué, je l'ai donné à un chef de village et j'ai continué mon chemin à pied avec des porteurs. Je devais revoir ce fameux triporteur. Deux ans plus tard, revenant à Bamako, le chef de la police m'a dit que ses gardes itinérants l'avaient trouvé dans le village et, faute d'un papier de donation, l'avaient confisqué au pauvre chef ! Je l'ai revendu pour cent francs à un M. Tricon qui, boulanger, faisait la livraison en brousse. Trente ans après je l'ai retrouvé en passant par Segou, entre Bamako et Mopti. Il livrait toujours le pain sur les rives du Niger !

Durant des mois le hardi jeune homme parcourut le Soudan (aujourd'hui le Mali) puis la Guinée. En 1930, arrivé à Conakry à bord d'un petit camion de mille cinq cents kilos dont un Libanais lui avait fait cadeau en route, il s'offrit en bateau le voyage de Côte-d'Ivoire où il découvrit Grand-Bassam, encore ville florissante. Il y resta peu de temps car, toujours avide de nouvelles contrées, il voulait effectuer le grand parcours des boucles du Niger. Tombouctou, Gao, Niamey, puis Zinder et le lac Tchad au bord duquel il parvint au mois de décembre 1930.

— N'aviez-vous pas peur de parcourir ces contrées en solitaire, à la merci de porteurs peu scrupuleux ? demandai-je, stupéfait des distances parcourues par ce petit homme au physique frêle, presque souffreteux.

— Je partais sans rien, donc on n'avait rien à me voler. Je n'avais ni couteau de poche ni boîte d'allumettes. Pas même de provisions.

— Vous vous nourrissiez chez l'habitant indigène ?

— Non, ça ne me disait rien. Pas par manque de confiance mais je n'ai jamais goûté à ces nourritures auxquelles je n'étais pas habitué. J'attendais d'arriver dans un lieu où il y avait un établissement européen. Entre-temps je vivais d'œufs et de lait. Dans le Nord on en trouve partout. On me donnait deux œufs pour un sou. J'en gobais six ou dix à la file, arrosés d'une calebasse de lait cru. Je me demande comment je n'ai jamais eu mal au foie dans ces pays où les Européens pourtant mieux équipés que moi souffraient de tas de maladies ! Une seule fois je n'ai pas été tranquille. C'était justement au bord du lac Tchad. A cette époque de l'année la traversée était interdite. Moi, toujours inconscient, je l'ai entreprise à bord d'un esquif très élégant constitué de tiges de papyrus tressées. Très élégant et très inconfortable, on y avait en permanence les fesses dans l'eau ! Sans carte et sans boussole, j'ai longé la rive nord du lac, certain d'arriver ainsi à Fort-Lamy. J'avais engagé deux hommes pour manier la perche durant les dix jours prévus pour le voyage. Mais j'ai commis la bêtise de les payer d'avance. Le premier soir nous avons fait escale sur une petite île. A mon réveil il n'y avait plus personne. Innocemment, j'ai imaginé qu'ils étaient partis me chercher un casse-croûte. Mais ils ne sont jamais revenus. Alors j'ai continué tout seul, poussant sur ma perche sans m'éloigner de la rive où l'eau n'est pas profonde car, outre mon incapacité à monter sur une bicyclette, je ne sais pas nager ! Cette fois je suis resté deux jours sans manger. Jusqu'à ce que j'aie trouvé un village pour acheter mes œufs. Je suis néanmoins arrivé sain et sauf à Fort-Lamy, le 30 décembre. Et le lendemain c'est moi qui ai animé le bal de réveillon du gouverneur ! Il faut dire que dans ces régions je n'avais guère de concurrents. D'ailleurs dès mon départ de France j'avais désaccordé mon banjo et inventé un nouveau doigté. Ainsi, même si j'étais tombé sur un musicien amateur plus fort que moi, il n'aurait su se servir de mon instrument ! Quand on a un tout petit capital il faut savoir le préserver...

A ce souvenir de ses jeunes années aventureuses, Raymond Borremans égrena un petit rire de crécelle puis poursuivit son récit.

— De Fort-Lamy, je suis descendu sur l'Oubangui-Chari, le Cameroun et le Dahomey pour revenir en 1931 à Grand-Bassam qui m'avait fait grande impression. Pensez qu'il y avait alors trente mille habitants dont près de trois cents Français et cinq cents Européens. Une clientèle idéale. J'ai débarqué de l'infâme caboteur qui m'avait amené de Lomé dans un panier-nacelle fixé à un treuil. Je me suis retrouvé planant au-dessus de l'Océan pour atterrir lourdement au fond d'une barcasse tirée par un remorqueur qui nous fit danser sur les rouleaux. L'opération inverse — nacelle, treuil, rude atterrissage — permettait de prendre pied sur le wharf où un douanier vous réclamait vingt francs de redevance. Alors, seulement, vous pouviez parcourir les rues du quartier France sillonnées de voies Decauville dont les « fils » recouvraient la ville comme une toile d'araignée tant l'activité commerciale était intense et les wagonnets de marchandises nombreux. Grand-Bassam était la première ville de Côte-d'Ivoire à disposer de l'électricité. Bien avant Abidjan. J'ai tout de suite trouvé un engagement à l'*hôtel de France*, qui n'était pas la masure devant laquelle nous nous sommes rencontrés mais l'hôtel chic de la ville. Ensuite, je suis resté de longs mois à faire les beaux soirs du *Paris-Bar*, un endroit d'une gaieté folle où se retrouvaient les riches commerçants et leurs épouses aussi bien que les officiers et les matelots des nombreux cargos et des longs courriers bordelais mouillant dans la baie, au large du wharf. Mme P... tenait *la Cabane*, aux repas somptueux, sa sœur aînée le *Paris-Bar*, un café-restaurant un peu moins onéreux, et la cadette présidait aux destinées du bordel voisin. Je jouais indifféremment dans les trois établissements de ce trust familial !

Costume blanc, cravaté de sombre, Raymond Borremans trônait sur une estrade derrière ses instruments où caisse claire, banjo et grosse caisse étaient ornés d'un échiquier noir et blanc au centre duquel son nom s'étalait en lettres énormes. En quelques années de bourlingue africaine il était devenu une vedette à laquelle les gazettes de l'époque consacraient de longs articles dont il me fit admirer les coupures jaunies. « Ce diable de globe-trotter, écrivait le journal de Grand-Bassam, qui a traversé le lac Tchad de Bosso à Bol, seul, sans armes ni provisions, en pirogue de papyrus, qui a séduit les jolies danseuses du Pool à Léopoldville, s'est produit au *Cosmopolite* de Kintambo, a été applaudi par le *Paris-Dakar,* ce Raymond Borremans, déchaîné, prodigieusement drôle, faisait danser sans arrêt les couples heureux qui, en cette nuit de Noël 1931, font un incessant va-et-vient entre l'*hôtel de France, la Cabane* et le *Paris-Dakar.* »

— C'est au *Paris-Bar* que j'ai rencontré Lina Déo, « la célèbre cantatrice italienne », et l' « étoile de la danse espagnole », Pépita de Séville. Lina chantait très bien et avait été réellement cantatrice. Malheureusement elle était affreuse et devait bien peser ses cent quatre-vingts livres. Il ne fallait pas la regarder lorsque, sur le devant de la scène, elle minaudait en annonçant : « Je vais vous chanter : *Depuis que je me suis donnée...* » Les rires se calmaient pourtant lorsque les premières notes sortaient de sa vaste poitrine. Elle avait une voix d'or. Quant à Pépita de Séville, qui devait s'appeler Germaine Fenouillard, elle dansait mieux qu'un cheval ! Et encore, pas tous les jours. Mais elle était assez mignonne. Moi, derrière mon bastringue, je les accompagnais. J'ai joué *la Tosca* et *Carmen* sur des bigophones ! Lorsque j'ai repris la route vers le Togo, Lomé puis à nouveau la grande boucle du Niger, de Bamako à Niamey en passant par Tombouctou, pour arriver au lac Tchad elles ont voulu m'accompagner. Pensez, un musicien qui était un orchestre à lui tout seul, pour elles, c'était merveilleux ! Nous prenions le bateau, le train quand il y en avait, le reste nous le faisions à pied avec des porteurs. Ma grosse Lina m'a quitté la première. Elle avait attrapé la bourbouille. Son corps n'était qu'une plaie et on a dû l'évacuer sur l'Europe. Pépita de Séville a continué mais, quand, en plus d'exercer son « art », elle a voulu négocier ses charmes en « faisant des clients » dans les établissements où nous passions, j'ai mis fin à notre collaboration. A sa grande stupéfaction car elle avait proposé « d'ouvrir son sac » à mon profit ! C'est ainsi que je me suis retrouvé à vingt-neuf ans, toujours célibataire, à Abidjan où a commencé la deuxième partie de mon aventure.

1934 avait vu l'avènement en Afrique noire du cinéma parlant et des phonographes électriques. C'en était fini du succès de l'homme-orchestre. A nouvelles générations, nouveaux plaisirs. Raymond Borremans abandonna bigophones et grosse caisse pour se consacrer à sa nouvelle passion : l'amour fou qu'il nourrissait pour une aguicheuse donzelle de quatorze ans et demi dont le père était sous-directeur de l'imprimerie du gouvernement !

— Les parents trouvaient leur fille trop jeune et m'ont dit d'attendre ses dix-huit ans. Bien que vivant chez eux ils m'ont fait lanterner. Sans me le dire le père espérait un plus riche mariage. Pour dégoûter et faire fuir le vagabond que j'étais, il s'est ingénié à ce que je ne trouve pas de travail. C'est alors que pour tromper mon ennui j'ai commencé à rédiger mes fiches sur l'Afrique. Celle que je connaissais et celle que je découvrais dans les livres et journaux officiels dont l'imprimerie du gouvernement regorgeait depuis 1893. Ce fut le début de mon dictionnaire encyclopédique. J'en avais eu l'idée en constatant l'absence dans les librairies d'ouvrages généraux sur l'Afrique occidentale francophone. Beaucoup de spécialistes avaient écrit sur le sujet mais ils n'intéressaient personne. En ce temps les Européens ne pensaient qu'à faire du fric et se moquaient pas mal de l'histoire et des mœurs des pays où ils avaient planté leur tente. Dans la bibliothèque de l'imprimerie, aux archives, j'en retrouvais des masses qui n'avaient jamais été ouvertes. J'ai donc mis en fiches ce qui me passait entre les mains et tout ce que j'avais vu durant mes pérégrinations d'homme-orchestre. Aussi bien sur telle ou telle tribu que sur les éléphants et les crocodiles. Cela a duré trois ans.

— Mais sans travail comment avez-vous survécu ?

— Je logeais chez les parents de la demoiselle, répondit Borremans avec une expression goguenarde. Je vivais à leurs crochets puisqu'ils me faisaient espérer la main de leur fille. Je jouais les écornifleurs pour ne pas écorner l'argent que j'avais gagné sur les routes. D'ailleurs je les ai retrouvés plusieurs années après en Guinée et je leur ai payé ma dette. Personne ne me tenait rigueur du passé puisque mon ex-fausse-fiancée, mal mariée et divorcée, m'a voulu pour témoin à son second mariage. A la sortie de la mairie cette sacrée louloutte m'a glissé à l'oreille qu'elle allait bientôt redivorcer pour enfin m'épouser ! Je me suis sauvé à toutes jambes vers la liberté. Mais revenons à Abidjan en 1937...

Puisque le « parlant » avait démodé son métier d'homme-orchestre, Raymond Borremans, las d'espérer un amour impossible, eut l'idée d'exploiter à son profit cette nouvelle technique. Grâce à ses économies intactes il acheta un camion, le matériel de projection et reprit, toujours seul, le chemin de l'aventure.

— Fort de mon expérience, j'avais, à l'exception du camion, doublé tout le matériel. Deux groupes électriques de 4 kW chacun, marchant à l'essence et fixés dans le véhicule, et deux projecteurs. Je me procurais les films à Abidjan et à Dakar auprès de la Comacico ou chez Archambault, qui avaient l'exclusivité de la distribution pour l'Afrique. Ils me louaient les films pour six mois et ne me demandaient aucun pourcentage sur les recettes. J'ai ainsi continué à voyager avec des films d'action et d'aventures à grand spectacle, des westerns et des films hindous dont raffolait la clientèle africaine des petites villes et des gros villages où je m'arrêtais. C'était assez folklorique car les copies, massacrées par les projectionnistes dans les villes de la côte où les deux loueurs possédaient des salles fixes, étaient dans un état lamentable. Parfois, sur certaines bobines, la fin manquait purement et simplement. Je collais alors l'épilogue d'une autre œuvre pour ne pas provoquer d'émeute. Sur une trentaine de films différents j'ai ajouté la même fin en bon état ! Lorsque la bande-son devenait inaudible je plaçais un disque sur l'électrophone. Celui qui avait le plus grand succès était un pot-pourri d'airs de chasse à courre ! Voir une scène d'amour dans le palais d'un maharajah ou une bagarre de western accompagnée par les trompes de Saint-Hubert n'engendrait pas la mélancolie ! Mais mes spectateurs de la brousse étaient peu exigeants. Pourvu qu'il y ait des images sur l'écran et du bruit dans les haut-parleurs, ils étaient satisfaits. J'ai ainsi exercé ce métier de fou — mais homme-orchestre était-il plus raisonnable ? — pendant trente-sept ans avec de petites interruptions pendant lesquelles j'ai été gérant d'un hôtel à Porto Novo au Dahomey puis d'un cinéma fixe du groupe Comacico à Abidjan pendant la guerre. Mais chaque fois l'appel de la brousse fut le plus fort. D'autant que je continuais à rédiger mes fiches et constituais une collection de papillons très rares dont je fis cadeau à l'Institut français d'Afrique noire. Pour m'en remercier la direction donna mon nom au « Karaxès Brutus Brutus », découvert quelque part entre la Sierra Leone et le Niger, et me demanda de poursuivre au hasard de mes déplacements ma collaboration scientifique avec cet Institut savant de Dakar.

La lettre d'un haut personnage, soigneusement classée, fut soumise à mon admiration.

— J'en suis d'autant plus fier que le directeur de l'I.F.A.N., aujourd'hui correspondant de l'Institut des Sciences, qui m'avait rendu visite en 1946 à Grand-Bassam, avait admiré mon travail de fiches et m'avait dit :

« Monsieur Borremans, vous faites un travail de bénédictin et vous luttez contre la montre. » Il va être bien content lorsqu'il recevra l'an prochain le premier tome de mon dictionnaire encyclopédique de la Côte-d'Ivoire.

Devant l'énorme masse de documents et de livres accumulés en un demi-siècle et qui dormaient sous le hangar de Grand-Bassam je me demandais comment, lors de ses tournées en brousse, ce délicieux original s'y prenait pour les transporter.

— En 1954 je les avais laissés à une relation qui travaillait à l'huilerie de Tabou en Côte-d'Ivoire. Mais on m'y a volé quatre cent cinquante bouquins et retourné mes cantines, mélangeant toutes les fiches que je n'ai plus eu qu'à reclasser. Le plus fort c'est que les livres ont été subtilisés par des Européens qui voulaient avoir une belle bibliothèque et passer pour des intellectuels. Ils ne les ont jamais ouverts, ces imbéciles ! Et je n'étais pas assez important, moi le vagabond, pour les poursuivre... cent cinquante autres m'ont été dérobés à Issia, près de Daola, pendant que l'ami qui les gardait se faisait opérer. C'étaient les meilleurs, les plus anciens, des ouvrages introuvables. Par bonheur je les avais déjà mis en fiches. Et, depuis le premier vol, mes fichiers ne me quittaient plus. Ils restaient dans le camion avec les projecteurs et les groupes électrogènes. C'est qu'on en a fait du chemin ensemble ! ajouta-t-il, en caressant de la main ses boîtes poussiéreuses.

Quand, après quarante-six ans d'errance sur tous les chemins d'Afrique, Raymond Borremans se résolut à poser son sac de bourlingueur, il choisit Grand-Bassam qu'il avait connue si animée et qui maintenant s'étiolait entre sa lagune et les rouleaux du golfe de Guinée.

— Il était temps que je me consacre au calme à l'exploitation de mes fiches, me dit-il avec sérieux. J'ai réduit mon projet de dictionnaire de l'Afrique francophone à celui, plus modeste, de la Côte-d'Ivoire. Depuis l'indépendance les Africains ne sont guère passionnés par l'histoire et les mœurs de leurs voisins. Seul leur pays et plus encore leur région les intéressent. Quand j'ai arrêté le cinéma, à près de soixante-dix ans, il fallait que je trouve un refuge modeste car si j'avais toujours agréablement vécu je ne roulais pas sur l'or. Comme par bonheur j'ai des goûts simples, sinon spartiates, ce n'était pas un problème difficile à résoudre. Un guide de chasse qui possédait à Grand-Bassam un élevage de poules dont il vendait les poulets et les œufs m'a proposé son aide : « Viens chez moi, tu seras logé, nourri et tu pourras te consacrer à tes fiches en me donnant de temps à autre un petit coup de main. Pour les six mois à venir je te propose trois cent mille francs CFA. » J'étais tout heureux. Mais j'ai dû déchanter. Le lendemain de mon arrivée j'ai bien vu qu'il me considérait comme un simple commis, moi qui avais toujours été mon patron ! Je me mettais à la machine à écrire pour travailler à mon ouvrage et, dring-dring, la sonnette du magasin m'appelait pour vendre six œufs. Je me remettais au travail... Drelin, drelin, un poulet. Ça a duré cinq ans. Naturellement je n'ai pas vu la queue d'un radis et, bien mieux, j'ai eu toutes les difficultés du monde pour récupérer un million que j'avais prêté à cet « ami » pour son affaire ! J'étais commis-esclave et je travaillais pour obtenir seulement le logement et la nourriture. Je n'étais même pas blanchi !

Nous avions quitté le hangar étouffant pour la terrasse d'un tout petit bistrot, au bout de la lagune, à l'enseigne de *l'Estomac d'abord...* où une Européenne fort âgée accueillit « son Vieux Pêcheur » avec une sincère affection.

— Elle est bien brave, dit Raymond Borremans en versant sa bière avec gourmandise. Elle me fait à manger pour presque rien car il n'y a pas beaucoup de clients dans cette ville moribonde. Le soir nous évoquons nos souvenirs de vieux Africains. Mais, vous savez, je ne manque de rien et je ne suis pas malheureux, puis que je vis pour mon œuvre, ajouta-t-il vivement.

— D'où vient ce surnom de Vieux Pêcheur ? demandai-je dans le but de détourner le cours de la conversation qui avait embué les yeux du merveilleux vieillard.

— Du fait que le soir, après avoir vendu toute la journée des œufs et des poulets, j'allais pêcher au bord de la lagune. Je faisais chercher des vers à des gamins que je payais bien. Du coup je suis devenu populaire. D'autant que je prenais beaucoup de poissons, des carpes, des tilapis — en latin *tilapia* — délicieux. Je ne vendais pas ma pêche mais la donnais aux parents de ces gosses qui survivent tant bien que mal et m'ont surnommé à leur tour. Pour eux je suis « Y-a-pas-son-deux ».

— Vous avez toujours tout donné, constatai-je.

— Eh oui, soupira Borremans. Dans ma cambuse je n'ai aucun objet africain. Et pourtant Dieu sait si j'en ai acheté. Même des défenses d'éléphants. Quand quelqu'un venait chez moi et me disait : « Oh c'est beau ça ! Où peut-on le trouver ? » j'offrais. Comme vous le dites j'ai toujours tout donné. C'était mon plaisir, mon caractère. Maintenant c'est fini. Je n'ai plus rien que mes fiches et mon travail de mise à jour dont j'ai longtemps craint qu'il n'intéresse personne.

Les articles concernant les premières lettres de l'encyclopédie mis au point, Raymond Borremans les avait présentés à la Fondation Houphouët-Boigny, présidée par un futur ministre de la Culture.

— Je lui avais dit humblement : « Si cela ne vous intéresse pas vous me rendrez la copie. » Je l'attends toujours et il n'a absolument rien fait. Pourtant c'est la mémoire, le patrimoine du peuple ivoirien. Puis le miracle est arrivé. La directrice de la filiale abidjanaise des *Nouvelles éditions africaines* de Dakar s'est intéressée à mon travail. Elle m'a procuré, avec l'aide du sous-préfet, mon hangar bureau, une secrétaire charmante et un jeune garçon qui m'aide un peu depuis que je me suis fracturé la clavicule. Les *Nouvelles éditions africaines* ont acheté mon fichier général de l'Afrique occidentale qui viendra alimenter une banque de données sur ordinateur. Ils m'en ont payé les deux tiers. Le troisième sera réglé à la parution du premier volume de « l'encyclopédie Borremans », qui est imminente. Cela m'aide à vivre ainsi que la vente d'un précis d'histoire de Grand-Bassam de 1459 à 1981 que j'ai écrit, ronéotypé et relié avec les moyens du bord. Malheureusement on ne le trouve qu'*au Saigon*, le kiosque à journaux de la ville tenu par un Indochinois. Personne ne l'a à Abidjan, peut-être parce qu'il est un peu cher : dix mille francs CFA*. Mais c'est très intéressant et le bénéfice de la vente me permet d'avancer la rédaction définitive du deuxième tome de mon *Dictionnaire encyclopédique* qui en comptera six. Si cela vous intéresse je pourrais vous en céder un exemplaire.

Jamais je ne fus si heureux de sortir un billet de mon portefeuille. Sur la page de garde de l'opuscule figurait une citation de Rivarol : « La mémoire est toujours aux ordres du cœur. »

— C'est beau, n'est-ce pas, monsieur ? murmura Raymond Borremans. J'en ai toujours fait ma devise. J'espère seulement que les étudiants qui se serviront des fiches du Vieux Pêcheur, commencées dans la brousse à l'époque du cinéma ambulant, ne l'oublieront pas en pianotant sur leur ordinateur...

Cet instant, alors que le jour déclinait sur la lagune mélancolique et qu'un grand Noir à l'esprit dérangé insultait les flamboyants, devait rester le plus émouvant de mon long voyage.

* Deux cents francs français.

TROISIÈME PARTIE

LE MAL ANCESTRAL

I

UN JEUNE HOMME INALTÉRABLE

« Dans ces pays, la lèpre fait encore d'énormes ravages et ceux qui en sont atteints sont rejetés de tous, m'avait dit Éric de Tournai. Plus encore que les autres patients, ils ont besoin de nos soins, de notre réconfort. » A Paris, préparant mon voyage, on m'avait signalé l'existence d'un neuro-chirurgien, savant de grande réputation qui, depuis plus de trente ans, leur consacrait le plus clair de son temps non dans le secret d'un laboratoire de recherches mais sur le terrain au contact des malades les plus gravement touchés. « Un bonhomme formidable qui a roulé sa bosse un peu partout en Indochine et en Afrique, m'avait dit un ami. Sa renommée est telle qu'à plus de soixante-dix ans il vadrouille encore des Indes au Brésil en passant par le Maroc et l'Iran comme consultant de l'Organisation mondiale de la santé. Son port d'attache est Dakar où il est arrivé la première fois il y a quarante-cinq ans avant de repartir sous d'autres cieux. Ce professeur Carayon qui ne tient pas en place a fait toute sa carrière dans l'armée, comme médecin colonial, par goût de l'aventure. »

Contact pris, je décidais de terminer mon périple africain par Dakar où mon dernier séjour remontait au référendum à l'issue duquel le Sénégal était devenu une république autonome au sein de la communauté française. Sous la conduite de Léopold Sédar Senghor, intellectuel et poète, l'un des chefs les plus prestigieux de la nouvelle

Afrique, puis de son successeur désigné Abdou Diouf, le Sénégal, l'un des rares États véritablement démocratiques du continent, avait connu un quart de siècle de relatif calme politique et, malgré une situation économique et financière précaire due à la sécheresse, catastrophique pour un pays essentiellement agricole, était devenu dans les années 70 l'un des pôles d'attraction du tourisme international. La trilogie soleil, sable, mer, le climat agréable grâce à l'alizé, le sourire de la population, la bonhomie des autorités à l'égard de l'étranger avaient provoqué l'éclosion de multiples clubs de vacances et de nombreux hôtels à l'architecture mesurée tournés vers l'Océan. Pas de Costa Negra au Sénégal. A Dakar même, où jadis le touriste ou le voyageur professionnel ne pouvait se loger qu'à *la Croix du Sud*, en plein centre ville, si l'éloignement de l'hôtel transatlantique N'Gor le rebutait, on trouvait maintenant de confortables constructions élevées entre la route de la Corniche et l'Océan. Pour sa situation, j'avais choisi *le Savana*, entre la pointe Bernard et le cap Manuel, à l'extrême ouest du cap Vert qui constitue le point le plus septentrional du continent africain. Un paradis de verdure tropicale, aménagé au bord d'une piscine olympique, à cinq minutes de taxi du centre ville. L'accueil y fut digne du fameux sourire sénégalais. Pour le personnel « Teranga* » n'était pas un simple slogan touristique. La vaste chambre qui me fut dévolue ouvrait sur l'Océan, limité sur la gauche par la majestueuse digue inachevée protégeant le port, piqué au centre par l'île Gorée chargée d'histoire — entrepôt et « centre de triage » des esclaves le plus important d'Afrique au XVIIIe siècle, et escale obligatoire au XIXe des vaisseaux se dirigeant vers l'Amérique et l'Asie — ; à droite l'horizon était vierge jusqu'à Natal et Pernambouc. Le cap Vert était la dernière terre africaine que Mermoz ait survolée après avoir arraché de Saint-Louis du Sénégal, le 12 mai

* *Teranga :* Bienvenue en ouolof, langue de la principale ethnie sénégalaise.

1930, les cinq tonnes et demie du Laté 28 « Comte de la Vaulx » emportant 130 kilos du premier courrier aérien parvenu d'Europe en Amérique du Sud. Je rêvais devant ce panorama exceptionnel, théâtre de tant d'événements tragiques ou glorieux, lorsque le téléphone sonna. Prévenu de mon arrivée, le professeur Carayon me souhaitait la bienvenue à Dakar et me fixa rendez-vous pour le lendemain.

— D'ici là, profitez de votre hôtel et surtout ne venez pas dans le centre à pied, recommanda-t-il. Je passerai vous chercher en voiture.

La moindre des corrections à l'égard d'un savant septuagénaire voulait que je me rendisse au rendez-vous sans le déranger. Il refusa tout net et renouvela ses recommandations. Je mis cette insistance sur le compte d'une lubie de vieillard bien qu'au téléphone la voix m'eût paru fort assurée. Sans plus y penser je décidai d'explorer avec ma femme les environs immédiats du *Savana* où étaient implantés le palais de justice et l'ambassade de France. Je réservais la Corniche pour un footing matinal. Négligeant les taxis jaune vif dont le moins cabossé semblait avoir effectué à plusieurs reprises le rallye Paris-Dakar, nous empruntâmes la voie qui, sur le plan, conduisait au but de notre promenade. C'était une route déserte, bordée de propriétés qui devaient abriter les personnages les plus riches et les plus influents de la capitale tant elles étaient enserrées de hauts murs couronnés de barbelés tout comme les portes, en acier plein, devant lesquelles des gardes armés faisaient les cent pas. Même spectacle à l'ambassade de France dont la grille de fer forgé, cadenassée par trois tours d'une chaîne épaisse, protégeait le gazon sur lequel un gardien dormait profondément. Entre le terminus de l'autobus qui menait au centre ville et le palais de justice — banal parallélépipède de béton ocre, surmonté d'un immense drapeau national vert, jaune, rouge, frappé d'une étoile verte — des groupes entourés de couffins, de bassines, de ballots stationnaient assis dans la poussière. Notre passage, s'il n'interrompit pas les conversations, nous valut de la part des hommes en boubous, des femmes aux robes vivement colorées, quelques regards dénués d'aménité. Disparu le sourire sénégalais des dépliants touristiques ! Nous renonçâmes à notre habitude d'emprunter les transports en commun et rebroussâmes chemin en proie à un sentiment de gêne et d'hostilité sinon d'insécurité, confirmé à quelques mètres de l'hôtel par l'attitude d'un grand nègre vacillant aux yeux embués de kif qui nous aborda plus arrogant que quémandeur. Lorsqu'il fut près à nous toucher je le rembarrai sans ménagement tandis que ma femme, serrant son sac, s'engouffrait dans le hall où un responsable européen parut rassuré de notre retour.

— Je ne pensais pas que vous sortiriez si tôt après votre arrivée, nous dit-il. Il est fortement déconseillé de se promener sur notre merveilleuse Corniche autrement qu'en voiture. A moins de quatre couples, à pied, ce n'est pas prudent. Mettez au coffre tous vos objets de valeur car en ville il est préférable de se déplacer avec le minimum et d'éviter ainsi la tentation aux chapardeurs qui pullulent dans les avenues et les marchés. D'ailleurs, nous vous proposons toutes sortes d'excursions en groupes accompagnés pour éviter de mauvaises surprises. Que voulez-vous, la crise n'a pas épargné Dakar où la misère attire les plus démunis dans le centre.

Je m'expliquai alors pourquoi les agences de voyages conseillaient instamment aux amateurs de plage et de soleil de choisir un de ces clubs de vacances de la Petite Côte ou de la Casamance, éloignés de la capitale. Mais je n'étais pas là pour faire du tourisme, et Dakar était la résidence de l'homme que je voulais rencontrer. A un âge avancé, le professeur Carayon devait circuler avec circonspection et, encore sous le coup de ma déception première, je compris mieux sa mise en garde téléphonique.

Le lendemain, je préparais paisiblement notre rencontre au bord de la piscine lorsque je remarquai, dévalant souplement les escaliers qui y menaient, un gaillard aux épaules impressionnantes. Après un bref regard il vint se planter devant moi, la main tendue.

— André Carayon, se présenta-t-il.

Je restai stupéfait. J'attendais un vieillard cacochyme et c'était un athlète qui me broyait la main ! Grand, bronzé, le front un peu dégarni, il avait la physionomie, le charme et... la carrure d'Eddie Constantine jouant les Lemmy Caution devant la môme Vert-de-Gris ! Il paraissait vingt ans de moins que son âge.

— Avant que nous parlions du sujet qui nous intéresse, je veux vous montrer le Dakar d'aujourd'hui. Mais auparavant, il faut vous changer.

Désignant quelques chaînes et bracelets sans valeur que portait ma femme, il ajouta :

— Débarrassez-vous de votre quincaillerie, chère madame. Et vous, monsieur, troquez votre chemise à rayures qui, où je vous mène, fait par trop... sinon richard du moins touriste à plumer. Rien dans les mains, rien ou presque dans les poches !

Il désigna la chemisette sans élégance et le pantalon tirebouchonnant qu'il portait.

— Malgré ma tenue et les quatre sous que j'ai sur moi je me suis fait attaquer avant-hier sur la grande place de l'Indépendance en plein après-midi par trois jeunes gens. Heureusement, j'ai fait beaucoup de boxe dans ma jeunesse et à soixante-dix piges ma forme n'est pas trop mauvaise. Je leur ai balancé deux directs et un uppercut avant de me retrouver par terre, mais devant ma résistance les voyous ont filé sans prendre mon portefeuille. Lorsqu'on circule à Dakar mieux vaut ressembler à un routard désargenté qu'à un touriste ou un homme d'affaires bourré de dollars !

Nous gagnâmes le centre par la Corniche. André Carayon conduisait une vieille Peugeot avec la fougue d'un jeune homme. A un virage, il ralentit pourtant en montrant quelques femmes qui sur un terre-plein s'affairaient autour d'un feu de bois.

— Elles préparent le repas d'ouvriers et de petits employés du palais de justice. Spectacle folklorique et familial devant cette baie magnifique mais qu'il vaut mieux ne pas aller admirer de plus près. A ce virage, on attaque les Blancs isolés. Il y a quelques jours, malgré la présence d'une sentinelle qui garde une villa officielle toute proche, on y a littéralement désossé plusieurs voitures ! Par bonheur dans le centre, on peut tout de même se promener sans danger. Faites seulement attention à vos sacs mais pas plus que dans le métro parisien.

Au marché Kermel, le plus beau de la ville, les badauds se pressaient autour d'une sorte de kiosque à musique où les étals se succédaient. Le spectacle était magnifique. De belles Africaines au visage de velours, drapées dans des pagnes multicolores, coiffées d'énormes turbans artistement noués et recouverts de gaze légère, proposaient des brassées de fleurs étranges arrangées en bouquets chatoyants, des montagnes de papayes, de mangues, de fraises, de légumes si frais qu'ils semblaient laqués. Les senteurs des melons se mêlaient à celles des épices. Palabres, discussions, marchandages se déroulaient sous l'œil intéressé de gamins qui, un carton dans les bras, à l'affût d'une pièce de 100 F. CFA, se proposaient de transporter vos achats. Sur le trottoir les *banabanas* avaient étalé leur bric-à-brac de masques, statuettes, bracelets, colliers en faux ébène ou ivoire de « plastique véritable », parmi l'amoncellement de robes, boubous, T-shirts, de marchands qui accrochaient le chaland avec la promesse de « casser les prix », comme le Mammouth de nos banlieues françaises. André Carayon fendait cette foule telle l'étrave d'un remorqueur. Tout un petit peuple le hélait, le saluait, lui serrait la main, le sourire aux lèvres, le regard reconnaissant.

— Bonjour, docteur. Ça va, docteur ?...

A l'un, il demandait des nouvelles de la famille, à

l'autre de la petite sœur à la hanche déformée et qu'il avait remise sur pied.

— J'en ai tant soigné, tant opéré, me dit-il comme pour excuser une telle popularité.

De l'autre côté de la place de l'Indépendance, aux abords du marché indigène de Sandaga, l'atmosphère changea. Rares étaient les visages blancs dans la foule qui débordait des trottoirs, se bousculait le long des échoppes où Syriens et Libanais vendaient au mètre étoffes, batiks, basins, cotonnades teintes artisanalement à l'indigo et au kola. Si nombre de commerçants moyen-orientaux saluaient le professeur avec beaucoup d'amitié, pour les mêmes raisons que les Sénégalais du marché Kermel, nous retrouvâmes dans les regards de la nuée embouteillant le passage, la même hostilité qu'aux abords du palais de justice. A plusieurs reprises, nous fûmes pris dans des bousculades qui n'avaient rien de fortuites et nous ne dûmes qu'à notre rapide regroupement de sauver sac et sacoche.

— Patron, patron, me cria un marchand de tissus. Ici, il ne faut pas venir avec un sac ! C'est plein de voleurs.

Désormais, nous suivrions son conseil.

— Inutile d'entrer dans le marché Sandaga, dit le professeur, ça sent mauvais, il y fait noir comme dans un four et on y est dévalisé en moins de temps qu'il n'en faut pour le dire.

Des amoncellements d'immondices pourrissaient au soleil, dégageant une atroce puanteur. Nous devions retrouver les tas d'ordures jusqu'au centre le plus résidentiel de la ville. L'entreprise chargée de les évacuer, impayée depuis des semaines par la municipalité, faisait la grève du ramassage. Dakar donnait une impression de saleté, de laisser-aller qui surprenait le visiteur venant d'Abidjan. Avenue William-Ponty, place de l'Indépendance, avenue Albert-Sarraut où battait le pouls de la cité, des mendiants par dizaines imploraient le passant. Des poliomyélitiques rampaient sur les trottoirs poussiéreux protégeant leurs membres atrophiés du raclement sur le bitume dans des morceaux de chambre à air. Devant la vitrine d'une luxueuse pâtisserie-salon de thé se tenaient quelques miséreux dont la discrétion surprenait, comparée aux supplications de ceux que nous avions croisés jusque-là. Le professeur Carayon glissa quelques pièces dans les mains rétractées de l'un d'entre eux tandis qu'il me faisait signe d'en faire autant pour une femme aux pieds enveloppés de chiffons innommables et qui tenait entre deux moignons une boîte de conserve rouillée. Je m'exécutai avec répugnance.

— Des lépreux, me dit-il tandis que nous gagnions son appartement. Depuis que je connais Dakar on a toujours mesuré le succès d'un magasin au nombre de lépreux qui stationnent devant sa vitrine. Ces pauvres hères n'ont pas d'autre source de revenus.

— Comment peut-on les laisser circuler librement ? m'étonnai-je, ne connaissant de la terrible maladie que les clichés dont l'histoire du monde foisonne depuis le Moyen Age.

— Ils ne sont pas contagieux. Du moins ceux-là. La lèpre est un fléau qui présente de multiples formes. Une maladie diabolique dont nos contemporains connaissent bien peu de choses. Je vous expliquerai cela au calme car, pour un profane, c'est assez compliqué. La lèpre est la maladie de la misère. Et vous avez pu constater qu'elle règne malheureusement un peu partout en Afrique. Je l'ai découverte il y a bien longtemps, à l'autre bout du monde, lorsque j'étais en Indochine. C'est un peu l'histoire de ma vie.

André Carayon devait me la raconter par bribes au cours des nombreuses journées que nous allions passer ensemble.

⁂

Catalan par sa mère, celte par son père tué à la guerre en 1915 quelques jours avant sa naissance, André Carayon avait mené à Perpignan l'existence difficile des pupilles de la Nation dont la famille est loin de l'aisance. Accumulant les prix d'excellence, bachelier à dix-sept ans, matheux aussi bien que philosophe, sportif mais passionné de latin et de grec, à la fois snobé et envié par ses condisciples plus aisés, le petit « indigène roussillonnais » voyait à dix-huit ans s'ouvrir devant lui la voie royale des grandes écoles. Polytechnique, Centrale ou Normale Sup' étaient à sa portée, lui disaient ses professeurs. Un oncle médecin colonial lui fit alors miroiter les avantages de la vie outre-mer : « Là-bas, tu pourras te réaliser, voir du pays, vivre une existence aventureuse que ne t'offriront ni le professorat de lettres ni la carrière d'ingénieur. Quand on est ouvert, on réussit partout. » Lauréat du P.C.N. civil, le jeune Carayon entra sans hésiter à l'école du Service de santé militaire de Lyon qui lui permettait de suivre de longues études médicales sans être à la charge de sa mère.

— Et pourtant, me confia-t-il, je n'aimais rien moins que l'armée où, pour être exact, on vous fait arriver avec deux heures d'avance. Major de l'école, j'en étais, suprême honneur, le porte-drapeau ce qui ne m'empêchait nullement, au milieu du défilé, de me dire : « Pauvre pomme, qu'est-ce que tu fiches là ! » Sans cesse, en moi, s'opposaient le patriote du Nord et l'anarchiste du Sud. Mes études brillamment terminées j'ai eu le choix de mon arme. Comme je ne me voyais pas mener la vie de caserne j'ai choisi la médecine coloniale pour l'aventure. C'est pourtant l'hexagone, que je voulais fuir, qui m'a offert la première. Et quelle première ! La guerre.

Reçu docteur en médecine le 30 juin 1939, il fut presque aussitôt mobilisé au 21e régiment d'infanterie coloniale.

— Dès les premiers combats — car, bien sûr, la Colo

on l'envoie sur le front — j'ai découvert à la fois combien je haïssais la guerre et combien elle était fascinante. Mon régiment était composé uniquement d'Européens mais de sacrés lascars, des costauds, d'épouvantables voyous, en majorité ch'timis. Des durs à cuire qui, lorsqu'on arrivait dans un cantonnement, envahissaient les bistrots et les bordels mais qui, au combat, se sont montrés héroïques. Dans l'épouvantable gabegie qu'était l'organisation militaire en 1940, j'ai vécu ce que j'avais lu sur les services de santé de la Grande Armée napoléonienne. Comme Larey, j'ai coupé des bras et des jambes avec, pour seul anesthésique, des bouteilles de gnôle. Ah ! cette odeur de poudre, de sang et de vinasse. A vingt-cinq ans, ça vous cuirasse pour la vie !

Fait prisonnier le 19 juin 1940 pour n'avoir pas voulu abandonner ses blessés les plus gravement atteints malgré une fracture à la jambe qui aurait justifié son évacuation, André Carayon s'évada six mois plus tard pour gagner la zone libre. Sorti major de promotion du stage à l'École d'application du service de santé des troupes coloniales au Pharo de Marseille, il fut affecté à Dakar au service de chirurgie à l'Hôpital central indigène où commença une carrière chirurgicale exceptionnelle qui se poursuivit à Conakry puis, la guerre mondiale terminée, à Saigon où il devait rester six ans. Professeur agrégé en 1951, ce « tête-moelle-nerfs », ainsi que se surnomme Carayon, acquit une réputation incomparable de neuro-chirurgien opérant aussi bien les soldats français que les vietnamiens amis ou ennemis. L'une de ses nombreuses citations à l'ordre du Corps d'armée le dépeint ainsi : « Brillant chirurgien, d'une habileté opératoire et d'une forme physique exceptionnelles, d'un dévouement inlassable, il obtient, grâce à ses efforts, des résultats remarquables qui l'auréolent d'une notoriété indiscutée... Professeur agrégé à l'École d'application du service de santé des troupes coloniales, ses brillantes qualités intellectuelles, son expérience technique déjà importante s'expriment dans un enseignement apprécié pour sa clarté, sa documentation et son actualité renouvelée. Dès cette époque un véritable chef d'école est né. »

— L'aventure promise par mon oncle le jour de mes dix-huit ans, c'est en Indochine que je l'ai vraiment vécue, devait-il me dire plus tard. Cet Extrême-Orient est terrible, j'y ai côtoyé le pire et le meilleur. De 1948 à 1955, j'ai pu consolider le blindage acquis en quelques semaines des combats de juin 1940. C'était une vie dangereuse mais au moins on la vivait. Inconscience, fatalisme ? Je me souviens d'avoir emmené ma femme et mes enfants en excursion au cap Saint-Jacques. Ma famille en bateau, moi la protégeant sur la route des berges dans une Jeep armée d'un fusil-mitrailleur. A certains détours de la rivière, les Viets allumaient le bateau et j'allumais les Viets. Tout le monde se mettait à plat ventre sur le pont. Quant à moi, dans la voiture, à la moindre crevaison, j'étais un homme mort ! Un soir, dînant avec des camarades dans un restaurant installé sur la terrasse d'une maison pour éviter les attentats, nous avons été la cible d'un lanceur de grenades. La première est passée au-dessus de nous, la seconde a atterri à nos pieds mais la terroriste — c'était une jeune femme — l'avait mal dégoupillée, elle n'a pas explosé. Heureusement, car nous ne pouvions y échapper. La troisième, elle l'a dégoupillée trop tôt et elle lui a éclaté dans le ventre. On a chopé cette guenille... Elle était morte. Et on est allé bouffer joyeusement. Voilà la vie...

C'était le même homme qui, passant du cynisme apparent à l'émotion la plus sincère et profonde, me racontait comment, pendant les combats du Delta, d'anciens Viet-minhs qu'il avait opérés avec succès s'étaient rangés du côté de la France et s'étaient fait massacrer lors de l'attaque finale pour protéger à la mitrailleuse la retraite de leurs frères d'armes européens.

— Quelle escroquerie ! me dit-il en s'essuyant les yeux. Voilà des hommes que j'avais eu tant de mal à sauver et qui se sont fait tuer par fidélité alors que, là encore, tout était foutu. Mais je ne regrette pas cette expérience affreuse et exaltante à la fois puisque c'est en Indochine que j'ai découvert et me suis intéressé à la lèpre. Au fond, dans la vie, tout est lié. Ce fut le départ d'une recherche passionnée qui m'a suivi durant mes différents postes.

De retour en métropole, André Carayon devait occuper les plus importants. Chef des services chirurgicaux de l'hôpital militaire de Marseille, directeur et patron absolu de l'hôpital principal de Dakar où, tout jeune homme, il avait pris contact avec l'Afrique, sous-directeur du prestigieux Val-de-Grâce à Paris, il avait terminé sa carrière militaire comme médecin général (à trois étoiles) inspecteur et directeur de l'Institut de médecine tropicale du Pharo à Marseille tout en assumant les fonctions de consultant de l'O.M.S. pour la lèpre. S'il avait fait ses adieux aux armes, ce mandarin militaire, membre de l'Académie de chirurgie, commandeur de la Légion d'honneur et de tant d'ordres africains, n'entendait pas jouer les retraités dans sa belle maison des Alpes-de-Haute-Provence. Enfin, il pouvait consacrer la totalité de ses forces physiques et intellectuelles exceptionnelles au combat contre la lèpre, le plus important que ce militaire de carrière ait mené depuis trente ans. Il accepta la direction générale de l'Institut de léprologie de Dakar et s'installa définitivement dans la capitale sénégalaise. Ses sept enfants élevés et tous parvenus ou promis à de brillantes situations, éloigné de sa femme, André Carayon, chirurgien illustre à la renommée internationale, devenu libre de toute attache, décida d'offrir ce qui lui restait de vie et d'énergie aux malheureux qui, mutilés, défigurés, rejetés par tous, surnageaient à grand-peine dans l'océan de la misère africaine : les lépreux.

***

Quelques repas pris ensemble, des heures de bavardage à bâtons rompus consacrées à l'évocation de vadrouilles exotiques, la fascination partagée pour certaines cités lointaines de Bombay à Rio de Janeiro, de Siem-Reap à Lima, une détestation commune pour l'intolérance et le racisme — qu'il soit blanc ou noir — avaient suffi pour établir entre nous des liens d'amitié que le général-inspecteur-professeur couvert d'honneurs voulut concrétiser en établissant, malgré les vingt années et l'abîme scientifique qui nous séparaient, le tutoiement mutuel. Il vint naturellement. Après quarante-huit heures, j'avais l'impression d'avoir toujours connu André Carayon. Dans des lieux souvent étranges, il me fit rencontrer ses relations, ses amis. Des femmes surtout en la compagnie desquelles ce septuagénaire athlétique se complaisait sans la moindre équivoque. C'était aussi bien la veuve richissime d'un important industriel qu'une modeste couturière d'origine portugaise à la situation précaire.

La première nous reçut dans sa propriété, oasis d'un raffinement extrême, éclose dans le désert poussiéreux de la pointe des Almadies. Pour y parvenir nulle route, nulle piste aménagée. Sur une plaine caillouteuse seulement parsemée de pachydermiques baobabs il fallait se repérer à des pierres entassées, à un arbre desséché, à d'infimes indices pour aboutir, au-delà d'un vallonnement, à un fortin blanchi à la chaux dont seules les personnes expressément attendues avaient une chance de franchir les hautes murailles. Les portes ouvertes puis aussitôt recadenassées par un gardien, on découvrait une vaste demeure immaculée dont les larges baies miroitaient au soleil. Par un effet de perspective la piscine surélevée, entourée d'un gazon miraculeux pour qui venait de traverser la plaine vierge du moindre brin d'herbe, semblait rejoindre l'Océan qui, à l'horizon, battait le cap Vert et les récifs de la chaussée des Almadies*. Mme P..., suprêmement élégante et fort bien conservée, le cou enserré dans quatre

* Récifs à fleur d'eau extrêmement dangereux pour la navigation et signalés par un phare de quatorze mètres de haut. Ils constituent l'extrême pointe de l'Afrique occidentale.

rangs de perles, recevait hommages et compliments comme un dû, présentait ses hôtes, s'affairait de mille manières, haussait le ton en annonçant les titres pour que personne ne puisse ignorer la présence, dans cette assemblée choisie, du « Général » — ici le savant professeur cédait la place au militaire étoilé — ni de deux ambassadeurs latino-américains bichonnés, pomponnés qui, négligeant ostensiblement leurs épouses pourtant charmantes, démentaient par leur attitude maniérée la réputation de macho des hommes de leurs pays. Entre le champagne, le Chivas et la langouste mayonnaise, je voyais avec étonnement André Carayon, sans souci pour sa tenue — un polo avachi et un pantalon que sa servante avait négligé depuis longtemps de rafraîchir — se déplacer de groupe en groupe et participer avec un intérêt soutenu aux conversations parfaitement vaines de ces représentants de la meilleure société qui ne se recevaient qu'entre eux, papotaient et tournaient en rond.

— Sous des dehors mondains, Mme P... cache un cœur d'or, me glissa-t-il en aparté. Outre les dons qu'elle distribue généreusement à mes protégés, je peux, grâce à elle, jouer de temps à autre les tapeurs dans ce milieu qui se soucie de la lèpre comme de sa dernière liquette. Le village de M'Bour, dont je m'occupe et où nous irons dans la semaine, a besoin d'argent pour que ses habitants — des lépreux que je traite personnellement — puissent survivre dans des conditions à peu près correctes. Pour une fois, je trouve que la fin justifie les moyens.

André Carayon portait le même intérêt à Inès, une pauvre Cap-Verdienne, couturière en chambre chez laquelle il m'emmena le jour suivant. Au fond d'une cour, dans une ruelle du vieux Dakar, Inès occupait deux pièces dont la première lui servait d'atelier et la seconde de logement où s'entassait une ribambelle de superbes filles métisses de quinze à dix-neuf ans qu'elle avait eues d'un Sénégalais qui l'avait abandonnée sans le sou. Elle salua le professeur avec chaleur et se remit à sa machine à coudre tandis que ses filles embrassaient et câlinaient André avec une sensualité sauvage qui surprenait le visiteur.

— Ah ! mes petites diablesses, sourit Carayon en leur flattant paternellement la croupe, ne les trouves-tu pas magnifiques avec leur peau café-au-lait et des formes que leur envierait n'importe quelle beauté de Saint-Tropez ? Si elles ne pensent qu'à parler d'amour, et à le faire — elles sont sans complexes ni tabous sur le plan sexuel — ces braves petites soutiennent du mieux qu'elles peuvent leur mère qui se crève nuit et jour pour les nourrir. Alors je les aide selon mes moyens. Je surveille mes diablesses du coin de l'œil pour qu'elles n'aillent pas tourner mal, je trouve des clientes pour Inès qui a des doigts de fée et le goût tout à fait européen de son île portugaise, et je soigne personnellement l'une des filles qui a de graves problèmes osseux. Je suis un peu le paterfamilias de cette communauté matriarcale. Tu vois, la neuro-chirurgie conduit à tout.

Dans ces milieux si différents, mon guide évoluait avec une rare aisance. Ce fut pourtant dans les allées du magnifique centre de léprologie, aux environs immédiats de la capitale, que je découvris sous l'homme à la sympathie si communicative le spécialiste passionné. Ensemble, nous parcourûmes cette institution créée et construite avec une grande compréhension de l'environnement par les œuvres hospitalières des chevaliers de Malte et dont — commandeur du mérite de l'Ordre Souverain — il avait été le directeur général pendant de longues années.

— A soixante-six ans, ayant atteint la limite d'âge, j'ai dû céder la place, dit-il en désignant à mon admiration les bâtiments élégants cernés de plantes tropicales et les allées ratissées où, chose rare en Afrique, ne traînait pas le moindre détritus. Mais je m'occupe toujours des malades, même si ce n'est plus à temps complet.

Nombre d'entre eux se promenaient sous les palmiers et les filaos qui ombrageaient les bâtiments. Si certains ne présentaient aucun des signes extérieurs de la maladie, d'autres en revanche, pieds et mains couverts de pansements, claudiquaient d'un banc à une chaise, s'aidant qui d'une canne qui d'une béquille.

— Sont-ce les plus atteints ? demandai-je en montrant ces derniers.

— Non, contrairement aux apparences et aux idées reçues, ces plaies, ces moignons si spectaculaires ne sont pas provoqués directement par la maladie. Mais pour que tu la comprennes, et sans te faire un cours magistral, il faut que je te dise deux ou trois choses sur la lèpre qui, avec la peste, a terrorisé l'univers pendant des siècles et est pourtant l'un des maux les plus mal connus de nos contemporains.

Comme eux, je n'en savais que la définition du dictionnaire : maladie infectieuse et contagieuse due à un bacille, nom appliqué autrefois à toute maladie contagieuse rongeant les chairs.

— C'est un médecin et botaniste norvégien, Gerhard Hansen, qui a découvert le bacille de la lèpre en 1874, huit ans avant celui de la tuberculose, poursuivit André Carayon. Pourquoi un Norvégien ? Parce que la marine marchande norvégienne était la seconde du monde et que les marins « qui ont une femme dans chaque port », mais des femmes souvent polluées, avaient amené dans leur pays de nombreux cas de lèpre. Longtemps on a cru que c'était une maladie de la peau alors qu'*elle est principalement une maladie des nerfs et secondairement de la peau.* Le bacille attaquant les nerfs provoque la perte de sensibilité des extrémités, mains et pieds, et la perte partielle de la motricité. Tu as vu ces mains rétractées des mendiants à qui nous avons fait l'aumône. Ils n'ont plus l'*opposition du pouce*, ce mouvement que l'on appelle *la pince.* Ils sont incapables de saisir quelque chose de large et ne peuvent boire, par exemple, que dans un verre à pied ou alors en coinçant un gobelet entre leurs deux mains rétractées.

— Les terribles mutilations que je croyais être les

signes de la maladie n'en sont donc que le deuxième stade ?

— Oui et non. Perdant sa sensibilité, l'individu atteint ne ressent plus la douleur ni la fatigue. Le malheureux qui travaille la terre pour nourrir ses quinze gosses se blesse, la femme se brûle devant son feu de bois. N'ayant pas mal, ils ne se soignent pas et les plaies dégénèrent, les doigts commencent à s'éliminer. Pour les pieds c'est pareil. Comme il n'est jamais fatigué, le bonhomme marche, marche, jusqu'à se faire des fractures de fatigue. La « fracture de fatigue », on ne l'a jamais observée dans les pays méditerranéens, seulement chez les Allemands, les seuls au monde à poursuivre l'effort jusqu'à l'accident tant ils sont opiniâtres !

— Les plaies qu'exhibent les mendiants ne sont donc qu'accidentelles ?

— Elles tiennent beaucoup de l'insensibilité qui provoque les blessures et un peu de la maladie elle-même qui dans certains cas attaque l'os. Il fond alors comme un sucre d'orge dans une tasse de thé. A ce stade on ne peut plus rien. C'est pourquoi le dépistage est si important. Devant le malade, on sait s'il est atteint de la forme grave ou de la forme légère de la lèpre et ainsi on peut lui administrer le traitement idoine. La plus grave est celle où le patient emmagasine dans le nez un milliard de bacilles. Il est pour les autres d'un danger extrême de contamination, d'autant plus grand qu'il ne présente, au début, aucun signe extérieur. La forme légère dite paucibacillaire se détecte d'abord par des taches sur le corps ou bien des petits boutons-tubercules. Elle est peu contagieuse et par bonheur c'est, chez les Noirs, la plus répandue. La lèpre est d'autant plus redoutable qu'elle s'attaque à des races claires. Chez les Blancs, la moitié des malades est touchée par la forme grave. Chez les Noirs, seulement vingt pour cent.

— Détecte-t-on encore des cas de lèpre dans nos pays européens ?

— Sur quinze millions de lépreux recensés dans le monde, il y en a deux mille en France dont 1990 sont immigrés et 10 Français de souche qui ont attrapé le « mal ancestral » sous les tropiques. Ici, au Sénégal, 18000 sont en traitement, 50 à 60000 souffrent d'un début de paralysie des extrémités, ce sont ces pauvres gens aux doigts rétractés qui mendient un peu partout et, plus grave, j'estime à 6 ou 7000 les lépreux inconnus qui transmettent la maladie à leurs proches. Au Mali, ils sont 100000 et en Haute-Volta qui est un état-hôpital en raison de l'extrême misère que cette autre lèpre, la lèpre idéologique marxiste, n'arrange pas, on en compte 150000 !

Tandis que nous parlions, un malade s'approcha en boitillant. Il était d'une maigreur extrême et à ses traits décharnés, on ne pouvait donner d'âge. Il sourit, découvrant des dents jaunâtres, déchaussées et, avec un regard où se mêlaient l'espoir et la reconnaissance, montra ses pieds recouverts de pansements.

— Alors, tu vas mieux, dit André en lui serrant la main sans la moindre hésitation.

— Oui, docteur, mon pied recommence à bouger.

— Montre-moi ça.

Le petit homme s'appuya sur sa canne, et releva le pied qu'il fit manœuvrer avec fierté.

— C'est bien, tu retrouves la mobilité, constata le professeur. Puis, se tournant vers moi :

— Voilà un bonhomme qui a été opéré récemment. Il est parmi tant d'autres un exemple de ma technique qui allie la pharmacopée à la chirurgie la plus minutieuse. Je récupère ici un pied, là une main, et je parviens à améliorer l'état de ces vieux paralysés moteur. C'est le résultat de l'aventure que j'ai commencée il y a trente ans en Indochine. Elle n'a pas été facile et je n'ai guère été suivi. Elle m'a même valu, avant que ma méthode soit reconnue, de solides inimitiés dans le milieu professionnel.

A Saigon, en 1951, tout en opérant les « cerveaumoelle-nerfs » de l'hôpital Coste, André Carayon, mis en présence de la lèpre qui touchait durement une population de race claire, avait étudié les effets désastreux de la maladie sur les nerfs.

— On m'a envoyé des nerfs lépreux, m'expliqua-t-il, je les ai examinés au microscope et, en moi, le neurochirurgien s'est interrogé. « Qu'est-ce donc ? » Je me suis familiarisé avec la lèpre, en dehors de mes activités, et j'ai tenté d'opérer ces nerfs. J'ai constaté que sur 15 millions de lépreux, cette attaque des nerfs provoquait 40 % d'invalides locomoteurs. 6 millions de pauvres types dont les pieds tombent, qui ne peuvent plus saisir avec les mains, qui sont dans l'impossibilité de fermer les paupières. Une idée impérieuse s'est fait jour : « Toi, le neurochirurgien tropicaliste, tu as une mission. » J'ai commencé à travailler, à étudier les nerfs lépreux en Indochine puis à Marseille à l'Institut du Pharo, enfin à l'hôpital de Dakar. Mais pour le chirurgien militaire que j'étais, la lèpre était une activité secondaire à laquelle je ne pouvais consacrer que le peu de mon temps libre. Lorsque j'ai été le grand patron de l'hôpital de Dakar, j'ai créé des lits pour les lépreux et j'ai continué mes recherches en tâtonnant autour des nerfs. Je coupais des mains, j'enlevais des bouts, j'accumulais les observations sur les faisceaux atteints par la maladie. Ces nerfs sur lesquels épidémiologistes et thérapeutes faisaient une impasse persistante, se contentant d'utiliser les médicaments.

— Lorsque tu as commencé ton étude du fléau, quelle était la pharmacopée existante ?

— Jusqu'à l'immédiat après-guerre, on n'avait aucun médicament. On se contentait d'isoler les malades comme au Moyen Age. En 1944-1945, on a trouvé la streptomycine contre la tuberculose et dans le même temps la D.D.S. ou sulfones contre la lèpre. Ces sulfones peu coûteux et, semblait-il, efficaces auraient pu sinon faire disparaître la lèpre, du moins faire qu'elle devienne une maladie parfaitement curable. Mais on ne connaissait rien des doses à administrer. On en a donné de trop faibles et on a ainsi créé une résistance au médicament. Le malade suivi prenait ses sulfones et le bacille faisait comme s'il s'en moquait éperdument ! Tout cela a traîné car on ne s'est aperçu de cette résistance qu'en 1965 au moment où l'on a découvert un nouvel antibiotique, la clofazimine ou B.663. Là, nouvel écueil, car le médicament colore l'individu. Le Noir charbon ou basalte s'en moque, il ne risque pas de foncer, le Noir marron devient basalte, passe encore, mais le Chinois qui est un presque Blanc aux oreilles jaunes les voyait devenir d'un rouge dont il a horreur. Impossible de lui imposer ce médicament. Cette histoire d'oreilles est assez comique. C'est la première chose qu'un Africain observe chez l'Européen. Pour lui, le Blanc est un individu qui a les oreilles rouges. Si elles deviennent jaunes il sait que le « patron » soit va mourir soit sera rapatrié dans les plus brefs délais. Moi, je demande : « Vos urines sont-elles claires ? » Le Noir, lui, dira : « Vos oreilles sont-elles rouges ? » Enfin est apparu le troisième médicament dont nous disposons aujourd'hui : la rifampicine, tiré d'un champignon du Var. En associant les trois — sulfones, clofazimine et rifampicine — on pouvait obtenir, et on obtient dans certains cas, de bons résultats, en particulier dans la forme la plus grave de la lèpre, celle où le malade a un milliard de bacilles dans le nez et est de ce fait un danger pour ses proches. Pris à temps, on peut le blanchir en quelques semaines de traitement à l'Institut où nous sommes. Malheureusement, pour les autres cas, il y a un hic de taille. Je t'ai dit que la lèpre est une maladie diabolique. La clofazimine étant un anti-inflammatoire, le médicament tue les bacilles en provoquant un afflux de cellules blanches, de leucocytes, qui digèrent les bacilles morts mais aussi envahissent les nerfs qui gonflent et sont détruits. On en revenait toujours au même problème. En outre, au point de vue prix, si les sulfones sont au niveau 1, la clofazimine est au niveau 25 et la rifampicine atteint le niveau

90 ! Catastrophique pour les pays sous-développés ! C'est pourquoi, quand j'ai quitté l'armée et me suis occupé de l'Institut de léprologie à temps complet, j'ai pu mettre au point, après vingt-cinq ans de recherche, ma méthode chirurgicale couplée au traitement de chimiothérapie.

— En quoi consiste-t-elle ? demandai-je, effaré par la complexité de la maladie mais comprenant mieux les difficultés auxquelles se heurtaient les chercheurs.

Il l'expliqua en détail tout en sachant se mettre à la portée du néophyte que j'étais. A la suite des examens au microscope puis sur les malades, André Carayon avait constaté des lésions à la fois externes et internes des nerfs qui permettent la torsion de l'humérus et du tibia. Ces nerfs gonflés se coinçaient dans les sortes de tunnels qui les protègent, provoquant la perte de sensibilité puis la paralysie des extrémités.

— J'ai eu alors l'idée, étant neurochirurgien, de débrider ces tunnels puis la gaine du nerf sans toucher aux faisceaux quand la maladie était prise à temps. Si elle était trop avancée j'allais libérer les faisceaux et là nous entrons dans une chirurgie extrêmement fine et trop complexe pour la détailler car ces faisceaux, en raison du phénomène de torsion de l'humérus et du tibia — que seul l'homme possède — ne sont pas regroupés comme dans un fil téléphonique mais vont à droite, à gauche. Lorsque la maladie en était à un certain stade, il m'a fallu attaquer le nerf pour en enlever les parties déjà nécrosées et sauver ce qui pouvait encore l'être. Alors que les spécialistes du monde entier, aux travaux desquels je participais, cherchaient le médicament ou le vaccin destiné à éradiquer la lèpre chez quinze millions de malades, moi je m'efforçais de rendre à six millions d'entre eux la motricité, de guérir la perte de sensibilité et la paralysie. Mes recherches n'ont guère été suivies. Je disais à mes confrères : « Si vous trouvez le remède miracle, je m'abstiens. Mais en attendant, je veux essayer. » Parallèlement à cette chirurgie des nerfs, j'ai cherché à agir sur les muscles. Quantité d'entre eux peuvent servir à deux choses même si pendant trente ans ils n'ont rempli qu'un seul office. Je suis parvenu ainsi à faire fermer la main, ou à faire lever le pied grâce à des muscles qui jusque-là servaient à le mettre en extension. De même pour l'œil. En serrant les dents on peut, par la rééducation, fermer la paupière. Mais va faire comprendre cela à des types misérables — car je te l'ai dit, la lèpre est une maladie de la misère — qui n'ont pas le cerveau très « ouvert » ! Bref pendant vingt-cinq ans, j'ai fait de l'à-peu-près et les cinq dernières années, lorsque j'ai pu me consacrer uniquement à la lèpre, j'ai obtenu d'excellents résultats. Comme l'a dit Gaston Bachelard : « Quand à un certain moment on trouve sans chercher c'est qu'on a cherché longtemps sans trouver. »

— Lorsque tu dis d'excellents résultats, quel pourcentage cela représente-t-il ?

— Autrefois, dès que le nerf était atteint, il y avait 100 % de paralysie définitive. Aujourd'hui avec les médicaments, on en guérit 25 à 30 %. Et avec la chirurgie 30 à 40 %. Pour le reste, on peut encore agir en rectifiant les paralysies mais il est alors impossible de récupérer la sensibilité. Pour obtenir ces « bons » résultats — bien insuffisants — faut-il encore dépister à temps la maladie. Sur quinze millions de lépreux, trois seulement sont traités.

D'après mes lectures, les foyers de la lèpre étaient dispersés dans les régions tropicales les plus pauvres de l'Asie, de l'Amérique du Sud et de l'Afrique. Si elle était décelée dans de brefs délais, si elle ne touchait pas essentiellement des êtres affaiblis dont l'organisme se défendait très mal, la forme contagieuse et la plus dangereuse — la lèpre lépromateuse — ne se développerait pas autant.

— Facile à dire, pas à faire, soupira André Carayon. Dans notre France du Moyen Age, le pays le plus lépreux d'Europe — on y comptait alors 2 000 léproseries — on est arrivé à bout du fléau par la conjonction de deux faits : la grande épidémie de peste et l'extension dans les campagnes de la culture du blé blanc. La peste a tué les moines qui nourrissaient les lépreux. Et ceux-ci sont morts de faim ! Le blé a remplacé le sarrasin peu nutritif et les Français, qui jusque-là mangeaient très mal, sont devenus plus résistants. La lèpre a disparu. Ici, nous devons nous contenter du dépistage. Et c'est déjà un travail de Titan compte tenu du manque d'information et de l'éloignement des zones les plus pauvres.

Si je n'avais pas su le professeur Carayon si enthousiaste, j'aurais cru déceler dans sa voix une nuance de lassitude. Elle s'effaça tandis qu'il me faisait observer une silhouette qui errait lentement dans les allées. L'homme, grand, bien bâti, était vêtu à l'européenne d'un costume de toile gris clair qui faisait paraître plus sombre encore son visage d'ébène, net de tout stigmate. Son allure aussi bien que son vêtement tranchaient sur ceux des autres malades dont il se tenait écarté. Sans l'avertissement d'André, je l'aurais pris pour un visiteur ou, mieux encore, pour un membre du service médical.

— Celui-là est atteint de la forme la plus grave. Il trimballe un milliard de bacilles dans le nez. Par bonheur, il est évolué et est venu se faire soigner à temps. Mais il est de ces malades à qui je ne m'adresse, lors des consultations, qu'en me tenant de biais. Dans cette forme contagieuse à l'extrême il suffit qu'un lépromateux te parle en face pendant dix minutes pour qu'il te colle 200 000 bacilles. 200 000 bacilles, on parvient à les éliminer mais 250 millions, non ! Et c'est ce qu'on attrape lors de contacts physiques un peu plus poussés. Grâce au dépistage et à sa volonté de se soigner on va *blanchir* ce malade — si l'on peut dire d'un Africain ! — en trois semaines. Mais imagine les dégâts qu'il pourrait provoquer si, non traité, il se baladait comme tout un chacun dans la nature, embrassant ses gosses et ceux des voisins, baisant sa ou ses femmes, lesquelles à leur tour... Bref un désastre.

Quelques jours plus tard, André Carayon revint sur le problème dans l'un des lieux les plus agréables qu'il m'ait fait visiter depuis mon arrivée. Nous prenions l'apéritif dans le jardinet d'un cabanon minuscule qu'il possédait dans l'île de N'gor. Pour parvenir à cet îlot de rêve, sans eau potable, ni électricité ni commerçants, il fallait emprunter l'une des deux pirogues, la Bleue ou la Verte, qui se disputaient la clientèle du week-end, chargée des couffins du pique-nique et des thermos de boissons glacées. Entourés d'hibiscus rares, de bougainvilliers, de poincétias aux feuilles orange et vertes et d'autres plantes bien plus étranges ramenées en bouture de missions aux Indes ou au Brésil, nous dominions la plage envahie de jeunes gens et de jeunes filles qui jouaient, nageaient, flirtaient avec une impudeur d'aube des temps. Les « diablesses » de la couturière portugaise, venues se changer dans le bungalow d'André, apparurent, splendides dans de sages maillots une-pièce qui moulaient leurs formes parfaites, puis s'enfuirent en gloussant pour retrouver d'autres amies aussi désirables dans la foule des amateurs de baignade inlassablement sollicitée par des *banabanas* porteuses de petits pâtés épicés qui s'enlevaient comme pain béni au sortir de la grand-messe.

— Vois ces filles magnifiques et si faciles, me dit le professeur avec un sourire ironique. Quel est l'homme normalement constitué qui pourrait leur résister, à condition de ne pas avoir commis comme toi l'imprudence de venir avec son épouse ? Si la jeune femme est atteinte de la lèpre lépromateuse — et ne le sait pas donc n'est pas traitée — son partenaire est infailliblement contaminé. La lèpre n'est pas une maladie vénérienne puisqu'elle ne se transmet pas par contact sexuel mais c'est en faisant l'amour qu'on l'attrape le plus rapidement. En un seul contact d'une demi-heure ou trois quarts d'heure à se sucer la poire comme on dit vulgairement ! Le voyageur aura oublié depuis longtemps cet instant agréable quand le mal se déclarera. Cinq ou sept ans plus tard ! Diabolique maladie...

— Y a-t-il des signes extérieurs qui la trahissent avant qu'elle se manifeste par les plaies et autres mutilations ?

— Bien sûr, mais qui — Blanc ou Noir — va examiner de si près sa conquête alors qu'il ne rêve que de concrétiser son succès ? Les signes annonciateurs, dans le cas de la lèpre ultra-contagieuse, sont la perte de la queue des sourcils et l'apparition de petites excroissances noires, non inflammatoires, sur le pourtour de l'oreille. Là, le sujet doit être immédiatement isolé et traité à l'Institut où, grâce aux médicaments, il sera blanchi en quelques semaines. Dans la forme la moins grave — au point de vue de la contagion — la lèpre se manifeste par des taches dépigmentées chez le Noir, rouges chez le Blanc. Elles apparaissent n'importe où sur le corps et non pas uniquement, comme on pourrait le croire, sur les mains ou les pieds. Chez les enfants, lors des opérations de dépistage, on les cherche même entre les fesses. Le dépistage systématique mais si difficile à réaliser est, pour l'instant, notre seule arme préventive puisque le vaccin contre la lèpre, sur lequel on travaille depuis trente ans, n'est toujours pas au point. La prévention, les soins à l'Institut et surtout la multiplication des villages de lépreux, voilà tout ce que nous pouvons faire dans l'état actuel des choses. Nous visiterons celui dont je m'occupe toujours à M'Bour, sur la Petite Côte, là seulement tu pourras comprendre l'effroyable situation de ces gens exclus de la société, jadis parqués dans des endroits immondes et dont, un peu avant la guerre, Raoul Follereau disait : « Ils souffrent de deux maladies : ils ont la lèpre et ils sont lépreux. »

II

AVENTURE OU SACERDOCE ?

Nous quittâmes Dakar dans la fraîcheur du matin. La Peugeot était encombrée de provisions, de pains et de bouteilles, nécessaires à notre séjour dans la petite résidence que le professeur possédait à l'écart de M'Bour. Khadi, gouvernante de vingt ans qui entourait son patron de mille attentions affectueuses, tenait son logement et lui préparait la meilleure cuisine que j'ai dégustée dans la capitale, nous accompagnait chargée de présents pour sa famille qui habitait un village isolé de la Petite Côte.

— Quand on connaît les « restaurants » de la région, dit André, et l'état de crasse du marché de M'Bour, je préfère tout emporter et que Khadi nous accompagne. Ça lui permet de voir sa mère et ses sœurs, de pauvres gens à qui je destine toujours quelques cadeaux, et elle est si fière de vous préparer un des petits plats dont je lui ai appris la recette ! Je remarque d'ailleurs que lorsque vous prenez vos repas à la maison, ma table atteint des sommets jusque-là inégalés. Tu les soignes mieux que moi, hein, Khadi !

Khadi souriait de toutes ses dents proéminentes et lissait soigneusement les plis d'une fort jolie robe indienne sur des formes qui n'avaient rien à envier à celles des pin-up africaines de l'îlot de N'Gor.

— De chacune de mes missions à l'étranger je lui rapporte une robe qui, auprès des pagnes et boubous de ses amies, la pare de tous les charmes de l'exotisme. L'un de mes confrères lui redresse les dents. Elle va bientôt être si jolie qu'elle me quittera pour se marier.

La jeune fille secoua vigoureusement la tête tout en ne quittant pas des yeux la route encombrée. Sur son visage aux traits réguliers était peinte la joie enfantine du voyage.

Dans un flot de voitures, carrioles et « mille kilos » surchargés nous parvînmes à Rufisque, un de ces noms qui, avec Valparaiso et Pernambouc, m'avaient fait rêver d'aventures lorsque, adolescent, j'épluchais les cartes de l'atlas. La déception fut aussi grande qu'au Chili ou au Brésil. De l'ancien port de commerce, détrôné par Dakar, il ne restait rien sinon une ville industrielle et commerçante aux rues défoncées où calèches enluminées de peintures naïves et taxis bosselés se disputaient les clients... à coups de gourdin ! André manœuvra dans la bagarre à grand renfort de klaxon et d'injures bien senties et nous sortîmes sans regret de ce port autrefois si prospère pour emprunter la route nationale qui longe la Petite Côte où l'ensoleillement quasi permanent tempéré par les alizés côtiers, transforme les bords de l'Océan en rivages de quelque mer du sud. C'est, avec la Casamance, plus tropicale, le haut lieu du Sénégal proposé par les *tours-operators* qui ont si bien enfoui leurs clubs et hôtel de vacances dans des parcs soigneusement entretenus et rigoureusement clos qu'on ne les aperçoit jamais. Bientôt la route s'enfonça dans les terres. Oh ! pas de beaucoup, quelques centaines de mètres. Ce fut suffisant pour que nous retrouvions l'Afrique profonde. L'alizé s'affaiblit, la température monta brusquement et la brousse latéritique s'empara du paysage. Nous roulions entre des « forêts » de baobabs séculaires aux branches dénudées ornées à leur extrémité d'un minuscule plumet de pousses vertes. De petits champs de mil ou de manioc, des épineux à perte de vue et, de temps à autre, un village de cases et de paillotes constituaient tout le décor de cette contrée monotone et sans grâce.

Comme s'il avait voulu reculer le moment de me faire aborder le village des lépreux, André Carayon multipliait les arrêts touristiques dans les rares lieux que les agents de voyage proposaient aux amateurs d'excursions lassés du sable et du soleil. Au lac Retba d'abord, bizarrerie de la nature, enchâssé dans les terres mais que nulle pancarte n'indiquait. Pour en avoir négligé depuis longtemps le chemin, le professeur dut se renseigner auprès de vieillards qui palabraient à un carrefour de la route nationale.

— Dieu m'est témoin que j'aime l'Afrique et les Africains, dit-il en regagnant le véhicule, mais ces vieux abrutis, censés être pleins de sagesse, ne sont même pas foutus de m'indiquer le bon chemin !

Nous le trouvâmes enfin, au bout de pistes entrecroisées, pour découvrir ce marais salant aux eaux irisées de rose et de violet, cerné de dunes de sable, et où les femmes peules du plus proche village ramassaient le sel en plaques. Escale encore à Joal, village natal du président Senghor, qui étirait ses vieilles maisons coloniales plus délabrées les unes que les autres, ses cocotiers et ses *tanns* qui sont de vastes étendues de terre séchée, entre l'Océan et un bras de mer en forme de marigot ponctué de buttes de coquillages coiffées de baobabs. Port prisé par les navigateurs portugais dès le XVe siècle, Joal et l'île de Fadiouth qui lui fait face — les deux localités sont reliées par une longue passerelle en bois — étaient bordées par la mangrove dont les racines immergées des palétuviers regorgeaient d'huîtres minuscules et délicieuses. C'était des coquilles de ces mollusques consommés au fil des siècles par les habitants, qu'était formée l'île artificielle de Fadiouth où hommes et plantes s'étaient enracinés. Le cimetière chrétien, colline de coquillages d'une blancheur éclatante au soleil — « édifiée durant deux siècles à coups de chicote par les prêtres », disait Carayon redevenu un instant l'anarchiste du Sud —, les greniers sur pilotis coiffés d'un toit pointu, construits par la population pour mettre à l'abri des rongeurs les réserves de mil et d'arachides, et les petits cochons noirs qui couraient dans des enclos grillagés constituaient les seules attractions dont les touristes descendus d'un car climatisé se satisfaisaient en négociant avec âpreté d'énormes coquillages aux formes tourmentées et aux riches couleurs que leur proposaient une nuée de gamins dépenaillés. Nous terminâmes le circuit exploratoire de la région par le village de pêcheurs de M'Bour dont les cases essaimaient tout au long de la plage protégée par une barre où se fracassaient les vagues. Sur le sable, entre les pirogues ornées de peintures vives et de gris-gris, des déchets de poissons, un mouton égorgé en sacrifice pour amadouer les dieux de la mer, pourrissaient sous des nuages d'énormes mouches vertes. L'odeur pestilentielle qui s'en dégageait ainsi que des claies où séchaient les dernières pêches, nous fit refluer vers le marché aux poissons jouxtant les étals de maraîchers et les échoppes où des tailleurs, conduisant leurs machines à coudre comme un Romain sa Ferrari, coupaient, brodaient, ajustaient aux mesures pagnes et boubous. Après avoir fait cadeau à Khadi d'un coupon d'étoffe qui la tentait et qu'elle marchanda avec l'obstination d'une ménagère soucieuse de son budget, nous prîmes la fuite, glissant dans le magma boueux dont le sol était recouvert. Malgré le pittoresque du spectacle, notre odorat européen, agressé par le fumet tenace du poisson pourri et de la cohue qui en faisait ses délices, demandait grâce. Nous retrouvâmes avec plaisir l'atmosphère étouffante de la Peugeot qui rôtissait au soleil.

Enfin nous arrivâmes dans le parc, isolé en bord de mer, qui abritait le centre d'épidémiologie à l'époque coloniale. Désaffecté, ses bâtiments transformés en villas avaient été attribués à certaines personnalités de la région.

— Pour services rendus à l'État, on m'a donné la jouissance d'une parcelle de terrain qui domine l'Océan et j'y ai édifié ce palais, plaisanta André Carayon en manœuvrant la serrure d'une de ces ingénieuses et vastes guitounes préfabriquées dans un acier résistant aux intempéries et dont les parois extérieures se relèvent en auvent. Je l'ai achetée pour une bouchée de pain à l'armée qui me l'a installée sur un socle de béton. Deux cabines pour dormir, le salon-salle à manger ouvert à la brise, une salle de douche et, luxe suprême, un réfrigérateur qui va nous permettre de boire notre apéritif frais. Ce n'est pas la propriété de mon amie Mme P..., mais je suis heureux lorsque je viens visiter mes lépreux de jouer les Robinson sur cette côte déserte et magnifique. Le jardin fleuri et l'escalier de terre qui conduit à la plage sont mon œuvre, ajouta-t-il avec satisfaction. Tu peux constater que les mains d'un neurochirurgien ne sont pas seulement capables d'opérer les nerfs les plus fins. Elles savent aussi terrasser.

Sur la galerie ombragée de palmiers, de filaos et de cailcédrats vigoureux, tandis que Khadi s'affairait à préparer son cheval de bataille — le poulet mariné au curry accompagné de tomates en dés, de noix de coco et de bananes — nous nous efforçâmes d'oublier les conditions de vie misérables que le sous-développement imposait aux pêcheurs de M'Bour, et dont la saleté du marché était le lamentable reflet. Comment en vouloir à ces malheureux sans éducation lorsque l'on savait que dans la villa voisine, dont les nombreuses femmes qui l'occupaient jetaient sous nos yeux leurs ordures sur le chemin commun où des gosses déféquaient en s'essuyant de la main, habitait le médecin responsable de l'hygiène de la région ! Ces femmes étaient ses épouses et ses tantes, et ces enfants les siens...

— Quand on connaît l'état d'esprit d'une grande partie de la population, même dans les couches les plus évoluées, les efforts accomplis — un peu par les autorités beaucoup par les organisations caritatives — en faveur des lépreux n'en sont que plus admirables, dit André Carayon, car les mœurs encore moyenâgeuses ne leur simplifient par le travail.

J'appris ainsi que dans ce pays à peine plus grand

qu'un tiers de la France et deux fois moins peuplé que l'agglomération parisienne, existaient quatorze villages de lépreux disséminés dans sept secteurs de grandes endémies. A chaque secteur était affecté un médecin léprologue assisté de cinq infirmiers spécialisés, chacun d'entre eux ayant sous ses ordres quatre infirmiers contrôleurs itinérants qui parcouraient la brousse à vélo ou en voiture.

— Ce sont eux qui, dans les villages isolés, dépistent les malades et qui, lorsque ceux-ci ont déjà été soignés, leur donnent les médicaments nécessaires à la guérison. Mais tu as vu comment vivent les gens — bien-portants — de M'Bour. Va faire comprendre aux lépreux encore plus misérables et pourtant sur la voie de la guérison, qu'il faut poursuivre le traitement. Leur confier des médicaments — dont je t'ai dit le prix — pour qu'ils les prennent chez eux est illusoire. Ils les vendent à d'autres Africains comme étant de l'aspirine. Le mieux est de les leur donner lorsqu'ils sont hospitalisés, ou, après leur sortie de l'Institut, que les infirmiers distributeurs les leur fassent ingurgiter devant eux. Mais ils ne peuvent passer tous les jours. Nous nous heurtons également, lorsque le dépistage a porté ses fruits, au refus qu'opposent certains malades à se soigner. Détectés par les infirmiers, et rejetés par leur village dès que la nouvelle se sait, ils s'enfuient. C'est dire si nos collaborateurs itinérants ont du mal à accomplir leur mission.

Du temps de la colonie les gendarmes encerclaient un village et, bon gré mal gré, obligeaient les habitants à se déshabiller. Les femmes sous une tente, les hommes sous une autre, étaient examinés par un spécialiste.

— Je ne dis pas que, selon nos conceptions des droits de l'homme, c'était bien, poursuivit André Carayon, mais c'était efficace. Depuis l'indépendance en Afrique il n'en est plus question. Au Mali où il y avait un zoo magnifique la population a bouffé les lions et les éléphants dans la semaine où la République est née. Seuls les crocodiles ont échappé à sa voracité! Comment dans ces conditions faire preuve d'autorité ? — encore qu'au Sénégal le gouvernement s'essaye à une certaine fermeté. Mais que faire contre le malade dépisté qui fuit les soins en se réfugiant dans les favellas dakaroises ? C'est là que réside le plus grand problème. A l'époque où le ministre de l'Intérieur était un technicien européen prêté au gouvernement sénégalais, j'ai proposé d'effectuer des raids contre ces bidonvilles où les lépromateux faisaient les plus grands ravages. Il m'a répondu tout de go : « Vous n'y pensez pas, malheureux ! Quel scandale ne déclencherions-nous pas. Venant de vous, médecin *blanc*, et de moi, ministre *blanc*, une telle mesure serait assimilée par les “ intellectuels ” à du fascisme pur et simple ! » Et les malades ont continué de mourir, non sans avoir transmis leurs milliards de bacilles à tous ceux qu'ils approchaient. Aujourd'hui le fléau régresse grâce aux recherches et à notre action mais se propage par les gens qui refusent de consulter et se marginalisent.

— Pourquoi se soustraient-ils à un traitement gratuit et qui, administré à temps, peut les sauver ?

— Il faut les comprendre. Pour la majorité c'est un drame épouvantable. Ces pauvres gens ne veulent pas que leur famille sache. Le bonhomme qui apprend que sa femme est atteinte va la répudier illico. Elle devra se débrouiller toute seule avec ses gosses *sans un centime.* J'ai connu au bas mot quinze cas semblables. Heureusement, quand il s'agit d'un village quelque peu évolué, les hommes se montrent plus compréhensifs à l'égard de leur femme malade. Ils savent qu'il existe des médicaments très puissants et qu'elles seront blanchies en quelques semaines. Mais ils sont encore trop rares. En gros on peut dire que lorsqu'on détecte un cas de lèpre, si c'est un homme il s'enfuira du clan, si c'est une femme elle se fera soigner.

— Et les enfants qui pullulent, comment les protéger ?

— Sauf dans le cas de lépromateux — mais je te l'ai dit ils sont relativement rares — la contagion ne se fait pas entre parents et enfants car si l'on est sérieux on protège le bébé dès qu'il naît. Mais le grand problème est de convaincre la mère que ce n'est pas parce que son gamin n'a apparemment rien qu'il ne faut pas aller lui chercher des médicaments. Dans les villages comme celui où je t'emmène c'est plus facile car la population y est sous surveillance.

A l'écart de M'Bour, sur une plaine pelée, un mur aveugle plus haut qu'un homme courait autour d'un immense quadrilatère. Dans cette Afrique où les caprices de la nature et la négligence des hommes constellent toute construction non entretenue de zébrures, taches et autres marbrures du plus désolant effet, la clôture fraîchement repeinte d'ocre soutenu et où un bougainvillier fleuri surmontait chacun des étroits passages d'accès, surprenait le regard par sa propreté. Les abords étaient vierges des déchets et détritus qui encombraient le marché et les rues du M'Bour des bien-portants. Par les échappées on découvrait les murs blanchis à la chaux des habitations, et les cours qui les séparaient étaient autrement nettes que celle du responsable de l'hygiène, voisin de Carayon.

— Ils sont pourtant deux mille à vivre dans ce village, dit le professeur. Je ne te dis pas que c'est partout aussi bien entretenu mais dans ce coin vivent quelques-unes de mes protégées qui ont assimilé nos leçons. Ici, tous les habitants ne sont pas atteints par la maladie. Un petit peu plus de la moitié sont des fils de lépreux qui ont échappé à la contamination. Ceux-là travaillent, sont pêcheurs ou cultivateurs. Ils habitent avec leurs parents ou alliés, habitués aux signes extérieurs du fléau. On leur a acheté des pirogues, des filets, des chevaux, des charrettes. On leur a bâti des maisons. Tout cela grâce à l'aide des associations caritatives — Caritas, Follereau et l'ordre de Malte — et de quelques bonnes volontés privées. Personnellement je leur ai permis d'en construire deux. Ma voisine du parc des grandes endémies, Mme W..., une riche et merveilleuse Autrichienne dont je te reparlerai, en a élevé quatre ou cinq. Ainsi les non-lépreux font vivre les lépreux qui ne sont pas coupés de leurs familles.

Notre arrivée dans cette plaine déserte qui ne recevait guère de visiteurs provoqua la curiosité des habitants des maisons les plus proches. Des femmes entourées de marmaille puis un homme apparurent dans l'étroit passage ouvert dans le mur. Ils poussèrent des cris de joie en reconnaissant le professeur et entourèrent notre petit groupe en claudiquant.

— Bonjou' docteu', piaillèrent-ils. Cadeaux ?

— C'est à peu près tout ce qu'ils savent dire en français, soupira André Carayon en caressant les cheveux crépus d'une minuscule négrillonne qui s'accrochait à la jupe de sa mère. Celle-ci me surprit par sa coquetterie. Elle portait un débardeur rayé de vert et de rouge sur un pagne drapé de couleur tilleul dont une chute avait servi à confectionner le turban qui la coiffait. Un collier d'argent enserrait son long cou. Les yeux écarquillés elle regardait le médecin en souriant et croisait les poignets sur un ventre rebondi. Les poignets seulement car ses bras se terminaient par deux excroissances rondes et lisses comme une boule de pétanque. Du pagne élégamment drapé sortaient deux moignons enveloppés de caoutchouc.

— Voici Ndèye, dit André. Elle a vingt-quatre ans, n'a plus ni mains ni pieds et ne peut pas fermer les yeux. Cela veut dire qu'elle finira certainement aveugle car ces pauvres diables, perdant la sensibilité de la cornée et la mobilité de la paupière, ne sentent pas s'ils ont une mouche ou une poussière dans l'œil, d'où infection. Le seul moyen de sauver la vue de cette petite est de lui apprendre à fermer les yeux avec les muscles de la mâchoire ou de l'opérer. S'il manque un millimètre au muscle, la rééducation suffira, s'il en manque quatre, l'opération est indispensable. Pour couronner le tout elle est encore enceinte.

Une autre femme, un peu plus âgée, nous avait rejoints. Cul-de-jatte, elle se déplaçait avec peine faisant effectuer à son torse un mouvement de balancier en prenant appui sur ses mains rétractées. Les moignons de ses cuisses étaient emmaillotés de chiffons et de morceaux de cuir. Quand elle se fut immobilisée elle me tendit sa main momifiée en guise de bienvenue. Je la serrai en m'efforçant de dissimuler ma crainte, tandis qu'André m'observait du coin de l'œil.

— N'aie pas peur, elles ne sont pas contagieuses, dit-il, et donne-lui un billet de cinq cents francs. Elle en a bien besoin, cette pauvre Raki.

Le billet, happé prestement, disparut dans un pli du corsage, tandis que le seul homme de l'assemblée joignait ses deux mains dans un geste que je crus quémandeur. J'allais sortir un autre billet lorsque le professeur Carayon interrompit mon geste :

— C'est le mari de Raki. Il est fier de te montrer ses mains que j'ai opérées et sauvées il y a quelques années. Raki a eu moins de chance et pourtant je la connais depuis longtemps. Elle avait quatorze ans quand j'ai commencé à la soigner, elle en a aujourd'hui trente-deux. Lorsque j'ai reçu cette gamine dont la sœur était déjà atteinte j'étais directeur du grand hôpital de Dakar, où, ayant tous pouvoirs, j'avais installé vingt lits pour des lépreux que je soignais gratuitement. C'était notre bon côté français. Dès que j'ai quitté mon poste les nouvelles autorités ont supprimé ce petit service. J'ai continué à suivre Raki à l'Institut de léprologie des chevaliers de Malte où je disposais d'appareils de radiographie et d'électromyographie perfectionnés qui permettent de contrôler le fonctionnement des muscles. Je l'ai opérée selon ma méthode et j'avais bon espoir de sauver ses jambes. Malheureusement j'ai dû partir en mission pour l'O.M.S. en Amérique du Sud et, à mon retour, des confrères africains l'avaient amputée pour éviter des soins délicats et nombreux. Tout simplement pour se simplifier la vie !

D'une famille de lépreux, mariée à un cousin lui-même lépreux, Raki vivait avec les siens dans ce village où elle ne disposait pour la subsistance que de l'argent que son mari allait mendier à la ville voisine et de l'aide apportée par les associations charitables.

— Que veux-tu que fassent les hommes, sinon mendier ? dit André Carayon. Les moins atteints vont laver des voitures à Dakar. Tu remarqueras que dans les stations-service la plupart des laveurs ont les mains qui fonctionnent mal. Ceux que l'on a pu tirer d'affaire, comme le mari de Raki, essayent bien de redevenir cultivateurs. Mais si, par mes premières interventions, j'avais pu sauver ses mains, je ne lui avais pas encore rendu la sensibilité. Résultat ? Ces pauvres types qui cultivent sans charrue, à la *daba* — un bâton au bout duquel est fixée une sorte de pelle, même pas un soc — une terre dure comme de la caillasse, faute d'eau, et ne ressentent pas la fatigue, s'usent littéralement. Jusqu'à la fracture *à l'allemande* dont je t'ai parlé. Dès lors ils n'ont plus qu'à aller mendier à la ville. A une certaine époque — celle du ministre de l'Intérieur blanc — il y avait un barrage de police qui les empêchait d'entrer dans les cités. Depuis que la totalité du pouvoir est africaine, cette mesure est tombée. Nombre de lépreux de ce village vont jusqu'à Dakar, y mendient huit jours et reviennent. Ils couchent dehors, contre la cathédrale, à deux pas de chez moi, ou dans des immeubles en chantier. Quand il fait froid — à Dakar certaines saisons ont des nuits très fraîches — je leur prête un fourneau malgache que leur apporte Khadi avec une provision de charbon de bois et quelque nourriture. Nous les connaissons tous. Ce sont de braves gens qui ne mendient pas avec arrogance, en vous poursuivant. Ils se tiennent, comme je te l'ai montré, devant la vitrine d'un magasin bien achalandé ou à un carrefour. On leur donne ou pas. C'est tout.

Autour de nous les enfants se disputaient les bonbons que ma femme avait tirés de son sac. La plupart étaient beaux, rieurs, espiègles. Quel était leur avenir avec, au-dessus de leur tête, l'épée de Damoclès de la contagion ? A ma question André Carayon haussa les épaules.

— Pour ceux qui sont atteints nous avons les médicaments adéquats et on les guérira sans séquelles puisque nous les surveillons. Mais il est sûr que ces ménages de lépreux ne devraient pas avoir d'enfants. J'ai bien essayé de poser des stérilets aux femmes dont je m'occupe. Elles les ont enlevés en me disant : « A quoi je sers si je ne peux plus avoir d'enfants ? » Et pourtant dans ces villages le taux de mortalité infantile dépasse les 50 %. Raison de plus, pour elles, de continuer. Vois la petite Ndèye, sans mains ni pieds, elle est à nouveau enceinte. Et pourtant elle est consciente des difficultés qui attendent sa progéniture puisqu'elle a déjà une ravissante petite fille qu'elle veut me *donner* pour que je la fasse adopter. Ce n'est pas évident. Il y a une autre petite, dix-huit ans, jolie comme tout, bien bâtie, des seins comme des obus. Elle voulait se marier, a vécu avec un type qui l'a laissé tomber et elle en cherche un autre désespérément car pour elle l'avenir c'est le mariage. Elle a les extrémités atteintes. J'ai un peu opéré ses mains et ai guéri les plaies de ses pieds mais je n'ai pas encore récupéré la sensibilité alors elle se pique, se brûle, se tape sur les doigts sans rien sentir. Tu peux le constater cette forme de lèpre, dite bénigne du point de vue quantité de bacilles et contagion, est la plus mutilante.

— Comment Ndèye ou ses semblables peuvent-elles s'occuper de leurs enfants, laver le linge et faire la cuisine avec un pareil handicap ?

— Elles reçoivent l'aide de leurs mères, de leurs tantes qui ne sont pas malades mais qui étaient dans une telle misère qu'elles préfèrent vivre dans le village des lépreux où elles sont logées et nourries comme elles ne le seraient pas dans leur pays d'origine. Chaque famille dispose d'une maison en dur composée d'un patio, d'une grande chambre, d'une cuisine et, pour la plupart, d'un cabinet avec une fosse septique. C'est quasiment le luxe comparé aux conditions de vie des populations de la Petite Côte. C'est affreux à dire... Ils ont l'impression d'être riches alors qu'ils sont entièrement assistés. Avec quelques amies comme Mme W..., nous leur avons acheté des moutons, des poules, pour qu'ils puissent subsister un peu par eux-mêmes grâce à un petit élevage. Mais, Khadi qui a donné des volatiles à ses parents me dit : « Les poules ça donne des œufs mais ça mange... ça mange... et le grain coûte cher. » Quant aux moutons, lors de la fête du Tabaski, — c'est-à-dire l'Aïd El Kébir — j'ai vu des types pauvres comme Job sacrifier ceux que je leur avais donnés pour offrir des repas de fête à toute une bande de pique-assiette, famille ou amis, qui jamais ne les avaient aidés. Ça ne leur apportait rien si ce n'est une impression de richesse. Je leur avais fourni une *alimentation d'orgueil !* Plus utile est l'action de Mme W... que nous avons déjà évoquée.

Nous avions regagné le bungalow du bord de mer. Malgré le cadre idyllique et les boissons fraîches que Khadi nous avait préparées, les images de ces lépreux que j'avais approchés et dont j'avais touché la main pour la première fois de ma vie, me hantaient.

André désigna une grosse villa nichée sous les palmiers en bord de mer.

— Mme W... y vit six mois de l'année. Durant l'hiver elle s'occupe d'un luxueux hôtel dont elle était propriétaire dans une grande station autrichienne. Sissi, comme je l'appelle, est fort riche et son histoire est tout à fait extraordinaire. Elle est venue en touriste au club allemand Aldiana sur la Petite Côte, il y a cinq ou six ans. Là elle a rencontré le gestionnaire des grandes endémies, un beau Sénégalais aux traits fins, qui l'a séduite tant par ses qualités physiques que morales car c'est un garçon très bien. Il lui a fait visiter le camp des lépreux et cette célibataire qui n'était pas folle de Dieu mais ivre de charité a eu un éblouissement. Elle s'occuperait de ces malheureux abandonnés à leur triste sort. Elle a vendu ses parts de l'hôtel autrichien et les a investies, si j'ose dire, dans le village des lépreux. Elle leur a construit des maisons et leur a apporté de la nourriture. Mais pas *une* fois de temps en temps. *Tous* les jours. Elle a fait un « mariage sénégalais » avec son beau gestionnaire qui l'a emmenée vivre, avec sa première femme africaine et ses quatre ou cinq enfants, dans une bicoque des environs de M'Bour. Cette vie qu'elle avait acceptée à la fois par amour et dévouement ne me plaisait pas beaucoup. Je savais qu'elle ne saurait durer. Alors j'ai fait comprendre aux autorités que cette belle villa, ancien laboratoire des grandes endémies, pouvait être attribuée à une étrangère qui donnait tant d'elle-même et de sa fortune aux plus défavorisés. Elle s'y est installée et l'a aménagée avec goût. Actuellement Mme W... fournit quatre cents repas par jour aux lépreux du village. Plus de cinquante familles dépendent entièrement de sa charité. Elle procure le riz, le mil, le poisson et le sucre et paie des gens pour faire la cuisine aux plus handicapés. Quand chaque année elle retourne en Autriche elle laisse l'argent nécessaire à la poursuite de son œuvre. Depuis quelque temps elle fait installer l'eau dans la maison des femmes culs-de-jatte ou aux doigts rongés qui, jusque-là, devaient aller la chercher au prix de mille difficultés dans le centre du village. Aujourd'hui le grand amour sénégalais a fait place à une solide amitié mais Sissi s'occupe plus que jamais de ses lépreux sans faire partie d'une quelconque organisation. Je ne peux pas te la présenter car elle héberge, pour la deuxième fois, un couple de milliardaires allemands séduits par le dépaysement. A leur premier séjour, ils ne lui avaient pas donné un pfennig mais elle est bien décidée — m'a-t-elle confié — « à les faire cracher au bassinet » en profitant du film que la télévision autrichienne tourne sur elle ! A cinquante ans cette femme aux grands yeux clairs — dont on ne peut pas dire qu'elle soit jolie mais qu'elle « ait quelque chose » — et qui a œuvré comme un ange tombé du ciel dans la plus grande discrétion, s'est résolue à faire parler d'elle, non par gloriole mais pour pouvoir nourrir beaucoup plus que quatre cents lépreux. Des êtres pareils vous réconcilient avec l'humanité.

— Ce n'est pas le cas de tes confrères africains qui ont amputé ta protégée par convenance personnelle, remarquai-je.

— Oh, ceux-là ! Par bonheur ils ne sont pas tous ainsi et nombre d'entre les chirurgiens spécialisés dans la lèpre appliquent à la lettre les méthodes que j'ai mises au point. Au début je pratiquais une neurochirurgie d'une extrême finesse, je l'ai simplifiée pour la mettre à la portée de praticiens moins habiles. J'ai essayé — parfois en vain, souvent avec succès — de leur inculquer ce principe : la chirurgie est servante de la médecine et l'on doit étudier avec attention les cas où il faut opérer et ceux où il ne le faut pas.

— Depuis que tu as mis au point cette méthode dont les résultats sont reconnus dans le monde entier, as-tu des élèves, des adeptes ?

— Oui, il y a toute une école. Une école française, une indienne, une brésilienne. C'est pourquoi je voyage car les chirurgiens à qui je l'ai enseignée oublient vite...

— N'as-tu pas de successeurs africains, toi qui as fait la majeure partie de ta carrière sur ce continent ?

— Si, bien sûr. Et d'excellents. Mais, tout comme aux Indes ou au Brésil, ceux qui sont capables d'effectuer les douze types d'opérations de ma méthode, tous praticiens de haut niveau, préfèrent rapidement faire de la chirurgie plus générale, plus orthopédique, sur des gens moins lamentables que les lépreux. La lèpre, je ne le répéterai jamais assez, est une maladie de la misère, et ceux qui en sont atteints sont de pitoyables paysans dont on ne peut rien tirer financièrement. Dans le tiers monde comme en Europe, quand on est intelligent et que l'on a réussi de longues études on cherche un métier qui augmente le standing de la famille. Au Maroc où je vais depuis plus de cinq ans, j'ai formé deux remarquables chirurgiens qui m'ont quitté pour faire de la chirurgie générale plus rémunératrice. J'en forme à nouveau deux autres mais sans illusions. Eux aussi ficheront le camp pour faire de l'argent. Ne crois pas qu'il en aille autrement avec les Français, ajouta-t-il avec vivacité. Seulement je forme des chirurgiens militaires. Alors ils resteront deux ou quatre ans, puis s'en iront vers d'autres horizons car il faut bien vivre. Et quand on a entre les mains de quoi faire fortune dans le privé ! Il y a la femme, les enfants, la carrière qui vous poussent...

— Au fond, soigner les lépreux comme tu l'as fait et le fais encore, c'est plus qu'une aventure, c'est un sacerdoce.

— D'abord une aventure, et que je trouve magnifique compte tenu des résultats obtenus et de la vie que j'ai menée. Peut-être n'ai-je pu la réussir que grâce à ma mère qui m'a élevé dans le mépris de l'argent. La famille que j'ai fondée n'en a jamais manqué mais quand on est militaire et qu'on a sept enfants on n'est jamais riche. Tous aujourd'hui me disent : « Tu nous as donné une situation, nous n'avons pas besoin d'héritage. » Alors moi, à soixante-dix ans, pourvu que je vive... Cela me permet d'aider les lépreux et d'assumer les missions de l'O.M.S. sans être payé. On assure mon voyage. Je suis logé parfois superbement, d'autrefois miteusement, mais je peux dans tous les cas transmettre mon savoir et mes expériences. Contrairement à certains experts étrangers du tiers monde, bénéficiaires de salaires extravagants alloués par les administrations internationales, je n'accepte pas d'argent. Améliorer l'état des lépreux, parfois, les blanchir totalement, souvent, lorsque la maladie est détectée à temps, cela seul importe. Si, en prime, on peut influer comme à M'Bour sur les conditions de leur vie quotidienne...

L'ombre s'infiltrait entre les filaos et les palmiers du parc. En contrebas l'Atlantique se parait pour quelques minutes des couleurs chatoyantes du couchant. Sur le ruban infini et désert de la plage dorée par les derniers rayons du soleil, deux jeunes filles blanches en bikini venues d'un club de vacances voisin marchaient sur le sable, se tenant par la main.

— Des petites touristes bien mignonnes qui n'ont aucune idée de l'existence des autochtones, protégées qu'elles sont par les organisateurs de leurs vacances, grommela André. Des Africains elles ne connaissent que les serveurs de leur hôtel et les petits vendeurs de coquillages de Fadiouth. Si je descendais et leur disais de prendre garde elles me considéreraient comme un vieux satyre. Et pourtant... Pour les Noirs misérables de cette région, deux Européennes à demi nues ne peuvent à cette heure que chercher une bonne fortune. Ils tenteraient leur chance sans penser au viol. Si ces petites savaient que dans le village que tu as vu il y a des hommes qui, en toute connaissance de cause mais poussés par leur instinct de mâle, font des enfants à des lépreuses... On croit toujours atteindre le fond de la misère mais je sais maintenant, à mon âge et après tant de voyages sur tous les continents, qu'elle est insondable.

— Découragé ?

— Ah ! ça non. Il y a toujours quelque chose à faire. Dans les techniques de pointe comme celles que je pratique ou dans la plus prosaïque des aides quotidiennes comme celle qu'apporte Sissi W... Je me doute que ce que tu as constaté aujourd'hui ne t'incline pas à la rigolade mais je voudrais tout de même te faire sourire à la fin de ton voyage. Sais-tu que lorsque Raki a été amputée, je l'ai fait appareiller à deux reprises à l'Institut de léprologie qui dispose d'un centre d'orthopédie. On m'a dit : « Général, ça coûte très cher pour... », sous-entendu ces misérables. J'ai payé de ma poche cent quarante mille francs CFA pour que Raki puisse marcher. Et tu l'as vue se traîner sur ses moignons. Elle a deux prothèses devenues inutilisables par la faute de Mme W... Mon ange autrichien l'a trop bien nourrie et elle a grossi ! L'amaigrissement lui serait indispensable. Me vois-tu imposer le jeûne à cette pauvre femme ?

Le rire sonore d'André Carayon se fêla. L'inaltérable jeune homme que j'avais eu la chance de rencontrer et d'aimer remplit précipitamment nos verres.

A la cuisine, Khadi, de retour du village familial, chantait dans sa langue, heureuse d'une si belle journée. L'Océan aux plages douces accompagnait la rugueuse mélopée de son ressac éternel...

Paris, 24 mars 1987.

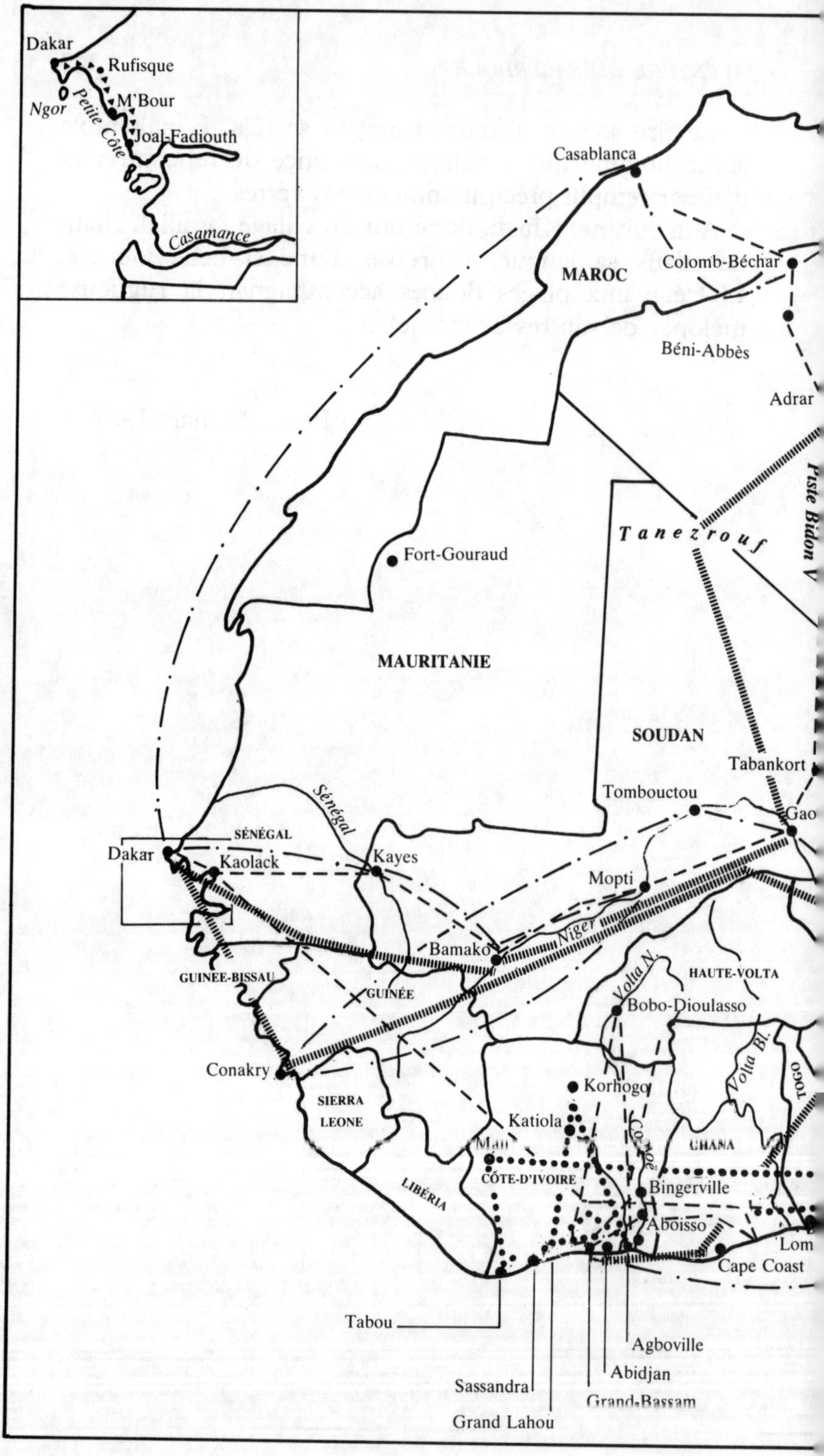
Dakar
Rufisque
Ngor
Petite Côte
M'Bour
Joal-Fadiouth
Casamance
Casablanca
Colomb-Béchar
MAROC
Béni-Abbès
Adrar
Piste Bidon V
Tanezrouf
Fort-Gouraud
MAURITANIE
SOUDAN
Tabankort
Tombouctou
Gao
Sénégal
SÉNÉGAL
Dakar
Kaolack
Kayes
Mopti
Niger
Bamako
GUINÉE-BISSAU
GUINÉE
HAUTE-VOLTA
Volta N.
Bobo-Dioulasso
Conakry
Volta Bl.
TOGO
Korhogo
SIERRA LEONE
Katiola
Comoé
Man
GHANA
CÔTE-D'IVOIRE
Bingerville
LIBÉRIA
Aboisso
Lom
Cape Coast
Tabou
Agboville
Abidjan
Sassandra
Grand-Bassam
Grand Lahou

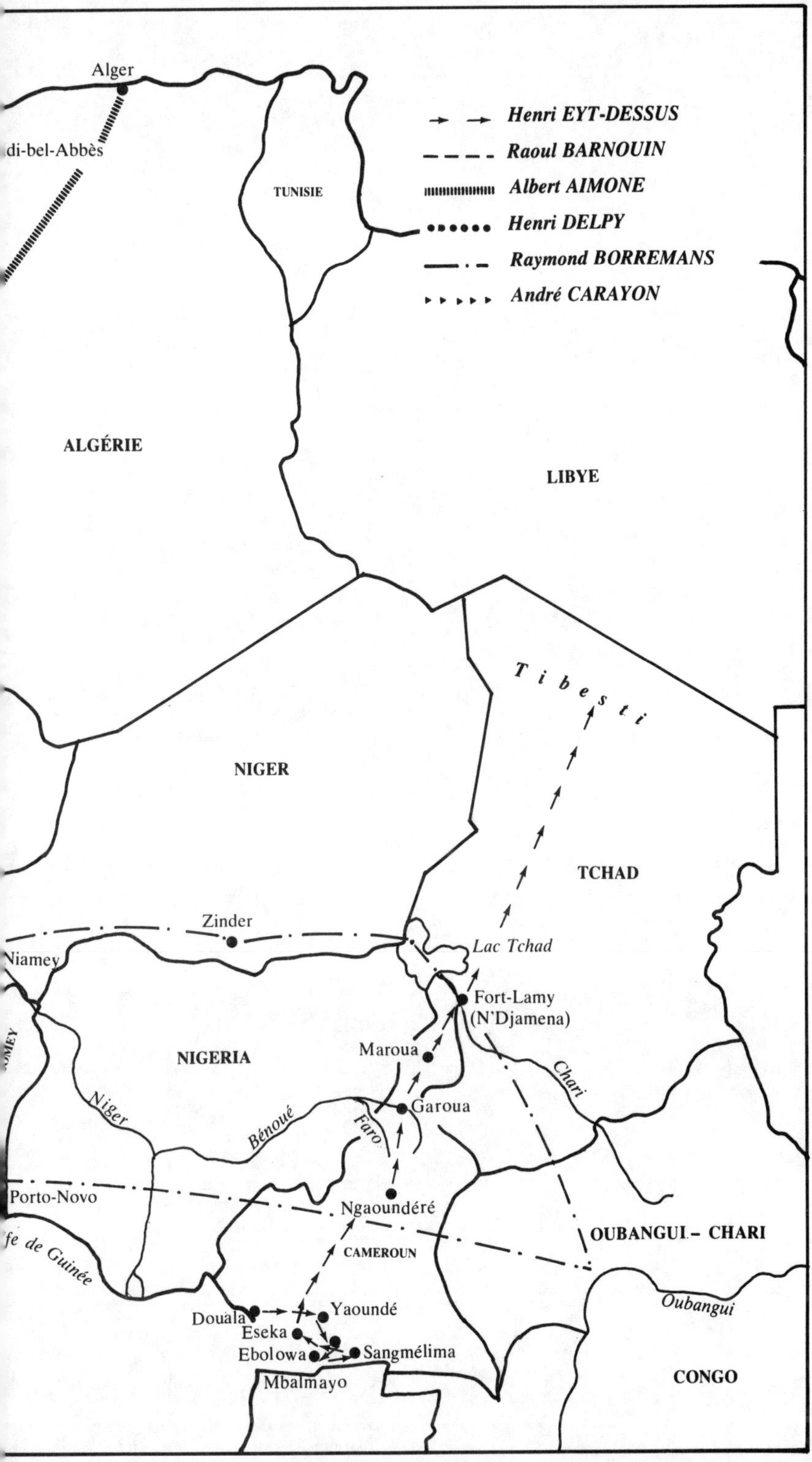
Henri EYT-DESSUS
Raoul BARNOUIN
Albert AIMONE
Henri DELPY
Raymond BORREMANS
André CARAYON
Alger
di-bel-Abbès
TUNISIE
ALGÉRIE
LIBYE
Tibesti
NIGER
TCHAD
Zinder
Lac Tchad
Niamey
Fort-Lamy
(N'Djamena)
NIGERIA
Maroua
Chari
Niger
Bénoué
Faro
Garoua
Porto-Novo
Ngaoundéré
OUBANGUI - CHARI
fe de Guinée
CAMEROUN
Oubangui
Douala
Yaoundé
Eseka
Ebolowa
Sangmélima
Mbalmayo
CONGO

GLOSSAIRE

Bororo : zébu des éleveurs foulbé du Nord-Cameroun.

Boukarou : case rudimentaire à toit conique des indigènes du Nord-Cameroun.

Bushman : habitant de la savane.

Gabak : bidon de secours rempli d'eau qu'emportent les chasseurs.

Guerba : outre en peau de chèvre utilisée au Sahara.

Guinadji : démon.

Lamido, plur. *lamibé* : chef coutumier et religieux au Nord-Cameroun.

Mamywata : sirène de la mythologie africaine.

Mayo : petit cours d'eau, affluent de rivière.

Mboum : ethnie du Nord-Cameroun.

Mukala : l'homme blanc au Cameroun.

Peul, plur. *foulbé* : ethnie musulmane d'éleveurs demi-nomades de l'Afrique occidentale.

Saré : ensemble de boukarous qui constituent l'habitat des villageois du Nord-Cameroun.

Skinner : boy chargé de dépouiller l'animal abattu lors d'une grande chasse.

Wharf : appontement qui s'avance dans la mer, pour permettre aux navires d'accoster.

TABLE DES MATIÈRES

Première Partie
UNE CHASSE EN AFRIQUE

Deuxième Partie
FASCINANTE LAGUNE

Troisième Partie
LE MAL ANCESTRAL

Aubin Imprimeur
LIGUGÉ, POITIERS

Achevé d'imprimer en août 1987
N° d'édition 11695 / N° d'impression L 25033
Dépôt légal, septembre 1987
Imprimé en France